BASTEI
LÜBBE
TASCHENBUCH

Weitere Titel des Autors:

Final Cut

Titel in der Regel auch als Hörbuch und E-Book erhältlich

Veit Etzold

SEELEN-ANGST

Thriller

BASTEI
LÜBBE
TASCHENBUCH

BASTEI LÜBBE TASCHENBUCH
Band 16 844

1. Auflage: August 2013
2. Auflage: Oktober 2013

Dieser Titel ist auch als Hörbuch und E-Book erschienen

Bastei Lübbe Taschenbuch in der Bastei Lübbe AG

MIX
Papier aus verantwortungsvollen Quellen
FSC® C006701
www.fsc.org

Originalausgabe

Textredaktion: Wolfgang Neuhaus
Titelillustration: © shutterstock/Marilyn Volan
Umschlaggestaltung: Manuela Städele
Satz: Urban SatzKonzept, Düsseldorf
Gesetzt aus der Garamond
Druck und Verarbeitung: CPI – Ebner & Spiegel, Ulm
Printed in Germany
ISBN 978-3-404-16844-6

Für Saskia

Die größte Gnade auf dieser Welt ist, so scheint mir, das Nichtvermögen des menschlichen Geistes, all ihre inneren Geschehnisse miteinander in Verbindung zu bringen. Wir leben auf einem friedlichen Eiland des Unwissens inmitten schwarzer Meere der Unendlichkeit, und es ist uns nicht bestimmt, diese weit zu bereisen. Die Wissenschaften – deren jede in ihre eigene Richtung zielt – haben uns bis jetzt wenig gekümmert; aber eines Tages wird das Zusammenfügen der einzelnen Erkenntnisse so erschreckende Aspekte der Wirklichkeit eröffnen, dass wir durch diese Enthüllung entweder dem Wahnsinn verfallen oder aus dem tödlichen Licht in den Frieden und die Sicherheit eines neuen Mittelalters flüchten werden.

H. P. Lovecraft, *Cthulhus Ruf*

Auslöschung kennt die Natur nicht. Sie kennt nur die Verwandlung. Alles, was die Wissenschaft mich gelehrt hat und weiterhin lehrt, stärkt meinen Glauben an die Fortsetzung unserer spirituellen Existenz nach dem Tode.

Wernher von Braun

Prolog

Satan, mach mich sehend

Er sah seine Augen in dem Spiegel, seine Augen und sein Gesicht, das ihm im kalten Licht der Neonröhre wie ein Totenschädel entgegenstarrte. Grau, eingefallen, fast schon tot. In diesem Gesicht fehlte etwas. Der Wille. Ja, der Wille, es zu versuchen, und sei es um den Preis des eigenen Lebens. Und dadurch stärker zu werden als jemals zuvor.

Er senkte den Blick und sah das Skalpell, betrachtete es wieder, wie schon die letzte halbe Stunde. Auch auf der Klinge spiegelte sich sein Gesicht, verzerrt und verschwommen, als wäre er bereits Teil der Geisterwelt, die er beschwören wollte.

Das Triumvirat, *dachte er. Die, die zu ihm sprachen. Satan, Luzifer und Asmodeus. Er sah das grelle Licht der Deckenlampe. Durch das hohe Kellerfenster konnte er den pechschwarzen Nachthimmel und die Sichel des Mondes sehen, die wie ein silberner, gekrümmter Dolch aussah.*

Du musst es tun, *hörte er die Stimme in seinem Kopf.*

Da war etwas, das in ihm sprach, ohne er selbst zu sein, tiefer und schwärzer als ein bodenloser Abgrund. Etwas, das dort aus den Äonen der Zeit und der Unendlichkeit des Alls hervorbrach.

Älter als das Leben und dunkler als der Tod.

Er wusste nicht, woher diese Stimme kam. Er wusste nur, dass tief in ihm etwas auf ihn wartete. Und dieses Etwas würde ihn erst loslassen, wenn er getan hatte, was er tun musste.

Satan, mach mich sehend.

Es würde wehtun, furchtbar wehtun. Doch es gab keine andere Möglichkeit für ihn, wirklich *sehend zu werden.*

Er hob das Skalpell, schaute in den Spiegel und drückte nach kurzem Zögern die Klinge am linken, inneren Augenwinkel in die Augenhöhle. Er verstärkte den Druck, und das erste Blut begann zu fließen. Er nahm den kupfernen Geruch wahr und fühlte das warme Rinnsal, das seine Wange hinunterlief.

Der Schmerz war unvorstellbar, doch er machte weiter, obwohl seine Hände immer stärker zitterten, während er mit der Klinge einen Kreis vollführte, durch Haut und Sehnen, Muskeln und Nervenbahnen schnitt, um das Unmögliche zu vollbringen, das Unaussprechliche, Grauenhafte.

Satan, mach mich sehend.

Er schnitt noch einmal, während das Blut an seinem Nasenflügel hinunterlief und über seinen Hals auf die Tischplatte tropfte. Dann zog er das blutige Skalpell heraus, um es noch einmal anzusetzen, noch einmal den Druck zu verstärken. Wieder spürte er das Knirschen und Schnappen, als Muskeln durchtrennt wurden und das Skalpell den Knochen berührte, während er in einem Delirium aus Schmerz, Schock und Blut starb und wiedergeboren wurde und die Stimme in seinem Kopf ihn weiterhin antrieb, das Verbotene zu tun.

Die Stimme, die aus den Tiefen des Nichts zu ihm sprach.

Älter als das Leben und dunkler als der Tod.

Schließlich hob er die rechte Hand und zog etwas aus der Augenhöhle. Die feinen Äderchen, Muskeln und Nervenstränge verliehen diesem Etwas das Aussehen einer bizarren Blume. Langsam legte er es vor sich auf den Tisch. Warmes, frisches Blut zeichnete groteske Muster auf das schmutzige Metall, während vor seinem inneren Auge gespenstische Horden erschlagener Seelen vorüberzogen, deren Gesang sich in höllischem Crescendo in sein Hirn brannte und seiner Seele das Siegel der Hölle aufdrückte.

LEBEN, TÖTEN, SEHEN.

DU WIRST SEHEN, *hatte die Stimme ihm gesagt.* MEHR ALS ZUVOR.

Irgendwann war es vollbracht, und er legte das blutige Skalpell beiseite, neben den von Blutspritzern bedeckten Spiegel auf die Tischplatte, die jetzt ebenfalls blutrot gefärbt war. Das Zittern seiner Hände hatte aufgehört. Etwas Unfassbares, nie Erlebtes durchströmte ihn.

Er hatte sämtliche Drogen ausprobiert, hatte Tiere geopfert und ihr Blut getrunken, hatte Menschen gequält, geschändet und getötet, doch die größte Ekstase hatte sein Meister ihm für diesen Augenblick vorbehalten, der ihm zeigte, dass es sich lohnte, ihm *zu gehorchen und zu vertrauen. Der ihm zeigte, dass* er *einer der Auserwählten war.*

Das Leben war grausam, doch was danach kam, konnte noch grausamer werden. Er aber würde in dieser Nachwelt, dieser Hölle, über jene herrschen, die er erschlagen hatte. Er würde mehr sein, als er auf Erden jemals gewesen war. Er würde sie finden. Er würde ihr dunkles Geheimnis entschlüsseln. Und er würde sie töten.

Aber er würde noch mehr tun. Er würde sie versklaven. Für alle Ewigkeit.

In der Hölle gab es keine Gesetze. Der Stärkere würde die Schwachen beherrschen. Und der Stärkere würde er sein. Wenn er alles getan hatte, was sein Meister wollte.

Sein Meister hatte nicht zu viel versprochen.

Denn als er auf die blutrote Tischplatte blickte, geschah etwas, was gar nicht möglich war.

Er sah.

Neben dem Skalpell, in einer Pfütze aus Blut und durchtrennten zarten Muskelfasern, sah er im kalten Licht der Neonlampe seine herausgeschnittenen Augen.

Erstes Buch

Der Engel und das Schwert

Wenn Gott zu uns spricht,
dann werden wir sterben.

Exodus, 20, 19

1

Clara Vidalis, Hauptkommissarin und Expertin für Forensik und Pathopsychologie am LKA Berlin, schaute aus dem Fenster und blickte auf die Stadt, die in der vom Regen durchweichten Erde lag wie eine aufgedunsene Leiche in einem von Würmern zerfressenen Grab. Es war ein trostloser Februarnachmittag, und der Himmel über dem LKA Berlin sah aus wie das graue Flimmern auf dem Bildschirm eines Fernsehers, der auf einem falschen Kanal lief. Was die junge Frau jedoch nicht davon abhielt, weiterhin aus dem Fenster zu schauen.

Ad plures ire, ging es ihr durch den Kopf. *Zu den vielen gehen.*

Die alten Römer hatten diese Wendung benutzt. *Die vielen*, das waren die Toten. Wer zu den vielen ging, der war gestorben. In der gesamten Menschheitsgeschichte war die Anzahl der Toten stets größer gewesen als die der Lebenden. Es gab Berechnungen, wie viele Tote es seit der Entstehung der Menschheit gegeben hatte, und es gab Wissenschaftler, die behaupteten, mit sieben Milliarden Menschen sei bald jener Punkt erreicht, an dem die Anzahl der Lebenden größer sei als die sämtlicher Toten. Blieb allerdings die Frage offen, ob das ein Grund zur Freude war.

Claras Gesicht war hübsch, mit einem südländischen Einschlag, was vermutlich daran lag, dass spanisches und italienisches Blut durch ihre Adern strömte. Nur wenn sie die Lippen zusammenpresste, zeigte sich auf ihrem Gesicht eine Spur jener Härte und Unnachgiebigkeit, die der Beruf ihr abverlangte. Ihr Haar war schwarz, und ihre blauen Augen zeigten jenen eigentümlichen Ausdruck, wie Menschen ihn besitzen, deren Sichtfeld nicht begrenzt ist und die es gewohnt sind, bis zum Horizont zu schauen – und dahinter. Wie Seeleute oder Flugkapitäne.

Doch es war nicht der Blick in den Himmel und über das Meer, der Claras Augen verändert hatte, sondern der Blick in die Abgründe der menschlichen Seele und deren dunkle Seite.

In dem Film The Ring *lauert das Böse im Fernseher*, ging es ihr durch den Kopf, während sie in den wolkenverhangenen Himmel blickte, *und alle, die zu lange hineinschauen, werden wahnsinnig.*

Schließlich riss sie sich los und senkte den Blick. *Wenn ich hier noch lange Löcher in die Luft starre, verliere auch ich den Verstand.*

Sie klappte die Mappe, die sie vorher auf der Fensterbank durchgeblättert hatte, zusammen und steckte das Handy, das daneben lag, in die Hosentasche. Ihre Bewegungen waren geschmeidig, kraftvoll und präzise und ließen erkennen, dass sie Yoga und Kampfsport praktizierte.

Clara hatte eine Pause gebraucht. Sie waren gerade mit einem Verhör fertig geworden. Endlich hatten sie das Geständnis. Zwei Vergewaltiger. Claras Kollege Hermann und zwei Polizisten waren noch unten im Keller, um die Formulare für die Staatsanwaltschaft und das Gericht fertig zu machen.

Vieles hatte gegen die beiden Schuldigen gesprochen, doch sie hatten mit einer Beharrlichkeit geleugnet, die an Frechheit grenzte. Sie hatten zwei Frauen vergewaltigt, eine davon getötet und die Leiche auf einem Waldweg liegen lassen. Der Kopf der Toten war mit einem Pflasterstein zerschmettert worden, Arme und Beine ausgebreitet, das weiße, von Schmutz und Blut befleckte Kleid wie eine Mischung aus Hochzeitskleid und Leichenhemd.

Sollte es ein Engel sein, den die Täter mit der Leiche nachgestellt hatten? Der Verdacht an einen religiös motivierten Mord hatte sich aufgedrängt, doch es war ein physikalisches Phänomen gewesen, das man mit einer Schaufensterpuppe nachstellen konnte: Greift man einem leblosen Menschen von hinten unter die Arme, zieht ihn ein Stück weit und lässt ihn dann fallen, bleibt er meist mit ausgebreiteten Armen liegen.

Und dass die Frau ein weißes Kleid getragen hatte, war Zufall gewesen – genauso wie die Tatsache, dass sie und ihre Freundin auf dem Weg zu ihrem Lieblingsclub an einer Tankstelle mit den falschen Leuten ins Gespräch gekommen waren.

Kein Engel, ging es Clara durch den Kopf. Für sie hatte es nur einen Engel gegeben. Und der war jetzt im Himmel, falls es einen gab.

Clara war achtzehn gewesen, als sie ihre damals zehnjährige Schwester Claudia zum letzten Mal gesehen hatte. Vor mehr als zwanzig Jahren war Claudia von einem geistesgestörten Kinderschänder entführt worden, der eine Vorliebe für Lötkolben, Kneifzangen und das Schreien junger Mädchen hatte.

Kein Vater sollte seine Tochter begraben müssen, sagte man. *Und keine ältere Schwester ihre jüngere*, fügte Clara in Gedanken hinzu. Aber genau das war geschehen. An diesem Tag hatte Clara sich geschworen, es besser zu machen als die Versager damals, die Polizeibeamten, die Claudia nicht hatten retten können. Sie hatten nicht einmal das Scheusal gefasst, das Claudia getötet hatte.

Damals hatte Clara beschlossen, Polizistin zu werden und anderen zu helfen, wenn sie schon sich selbst nicht helfen konnte. Zielstrebig hatte sie ihren Weg gemacht, bis ins LKA, um Bestien zu jagen wie den Mörder ihrer Schwester. Und nachts noch etwas Zeit zum Schlafen zu haben.

Und in dieser Zeit auch schlafen zu können.

2

Es war schon fast dunkel an diesem Freitagnachmittag in Berlin, und die letzten Strahlen der Wintersonne fielen schräg durch die drei Meter hohen Fenster in das rundum verglaste Büro. Franco Gayo sammelte seine Unterlagen zusammen, um sie in seinem Aktenkoffer verschwinden zu lassen. Dann ging er zum Fenster, blickte auf die Friedrichstraße, die Hochhäuser des Potsdamer Platzes in einiger Entfernung und auf die beiden Fernsehtürme, den im Westen am ICC-Kongresszentrum und den im Osten am Alexanderplatz, die das Panorama wie zwei Bühnenpfosten umrahmten.

Er ging zurück zum Schreibtisch. Die Ledersohlen seiner rahmengenähten Budapester pochten leise auf dem makellos sauberen Parkettboden. Sein Anzug war teuer und roch nach Macht, für den Preis seiner Uhr kauften andere sich Autos, und in seinem Adressbuch stand so ziemlich jeder, der Geld und Einfluss besaß – vorzugsweise beides.

Er würde gleich noch ein rasches Telefonat erledigen müssen, und dann ging es ins Wochenende. Er brauchte diese Atempause. Am nächsten Freitagabend stand der Auftritt in einer Spendengala auf dem Programm. Am Samstagabend war er bei der größten Show im deutschen Fernsehen zu Gast. Am Sonntag dann die Eröffnung eines Benefizkonzerts der Berliner Philharmoniker.

Da seine Sekretärin heute überraschend krank geworden war, suchte Gayo selbst in seinem Outlook nach der Nummer, während allmählich die Dunkelheit dieses Februartages in die Winkel und Ecken des riesigen Büros nahe dem Quartier 101 kroch.

Franco Gayo mochte große, luftige Räume. Damals, als Partner bei der internationalen Anwaltskanzlei Archer & Sullivan, war es nicht anders gewesen. Jetzt, mit seiner Stiftung, mit der er den Ärmsten der Armen helfen wollte, musste es ebenso sein. Viel Einsatz, viel Hilfe, viel Geld. *Bigger is better.* Gayo selbst hatte nur ein einziges Mal in einem kleinen Verschlag gewohnt, in der Studentenunterkunft an der Harvard Law School.

Er arbeitete nicht mehr als Anwalt, aber was er in Harvard und besonders in der Kanzlei gelernt hatte, half ihm jetzt genauso, vielleicht noch mehr. *Do ut des* hieß sein gemeinnütziger Verein. *Ich gebe, damit du gibst.*

Haiti war das neue Betätigungsfeld der Organisation. Offenbar bereitete es dem Schicksal eine perverse Freude, immer jene Menschen am härtesten zu treffen, die ohnehin nichts besaßen. Das Erdbeben der Stärke sieben, von dem Haiti am 12. Januar 2010 um 21.53 Uhr Ortszeit heimgesucht worden war, hatte die Insel in eine Hölle aus Tod und Zerstörung, Krankheit und Hunger verwandelt. Eine volle Minute lang hatten die karibische und die nordamerikanische Platte sich gegeneinander geschoben, wobei das Epizentrum nur 25 Kilometer südwestlich der Hauptstadt Port-au-Prince lag.

Das Beben hatte gezeigt, dass Gott nicht nur das Messer in die Wunde bohrt, sondern manchmal auch die Klinge abbricht. Es war das stärkste Beben in Nordamerika gewesen und bis zu diesem Tag das weltweit stärkste Beben im 21. Jahrhundert überhaupt, schlimmer noch als das Seebeben in Thailand im Dezember 2004, das den Tsunami ausgelöst hatte. Fast eine halbe Million Todesopfer, zwei Millionen Obdachlose, Terror, Anarchie und Plünderungen waren auf Haiti die Folgen gewesen. Der Schaden von etwa acht Milliarden Dollar hatte auch das letzte bisschen Infrastruktur vernichtet, das noch vorhanden gewesen war.

Präsident René Préval hatte vor seinem zerstörten Palast

gestanden und in die Mikrofone der Reporter gesprochen, die sich in das Chaos gewagt hatten. Und die internationale Gemeinschaft reagierte. Die UNO hatte ihre Präsenz um 3500 Mann aufgestockt. US-Präsident Obama hatte die Aktion »Unified Response« ausgerufen und die Altpräsidenten Bush und Clinton aufgefordert, ihre Netzwerke zu nutzen, um private Mittel einzuwerben. Auch aus Deutschland kamen mehr als 50 Millionen Euro.

Private Mittel. Darum ging es *Do ut des.* Und das sagte Franco Gayo auch. In jeder Talkshow, bei jedem öffentlichen Auftritt. Aber da war noch mehr. Die Kinder in Haiti brauchten eine Zukunft. Die Frage war, ob sie diese Zukunft in der zerstörten Heimat finden konnten. In den nächsten Jahren ganz bestimmt nicht. Haiti benötigte die Kinder für den Wiederaufbau, doch die Insel brauchte auch Führungspersönlichkeiten, Menschen mit »Leadership Skills«, die sie im Westen an Eliteuniversitäten erlernen sollten, um dann nach Haiti zurückzukehren und das Land nach vorne zu bringen. Eher langfristig zwar, aber nur so konnte es gehen.

Das war Franco Gayos Idee, die er propagierte und für die er überall um Spenden warb. Bisher sehr erfolgreich: Er beschäftigte ein Heer von Spendensammlern, die auf Provisionsbasis in den Fußgängerzonen der deutschen Großstädte arbeiteten. Und mit seinen Shows und seiner Medienpräsenz ging er gleichzeitig an die richtig dicken Portemonnaies. Besser und profitabler als Brangelina mit ihrem Tross adoptierter Kinder, die niemand gefragt hatte, ob sie überhaupt adoptiert werden wollen, oder Bono Vox und Bob Geldof mit ihrer beinahe aberwitzigen Afrikashow.

»Die Hilfe muss von innen kommen«, verkündete Gayo in allen Talkshows und auf sämtlichen Galas. »Aber dafür muss sie zuerst von außen kommen.« Das sagte er auch in dem Imagevideo, das eine internationale Werbeagentur, *pro bono*, kostenlos gedreht hatte. Es zeigte Gayo mit verschiedenen Kindern, mal in einem heruntergekommenen Slum in Haiti, mal vor der Fassade des Trinity College in Oxford, mal vor dem UN-Gebäude in New York.

»Diese Kinder träumen von einer besseren Zukunft«, verkündete er auf dem Video. »Sie wollen ein neues Haiti, doch zurzeit haben sie nicht mal einen Platz zum Schlafen.«

Träumen und Schlafen. Dieser Zweiklang war zugleich das Motto des Vereins, das nicht nur ein Motto war, sondern auch eine Drohung: *Wenn ihr uns nicht träumen lasst, lassen wir euch nicht schlafen.*

Franco Gayo wählte die Nummer und wartete auf das Freizeichen.

3

Das Böse, dachte Clara Vidalis, *kommt immer wieder.*

Für Clara kam es fast jeden Tag. Auf ihrer Netzhaut war noch das Bild eines der beiden Vergewaltiger eingebrannt, der ihr vorhin gegenübergesessen hatte, grinsend und feixend, eine umgedrehte Schirmmütze auf dem Kopf. Genau wie sein Mittäter hatte der Mann bei der Vergewaltigung unter dem Einfluss von Psychopharmaka gestanden.

Vergewaltigung und Drogen konnten für die Schuldigen ein zweischneidiges Schwert sein. Einerseits konnten Drogen die Zurechnungsfähigkeit reduzieren. Doch wenn es sich um aufputschende Mittel wie LSD oder Amphetamine wie Kokain handelte, wurden sie meist eingenommen, um noch einen größeren Kick zu haben, um *noch öfter zu können.*

Clara und Hermann hatten diesen Fall auf den Tisch bekommen, nachdem sie gerade den »Inkubus« gefasst hatten, einen hochgradig geistesgestörten Täter, der sich in seiner Anfangszeit darauf beschränkt hatte, als Stalker Frauen zu verfolgen und vor ihren Wohnungen die Mülleimer zu durchwühlen. Aus den Mülleimern hatte er die benutzten Tampons entwendet und sich daraus eine Art Tee gekocht, von dem er behauptet hatte, dass die Frauen ihm ganz von selbst zu Willen seien, nachdem er davon getrunken hatte.

Inkubus. Ein passender Name, den sich Dr. Martin Friedrich, Chef der Abteilung für operative Fallanalyse, ausgedacht hatte. Ein Inkubus war ein Geist, der besonders schöne Frauen im Schlaf aufsucht, ihre Träume stört und sexuelle Handlungen an ihnen vornimmt. Und das hatte Manfred Heyer, der »Berliner Inkubus«, dann schließlich auch getan. Denn als er feststellen musste, dass sein Tampon-Tee nicht die erwünschte Wirkung bei den Damen seines Herzens entfaltete, hatte er sich wieder »auf die gute alte Vergewaltigung« beschränkt, wie er es Hermann im Verhör beinahe freundschaftlich anvertraut hatte.

Und heute hatten wieder zwei Vergewaltiger gestanden. Der Prozess würde stattfinden – drei bis vier Verhandlungstage –, und das Urteil wurde verkündet. Wieder würden zwei Täter ins Gefängnis gehen, ihre Strafe absitzen, irgendwann wieder freikommen und vielleicht genauso weitermachen wie zuvor. Oder schlimmer.

Ad plures ire. Zu den vielen gehen. Zu den Toten.

Clara blickte zum Himmel. Würde die riesige Welt der Toten dadurch kleiner werden? Sie sah all die Schatten vor sich, denen es nicht erlaubt gewesen war, weiterzuexistieren. Was wäre aus all den Männern und Frauen geworden, hätten sie weitergelebt? Und was wäre vor allem aus den Kindern geworden? Kinder, die in einem kleinen Sarg bestattet wurden und vom Antlitz der Welt gefegt worden waren, als hätten sie nie existiert? Die nur in den Erinnerungen weiterlebten und immer mehr verblassten, je stärker die Zeit die Wunden zudeckte, aber niemals ganz heilte? Was hätten all diese Menschen werden können? Was hätten sie bewirken oder erfinden können? Sie sah all die Namen vor sich in einer nahen Zukunft – Ärzte, Erfinder, Unternehmer. Es waren Namen, die kurz aufblitzten, um dann von einer nuklearen Druckwelle hinweggefegt zu werden, die zu Eis erstarrten und sich dann in Staub auflösten. Namen, die etwas hätten werden können, die aber nichts werden durften. Namen, deren Träger jetzt einen Meter achtzig unter der Erde lagen oder sich in einem Krematorium zu grauer Asche verwandelt hatten, während ihre Mörder im Gefängnis die Zeit absaßen, freikamen und weitermachten.

»Mein Sohn ist für alle Zeiten tot«, hatte eine Mutter einmal zu Clara gesagt, »aber andere Kinder leben noch.« Die Frage war, wie lange.

Half es, wenn sie einen oder zwei der Mörder einbuchtete? Half es den Angehörigen oder den Eltern, die vor Verzweiflung fast wahnsinnig wurden? Oder den Toten selbst? Würden die Ermordeten und Erschlagenen, die in ihren Träumen auftauchten und ihr mit bleichen Gesichtern und blutumrandeten Augen entgegentaumelten, dadurch ihren Frieden finden? Oder sie?

*

Der Inkubus und die beiden Vergewaltiger waren beinahe harmlos im Vergleich zu den Fällen, die Clara und ihre Abteilung im LKA in den Wochen zuvor in Atem gehalten hatten.

Denn bei den letzten beiden wirklich harten Fällen, mit denen Clara sich befassen musste, hatte es keine Verhöre gegeben. Einen Täter hatte sie erschossen, der andere hatte sich selbst in die Luft gesprengt. Und Clara und ihre Kollegen waren dem Tod gerade noch von der Schippe gesprungen.

Es war im Oktober des Vorjahres gewesen. Sie hatten Bernhard Trebcken gejagt, den »Werwolf«, einen grausamen Vergewaltiger, der die Frauen nicht *nur* missbrauchte, nicht *nur* tötete, sondern die Leichen vor und nach der Vergewaltigung in psychotischer Raserei zerhackte. Clara und die Beamten des MEK hatten Trebcken in der Wohnung seiner letzten beiden Opfer erwischt, einem lesbischen Paar. Dass zwei Frauen sich miteinander vergnügten, während er selbst leer ausging, hatte Trebcken auf schreckliche Weise ausrasten lassen. Er hatte eine der Frauen vor den Augen der anderen vergewaltigt, getötet und dann mit einer Axt zerhackt.

Clara hatte dem abgrundtief Bösen ins Auge geschaut, als Trebcken die Überlebende als Geisel an sich gedrückt hatte, mit einer Geflügelsäge am Hals. Clara hatte die Heckler & Koch auf Trebckens Stirn gerichtet. Sie hatte die Waffe einem der MEK-Beamten abgenommen, nachdem Trebcken ihm die Nase gebrochen und ihm beinahe den Kehlkopf zerschmettert hatte.

Was passiert, wenn ich nicht schieße?, hatte Clara sich gefragt. *Lässt er die Frau dann frei?*

Unwahrscheinlich. Er würde ihr über kurz oder lang die Halsschlagader durchsägen und dann, als selbsternannter Märtyrer, im Kugelhagel der Polizei sterben. Also hatte Clara abgedrückt. Weil sie wusste, dass es manchmal nur die Wahl zwischen schlechten und sehr schlechten Entscheidungen gab. Weil sie wusste, dass es manchmal besser war, das Falsche zu tun als gar nichts. Und weil sie wusste, dass Hochgeschwindigkeitsprojektile schneller sind als Nervenimpulse.

In dem Sekundenbruchteil, als der Werwolf seiner Geisel den Hals durchsägen wollte, hatte die Kugel seinen Kopf in eine blutige Ruine verwandelt, deren eine Hälfte noch auf dem Rumpf steckte, während die andere sich über fünf Quadratmeter weißer Wand und einem Kunstdruck von Jackson Pollock verteilt hatte.

Die Augen des Bösen. Clara hatte sie wieder einmal gesehen. Und sie hatte Bernhard Trebcken, als sie abdrückte, ein Einmalticket direkt in die Hölle verschafft.

Der zweite Fall, der das LKA nur anderthalb Wochen später in Alarmbereitschaft versetzt hatte, war weit schwieriger gewesen. Denn der Killer, der sich »Der Namenlose« nannte, war keine wild gewordene Kettensäge wie Bernhard Trebcken, sondern ein eiskalt gesteuertes Projektil, das leise und gezielt direkt ins Nervensystem traf. Der Namenlose, der in den Medien bald auch »Facebook-Ripper« genannt wurde, hatte eine Vorliebe für schöne junge Mädchen, die er mit falscher Identität über Social-Network-Plattformen und Dating-Webseiten kontaktierte, ihre Adresse herausfand, sie aufsuchte und umbrachte.

Clara und den Facebook-Ripper hatte ein dunkles Geheimnis geeint. Und es war dieses Geheimnis gewesen, das der Killer genüsslich und sadistisch vor Clara enthüllt hatte, ehe er gestorben war.

Clara war froh und dankbar, dass es manchmal Phasen der Ruhe gab. Und Kollegen, auf die man sich verlassen konnte. Die einen nicht hängen ließen. Die einem im Haifischbecken der Bürokratie den Rücken freihielten.

Sie hörte schwere, vertraute Schritte, die näher kamen. Es war einer der Kollegen, ohne die Clara nicht wäre, wo sie nun war. Und vor allem, nicht dort geblieben wäre.

Die große Gestalt, die langen Schritte, das dumpfe Pochen der Hacken, die Adlernase zwischen den stahlblauen Augen und die große Hand, die soeben die Krawatte lockerte, gehörten Kriminaldirektor Walter Winterfeld, Claras direktem Vorgesetzten und Chef der Mordkommission des LKA. Clara war Winterfeld damals aufgefallen, als sie sich auf Forensik und Pathopsychologie spezialisierte, und er hatte sie unter seine Fittiche genommen. »Die schlimmsten Verbrecher laufen hier drinnen herum«, hatte er gesagt und damit nicht das LKA gemeint, sondern vor allem die Justiz und ihren Beamtenapparat. »Also sehen Sie zu, dass Sie gleich an den Richtigen geraten, dann haben wir beide mehr davon.«

»Und Sie sind der Richtige?«, hatte Clara in naiver Direktheit gefragt.

»Nein. Aber auch nicht der Falsche. Und das ist hier mehr als genug.«

Bei Winterfeld war das kein leeres Gerede. Er lebte für seinen Job. War nach zwei Ehen geschieden. Nach einer schweren privaten Krise hatte er mehrere üble Gewaltverbrecher und Mörder hinter Gitter gebracht. Gleich nach deren Verhaftung hatte er – damals noch in Hamburg – seine Theorie von der »Präventiven Physiognomie des Verbrechens« aufgestellt, die besagte, dass man allein am Gesicht einer Person erkennen könne, ob sie ein Verbrecher sei oder nicht.

Die Presse war sofort über ihn hergefallen. Eine Hamburger Lokalzeitung zeigte eine Fotomontage mit dem Gesicht Winterfelds und der Uniform Heinrich Himmlers.

Doch seine Aufklärungsquote sprach für ihn. Und das Buch, das er dann schrieb, wurde ein Bestseller. Er hielt Vorträge bei Scotland Yard, in Quantico, Virginia, bei Interpol und an sämtlichen Landeskriminalämtern Deutschlands. »Sichten und vernichten« lautete sein Wahlspruch. Wenn Winterfeld hinter einem Mörder her war, blieb der meist nicht mehr lange in Freiheit.

Dann kam das Angebot vom Innenministerium, eine Abteilung aufzubauen, die die Bekämpfung von Kapitalverbrechen auf deutscher und europäischer Ebene koordinieren sollte. Doch Winterfeld erkannte rasch, dass das nicht sein Ding war, denn es bedeutete Ränkespiele und Rotweinschwenken. Außerdem musste er korrupten Politikern in den Hintern kriechen, die sich ihr Bild von einer heilen und wählerfreundlichen Welt aus wahltaktischen Gründen nicht kaputtmachen lassen wollten.

In Berlin geblieben war er dann aber doch. Das LKA hatte ihm das Angebot gemacht, Chef der Mordkommission zu werden. Und das *war* dann sein Ding. »Ich muss im Endkundengeschäft bleiben«, hatte er Clara einmal anvertraut. »Es waren die Mörder, die mir die Energie gegeben haben, die Schlammschlacht um die Scheidung zu vergessen und mich wieder auf das zu konzentrieren, was wichtig ist. Ein wenig muss ich ihnen sogar dankbar sein.« Für Winterfeld waren die Täter die Kunden, nicht die Opfer. »Am Ende wissen diese Scheusale, dass sie letztendlich in den Knast oder auf den Friedhof gehören. Und als Dienstleister bringe ich sie genau dorthin.«

Früher hatte Winterfeld immer am offenen Fenster gestanden und sich einen Zigarillo angezündet. Da im gesamten Gebäude offiziell Rauchverbot herrschte, hatte er am Fenster

»nach draußen geraucht«, wie er es nannte. Bis ihm sein Arzt gesagt hatte, er bekäme massive Herzprobleme, wenn er so weiterqualmte. Insbesondere, wenn er die Zigarillos weiterhin auf Lunge rauchte. Also rauchte Winterfeld jetzt nur noch am Wochenende, aber nach wie vor auf Lunge.

»Ah, Señora Vidalis«, sagte er nun, als er Clara am Fenster stehen sah. Man hatte immer gute Chancen, mit Winterfeld zu sprechen, wenn man sich nur an ein Fenster stellte, idealerweise im dritten Stock nahe der Kaffeeküche. »Rauchen Sie eigentlich noch, oder sind Sie mal wieder dabei, es sich abzugewöhnen?«

Clara lächelte. »Derzeit gewöhne ich's mir mal wieder ab.«

»Tüchtig!«, sagte Winterfeld und öffnete feierlich das Fenster wie ein Renaissancekönig, der dem Volk seinen neugeborenen Sohn zeigen will. »Wie ist es gelaufen?«

»Katastrophal. Hat eine Ewigkeit gedauert. Beide haben gelogen, dass sich die Balken bogen.«

Winterfeld schaute in den schmutzig grauen Himmel wie der Steuermann am Ruder eines Schiffes.

»Wussten Sie, dass wir in Berlin von Leichen umgeben sind?«, fragte er, ohne Clara anzuschauen. Das war auch eine seiner Marotten, unvermittelt das Thema zu wechseln. Er schaute nach unten, wohin er früher immer die Asche hatte fallen lassen und wo aufgrund der schieren Aschemenge, die hier heruntergebröselt war, eigentlich der fruchtbarste Boden ganz Berlins sein musste. *Vielleicht sollte man dort mal Wein anbauen*, dachte Clara. *Château Criminel.*

»In jeder Stadt, die mehr als ein paar Hundert Jahre alt ist, ist der Boden voll mit Leichen«, philosophierte Winterfeld weiter. »Doch im Fall Berlins kommt ein Ereignis hinzu, das die Anzahl der Toten signifikant erhöht.«

»Sie meinen die Schlacht um Berlin 1945?«

Winterfeld nickte. »Ich habe vorhin mit einem Freund telefoniert, der hier für den Denkmalschutz zuständig ist. Ausgrabungen, bevor das Schloss gebaut wird und so weiter.« Er atmete die kalte Regenluft ein. »Ständig finden die irgendwelche Knochen und Schädel. Als im April 1945 der Fall Clausewitz ausgerufen und Berlin Frontstadt wurde, gab es allein in der letzten Woche vor der Kapitulation mehr als 20 000 Tote. Wenn man von einer Fläche Berlins von 890 Quadratkilometern ausgeht, sind das pro Quadratkilometer mehr als zwanzig Tote.« Jetzt blickte er Clara an. »Das heißt, wenn Sie nur hundert Meter laufen, begegnen sie auf jeden Fall einer Leiche. Und das sind nur die aus der letzten Woche des Krieges.« Er kniff die Augen zusammen. »Und da sich die Schlacht besonders auf die Mitte Berlins konzentriert hat, finden Sie hier wahrscheinlich noch viel mehr.« Er blickte in den Winterhimmel. »Ist das nicht eine interessante Vorstellung? Jeder Berliner geht buchstäblich über Leichen.«

Wider Willen musste Clara lachen.

»Und da wir die Toten in der Regel nicht aufwecken können, graben wir sie aus«, fuhr Winterfeld fort. »Dummerweise gefällt das unseren Politikern nicht, denn jede Leiche, die wir ans Licht holen, macht ihre heile Welt ein bisschen mehr kaputt.«

»So wie dieser Dr. Mertens auf der Pressekonferenz mit dem Namenlosen?«, fragte Clara. Sie musste an die hohlen Worte eines Abteilungsleiters der Senatskanzlei für Inneres denken, als er Clara und das Team um Winterfeld dafür gelobt hatte, den Facebook-Ripper aus dem Verkehr gezogen zu haben. Doch aufrichtig gefreut hatte der Mann sich erkennbar nicht. Lieber tausend Morde, von denen keiner weiß, als zehn Morde, die aufgeklärt werden. Der feuchte Händedruck des Mannes hatte Clara dann auch an die unschönen Zeiten zu Beginn ihrer Karriere erinnert, als sie im Drogendezernat gearbeitet hatte und in den Toiletten irgendwelcher Junkie-Wohnungen mit Gummihandschuhen nach versteckten Kondomen voll Heroin suchen musste.

»Genau wie Mertens, ja«, sagte Winterfeld. »Sie schütteln uns die Hand, sofern die Marionettenfäden es zulassen, aber im Grunde hassen sie uns, denn wir sind die Überbringer der schlechten Nachrichten.« Er blickte Clara an. »Sie wissen, was im Mittelalter mit den Überbringern schlechter Nachrichten geschah?«

»Sie wurden getötet.«

Winterfeld nickte. »Dumm nur, dass die schlechte Nachricht dadurch nicht besser wird. Ermittlungsarbeit ist eine langfristige Sache. Die passt nicht zur Quartalslogik und dem Fünfjahresdenken der Politiker. Die denken von hier bis zur eigenen Nasenspitze, und viele von denen haben sehr platte Nasen.« Er stemmte die Hände in die Hüften. »Wir können nicht auf Befehl Erfolge vorweisen. Wir können nicht so tun, als wäre nichts passiert. Und das Schlimmste ist: Wir können das Grauen nicht aufhalten, wenn es kommt. Und wir können niemanden vorwarnen, *wann* es kommt.«

Beide schauten eine Zeit lang schweigend in den grauen Himmel, wo eine dunkle Regenwolke wie eine verlorene Seele über den Horizont zog und dann von einer Windböe zerfasert wurde. Dabei musterte Clara Winterfeld aus dem Augenwinkel. Manchmal machte er die Dinge komplizierter, als sie eigentlich waren, was in eigentümlichem Widerspruch zu seinem ansonsten knallharten Pragmatismus stand. Genauso wie seine Behauptung, manchmal über das Zweite Gesicht zu verfügen, was schon bei einigen Kollegen Kopfschütteln hervorgerufen hatte, wäre da nicht seine hohe Aufklärungsquote gewesen.

»Ist das Ihr sechster Sinn, der sich da wieder mal meldet?«, fragte Clara schließlich und lächelte ein wenig spitzbübisch. »Behagt Ihnen die Stille nicht?«

»Nur selten ist Stille wirklich Stille«, erwiderte Winterfeld. »Meist ist sie das Ticken der Bombe vor dem großen Knall.«

»Sie meinen, es ist wieder so weit.« Eigentlich war Clara froh, sich ein paar Monate lang mit »normalen« Mördern beschäftigt zu haben.

»Die Stille«, sagte Winterfeld und schloss das Fenster, »war ein bisschen zu lang, um gesund zu sein. Denn manchmal ist es besser«, er schaute Clara an, »die Bombe explodiert sofort, als wenn sie ewig tickt.«

4

Franco Gayo sprach schon seit etwa sechs Minuten mit Tom, einem seiner Manager, der für ihn überdies eine Art Spin Doctor war und in dieser Funktion dafür sorgte, dass die richtigen Aussagen über die richtigen Kanäle zur richtigen Zeit bei den richtigen Leuten landeten. *Something 's gotta move somewhere sometimes somehow,* pflegte Tom zu sagen. *Irgendetwas muss irgendwohin, irgendwann, irgendwie.*

Doch jetzt glaubte Gayo, nicht richtig gehört zu haben.

»Ich soll selbst ein Kind adoptieren?«, fragte er. »Aber ich bin doch nicht Angelina Jolie. Außerdem habe ich gar keine Zeit für Kinder und … Du meinst, das kommt gut an? Okay, ich kann's mir ja mal überlegen.« Er ging mit dem schnurlosen Telefon zur Fensterfront und blickte in die Abenddämmerung.

Kinder. Seine Frau, eine hochrangige Politikerin, kannte er praktisch nur noch aus dem Fernsehen, denn ihr Terminkalender war noch voller als seiner. Aber sie war nützlich, denn sie sorgte für kostenlose zusätzliche PR. Ob er sie liebte, wusste er nicht, ob sie ihn liebte noch weniger. Aber darum ging es auch gar nicht. Es ging um das Gesehenwerden, um Aufmerksamkeit. Und am Ende um harte Euros und Dollars.

Hart sein gegen sich selbst und alle, die nicht so wollten wie er, das war Gayos Devise. So war es auch in der Kanzlei immer gelaufen. Associates, die keine Leistung brachten, wurden sofort gefeuert. Partner, die nicht genug Stunden aufschrieben und genügend Umsätze machten, wurden »de-equitized«, wie man das Herauskaufen von Leuten aus der Partnerschaft nannte, die die Firma loswerden wollte. De-Equitizing klang kryptischer und klinischer als »terminieren«, wie man den Abbau von unerwünschtem Personal im Investmentbanking nannte.

Aber jetzt ein Kind adoptieren?

»Wo soll das Kind denn herkommen?«, nahm Gayo den Gesprächsfaden wieder auf.

»Am besten, du adoptierst mehrere, aber immer schön hintereinander, damit die Medien jedes Mal neues Futter kriegen«, sagte Tom. »Ist auch gut für die Karriere deiner Frau.«

»Und woher?«

»Eine selten dämliche Frage«, erwiderte Tom. »Aus Spiekeroog vielleicht? Mann, aus Haiti natürlich, woher denn sonst?«

Gayo ärgerte Toms Direktheit, aber irgendwie mochte er sie auch. In seinem Geschäft hatte er es sonst fast nur mit Beschwichtigern und Speichelleckern, Jasagern und Politikern, UNO-Leuten und Talkshowmoderatoren zu tun. Da war ein bisschen Klartext ganz gut, so wie er es aus der Kanzlei von früher kannte.

»Ich soll mit gutem Beispiel vorangehen, was?«, fragte er.

»Ja. Und Brangelina und all den anderen Spinnern den Wind aus den Segeln nehmen.« Tom atmete hörbar aus. »Schöne und erfolgreiche Menschen werden in unserer Neidgesellschaft sofort niedergemacht. Es sei denn, sie adoptieren hundert arme Negerkinder, so wie Angelina und Brad. Was im Mittelalter der Ablasshandel war, sind heute die Bimbokinder. Das macht ein gutes Gewissen. Für alle. Und es wirkt. Jedenfalls sind Angelinas Gagen seitdem in die Höhe geschossen, auch wenn sie immer mehr abmagert und in *The Tourist* trotz Make-up so aussah, als wäre sie gerade aus einem Krater in Haiti oder einem Lager der Roten Khmer in Kambodscha gekrochen.«

Ein Kind adoptieren, dachte Gayo noch einmal. Sei's drum, er würde darüber nachdenken.

»Überleg dir, wie viele. Am besten erst mal zwei, ein Junge

und ein Mädchen«, fuhr Tom fort. »Das gibt du nächsten Freitag auf der Gala bekannt. Und bei der Show am Samstag erzählst du es so oft, bis die Leute denken, du hättest die Repeat-Taste verschluckt.«

Gayo verdrehte die Augen. *Ich kann es kaum erwarten.*

Tom redete unverdrossen weiter. »In unserer aufgeplusterten Mediengesellschaft reicht es halt nicht mehr, den Leuten nur auf die Schulter zu tippen. Man muss einen Vorschlaghammer nehmen, nur dann hat man Aufmerksamkeit.«

»Ich denke darüber nach«, sagte Gayo.

»Was ist eigentlich mit deiner Sekretärin, dieser Susi oder wie sie heißt?«, fragte Tom. »Ich wollte heute ein paar Termine mit ihr klären, aber sie war nie zu erreichen.«

Gayos Miene verfinsterte sich. »Keine Ahnung. Ist nicht gekommen und hat sich auch nicht abgemeldet. Wird schon nichts Ernstes sein.«

»Es kann was Ernstes werden«, sagte Tom. »Einer meiner Informanten von der Luftfahrtbehörde hat mir ein sehr bedenkliches Dokument zugestellt. Da stehen Sachen drin, die eigentlich niemand wissen sollte.«

Gayo spürte, wie ihm heiß wurde. »Über uns?«

»Über uns«, bestätigte Tom. »Wenn davon etwas an die Öffentlichkeit dringt, sind wir so tot wie frittierte Hühnerärsche.«

»Und was steht da drin?« Gayo nahm das Telefon an das andere Ohr.

»Dass es in unserem Non Profit Business eine Sache gibt, die gar nicht existiert.«

»Und welche?«

»Das *Non.*«

»Das heißt, man wirft uns vor, Gewinne zu machen?«

»Exakt.«

Gayo schwieg nachdenklich. Diese Vorwürfe bekam er häufiger zu hören. Wer etwas Gutes für die Allgemeinheit tat, durfte damit kein Geld verdienen. Möglichst am Existenzminimum bleiben, als würde man auf diese Weise mit den Armen mitleiden und die Welt dadurch noch besser machen, als man es ohnehin schon tat.

»Kann es sein, dass deine Sekretärin irgendetwas ausgetratscht hat?«, fragte Tom.

»Nein«, antwortete Gayo, auf dessen Stirn sich eine Falte gebildet hatte. »Die weiß überhaupt nichts, und das wird auch so bleiben.«

»Wenn sie am Montag ohne Abmeldung immer noch nicht da ist, fange ich an, mir Sorgen zu machen«, sagte Tom. »Und diese Susi sollte das dann auch tun. Undichte Stellen können wir uns nicht leisten. Dafür ist die Sache zu heiß.«

»Hast recht«, sagte Gayo. »Checkst du das noch mal?« Sollte Tom sich darum kümmern, der war eh für das Mikromanagement zuständig. Gayo selbst war müde und wollte raus aus dem Büro. Er schaute auf seinen Tisch, wo die Faxkopie der Baufirma lag. Die würde am Wochenende, am Samstag, das Parkett abschleifen, aus Rücksicht auf die Mitarbeiter.

»Mach ich«, sagte Tom. »Ich ruf dich dann später noch an.«

»Sonst noch etwas?« Gayo war in Gedanken schon beim Rotwein im Bocca di Bacco gleich um die Ecke, wo er zum Abschluss der Woche eine kleine Stärkung zu sich nehmen wollte.

»Ja. Was immer diese Susi getan hat, wir sollten in jedem Fall …«

Toms Stimme brach jäh ab, als hätte jemand den Strom abgestellt. Doch die Lichter brannten noch. Am Strom konnte es also nicht liegen.

Gayo legte auf, wählte noch einmal. Nichts.

Er wartete, ob Tom ihn anrief. Doch das Telefon blieb stumm. Er lauschte in den Hörer. Nichts. Nicht mal ein Besetztzeichen.

Er griff zu seinem Blackberry, scrollte durch das Adressbuch, wählte Toms Nummer. Wieder nichts.

Seine Augen weiteten sich, als er das Zeichen auf seinem Blackberry sah: Kein Empfang. Das war völlig unmöglich. Er war hier im Herzen von Berlin, nicht in irgendeinem Kaff in Somalia.

Er versuchte noch ein paar andere Nummern, bekam aber keinen Anschluss. Nicht einmal bis unten zum Empfang kam er durch, weder mit dem Blackberry, noch mit dem Festnetztelefon.

Kein Empfang beim Empfang, alberte eine Stimme in seinem Kopf, aber er konnte nicht darüber lachen.

Verdammt noch mal, dann eben nicht! Er steckte sein BlackBerry in die Aktentasche, nahm seinen Mantel und ging mit schnellen Schritten durch das Vorzimmer zur Tür.

Erst als sie sich nicht öffnen ließ, wurde Franco Gayo bewusst, dass er Angst hatte.

5

Don Tomasso Tremonte, Adlatus der Glaubenskongregation der römischen Kurie, überquerte mit eiligen Schritten die Piazza Navona. Ein wichtiger Termin mit einem Bischof aus Südamerika im Apostolischen Palast hatte länger gedauert als beabsichtigt. Die Vorlesung würde in fünf Minuten beginnen, und auch wenn er sie nicht selbst halten würde, wollte er in jedem Fall dabei sein.

Er schritt schneller aus. Seine kraftvollen Bewegungen und die raumgreifenden Schritte ließen erkennen, dass neben den geistigen Exerzitien der Sport eine wichtige Rolle in seinem Leben spielte. Außerdem gehörte er mit 45 Jahren zu den jüngsten Würdenträgern der katholischen Kirche.

Die elliptische Form des Platzes, den heute überwiegend Touristen bevölkerten und der voller Cafés und Restaurants war, zeugte noch heute davon, dass die Piazza früher ein römischer Zirkus gewesen war, ähnlich wie der Petersplatz im Vatikan. Und so wie auf dem Petersplatz die Apostel Petrus und Paulus hingerichtet worden waren, was ihn zu heiligem Boden und später zum Zentrum der Christenheit gemacht hatte, war auch die Piazza Navona Schauplatz dramatischer Ereignisse und schrecklicher Grausamkeiten gewesen. Kaiser Domitian, Bruder des Titus, der 70 nach Christus Jerusalem dem Erdboden gleichmachen ließ, hatte hier blutige Wagenrennen und Gladiatorenspiele ausgerichtet. *Agones* wurden diese Spiele genannt. Aus dem griechischen Wort Agonie leitete sich in vielen Sprachen das Wort für Schmerz ab, und aus der Piazza Agones, dem Platz der Schmerzen, wurde schließlich die Piazza Navona.

Schmerzen, dachte Don Tomasso. Schmerz war oft mit dem Wirken des Bösen verbunden, und dessen Existenz und Beschaffenheit hatte Tomasso sein gesamtes bisheriges Priesterleben hindurch beschäftigt. Denn wenn alles von Gott geschaffen war, dann waren auch das Böse, der Teufel und die Hölle von Gott geschaffen. Alles Böse, aller Schmerz musste somit auch dem Willen Gottes entsprechen.

Und gab es nicht genug Beweise dafür, auch in den Heiligen Schriften? Gott fügte Schmerz und Leid selbst denen zu, die ihm am liebsten waren. »Unter Schmerzen sollst du Kinder gebären«, hatte Gott zu Eva gesagt, nachdem sie im Garten Eden den Apfel vom Baum der Erkenntnis gegessen hatte. Seinen einzigen Sohn Jesus Christus, »eines Wesens mit dem Vater«, wie es im Nizäanischen Glaubensbekenntnis hieß, ließ er geißeln und ans Kreuz nageln.

Doch musste man das Böse ertragen, musste man es hinnehmen, nur weil Gott die Menschen damit geschlagen hatte?

Trotz seiner relativ jungen Jahre kannte Don Tomasso die meisten Geheimnisse der Heiligen Stadt und auch die kleinen und großen Ränkespiele hinter den Kulissen des Heiligen Stuhles. Er wusste, dass es insgesamt drei Päpste gab, nicht nur einen. Da war zunächst der weiße Papst – der, den die Welt kannte. Der rote Papst war der *praefectus propaganda fide,* der Präfekt für die Evangelisierung der Völker und einer der mächtigsten Männer der Kirche. Der schwarze Papst schließlich war der Generalobere des Jesuitenordens.

Eigentlich fehlt sogar noch einer, dachte Don Tomasso, als er am Vierströmebrunnen vorübereilte und sich vor ihm bereits das Dach der päpstlichen Universität an der Piazza di Sant'Appolinare erhob. Es handelte sich um den Prälaten und Bischof der »Prälatur vom Heiligen Kreuz und Werk Gottes«, kurz Opus Dei. Obwohl eine der jüngsten Gründungen der katholischen Kirche, war das Opus Dei eine der mächtigsten und einflussreichsten Organisationen. »Wir können nur mit Steinen werfen«, hatte einmal ein Mitglied einer katholischen italienischen Laienorganisation gesagt, »die Panzer hat das Opus Dei.«

Die Universität, zu der Don Tomasso unterwegs war, die Pontifica Università della Santa Croce, die päpstliche Universität vom Heiligen Kreuz, war ebenfalls im Jahre 1984 vom Opus Dei gestiftet worden. Viele warfen der Organisation vor, mittelalterliche Ansichten zu hegen, doch der Wind hatte sich gedreht. »Nicht mehr lange, und der Feind ist übermächtig«, sagte man im Vatikan. »Man muss ihn bekämpfen, bevor er die Überhand gewinnt.«

Der Feind, dachte Don Tomasso. Das war der Satan. Der Antichrist. Doch war er Teil von Gottes Plan oder der ewige Widersacher, der so mächtig war, dass er sich selbst dem Willen des allmächtigen Gottes entziehen konnte?

Tomasso dachte an den Abschnitt über das Böse aus der *Summa Theologica* des Thomas von Aquin. Zwei Dinge sprechen gegen Gott, hatte der heilige Thomas in seiner berühmten Schrift dargelegt. Zum einen die scheinbare Fähigkeit der Naturwissenschaften, alles Geschehen auf der Welt ohne Gott erklären zu können. Zum anderen die Existenz des Bösen. Denn wie passte die Existenz des Bösen zu einem Gott, der im Menschen sein Ebenbild erschaffen und es zur Krone der Schöpfung erkoren hatte? Wie passte die Existenz der Hölle zu einem *lieben Gott?*

Don Tomasso eilte die Treppen zum Großen Auditorium hinauf. Der Mann, der gleich den Vortrag halten würde, würde einiges zu dem Thema zu sagen haben. Es war ein Mann, den Tomasso besser kannte als alle anderen. Ein Mann, der zu den einflussreichsten, aber auch unheimlichsten Gestalten nicht nur des Vatikans, sondern der gesamten Ewigen Stadt zählte. Ein Mann, dessen Privatsekretär Don Tomasso war.

6

Zum Teufel, dachte Franco Gayo und rüttelte an der Tür. *Heute funktioniert aber auch gar nichts!*

Er versuchte den Notausgang. Ebenfalls verschlossen. Er tippte noch einmal auf seinen BlackBerry. Noch immer nichts. Der Telefonanschluss aus, kein Handyempfang, die Türen verriegelt …

Vielleicht legt jemand es darauf an. Vielleicht will jemand dich hier einsperren?

Er versuchte, diesen Gedanken zu verdrängen, doch er kroch an die Oberfläche seines Bewusstseins, langsam, bedrohlich, unaufhaltsam.

Aber warum? Will irgendein neidischer Scheißkerl verhindern, dass ich zu meinen Auftritten komme?

Aber die waren erst nächste Woche.

Vielleicht will dieser Jemand etwas ganz anderes.

Mit einem Mal kam es ihm vor, als würden Wände und Decke sich langsam auf ihn zubewegen. Die afrikanischen Skulpturen erschienen ihm plötzlich wie riesige Zähne in einem gigantischen Maul, als wären Decke und Boden Ober- und Unterkiefer, die ihn in der nächsten Sekunde zermalmen würden.

Schrei nicht, wehrte er sich gegen die aufkeimende Panik. *Schrei bloß nicht. Wenn du schreist, wird alles nur schlimmer.*

Er wusste, jeder Schrei, jede Panikattacke, jeder Schlag gegen die Wand würde sich selbst verstärken, bis er nur noch ein sabberndes Nervenbündel war. Und wer immer ihn hier eingesperrt haben wollte, hätte am Ende gewonnen.

Er lauschte in die Stille.

Nichts.

Sei nicht albern, versuchte er sich zu beruhigen, *das klärt sich alles. Gleich rufst du den Hausmeister und ...*

In diesem Moment hörte er das Lachen. Kurz, abgehackt. Und irgendwie mechanisch.

Scharf zog er die Luft durch die Zähne ein und ballte die Fäuste, dass die Knöchel hervortraten, während vom Magen aus ein stechender Schmerz durch seinen ganzen Körper jagte.

Dann wieder Stille.

Gayo blickte sich um. Das Lachen kam aus dem Vorzimmer, das er gerade eben durchquert hatte. Er ging zurück, griff sich vom Tisch seiner Sekretärin einen Kugelschreiber. Falls jemand hinter der Tür stand, würde er ihm das Ding ins Auge rammen. Er würde ...

Wieder das meckernde Lachen, verzerrt und so, als würde eine Schallplatte zu langsam laufen. Das Geräusch schien aus dem Schrank zu kommen.

Was für ein dämlicher Scherz, dachte Gayo. *Irgendein Blödmann hat einen Kassettenrekorder in den Schrank gestellt. Aber wann? Und wieso?*

Er schlich sich langsam an den Schrank heran, den Kugelschreiber erhoben, das eine Ende zwischen Ringfinger und kleinem Finger, das andere Ende mit dem Daumen abgestützt, sodass er in alle Richtungen zustechen konnte.

Er holte tief Luft und riss die Schranktür auf. Vor ihm ein kleiner Schwarz-Weiß-Fernseher aus den 80ern. *Wer hat den hier hingestellt?* Der Bildschirm zeigte eine Handpuppe, eine Kasperlefigur. Nur dass die Puppe zwei Hörner hatte. Sollte das den Teufel darstellen? *Sehr witzig.* Die Puppe wippte hin und her.

Zögernd schob Gayo die Mäntel und Bügel im Schrank beiseite. Aber da war niemand. Natürlich nicht.

Was für ein dämlicher Scherz, dachte er noch einmal und ließ den Kugelschreiber sinken.

In diesem Moment verwischte das Bild. Jetzt sah er eine andere Gestalt. Verschwommen, kaum zu erkennen.

Gayo bewegte sich nach links. Das Bild bewegte sich in die gleiche Richtung. Dann nach rechts. Das Abbild auf dem Bildschirm machte die gleiche Bewegung.

War *er* das auf dem Bildschirm? Wurde er gefilmt?

Gayo trat näher heran, starrte in das diffuse Flimmern. Doch je näher er kam, desto weniger erkannte er.

Erst als er ein paar Schritte zurücktrat, sah er es. Da schien noch etwas auf dem Bildschirm zu sein. Nicht nur sein eigenes diffuses Abbild, sondern etwas anderes. Und dieses Andere wuchs, richtete sich schemenhaft auf.

Hinter ihm.

Gayo sah den Schatten auf dem Bildschirm, der allmählich größer wurde, und fuhr herum.

Er sah ein Gesicht.

Und dann nichts mehr.

7

Auf dem Gesicht des Kindes spiegelte sich Furcht, als es den fremden Mann mit großen Augen musterte. Den Mann, der ihm den Umschlag hinhielt.

»Lukas« hatten sie den Jungen genannt, als er zu ihnen gekommen war, denn einen wirklichen Namen schien er nicht zu haben. In der Wohnung, aus der er kam, hatte es nicht einmal eine Taufurkunde gegeben. Niemand wusste, woher er kam. Mit seinen dunklen Haaren und den großen braunen Augen sah er jedenfalls ein bisschen südländisch aus.

Am liebsten trug Lukas seine blaue Latzhose. Vorn auf der Brusttasche waren Tick, Trick und Track aufgenäht. Diese Hose trug er auch an diesem Tag, als er zu dem schwarz gekleideten Mann hinaufblickte, der ihm den Umschlag entgegenhielt.

Zögernd machte Lukas einen Schritt auf den Fremden zu, obwohl er eigentlich zurückweichen wollte. Dann machte er noch zwei Schritte. Es waren seltsam ruckartige, roboterhafte Bewegungen, aber so bewegte Lukas sich immer. Manchmal lief er ein paar Schritte, dann stoppte er. Blieb stehen, starrte minutenlang ins Nichts, schluckte und zitterte, als würde er sich an irgendetwas Schreckliches erinnern, das er verdrängt hatte. Manchmal ging er nachts durch die Flure des Heims, mit weit aufgerissenen Augen. »Das Irrlicht« hatten einige der Pfleger ihn genannt, denn er irrte ohne erkennbares Ziel durch die Gänge, auf der Suche nach einer Vergangenheit, die er niemals verstehen durfte.

Und er sprach nie. Die Ärzte redeten von Katatonie oder Mutismus, wenn jemand einen so schweren Schock erlitten hatte, dass er danach nicht mehr sprechen konnte. So war es auch bei Lukas.

In dem Heim, in dem er untergebracht war, hatte man schon viele traumatisierte Kinder gesehen. Kinder, die ausgesetzt worden waren, die man geschlagen, missbraucht und manchmal fast getötet hatte. Doch was mit dem kleinen Lukas geschehen war, hatte selbst den hartgesottensten Pflegern und Rechtsmedizinern den Schlaf geraubt. Und nie hatte jemand den Jungen weinen gesehen. Deshalb hatten die anderen für ihn geweint.

Sie hatten ihn vor drei Jahren nachts auf der Straße gefunden, halb nackt, halb erfroren und in einem Delirium aus animalischer Angst und völliger Lethargie.

Lukas, das Irrlicht.

Doch das Grauen, das danach kam, war noch größer gewesen. In der Rechtsmedizin hatten sie eine neue Abteilung eröffnet, die Abteilung für klinische Rechtsmedizin, wo man rechtsmedizinische Methoden der Analyse auch bei lebenden Opfern anwendete. Tote können nicht sprechen, daher müssen die Ergebnisse der Rechtsmedizin so hieb- und stichfest sein, dass niemand sie vor Gericht anzweifeln kann. Doch nicht nur die Toten schweigen, auch Kinder können manchmal nichts mehr von sich geben. Oder sie trauen sich nicht, weil sie von den Eltern abhängig sind, die sie geschlagen und misshandelt haben. Kinder, die sich nicht vorstellen können, dass die eigenen Eltern ihnen etwas Böses antun, selbst *wenn* sie es tun. Kinder, die nicht aussprechen wollen, dass sie keineswegs »gestolpert« sind, sondern die Treppe hinuntergestoßen wurden.

Doch Lukas konnte wirklich nicht sprechen.

Manche Pfleger erinnerten sich mit Schaudern an die Nacht, als sie ihn gefunden hatten, an das grelle Licht im Untersuchungsraum und an den Ausdruck in den Augen der Rechtsmedizinerin, der erkennen ließ, dass nicht einmal sie so etwas schon einmal gesehen hatte. Oberkörper und Arme des Jungen waren blau und grün von Hämatomen, der Bauch und die Beine eine schrundige Narbenwüste aus roten, entzündeten Kratern und Striemen. Jemand hatte Lukas mit glühenden Zigaretten gefoltert. Doch sein Peiniger hatte es nicht bei Schlägen und Zigaretten belassen. Er hatte Lukas auch sexuell missbraucht.

Seitdem lebte der kleine Junge in einer Welt, die nur er allein kannte.

Wieder machte Lukas ein paar unsichere Schritte nach vorn, ohne den Fremden aus den Augen zu lassen. Dann ergriff er den Umschlag mit beiden Händen, während der Mann unverwandt auf ihn hinunterstarrte.

»Das könnte dich interessieren«, sagte der Fremde.

Dann drehte er sich um und ging, ohne einen Blick zurückzuwerfen.

Er sah nicht die Tränen des Kindes.

Tränen in Augen, die noch nie geweint hatten.

8

Don Tomasso Tremonte durchschritt den langen Korridor, an dessen Ende sich der Eingang zum Auditorium Maximum der Santa-Croce-Universität befand.

Gott und das Böse.

»Der Feind ist übermächtig«, hieß es im Vatikan. Und auf Geheiß des Papstes war die Zahl der Exorzisten aufgestockt worden, eine Berufsgruppe, von der man glaubte, sie sei mit der Aufklärung im 18. Jahrhundert verschwunden und würde für immer verschwunden bleiben.

»Viele Menschen glauben, den Teufel gibt es nicht«, hatte der Mann gesagt, der gleich zu den angehenden Priestern im Auditorium Maximum sprechen wollte. »Aber man muss ihn sich als Einbrecher vorstellen, der es darauf anlegt, unerkannt zu bleiben. Des Satans größte Errungenschaft ist die, dass er für nicht existent gehalten wird.« Der Mann, der diese Worte gesagt hatte, war Don Alvaro de la Torrez, Jesuitenpater und Stellvertreter von Don Gabriele Amorth, Chefexorzist des Heiligen Stuhls, dessen Amt Don Alvaro wohl bald übernehmen würde. Amorth war mittlerweile fast neunzig und hatte in seinem Leben Tausende von Exorzismen durchgeführt. Im Vatikan war man einmütig der Ansicht, dass Alvaro ein würdiger Nachfolger Don Gabrieles als oberster Exorzist sein würde.

»Der Exorzist als Nachfolger Christi« lautete das Thema der heutigen Vorlesung Don Alvaros.

Mit eiligen Schritten und voller gespannter Erwartung durchmaß Don Tomasso die hohen Säulengänge der Universität, öffnete die große Tür und betrat das Auditorium Maximum.

Alvaro, dessen Pünktlichkeit legendär war, hatte bereits mit der Vorlesung begonnen. Trotz seiner mehr als siebzig Jahre bewegte er sich mit jener Gewandtheit, die Menschen eigen ist, die zielgerichtet und auf geordnete Weise ein langes asketisches Leben geführt haben. Sein vorstehendes Kinn mit dem kurzen grauen Bart und die wachen, durchdringenden Augen unter den buschigen Brauen zeigten eine Willensstärke, die manchmal ans Fanatische grenzte.

Der Beamer des Auditoriums hatte ein Bild des Satans an die Wand geworfen, daneben den berühmten Spruch von Papst Johannes Paul II.: »Wer nicht an den Teufel glaubt, glaubt nicht an das Evangelium.« Der Saal war bis auf den letzten Platz gefüllt.

»Was ist der Teufel?«, fragte Don Alvaro nun in perfektem Englisch mit spanischem Akzent. Sein Blick huschte wie das Licht eines Suchscheinwerfers über die Studenten hinweg, deren Pulte sich in Dutzenden Reihen bis zur Kuppel des Saales erhoben. Was den Heiligen Stuhl anging, waren dessen Universitäten so global wie alle Business Schools. Nur sehr viel älter. »Existiert der Satan?«, fuhr Alvaro fort. »Oder existiert er nicht? Ist er stets präsent, oder ist er abhängig von der Stimmung und der scheinbaren Aufgeklärtheit des Menschen? Ist er wie trockene Blätter, die man im Ofen verbrennt oder die der Wind der Zeit hinwegfegt?« Anstatt auf eine Antwort zu warten, sprach er gleich weiter. »So wie Nietzsche einst vom Tod Gottes sprach, sprechen die heutigen Philosophen vom Tod Satans und reduzieren ihn auf ein mittelalterliches Symbol für das Böse. Sie bestreiten, dass es den Teufel gibt, doch sie bestreiten damit die Existenz des Bösen an sich.« Alvaro schritt die Reihen ab, den flammenden Blick auf die Gesichter der jungen Leute gerichtet. »Ihre Dummheit ist so ungeheuerlich, dass sie nur von der Barmherzigkeit Gottes übertroffen wird.«

Er nickte Don Tomasso kurz zu, der unauffällig Platz genommen hatte, und fuhr dann fort, wobei er auf das Zitat

Johannes Pauls II. zeigte: »Wer nicht an den Teufel glaubt, glaubt nicht an das Evangelium. Aber das ist noch nicht alles. Wer nicht den Kampf gegen den Teufel als eines der größten Ziele des Christseins aufnimmt, verleugnet Jesus Christus. Selbst das Zweite Vatikanische Konzil stellte fest, dass die Geschichte der Menschheit ein Kampf ist, der mit der Erschaffung der Welt begann und erst mit dem Jüngsten Gericht endet. Der Kampf gegen die Mächte der Finsternis. Der Kampf gegen das Böse.«

Als Alvaro das Zweite Vatikanische Konzil erwähnte, hatte seine Stimme einen verächtlichen Beiklang angenommen. Don Tomasso kannte den Grund: Alvaro war kein Freund des Konzils, das zwischen 1962 und 1965 abgehalten worden war. Damals hatte die katholische Kirche weitreichende Reformen beschlossen, um sich dem Zeitgeist anzupassen. Diese Reformen waren der Grund dafür, dass Alvaro oft vom »Konzil des Teufels« sprach.

Die Seminarteilnehmer warfen einander unbehagliche Blicke zu. Alvaro schien es einen Augenblick lang zu genießen, bevor er weitersprach. »Denn was hat Jesus Christus am Ende zu den Jüngern gesagt?« Er reckte den Hals und blickte ins Auditorium.

»Sie sollen das Himmelreich verkünden, Kranke heilen und böse Geister austreiben«, sagte ein Priesteranwärter in der dritten Reihe.

Alvaro nickte und zitierte den entsprechenden Abschnitt aus der Bibel. »Geht aber und predigt und sprecht: Das Himmelreich ist nahe gekommen. Macht die Kranken gesund, reinigt die Aussätzigen, weckt die Toten auf, und treibt die Teufel aus. Matthäus, Kapitel zehn, Vers sieben bis acht. Diese Worte hat nicht irgendjemand gesprochen, sondern Jesus Christus selbst. Zuerst zu seinen zwölf Aposteln, dann zu seinen zweiundsiebzig Jüngern und schließlich zu sämtlichen Gläubigen aller Zeiten und Länder.« Er kehrte zurück zum Pult. »Vierzig Tage lang hat Jesus in der Wüste mit dem Satan gerungen, um ihn schließlich mit den Worten *Vade retro, Satanas* zurückzuweisen: Weiche von mir, Satan. Wo immer Jesus war, da war auch Satan, denn er wusste, wie gefährlich der Sohn Gottes für ihn werden konnte. Satan fuhr in Judas hinein, sodass er seinen Herrn verriet, der grausam am Kreuz für uns sterben musste. Doch Christus siegte. Denn wie es unser großer Papst Johannes Paul II. verkündet hat: Christus war der erste und der größte aller Exorzisten.« Alvaro schaute mit strafendem Blick in die Höhe des Auditoriums. »Und da wagen einige dieser Schönwetterchristen zu behaupten, den Teufel gäbe es nicht!« Seine Stimme hatte eine schneidende Schärfe angenommen. Mehrere Nonnen, die in der ersten Reihe saßen, zuckten zusammen.

»Wenn der Teufel sich so gut versteckt«, fragte eine von ihnen, »ist er dann auch hier im Vatikan?«

»Ja!«, rief Alvaro mit einer unterdrückten Aggressivität, die sogar Don Tomasso zusammenzucken ließ. »Er ist überall, auch im Vatikan! Wie ein französischer Jesuit einmal sagte: *Où Dieu est le plus présent là aussi se trouve son ennemi.* Wo Gott ganz gegenwärtig ist, da ist auch sein Widersacher. Und je mehr Menschen seine Existenz leugnen, umso größer ist sein Wohlbefinden. Oh ja, er ist hier, in diesem Hörsaal. Er ist im Vatikan, er ist im Apostolischen Palast und spinnt dort seine Intrigen. Und ihr, die neue Generation von Priestern, bedenkt, dass der Satan existiert, dass es die Hölle gibt und dass sie für immer bestehen wird.«

»Don Alvaro«, sagte ein Student aus China, der in der ersten Reihe saß und eifrig mitgeschrieben hatte. »Verzeihen Sie die dumme Frage, aber *was* genau ist der Satan?«

Alvaros Mundwinkel zuckten kurz nach oben. »Die Frage ist keineswegs dumm, sondern eine der wichtigsten Fragen überhaupt. Deshalb werde ich die nächste Vorlesung diesem Thema widmen. Aber eine kurze Antwort vorab: Satan ist zunächst ein gefallener Engel. Er ist der Herrscher der Hölle. Vor allem aber ist er die Antithese aller Dinge. Der Vater erschafft, der Satan zerstört. Der Sohn erlöst, der Satan versklavt. Der Heilige Geist erleuchtet und tröstet, der Satan verdunkelt und quält. Er ist die Antithese der Dreifaltigkeit: Gott, Sohn und Heiliger Geist gegen Teufel, Antichrist und falscher Prophet. Und wenn er könnte«, Alvaro breitete die Arme aus, »würde er euch alle hier auf der Stelle töten. Und genauso, wie ihr das akzeptieren müsst, müsst ihr bereit sein, den Verlockungen des Bösen zu widerstehen, auch wenn sie noch so gefällig sind, und für die Wahrheit und für Christus zu sterben.«

Alvaros Stimme hatte einen triumphierenden Unterton angenommen. »Die gottgetreuen Seelen werden in der Ewigkeit des himmlischen Reiches beim Schöpfer sein, während Satan und seine Vasallen in den Abgrund geschleudert werden, wo sie Todesqualen leiden von Ewigkeit zu Ewigkeit.« Er ging ein paar Schritte nach vorne. »Es wird ihm niemals gelingen, die Kirche zu zerstören. Wie oft wurde sie angegriffen, denunziert, der Lächerlichkeit preisgegeben? Doch kein Aberglaube, kein heidnischer Glaube, kein Götzendienst und kein Satanskult haben der Mutter Kirche etwas anhaben können.«

»Was ist mit weißer Magie?«, fragte ein afrikanischer Priesterschüler. »Sie muss doch nicht schlecht sein. Ich habe oft gehört, dass durch weiße Magie Krankheiten geheilt werden können.«

Alvaro schüttelte energisch den Kopf. »Jeder Mensch, der behauptet, ein Magier zu sein, ist entweder ein Schwindler oder ein Diener Satans. Jede Magie ist schwarze Magie.« Er schritt zurück zum Pult. »Denn verflucht ist der Boden, auf dem tote Gedanken wieder neu in seltsamer Verkörperung leben, und böse ist der Geist, der nicht in einem Kopfe wohnt!«

Ein paar Sekunden herrschte beklommene Stille. Don Alvaro war kein Dozent, bei dem Langeweile aufkam, das musste Tomasso ihm lassen.

Ein Priesteranwärter aus den Philippinen stand auf. »Wir hören häufig von verlorenen Seelen, die in einem Haus spuken. Die Lehre des *Rituale* besagt, dass es sich um böse Geister handelt.«

Das Rituale, dachte Don Tomasso. Das Handbuch aller Rituale der katholischen Kirche, auch des Exorzismus. Eines von de la Torrez' Lieblingsthemen.

Der philippinische Student fuhr fort: »Aber oft wissen diese verlorenen Seelen etwas, das nur der Verstorbene wissen konnte. Kann es nicht sein, dass es *tatsächlich* Tote sind? Dass einige Seelen im Verborgenen zwischen den Sphären umherirren?«

Alvaro kniff die Lippen zusammen und schüttelte noch einmal den Kopf. »Wir wissen nichts über die Geheimnisse Gottes, aber die Existenz umherirrender Seelen ist eschatologisch unmöglich. Jeder Mensch gelangt mit dem Tod sofort ins Paradies, in die Hölle oder ins Fegefeuer, etwas anderes gibt es nicht. Verlorene Seelen sind böse Geister, Dämonen, die uns verlocken und verleiten wollen.«

»Und sie wissen Dinge, die eigentlich nur die Verstorbenen wissen können?«, hakte der Student nach.

Alvaro nickte. »Deshalb sind sie Dämonen. Sie können sich binnen Sekunden von einem Ort zum anderen bewegen. Und sie können die Gedanken der Menschen lesen. Sie sind reine Geister, ohne Körper.«

»Und woran erkennt man Besessenheit? Wann ist ein Exorzismus erforderlich?«, fragte ein französischer Priesteranwärter. »Und läuft es dann so ab wie in den Horrorfilmen?«

Ein unsicheres Lachen ging durch den Saal.

Don Alvaro schürzte die Lippen. »Das sind viele Fragen, junger Mann, und sehr bedeutsame noch dazu. Wir werden uns den Themen Besessenheit und Exorzismus noch in aller Ausführlichkeit widmen, aber gestatten Sie mir eine kurze Übersicht, um die größte Neugier zu befriedigen.«

Er ging nach vorne zum Laptop.

9

Als Franco Gayo erwachte, lag er auf dem Rücken. Er blinzelte und sah die Stuckdecke seines Büros. Neben ihm stand das Paar Budapester Schuhe. Die Jalousien waren heruntergezogen. Durch die Schlitze sah er einen rötlichen Schimmer am Himmel. War das noch die Abenddämmerung oder etwa schon der Morgen? Wie lange hatte er hier gelegen?

Er versuchte sich zu bewegen, aber es ging nicht. Er zerrte an seinen Handgelenken, die offenbar gefesselt waren. Arme und Beine kamen ihm wie Fremdkörper vor; er konnte sie bewegen, spürte aber nichts.

War er betäubt worden? Aber warum?

Schmerz durchzuckte seine Hände und Füße, wenn er an den Fesseln zerrte. Was waren das überhaupt für Fesseln? Er konnte die Hände nur millimeterweise bewegen, doch sie rutschten über das Parkett, als wäre es von irgendeiner Flüssigkeit bedeckt.

Dann stieg ihm ein kupferner Geruch in die Nase, und eine furchtbare Ahnung überkam ihn.

Nein, das kann nicht sein. Das darf nicht sein.

Aber es war so.

Jemand hatte ihn auf den Boden genagelt.

Franco Gayo versuchte zu schreien, bekam aber keinen Laut heraus. Den Mund weit aufgerissen, brachte er nur einen Schwall Luft hervor, begleitet von einem beißenden Schmerz an den Stimmbändern.

O Gott, was hat man mit mir gemacht? Was ist mit meiner Stimme?

Als er den Mund schloss und die Augen wieder öffnete, sah er den Mann. Er trug einen Ganzkörperoverall wie ein Mitarbeiter der Spurensicherung, da diese Kleidungsstücke keine Textilfasern abgeben und nichts am Tatort hinterlassen. Außerdem verhindert der Endlosfaservlies, dass Partikel von Haut oder Kleidung nach außen dringen. Dazu trug der Mann eine schwarze Brille, die auch an den Seiten abgedeckt war.

Und in der rechten Hand hielt er eine doppelschneidige, lange Waffe.

Ein Schwert, scharf und funkelnd.

Doch es war keine von diesen verzierten Waffen, die nostalgisch aussehen sollten. Dies hier war nur eine echte Klinge mit zwei Schneiden. Blitzend und scharf. Einen Meter sechzig lang. Nicht zur Dekoration, sondern zum Schneiden. Oder zum Stechen. Oder beides.

Gayo atmete so heftig ein, dass er husten musste. Sein Puls raste, und er zitterte am ganzen Körper.

Was will dieser Kerl? Was will er mit dem Schwert?

Der Mann trat näher an Gayo heran und starrte durch die schwarzen Gläser der Brille auf ihn hinunter.

Franco Gayo wusste nicht, wann er zuletzt gebetet hatte, aber jetzt tat er es nach langer Zeit wieder.

O Gott, lass nicht zu, dass er mich tötet! Lass nicht zu, dass er mich ...

Wieder blickte er auf die Waffe in der Hand des Fremden, die in einem schwarzen Handschuh steckte, auf die funkelnde Klinge, starrte in die ausdruckslose Schwärze der Brille, sah die zusammengepressten Lippen des Mannes, den grausamen Zug um den Mund.

Warum hat er mich betäubt? Damit ich nichts mitkriege? Oder damit ich alles *mitkriege?*

Er versuchte zurückzuweichen, als der Mann sich näherte, doch es ging nicht. Er spürte das leichte Ziehen in den Handflächen und an den Füßen, fühlte das Parkett, das noch glitschiger geworden war von seinem Blut.

Lass nicht zu, dass er mich tötet, flehte er noch einmal, doch sein rationaler Verstand, der trotz der Extremsituation einen Rest analytischer Schärfe behalten hatte, veränderte dieses Gebet augenblicklich, als er das Schwert und den grausamen Mund des Mannes sah, der sich nun zu ihm herunterbeugte.

Mach, dass er mich schnell *tötet.*

Dann nahm der Mann die Brille ab.

Als Franco Gayo sah, was sich dahinter verbarg, wurde er das zweite Mal bewusstlos.

10

Alvaro de la Torrez ging zum Pult. Auf der Leinwand erschien ein neues Bild. Ein ledernes Buch, das jahrhundertealt zu sein schien.

»Dies ist das *Flagellum Daemonum*, auch *Die Geißel des Teufels* genannt«, sagte de la Torrez, und in seiner Stimme schwang eine Spur von Stolz mit. »Es basiert auf den ersten Schriften zur Teufelsaustreibung aus den Jahren 790 und 800 nach Christus und ist das erste Standardwerk des Exorzismus, geschrieben vom Franziskanermönch Girolamo Menghi im Jahre 1576. Es war die Zeit der Reformation. Damals wie heute musste der Exorzismus sich im Dunkel von Luthers Irrlehren rechtfertigen. Damals wie heute wurde die Existenz des Satans abgestritten, während die Reformation alles mit einem nebeligen Mehltau verdeckte und die Wissenschaft glaubte, sie hätte den Stein der Weisen entdeckt.«

»Wurde das *Flagellum Daemonum* nicht auf den Index der verbotenen Bücher des Vatikans gesetzt?«, fragte einer der Studenten.

Alvaro nickte. »So ist es. Denn wie gesagt, auch im Vatikan lauert der Teufel. Das *Flagellum Daemonum* wurde im achtzehnten Jahrhundert verboten, genau wie andere Bücher Menghis oder wie der berüchtigte *Malleus Maleficarum,* der *Hexenhammer* von Jakob Sprenger.« Er hielt kurz inne. »Dennoch: Girolamo Menghi ist der Vater des Exorzismus, der die vormals verstreuten Lehren und Rituale in einem Werk zusammenfasste. Ohne ihn wäre das *Rituale Romanum,* das 1614 fertiggestellt wurde und den umfassendsten Ritus des Exorzismus beinhaltet, niemals so vollständig geworden, wie es ist.« Er wandte sich wieder dem Fragenden zu. »Aber Sie hatten nach den Anzeichen der Besessenheit gefragt, nicht wahr?«

Der Priesteranwärter nickte.

»Menghi spricht in seinem Werk von sieben Zeichen oder sieben Fähigkeiten, die die Besessenen von anderen Menschen unterscheiden.« Er hob den Daumen. »Erstens: Das Sprechen in unbekannten Sprachen, die sie nie gelernt haben. Zweitens:« Der Zeigefinger hob sich. »Sie wissen Dinge, die sie nicht wissen können. Drittens: Sie haben physische Kräfte, die weit über das menschliche Maß hinausgehen.«

»Zum Beispiel?«, fragte eine der Nonnen.

»Zum Beispiel wie jemand, der den tonnenschweren Taufstein von San Sebastian mitsamt der Verankerung aus dem Boden reißt.«

Die Nonne zuckte zurück. Offenbar hatte sie die Geschichte mit dem Taufstein gehört, allerdings nicht vor diesem Hintergrund.

»Viertens«, Alvaros Mittelfinger hob sich, »ein irrationaler, vorher nicht da gewesener Hass auf Priester, Sakramente, heilige Texte und Gegenstände sowie auf Eltern und Freunde. Fünftens: Depression und Melancholie. Sechstens: Das ständige Ausrufen von Blasphemien und laute Gebete an den Satan. Und siebtens: Das Ausspucken von Messern, Glassplittern und anderen Objekten.«

Der chinesische Student hob die Augenbrauen. »Waren sie vorher im Mund des Betreffenden?«, fragte er.

Alvaro schüttelte den Kopf. »Sie sind dort materialisiert. Es können auch kleine Figuren, Scherben oder Rasierklingen sein.«

»Haben Sie das schon einmal gesehen?«

Alvaro nickte. »Hunderte Male.« Er blickte auf die Uhr und ging zum Pult zurück. Ein neues Bild erschien auf dem Beamer, das die Themen der nächsten sieben Vorlesungen der Reihe »Der Exorzist als Nachfolger Christi« zeigte.

»Nächste Woche«, sagte Alvaro und zog einen Laserpointer hervor, »behandeln wir den Ursprung und die Geschichte des Satans. Danach die Eschatologie und die vier letzten Dinge: Tod, Jüngstes Gericht, Himmel und Hölle.« Das rote Licht des Laserpointers rann wie ein Blutfaden nach unten. »Anschließend beschäftigen wir uns mit Exorzismen im Alten und Neuen Testament. In der vierten Vorlesung«, der rote Lichtstrahl kroch weiter nach unten, »geht es um die Geschichte und Struktur des *Rituale Romanum*. Vorlesung fünf«, mit durchdringendem Blick schaute er hinauf in das Gewölbe des Auditoriums, »Funktion und Ablauf des Exorzismus. In Vorlesung sechs werden wir die satanistischen Sekten, Kulte, Riten und Opferungen behandeln, ehe die Interessierten unter Ihnen sich in der siebten Veranstaltung genauestens darüber informieren können, wie *Sie* Exorzist in Ihrer Diözese werden.«

Sein versteinertes Gesicht hellte sich auf, wie Don Tomasso merkte. Alvaro hoffte sicherlich, dass sich viele Studenten zu diesem Schritt entscheiden würden. »Denn wir haben nicht mit Fleisch und Blut zu kämpfen, sondern mit Mächten der Finsternis, den bösen Geistern unter dem Himmel.« Er nickte den Studenten zu. »Genießen Sie Ihre Mittagspause.«

11

Es war dunkel geworden. Draußen trommelte der Regen gegen die Fenster des kleinen Ladens im Souterrain.

Alfred Voss, der Besitzer des alten Antiquariats in der Sophienstraße nahe dem Hackeschen Markt, freute sich auf das Glas Single Malt, das er sich gleich zum Feierabend genehmigen würde. Glas und Flasche standen schon auf dem kleinen Regal bereit, zwischen alten Landkarten und Kupferstichen aus dem 19. Jahrhundert. Der Geruch des Whiskys, vermischt mit dem alter Bücher und Leder, hing in der Luft.

Voss wollte gerade seinen Laden für diesen Tag zumachen, als ein letzter Kunde erschien. Voss' Angebot an Büchern – Hermetik, Geheimwissen, Magie und Okkultismus – lockte auch so manchen seltsamen Vogel an. Einige dieser Leute schienen wirklich an das zu glauben, was in den alten, staubigen Folianten stand, von denen einige für mehr als 1000 Euro über den Ladentisch gingen. Einmal hatte sich ein Kunde ein Buch über Nekromantie gekauft, die Beschwörung der Toten, um anschließend auf dem nahen Friedhof der Sophienkirche nach Leichen zu graben, die er wieder zum Leben erwecken wollte – ein Unterfangen, das ihn geradewegs in die Psychiatrie befördert hatte.

Doch noch keiner seiner Kunden hatte eine solche Aura des Unheimlichen ausgestrahlt wie der Mann, der jetzt mit langsamen Schritten ins Antiquariat kam. Eine bedrohliche Erscheinung in einem schwarzen, abgewetzten Ledermantel mit einer seltsamen Kette um den Hals und einem grausamen Zug um den zusammengekniffenen Mund. Doch am erschreckendsten war die Sonnenbrille. Sie war so schwarz, dass man hinter den Gläsern nichts erkennen konnte, und an den Seiten abgedeckt, sodass Voss sich fragte, wie der Mann überhaupt etwas sehen konnte. Normalerweise trug man solche Brillen, wenn die Sonne hell vom Himmel brannte. Aber nicht in Berlin im Februar, an einem Tag, an dem die Wolken so dicht und tief hingen, als wäre die Erde ein Teil des trüben Himmels geworden.

Der Mann ging wortlos und mit dumpfen Schritten zu einem der Regale, auf dem Bücher über schwarze Magie aneinandergereiht standen, nahm einige Bände heraus, schlug sie an einer bestimmten Stelle auf, als wüsste er genau, wonach er suchte, blätterte ungeduldig hin und her und überflog durch seine schwarze Brille die vergilbten Seiten. Schließlich klappte er das Buch zu, atmete aus, als wäre er wenig erfreut über das, was er gefunden hatte – oder eben nicht –, und nahm ein anderes Buch zur Hand.

Schließlich zog er einen Taschenkalender aus seinem schwarzen, brüchigen Ledermantel und kritzelte mit einem silbernen Kugelschreiber hastig Notizen hinein, während er von Zeit zu Zeit in die Tasche griff, um eine Digitalkamera hervorzuziehen und damit Fotos von bestimmten Textstellen zu machen, wobei er die ganze Zeit vor sich hin murmelte.

Lucifuge Rofocale … Wo ist er? … Das dritte Geheimnis … Der rote Drache … normalerweise dem sechsten und siebten Buch Mose beigebunden, aber hier nicht …

Zwischendurch schürzte er die Lippen und gab seltsame, zischende Laute von sich, wobei Voss seine Zähne sah, die unregelmäßig in seinem Kiefer standen wie eine Reihe verwitterter Grabsteine.

Der rote Drache … Er wirft den dritten Teil der Sterne vom Himmel … Wo ist das Tor? … Die Formel, die das Bindeglied zerbricht … Die sechstausend Stufen …

Voss nahm all seinen Mut zusammen. Wie einen Schutzschild setzte er seine Brille auf, die an einer goldenen Kette um seinen Hals hing.

»Kann ich Ihnen helfen?«

Der Mann blickte sich um, wobei Kopf und Oberkörper sich in einer roboterhaften Bewegung zum Tresen drehten. Voss merkte, wie sein Magen sich zusammenzog, als er in die schwarzen Brillengläser blickte.

Der Mann kam mit langsamen Schritten auf ihn zu, in der Hand ein dickes Buch mit schwarzem Ledereinband. Es war das *Grand Grimoire,* wie Voss erkannte, eines der Hauptwerke der schwarzen Magie.

»Vielleicht«, sagte der Mann und legte das Buch auf den Ladentisch. »Was kostet dieses Exemplar?«

Voss dachte rasch nach. Je höher der Preis, desto eher wurde er diesen unheimlichen Typen vielleicht los. »Fünfhundert Euro«, sagte er. »Das ist ein Original aus dem neunzehnten Jahrhundert.«

Der Mann nickte, wobei er Voss aus seinen schwarzen Gläsern anstarrte. Dann zog er ein Bündel Banknoten aus der Innentasche seines Ledermantels, zählte fünf Hunderter ab und legte sie auf den Tresen.

»Kann ich sonst noch etwas für Sie tun?«, fragte Voss und legte die Scheine unter einen Scanner. Sie waren echt.

»Ich brauche noch eine Information«, sagte der Mann. »Das hier«, er tippte auf das Buch, »ist die deutsche Ausgabe des *Grand Grimoire.* Haben Sie die französische Ausgabe? Den Urtext?«

»Die Ausgabe von 1522? Die gilt als verschollen.«

»Es gibt einen Hinweis in der französischen Ausgabe von 1775 aus Paris. Man muss einen Kreis bilden für die Beschwörung, einen Kreis aus der in Streifen geschnittenen Haut einer jungen Ziege, mit Nägeln am Boden befestigt, die aus dem Sarg eines Kindes stammen.« Der Mann sog die Luft ein. »Das Opfer an Lucifuge Rofocale, den Premierminister der Hölle. Durch das Ritual erhält man seine Zustimmung, die Toten zu befragen.«

Voss schaute den Fremden unbehaglich an. Hatte er es wieder mit einem dieser Irren zu tun, die sich so intensiv mit der Materie befassten, dass sie den größten Unsinn für bare Münze nahmen? Der Fremde klang so, als wollte er das verrückte Ritual wirklich und wahrhaftig vollziehen.

»In dem alten Ritual«, fuhr der Mann fort, »werden allerdings keine Ziegenhäute als Opfer verwendet, sondern Neugeborene.«

»Neugeborene?«, fragte Voss.

»Ja«, sagte der Fremde. »Sie eignen sich am besten zur Beschwörung der Toten, denn sie sind gerade erst aus der Welt jenseits des Tores gekommen. Das Tor, durch das wir alle wieder hinausgehen werden.«

Voss schluckte. Offenbar hatte er es hier mit einem besonders schweren Fall zu tun.

Der Mann schlug das Buch auf und drehte es zu Voss um. »Hier«, sagte er. Sein Finger bewegte sich über den Text. Voss las den Absatz mit.

Ich verspreche Dir, zu Dir zu kommen, wann immer ich gerufen werde. Wenn du die Rute in der Hand hältst, öffne das Buch und sprich das Wort »Rofocale«. Gebe mir dafür Dein Leben lang jeweils am ersten Tag des Monats eine Münze. Tust Du das nicht, so wirst Du mir gehören.

»Und?«, fragte Voss, wobei er unauffällig nach draußen schaute in der Hoffnung, dass ein weiterer Kunde kam. Aber es kam keiner.

»Es fehlt etwas«, sagte der Mann. »Es gibt einen Weg, nicht nur die Toten zu befragen, sondern ihre Seelen auf der Welt zu halten. Das Lebenslicht. Man kann das Bindeglied zerbrechen, sodass es eine Zeit lang weiterflackert, auch wenn der Körper bereits tot ist.« Der Mann trat näher an Voss heran, der zurückwich und beinahe sehnsuchtsvoll zur Tür schaute. »Im Original von 1522 wird das zweite Ritual beschrieben. Das Ritual, das hier fehlt.« Der Mann klopfte aggressiv mit den Fingern auf das Buch. »Dort ist zu lesen, wie man die sechstausend Stufen herabsteigt und das Bindeglied zerbricht.« Noch ein Schritt nach vorne. »Beschaffen Sie mir dieses Buch.«

Voss schüttelte den Kopf und lockerte seinen Hemdkragen. »Das kann ich nicht. Ich sagte doch, es ist verschollen. Seit dem ersten Weltkrieg.«

»Nichts ist verschollen«, sagte der Mann. Voss sah sein eigenes verzerrtes Gesicht, das sich im Schwarz der Brille spiegelte. »Auch die Toten sind nicht tot.«

Mit zitternden Fingern wickelte Voss das schwarze Buch ein und reichte es dem Mann, der es mit klauenhaft ausgestreckten Händen entgegennahm. Dann bewegte sich mit ruckartigen Schritten zum Ausgang. Mit einem Mal hob er die Nase, als würde er etwas riechen oder auf andere Weise wahrnehmen. Er drehte sich um und kam zu Voss zurück. »Sie haben es *doch* hier«, sagte er. »Ich kann es spüren.«

Voss wich zurück.

»Verkaufen Sie es mir. Ich zahle jeden Preis.«

Voss standen Schweißperlen auf der Stirn. Sollte er das Buch verkaufen? Wenn er einen ausreichend hohen Preis nannte, könnte es das Geschäft des Jahres für ihn werden.

»Also gut«, sagte er. »Zwanzigtausend.«

Zu Voss' maßlosem Erstaunen blätterte der Mann die Summe bar auf den Tisch. Voss holte das kostbare Buch aus einem Safe, scannte die Geldscheine, wickelte das Buch sorgfältig ein und steckte es in eine Leinentasche, die er dem Mann über den Tresen reichte.

Als die Tür hinter dem Fremden zuschlug, ließ Voss sich schwer atmend auf seinen Lederstuhl hinter dem Tresen fallen.

Das Glas Whisky, das er an diesem Abend trank, war um einiges größer als sonst.

12

Clara verließ die Aufzugkabine und durchquerte den engen Gang, der zu den Verhörräumen des LKA führte, fünfzehn Meter unter der Erdoberfläche. Hinter der bespiegelten Glasscheibe sah sie Hermann, der die Unterlagen sortierte und die Berichte für die Staatsanwaltschaft und die Gerichtsverhandlung vorbereitete. Die Stühle, auf denen die beiden Täter gesessen hatten, waren leer. Die zwei Polizisten waren ebenfalls gegangen.

Hermann war über eins neunzig groß, bullig und ein wenig untersetzt mit kahl geschorenem Schädel, normalerweise ein herzensguter Kerl, doch er konnte sehr unangenehm werden, wenn er den richtigen Leuten gegenüberstand. Oder besser gesagt, den falschen Leuten.

Clara betrat den Raum.

»Das haben wir ja noch ganz gut hingekriegt«, sagte sie.

Hermann nickte. »Allerdings. Jetzt reicht's aber auch.« Er stopfte einen Haufen Papiere in einen roten Eckspanner, der den Stempel der Staatsanwaltschaft trug. »Und die beiden Schweinebacken werden bald wieder Sex haben. Allerdings unfreiwillig.«

Clara nickte. Sie kannte die Rituale im Knast. Und sie gefielen ihr nicht. Denn auch wenn der Staat Verbrecher bestrafen musste – er durfte kein Umfeld zulassen, in dem keine Gesetze galten. Und genau das war in den meisten Gefängnissen der Fall.

»Trinken wir nachher ein Bier?«, fragte Hermann.

»Bier am Montag?« Clara lächelte.

»Du musst das so sehen«, sagte Hermann und stapelte die Akten übereinander, die er sich dann unter den Arm klemmte, »es ist Montag, und der größte Brocken Arbeit ist erledigt. Dann kann man auch am Montag schon feiern. Oder etwa nicht?«

Clara zuckte die Schultern und lächelte. »Hat eine gewisse Logik.«

Ein Schatten näherte sich hinter der Scheibe. Dann war ein zaghaftes Klopfen an der Tür zu vernehmen. Es war Silvia, die Sekretärin, die Clara sich mit einem Kollegen teilte.

»Tut mir leid, wenn ich störe, Frau Vidalis, aber Dr. von Weinstein muss dringend mit Ihnen sprechen. Es ist sehr wichtig, sagt er.«

Clara schaute auf ihr Handy, das wegen des Verhörs noch stummgeschaltet war. Sie sah, dass Weinstein bereits vor fünf Minuten versucht hatte, sie zu erreichen. Sie nickte Hermann zu, verließ das Zimmer und sammelte draußen vor der Glasscheibe ihre Unterlagen zusammen.

»Hat er gesagt, worum es geht?«, wollte sie von Silvia wissen.

»Nein, nur dass es sehr wichtig ist.« Silvia zuckte die Schultern. »Jedenfalls klang er sehr aufgeregt.«

»Aufgeregt?«, fragte Clara. Normalerweise war von Weinstein, der stellvertretende Leiter der Rechtsmedizin, ungefähr so aufgeregt wie zehn Tonnen Stein am Grund des Meeres. Da musste sich schon etwas Bedeutsames ereignet haben.

In ihrem Büro wählte sie Weinsteins Nummer. »Vidalis hier«, sagte sie. »Was gibt's?«

»Schlechte Nachrichten. Ich bin hier an einem Tatort in der Friedrichstraße, nahe dem Quartier 101. Die Forensik ist auch schon vor Ort. Ich erreiche Winterfeld nicht und dachte, einer von Ihnen sollte sich das hier mal ansehen, bevor die Spurensicherung loslegt.«

»Ein Mord?«, fragte Clara.

»Ja. Ein männliches Opfer. Die Leiche liegt im Büro von Franco Gayo. Möglicherweise ist er es selbst, Identifikation gemäß Papieren positiv.«

»Irgendwelche Besonderheiten?«

»Allerdings.« Von Weinstein atmete ein. »Er ist aufs Parkett genagelt worden, Arme und Beine von sich gestreckt.«

»Mein Gott«, stieß Clara hervor.

»Und irgendetwas ist in seinem Mund«, fuhr von Weinstein fort. »Wir sind noch nicht sicher, was es ist.«

Clara erkannte, dass Winterfeld mit seiner Prophezeiung wieder einmal recht behalten hatte. Die Bombe tickte nicht mehr, sie war explodiert.

»Sonst noch was?«

»Ja. Der Täter hat ihm ein Schwert durch den Körper gebohrt.«

Ein Schwert?, dachte Clara verwirrt. »Wie sieht die Wunde aus?«

»Das können wir derzeit noch nicht sagen.«

»Wieso? Man muss doch feststellen können, ob er an Blutverlust gestorben ist oder ob wichtige Organe zerstört wurden.«

»Mit Sicherheit beides«, erwiderte von Weinstein tonlos. »Oder sagen wir, alles auf einmal.«

»Wie oft hat der Täter zugestochen?«

»Ein Mal«, sagte von Weinstein. Und dann, nach einer Pause: »Das reichte aber auch.«

»Inwiefern?«, fragte Clara.

»Er hat ihm die Klinge in den Anus gestoßen und durch seinen ganzen Körper getrieben, bis sie aus dem Mund wieder heraustrat.«

Übelkeit erfasste Clara. Ihr war, als würde sich der Boden unter ihr bewegen. Sie musste sich an der Tischkante festhalten, um nicht das Gleichgewicht zu verlieren, während ihr Blick hinter einer Wolke verschwamm, schwarz und wogend wie die eines Tintenfisches. Sie riss die Augen auf, atmete tief durch und hatte sich nach ein paar Sekunden wieder unter Kontrolle.

»Sind Sie noch dran?«, fragte von Weinstein.

»Ja!«, antwortete Clara unwirsch, während sie versuchte, die Bilder, die vor ihrem inneren Auge erschienen waren, unter die Oberfläche des Bewusstseins zu drücken.

Bis es aus seinem Mund wieder herauskam …

»Wie lange ist das her?«

»Höchstens zwei Tage.«

»Hat er dabei noch gelebt?«

Von Weinstein ließ sich Zeit mit der Antwort. Schließlich sagte er: »Wie es aussieht, ja.«

13

Ein frischer Wind wehte über die Dachterrasse der Universität Santa Croce. Im Süden erstreckte sich die Piazza Navona, im Südosten ragte die Kuppel von Il Gesù, der Gründungskirche des Jesuitenordens, aus dem Gewirr der Gassen und Dächer. Im Westen erhob sich majestätisch die Kuppel des Petersdoms.

Don Tomasso und Alvaro de la Torrez nippten an den Pappbechern mit dem heißen Espresso, den sie aus der Cafeteria der Universität mit auf die Dachterrasse genommen hatten.

»Hör zu, Tomasso«, sagte Alvaro, während er dem Dampf hinterherschaute, der vom Kaffee aufstieg und vom Wind zur Piazza Navona getrieben wurde, »bei einem solch ernsten Thema kann man gar nicht übertreiben.«

Tomasso nickte. Und wenn er ehrlich war, sah er es genauso. Früher hatte er sich allerdings gefragt, ob man nicht auch einmal die gute Botschaft des Evangeliums verkünden sollte, statt immer nur Furcht zu säen. Doch Jesus selbst sagte, dass der Satan am Jüngsten Tag kommen würde wie ein Dieb in der Nacht. Musste man da nicht erst recht wachsam sein? »Es gibt den Satan«, pflichtete er ihm bei, »aber es gibt auch Hoffnung.«

»Gewiss«, sagte Alvaro. »Doch es gibt mehr als eine Milliarde böse Geister, aber nur zweihundert Exorzisten weltweit.« Er ballte die Fäuste. »Und trotzdem hat die Kirche in naiver Einfältigkeit die letzten dreihundert Jahre so getan, als würde der Satan nicht existieren und ihm damit in die Hände gespielt, denn genau das *will* er.« Er wies auf den Petersdom. »Wie sagte Papst Paul VI. im Jahre 1972?« Er schaute Tomasso erwartungsvoll an, bevor er weitersprach. »Durch einen Spalt ...«

Tomasso nickte. »Durch einen Spalt ist der Rauch des Satans in den Tempel Gottes eingedrungen.«

»Wie recht er hatte«, sagte Alvaro. »Mittlerweile hat die ständige Ignoranz des Satans dazu geführt, dass er die Polizei mehr interessiert als die Kirche.«

Tomasso hob die Augenbrauen. »Tatsächlich?«

Alvaro nickte. »Tatsächlich. Allein in Italien gibt es mittlerweile mehr als sechshundert satanische Sekten. Sie breiten sich in ganz Europa aus.« Er schaute nach Westen, wo sich dunkle Wolken am Horizont auftürmten. »Es gibt einen Schwarzmarkt für geweihte Hostien, die in satanistischen Zirkeln für mehr als hundert Euro das Stück verkauft werden.«

Tomasso wollte scherzhaft erwidern, dass es für die Kirche vielleicht besser wäre, künftig Hostien zu verkaufen als mit dem Klingelbeutel herumzugehen, doch er verbiss sich den Kommentar.

»Die meisten Katholiken glauben nicht mehr an die Realpräsenz Christi in der Eucharistie«, fuhr Alvaro fort und ergriff Tomassos Arm. »Nur noch die Satanisten scheinen daran zu glauben. Würden sie sonst hundert Euro für eine geweihte Hostie zahlen, die sie in ihren Schwarzen Messen entweihen?«

Er trank von seinem Espresso und schaute auf die Kuppel des Petersdoms und die düsteren Gewitterwolken, die sich von Westen her auf Rom zubewegten.

»Es beginnt mit Gläserrücken, Pendelspielen, Kartenlegen, spiritistischen Sitzungen, Séancen. Aber dabei bleibt es nicht.« Er senkte verschwörerisch die Stimme. »Der Satan sorgt dafür, dass *so etwas* geschieht.« Er hielt Tomasso ein Foto hin. »Wer kann da noch allen Ernstes behaupten, dass der Teufel nicht auf Erden wirkt?«

Tomasso betrachtete das Foto mit einer Mischung aus Abscheu und Verwunderung, während Alvaro fortfuhr.

»Das Foto kommt von der Questura, der Polizeipräsident

hat es mir gegeben. Die Täter haben das Mädchen in eine der Katakomben entführt, sie vergewaltigt und zum Oralverkehr gezwungen, nachdem sie ihr sämtliche Zähne ausgerissen hatten. Und dann haben sie ihr das umgedrehte Pentagramm mit einem Messer in den Bauch geschnitten.«

Tomasso ließ das Foto sinken. »Wo ist sie jetzt?«

»Tot«, sagte Alvaro. »Sie haben sie gefesselt, ihr den Mund zugenäht und sie dort liegen gelassen. Und sie haben das hier getan.« Er zeigte Tomasso ein zweites Foto, auf dem eine Wand zu sehen war, auf die mit Kreide etwas geschrieben stand. Tomasso las den Satz laut vor: »Wenn es dich gibt, Jesus, dann rette sie doch ...« Er gab Alvaro die Fotos zurück, während er den leeren Pappbecher in einen Mülleimer nahe dem Eingang der Dachterrasse warf.

»Geschändet, getötet und den Herrn verspottet«, sagte Alvaro voller Bitterkeit.

Die beiden Geistlichen standen eine Zeit lang schweigend wie schwarz gekleidete Statuen auf der windumtosten Terrasse über den Dächern Roms.

Tomasso dachte an seine Überlegungen von vorhin, als er die Piazza Navona überquert hatte, an die Frage der Toleranz Gottes dem Bösen gegenüber. Vielleicht lag es daran, dass Gott als Schöpfer des Alls auch der Schöpfer des Bösen sein musste. Wie hieß es bei Jesaja? *Ich bin der Herr, der das Licht macht und die Finsternis, ich gebe den Frieden und ich schaffe das Böse.*

»Gehen wir hinein«, sagte er schließlich mit Blick auf die drohenden Gewitterwolken, die sich von Westen her immer näher schoben, und legte dem alten Exorzisten den Arm um die Schultern. »Ein Sturm zieht auf.«

»Ich weiß«, sagte Alvaro, zerknüllte seinen Pappbecher und warf ihn in den Mülleimer. »Ich weiß.«

14

Clara saß in einem der Einsatzwagen, die mit Blaulicht und Sirene den Mehringdamm Richtung Friedrichstraße hinaufrasten. In aller Eile hatte sie Informationen über Franco Gayo aus dem Internet geladen. Nun huschte ihr Blick über den Ausdruck, den sie davon gemacht hatte, während die Einsatzwagen sich durch den Feierabendverkehr wühlten.

Franco Gayo war in einer renommierten Anwaltskanzlei ein hohes Tier gewesen, ehe er seinen wohltätigen Verein *Do ut des* ins Leben gerufen hatte, der ziemlich marktschreierisch an das schlechte Gewissen der Menschen appellierte, was manche Pressevertreter aber nicht daran hinderte, Gayo zum »guten Gewissen Deutschlands« hochzustilisieren.

Und nun war er einem Mord zum Opfer gefallen. Der Killer musste das ganze Wochenende bei ihm gewesen sein. Offenbar war es niemandem aufgefallen, und wie es aussah, hatte auch niemand etwas gehört. Das allein war schon eine Leistung.

Franco Gayo zählte zwar nicht zu den Menschen, die bei einem Gespräch unter vier Augen alle paar Minuten auf einen verborgenen Knopf am Schreibtisch drücken mussten, damit seine Bodyguards nebenan wussten, dass alles in Ordnung war und nicht den Raum stürmten. So bedeutend war er nicht. Doch er war bekannt genug, dass man ihn nicht einfach mal eben für zwei Tage völlig von der Bildfläche verschwinden lassen konnte.

Der Killer ist ein Profi, überlegte Clara. *Oder ein Wahnsinniger. Oder beides.*

Dann dachte sie wieder daran, was der Täter mit Gayo angestellt hatte, und ein Gefühl von Ekel und Machtlosigkeit umschloss sie, klebrig, schwarz und undurchdringlich.

Der Killer hatte Gayo aufs Parkett genagelt und ihm eine Klinge durch den ganzen Körper getrieben.

Warum hatte er ihm das angetan?, fragte sie sich. *Hat Gayo irgendwelchen mächtigen Organisationen ans Bein gepinkelt? Hat er anderen die Show gestohlen? Aber selbst wenn es so sein sollte – ist das Grund genug für einen derart bestialischen Mord?*

Clara wusste schon, was sie am Tatort erwartete, dem Ort der Schmerzen und des Grauens. Manchmal fragte ein Reporter sie, wie Mord riecht. Sie konnte es schlecht beschreiben, wusste es aber sofort, wenn sie es roch. Der Odem des Todes, der süßlich-penetrante Gestank von Leichen, vermischt mit dem kupfernen Geruch von vergossenem Blut und dem Schlachthausgestank zerfetzter Eingeweide. Vielleicht lag es am Ekel vor sich selbst, am Ekel vor dem Körperlichen und der bloßen Existenz, dass Menschen den Schlachthausgeruch von Fleisch besonders verabscheuten.

Warum hat der Täter das getan? Warum gerade so?, fragte sich Clara, während die Einsatzwagen am Willy-Brandt-Haus vorbeirasten, Richtung Kochstraße, um dann rechts in die Friedrichstraße abzubiegen. Sie würde nachher mit Martin Friedrich darüber sprechen, dem Leiter der operativen Fallanalyse beim LKA. Von Weinstein hatte ihm die Unterlagen und Fotos von seinem Laptop am Tatort aus bereits als pdf-Datei geschickt.

Warum diese bestialische Grausamkeit?

Es gab Standardbegründungen. Clara kannte sie alle, aber sie fürchtete, dass sie ihr in diesem Fall nicht weiterhalfen. Die meisten Täter wählen ihr Opfer aufgrund ihrer Furcht aus, sagten die Psychiater. Sie stechen Frauen Nadeln in die Brüste, weil ihre psychotische Mutter dem kleinen Jungen, der später ein Serienkiller werden würde, Nadeln in den Penis gestochen hatte. Warum? Weil der Junge und alles, was mit ihm zu tun hatte, unerwünscht war. Weil Mami lieber ein kleines Mädchen haben wollte. Und weshalb? Weil Papa sie in der Badewanne immer so komisch angefasst und sie gezwungen hatte, ihn ebenfalls irgendwo anzufassen.

Doch so einfach war es hier mit Sicherheit nicht. Die Dimension war eine ganz andere. Aber *was* hatte der Killer hier getan? War es ein Ritualmord? Eine Pfählung? Hatte es irgendeine Bedeutung? Und wenn ja – warum?

Und so grauenvoll die Tat war, so groß waren der Aufwand, die Vorbereitungen und die Notwendigkeit, dabei nicht gestört zu werden.

Das alles war ziemlich rätselhaft.

Clara fuhr sich mit der Hand über den Hinterkopf. Die Wunde, die dort gewesen war, war längst verheilt. Es war im Oktober gewesen, als sie in letzter Sekunde aus dem verfluchten Haus des Namenlosen geflohen war, bevor alles explodierte. Ein Stück Metall hatte sie am Hinterkopf erwischt. Sie hatte es erst Stunden später im Revier gemerkt, als sie spürte, dass irgendetwas Warmes, Feuchtes ihren Hinterkopf und Nacken hinunterlief und ihre Bluse rot färbte. Adrenalin kann wie ein Schmerzmittel wirken, und so war es auch damals gewesen. Doch die Narbe war noch da. Clara konnte sie fühlen. Narben konnten eine gute Sache sein. Sie erzogen einen zur Demut und zeigten einem, dass die Vergangenheit einst Realität war. Zugleich gaben sie Hoffnung, denn auch wenn Narben ein Zeichen früherer Verletzungen waren, so waren sie zugleich ein Zeichen der Heilung.

»Welche Narben hast du, dass du so etwas fertigbringst?«, murmelte Clara, als sie wieder an den Killer dachte.

»Haben Sie was gesagt?«

Clara zuckte zusammen. Erst jetzt wurde ihr bewusst, dass sie laut gesprochen hatte. Sie sah die Augen des Fahrers im

Innenspiegel. Er war einer der Einsatzbeamten, mit denen sie zum Tatort fuhr.

»Nichts weiter. Hab nur laut gedacht.«

Der Fahrer nickte, zuckte die Schultern. Clara schaute aus dem Fenster, als der Wagen in die Friedrichstraße einbog und das Quartier 101 sich in der Ferne zwischen den regenschweren Wolken erhob.

Laut gedacht. Manchmal redete Clara leise mit sich selbst, wie manche ihrer Kollegen auch. Es tat gut, wenn man außer den Stimmen der Toten und Ermordeten auch mal die eigene Stimme im Kopf hörte. Es war kein Zeichen von Verrücktheit, mit sich selbst zu reden, im Gegenteil: Es konnte einen davor bewahren, verrückt zu werden.

Der Wagen hielt.

»Wir sind da«, sagte der Fahrer.

Als Clara die Tür öffnete und die regennasse Fassade hinaufblickte, überkam sie noch einmal das seltsame Gefühl schwarzer, klebriger Verzweiflung, die man nicht abwaschen konnte. Sie wusste, dass hinter diesen Wänden das Grauen auf sie wartete. Nur drei oder vier Türen entfernt – drei oder vier Türen, die sie durchschreiten musste, um von der normalen Welt der Großstadt in eine Welt aus Angst, Schmerz und Tod zu gelangen.

*

Vor dem Haupteingang des Quartier 101 hatten sich etwa ein Dutzend Reporter versammelt, mit Kameras und Scheinwerfern bewaffnet, die Clara Mikrofone unter die Nase hielten, während sie sich gemeinsam mit den vier Polizisten an der Presse vorbei ins Innere des Gebäudes vorarbeitete. Vier weitere Einsatzleute hatten am Eingang Stellung bezogen und hielten jeden fern, der nichts mit den Ermittlungen zu tun hatte.

Zwei Pressevertreter beschwerten sich lauthals, dass hier die Arbeit der Medien behindert werde, was die vier Beamten aber nicht davon abhielt, genau das weiterhin zu tun.

»Aasgeier«, schimpfte einer der Polizisten, »haben mal wieder den Polizeifunk abgehört.«

Der Fahrstuhl bewegte sich mit quälender Langsamkeit nach oben.

Einer der Polizisten, ein noch ziemlich junger Bursche, fragte Clara: »Stimmt die Geschichte?«

»Welche Geschichte?«

»Was er mit dem Mann gemacht hat.«

»Ich habe es noch nicht gesehen, aber wenn Dr. von Weinstein es sagt, wird es wohl so sein.« Carla blickte dem jungen Beamten in die Augen. »Wenn es nicht unbedingt sein muss, schauen Sie nicht hin. Es sei denn, Sie wollen die nächsten Nächte nicht schlafen.«

Der Polizist wurde blass und nickte. Im selben Moment öffnete sich die Aufzugstür. Absperrband, Scheinwerfer der Spurensicherung und ein Assistenzarzt der Rechtsmedizin in einem der weißen Papieranzüge aus Endlosfaser erwarteten Clara.

»Frau Vidalis?«, fragte der Mann.

Sie nickte.

Er wies durch das Vorzimmer nach hinten in das große Büro Gayos, aus dem Stimmengewirr drang und wo sich von Weinstein über irgendetwas beugte, was dort am Boden lag. Die Leiche lag unter einer weißen Folie.

Clara atmete tief ein und durchquerte das Vorzimmer, vorbei an dem grellen, heißen Licht der Scheinwerfer.

Der Geruch traf sie wie ein Hammerschlag.

Sie sah die Leiche nicht, doch an den Ecken der Folie sah sie Hände und Füße, die noch immer mit dicken Nägeln fixiert waren, die jemand in den Parkettboden getrieben hatte. Sie sah das Blut, das an den Füßen der Leiche unter der Plastikfolie das Holz getränkt hatte.

Kamerablitze zuckten und ließen bunte Schatten vor Claras Augen tanzen. Einer der Techniker hatte schon etliche Fotos auf einen Laptop der Rechtsmedizin gezogen, der auf dem Schreibtisch des Ermordeten stand. Zwei Kriminaltechniker waren damit beschäftigt, Boden und Wände mit Grafitpinseln abzutupfen, um mögliche Fingerabdrücke zu entdecken, während ein anderer nach Hautschuppen, Haaren oder anderem organischen Material des Täters suchte, das eine DNA-Probe ermöglichte. Ein Asservatenkoffer stand offen neben ihm. »Keine Haare, nichts bisher«, rief er einem der Kollegen zu. Clara erstaunte das nicht. Sie wusste, wie viele Vergewaltiger und Serienmörder sich die Körperhaare rasierten, damit nichts, aber auch gar nichts am Tatort zurückblieb.

Sie blickte zum Fenster, wo eine große Leinwand aufgestellt worden war, wie man sie für Präsentationen verwendete. Ungefähr fünf Meter entfernt, auf der anderen Seite des Büros, stand ein Beamer. Er war ausgeschaltet.

Dem Kriminaltechniker, der Clara begleitet hatte, war ihr Blick nicht entgangen. Er war ein noch ziemlich junger Mann, den die Schrecken in diesem Büro nicht allzu sehr zu beeindrucken schienen. »Wir wissen noch nicht, was die Leinwand und der Beamer hier sollen«, sagte er. »Möglicherweise stammt beides vom Täter.«

Clara nickte. »Erzählen Sie weiter.«

»Das Opfer ist seit ungefähr zwei Tagen tot. Ein Mann vom Reinigungsdienst hat die Leiche entdeckt, als das Büro heute Mittag um dreizehn Uhr immer noch geschlossen war.« Er atmete hörbar aus. »Der Mann hatte einen schweren Nervenzusammenbruch. Er ist jetzt beim Notarzt und kommt anschließend in psychologische Behandlung.«

Clara kannte solche Fälle. Die wenigsten Menschen konnten

mit so etwas fertig werden – im Unterschied zu erfahrenen Ermittlern wie sie. »Horror-Teflon« hatte Winterfeld es einmal genannt. Damit meinte er, dass mit zunehmender Erfahrung das Grauen und der Schrecken an einem abglitten wie Fett an einer Teflon-Beschichtung.

Doch manchmal fragte Clara sich trotzdem, ob sie durch diese Abgestumpftheit im Angesicht des Grauens, die sich über die Jahre gebildet hatte, nicht selbst schon wie eines der Monster geworden war, die sie jagte. »Wer sich mit Ungeheuern befasst, muss achtgeben, dass er nicht selbst eins wird«, hatten die Profiler beim FBI gesagt. Und bei Nietzsche hieß es: »Wenn du lange in einen Abgrund blickst, blickt der Abgrund auch in dich hinein.« Beide hatten recht.

»Warum der Notarzt?«, fragte Clara. »Hat der Mann sich verletzt?«

Der Kriminaltechniker verzog gequält das Gesicht. »Als er das hier gesehen hat, ist er autoaggressiv geworden. Hat sich den Kopf an der Tischplatte aufgeschlagen, wahrscheinlich, um die Bilder loszuwerden, die ihm vor Augen standen. So was kommt öfters vor. Ich habe ihn kurz gesehen. Seine Stirn war nur noch blutiges Fleisch. Er hat den Kopf mit solcher Wucht auf die Platte geschlagen, dass sich im linken Auge Teile der Netzhaut abgelöst haben. Hoffen wir, dass die Ärzte und Psychologen ihn wieder hinkriegen.«

Clara nickte. Einer der Kollateralschäden des Schreckens. Es traf nicht nur die Opfer. Es traf noch viele andere – die »sekundären Opfer«, wie man sie in der Kriminologie nannte.

»Das hier«, sagte der Kriminaltechniker, »haben wir hier im Büro gefunden. Es war unter dem Tisch beim Empfang befestigt.« Er hielt einen kleinen Metallgegenstand in die Höhe. »Ein Mobile Jammer. Er unterbindet in einem Radius von zwanzig Metern jeglichen Mobilfunkverkehr. Hat normalerweise nur das BKA oder irgendwelche Drogenbosse.«

»Was war mit Festnetz?«

»Das Gleiche. Der Täter hat eine Mailbox eingerichtet, sodass eingehende Anrufe beantwortet wurden, aber keine Anrufe nach draußen möglich waren.«

Keine verdächtigen toten Leitungen, wenn jemand anruft. Schlau. Clara trat näher an die Leiche heran, an die weiße Folie und an den Mann, der vor dem Toten kniete und in sein Diktiergerät sprach. Als er die Schritte hinter sich hörte, erhob er sich und nickte Clara zu.

»Frau Vidalis, da sind Sie ja«, sagte er, rückte seine Brille zurecht und schaltete das Diktiergerät aus. Dr. von Weinstein, der stellvertretende Direktor des Instituts für Rechtsmedizin, sah mit seinen grauschwarzen Haaren, die er nach hinten gegelt hatte, seiner silbernen Designerbrille und seinem gebräunten Teint eher wie ein Sunnyboy aus dem Robinson Club aus, der dem kahlköpfigen, graugesichtigen Klischee des Rechtsmediziners so gar nicht entsprach. Doch an diesem Tatort war sogar er blass geworden.

»Franco Gayo«, sagte er. »45 Jahre alt, männlich, weiß – und tot.«

»Das sehe ich«, sagte Clara.

»Wollen Sie?«, fragte von Weinstein und zog an der weißen Plastikfolie, die auch das Gesicht der Leiche bedeckte.

»Muss ich ja wohl.«

Er zog die Folie zurück.

Nicht nur der Anblick, auch der faulig-süßliche Geruch, der von der Leiche ausging, ließ Clara zurückweichen. Ihr war, als würde ein brutaler Schlag ihr die Luft aus der Lunge treiben. *Du musst es ertragen,* beschwor sie sich. *Du musst stärker sein als das Grauen.* Es war wie mit dem Geruch. Manche rieben sich die Nase mit Menthol ein, wenn sie einen Sektionssaal betraten, doch Clara wusste, dass es den Ekel nur umso schlimmer machte. Am besten gleich tief einatmen, den Tod umarmen, wenn er einen angrinst, und zurückgrinsen. Alles andere war Augenwischerei.

Die Leiche war nackt. Der Killer musste Gayo ausgezogen haben. Es war Clara in diesem Moment egal, ob das Opfer ein Mann oder eine Frau war, sie sah ohnehin nur, was der Killer in diesen vermutlich endlosen Stunden des Grauens und der Dunkelheit getan hatte. Sie sah das Schwert, sah den Griff der Waffe, wo sie in den Körper Gayos eingedrungen war. Sie sah, wie sich die Klinge im Fleisch abzeichnete, und schaute auf das Genick, das der Killer zurückgedreht hatte, damit das Schwert aus dem Mund herausdrang, nicht aus dem Hals oder dem Unterkiefer. Sie sah die lange, blutige Klinge, die wie eine dünne eiserne Zunge aus Gayos klaffendem Mund ragte.

Clara starrte auf diese bestialische Inszenierung des Grauens wie auf ein dämonisches Gegenüber, das einen so lange anstarrt, bis man den Blick senkt. Doch sie war nicht bereit, den Blick zu senken. Sie *musste* es sehen, verarbeiten, abspeichern, um es später wieder abrufen zu können.

21, 22, 23 . . .

Clara zählte bis 30, dann wandte sie den Blick ab.

»Alles in Ordnung?« Von Weinstein musterte sie beunruhigt.

Sie atmete tief ein und aus. »Es geht schon wieder.«

Die Folie fiel wieder auf die Leiche herunter, sodass nur noch der Kopf zu sehen war.

Das Schwert, das aus dem Mund ragt, dachte Clara. *Wenn der Täter so viel Wert auf diese Inszenierung legt, muss sie irgendetwas bedeuten.*

Sie kannte die Klischees, dass der Augenblick des Todes gleichsam für immer in einem Gesicht eingemeißelt blieb. Aber das war Unsinn, denn mit dem Aussetzen des Herzschlags erschlafften sämtliche Muskeln. Danach verfestigte die einsetzende Leichenstarre den Gesichtsausdruck, der mit dieser Erschlaffung einherging.

Aber da war noch etwas gewesen.

Clara zog noch einmal die Folie zurück. Und dann sah sie es wieder.

»Was ist das?«, fragte sie.

Tief in der Kehle des Toten sah sie ein bronzefarbenes Schimmern.

Von Weinstein zuckte die Schultern. »Das müssen wir nachher in Moabit feststellen, das habe ich auch bereits bemerkt. Aber bevor wir da näher herankönnen, müssen wir das Schwert entfernen. Und das dauert seine Zeit. Wir können die Klinge ja nicht einfach herausziehen, sondern müssen den Wundkanal vorher schichtweise präparieren.« Er nestelte an seiner Brille und ergriff den Zipfel der Plastikfolie. »Haben Sie genug gesehen?«

Clara schaute noch einmal in das erschlaffte Gesicht und nickte. »Mehr als Sie kann ich auch nicht feststellen.«

Von Weinstein zog die Folie über Gayos Kopf.

»Er ist seit ungefähr zwei Tagen tot?«, fragte Clara.

Von Weinstein nickte. »Sieht so aus. Die Leichenstarre hat sich bereits wieder gelöst, und die Grünfäulnis im rechten Unterbauch hat gerade erst begonnen. Der Verwesungsprozess wäre weiter fortgeschritten, hätte er länger als zwei Tage hier gelegen.«

Clara nickte. Die Leichenfäulnis begann stets als grüner Fleck im rechten Unterbauch, da die Fäulnis als Erstes von den Darmbakterien ausging und der Darm hier direkt unter der Bauchdecke lag. Die Leichenstarre löste sich dann aufgrund der Fäulnis und der damit verbundenen Zersetzung der Muskulatur.

Untersuchungen zur Eingrenzung der Todeszeit wurden immer gleich am Fundort einer Leiche vorgenommen, niemals im Sektionssaal. Eine viertel bis eine halbe Stunde nach dem Tod kam es normalerweise zur Bildung sogenannter Leichenflecken, fleckigen Ansammlungen von Blut unter der Haut, weil das Herz nicht mehr schlägt und das Blut in den Gefäßen nicht mehr transportiert wird, sodass die Blutzellen absinken. Auch nach dem Tod bleibt die Körpertemperatur von etwa siebenunddreißig Grad für ungefähr drei Stunden konstant. Danach verringert sie sich um jeweils ein Grad pro Stunde. Fand man also eine Leiche mit einer Körpertemperatur von zwanzig Grad bei normaler Raumtemperatur, war diese Leiche seit ungefähr zwanzig Stunden tot.

Hatte die Körpertemperatur des Ermordeten allerdings bei mehr als siebenunddreißig Grad gelegen – zum Beispiel, weil er Fieber gehabt hatte –, konnte es die Ermittlungen gehörig durcheinanderbringen. Der scheinbare Todeszeitpunkt konnte dann ein paar Stunden nach dem tatsächlichen Zeitpunkt des Todes liegen; die Tat war dann nicht um dreizehn Uhr, sondern um fünfzehn Uhr verübt worden. Ein Mörder konnte die Tat um dreizehn Uhr begangen haben und um fünfzehn Uhr im Flugzeug sitzen; auf diese Weise hatte er ein todsicheres Alibi.

Clara schob den Gedanken beiseite. *Diesem* Mörder war es mehr auf die perfekte Inszenierung seiner Tat angekommen als auf die Vertuschung des Todeszeitpunkts.

Der rechtsmedizinische Assistenzarzt hatte ein weiteres Laptop aufgeklappt. Clara kannte das Programm, mit dem er arbeitete. Man konnte sämtliche Parameter eingeben: Körpertemperatur, Ausbreitung der Leichenflecken, Änderung der Umgebungstemperatur, die elektrische Erregbarkeit der Muskulatur und die Reaktion der Pupillen auf Medikamente. Ging alles gut, gab das Programm ein genaues Todeszeitintervall an.

Von Weinstein bemerkte Claras Blick auf das Laptop. »Das Programm hat es uns auch bestätigt«, sagte er. »Der Todeszeitpunkt war Samstagabend gegen achtzehn Uhr.«

»Dann hat der Täter ihn vielleicht am Freitagabend besucht und sich den ganzen Samstag mit ihm … beschäftigt?«

»Möglich.«

Wieder nahm das Grauen Claras Herz in einen eisigen Klammergriff.

Freitagabend bis Samstagabend. Vierundzwanzig Stunden in den Händen dieses Monsters …

Ihr Blick schweifte zu den Fenstern, wo die blassrote Sonne zwischen regenschweren, schwarzgrauen Wolken in einem Meer aus braungrauem Matsch versank, glitt über die Wände des Büros, die Mahagoni-Regale, die Viertausend-Euro-Deckenstrahler, die kostbaren Kunstdrucke – und blieb an der Stirnseite des Büros haften, genau über der zweiflügeligen Verbindungstür zum Vorzimmer. In rotbrauner Farbe stand dort:

MEIN NAME IST LEGION. TAUSENDE GIBT ES VON MIR.

Claras Blick wechselte zwischen den Worten, von Weinstein, dem Assistenten mit der Tüte, der Leiche und wieder den Worten hin und her.

»Was hat das zu bedeuten?«, fragte sie.

Von Weinstein und der Assistenzarzt zuckten die Schultern, als sähen sie es eher in Claras Zuständigkeitsbereich, den Sinn dieser Worte zu entschlüsseln.

Clara bemerkte eine große Gestalt an der Tür, die ihre Adlernase ins Zimmer streckte, ehe sie in einem wehenden Mantel näher kam, wobei sie sich mit einer Hand durch die Haare fuhr.

»Ich sehe zwar nicht, was Sie gerade sehen«, sagte Winterfeld, »aber ich sehe, dass ich mal wieder recht hatte.«

Clara kniff die Lippen zusammen, nickte und erinnerte sich an seine Worte während ihres gemeinsamen Gesprächs vorhin am Fenster im LKA: *Die Stille war ein bisschen zu lang, um gesund zu sein.*

»Ja«, sagte sie. »Leider.«

15

Die Stimme hallte durch das Gewölbe, als der Priester in der blutroten Robe den Kelch mit der dunklen Flüssigkeit in die Höhe hob.

Der Mann mit der schwarzen Brille, dem grausam zusammengekniffenen Mund und den stahlartigen Bartstoppeln stand in seinem brüchigen schwarzen Ledermantel in der Nähe des großen Tores.

Seine Vasallen feierten die Schwarze Messe. Sie sollten Kraft tanken für das, was in Kürze vor ihnen lag. Der Meister hatte sich angekündigt. Bald würde es sicher ein neues Opfer geben.

Der Kelch, der Hostienteller und das Messer lagen auf dem Altar. Die Kerzen bestanden aus dem Fett ungetaufter Kinder, der Kelch war mit unschuldig vergossenem Blut gefüllt, und die Hostien waren gestohlen und sollten in der Messe geschändet werden.

Die schwarz gekleidete Gemeinde verneigte sich.

Er hörte das Murmeln der Akolythen in dem düsteren Gewölbe.

In nomine magni Dei nostri Satanas. Introibo ad altare Domini Inferi, hallte es von den modrigen Wänden wider. *Im Namen unseres allmächtigen Gottes Satan. Ich trete an den Altar des Herrn der Hölle.*

Dutzende schwarzer Kerzen waren auf steinernen Podesten und Kandelabern befestigt, die das Steingewölbe in eine unheimliche Welt aus Licht und Schatten verwandelten. Der Geruch der Kerzen erfüllte die muffige Luft des unterirdischen Tempels. Draußen war es minus fünf Grad, doch der Innenraum hatte eine angenehme Wärme, da die Heizungsrohre der Stadtwerke direkt hindurchliefen.

Der dumpfe Sprechgesang ging weiter.

Qui regit terram. Der die Erde regiert.

Die Stimme des Priesters, der in schwarzer Robe vor dem Altar stand, richtete sich an die Gemeinde.

»Kann das zerfetzte und blutige Opfer das blutverschmierte Maul lieben, das ihm Stück für Stück seine Gliedmaßen abbeißt?«, fragte er, und die Menge schüttelte den Kopf. »Kann der Mensch Gott lieben, der ihn versklavt und mit Schmerzen überhäuft?«

Er hob das Messer.

»Verflucht sind die Lämmer Gottes, denn sie werden ausbluten, bis sie weißer Schnee sind.«

Wieder ertönte der schwarz gekleidete Chor:

Dominus Inferus vobiscum. Der Herr der Hölle sei mit euch.

Dann verneigte sich die dunkle Gemeinde.

Der Prediger drehte sich in eine Richtung und sprach: »Wir schauen nach Süden und grüßen Satan, den Widersacher, Ankläger und Gegner Gottes. Den Herrn des Feuers und des Infernos.«

Alle verbeugten sich nach Süden.

Dann wandte er sich nach Osten.

»Wir schauen nach Osten und grüßen Luzifer, den strahlenden Engel der Erleuchtung, den Lichtbringer und Herrscher der Sterne.«

Die Menge verneigte sich.

»Und wir schauen nach Norden und grüßen Asmodeus, den Zerstörer, den Gott des Abgrunds und Herrn der höllischen Kreaturen.«

Der Priester drehte sich ein letztes Mal.

»Wir schauen nach Westen und grüßen Leviathan, die Schlange aus den Tiefen, den Herrscher des Meeres.«

Der Priester hob den Kelch mit der dunkelroten Flüssigkeit.

»Durch die schwarze Flamme Satans wandelst du in der Hölle. Deine Sinne werden erweckt für die Freude der Wiedergeburt.« Er trank von dem Kelch. »Weit offen sind die Tore, und dein Eintritt wird verkündet von den unsterblichen Rufen seiner wachenden Bestien. Sein Brandmal wird sich in Ewigkeit in deinem Bewusstsein einbrennen, seine flammende Bedeutung macht dich frei.«

Die Menge verneigte sich noch einmal.

»Denn wer das Reich der Schatten betritt, dessen Augen werden sich bald an die Dunkelheit gewöhnen.«

Der Mann mit der schwarzen Brille und dem Ledermantel blickte sich um und sah einen seiner Gehilfen in einer schwarzen Robe, der sich ihm unterwürfig näherte.

»Warum störst du mich?«

»Eine Nachricht vom Meister.« Der Mann hielt einen kleinen Gegenstand in die Höhe. »Wir haben ein neues Opfer.«

16

Die Dämmerung war heraufgezogen. Einige der Regentropfen, die draußen im Licht der Deckenlampen aufblitzten, fielen durch das offene Fenster in den Flur der dritten Etage des LKA, das Winterfeld wieder einmal geöffnet hatte, diesmal ohne zu rauchen. Aber vielleicht minderte das offene Fenster seine Entzugserscheinungen.

Clara hatte kurz zuvor mit der Spurensicherung telefoniert. Am Freitagabend hatte Gayo zuletzt eine Handynummer angerufen. Nun versuchten die Ermittler festzustellen, wer hinter dieser Nummer steckte. Außerdem war auf Gayos Schreibtisch das Fax eines Handwerksbetriebes gefunden worden. Angeblich sollte am Samstag das Parkett abgeschliffen werden – am Wochenende, damit die Mitarbeiter nicht gestört wurden.

War das der Grund, weshalb der Mörder Franco Gayo aufs Parkett nageln konnte, ohne dass jemand etwas bemerkt hatte? Aber warum hatte Gayo nicht geschrien? *Warum* hatte niemand etwas bemerkt?

Kurz nachdem Clara zurückgekommen war, hatte sich eine Schwester Viktoria aus dem Kinderheim »Schutzengel« bei Hermann gemeldet. In dem Heim lebten Kinder, die missbraucht oder misshandelt worden waren, viele von den eigenen Eltern. Eines der Kinder, Lukas, hatte von einem Fremden einen rätselhaften Umschlag erhalten, in dem sich – so Hermann – ein USB-Stick befand. Schwester Viktoria hatte ihn sich angeschaut, aber wenig von dem verstanden, was darauf zu sehen war. Doch sie war von dem Inhalt so alarmiert gewesen, dass sie sich an die Kriminalpolizei gewandt hatte.

Doch nicht nur seines Inhalts wegen, der die Schwester so verschreckt hatte, war der USB-Stick von größtem Interesse für die Ermittler. Es war auch der Name, der auf dem Stick eingraviert war. Vier Buchstaben, die allen gezeigt hatten, dass es hier einen Zusammenhang gab, den man nicht übersehen konnte.

Vier Buchstaben. G A Y O.

Morgen kam Schwester Viktoria noch einmal zu einem Gespräch ins BKA. Außerdem würde man versuchen, von dem kleinen Lukas Informationen über den rätselhaften Fremden zu erhalten, der ihm den Umschlag mit dem Stick gegeben hatte, auch wenn der Junge aufgrund traumatischer Erlebnisse nicht sprechen konnte. Die Phantomzeichner der Polizei waren bereits informiert.

Der grässliche Anblick am Tatort erschien wieder vor Claras Augen. Der auf den Boden genagelte Leichnam Gayos. Die Klinge, die obszön aus seinem Mund ragte, nachdem sie eine siebzig Zentimeter lange Schneise aus Schmerz, Grauen und Tod durch seinen Körper geschnitten hatte. Der Schriftzug an der Wand. *Mein Name ist Legion. Tausende gibt es von mir.*

Der schreckliche Mord im Quartier 101 in der Friedrichstraße hatte alle zutiefst verstört, doch in solchen Situationen, angesichts solch extremer Brutalität war es manchmal das Beste, bestimmte Routinen ganz bewusst beizubehalten, um einen klaren Kopf zu bewahren. Für Clara bestand eine dieser Routinen darin, mit Winterfeld zu sprechen, der nun am offenen Fenster die kalte Luft atmete. Clara stand fröstelnd neben ihm, die warme Kaffeetasse gegen die Brust gedrückt, und blickte auf die tief hängenden Wolken, die sich in der Dunkelheit der regnerischen Nacht verloren, während gleichzeitig die Bilder vom Tatort immer wieder vor ihrem inneren Auge aufblitzten wie Schnappschüsse aus der Hölle.

»So etwas habe selbst ich noch nicht gesehen«, sagte Winterfeld und schüttelte den Kopf. »Wissen Sie, was ungewöhnlich ist? Normalerweise sind dermaßen brutale Morde mit einer Depersonalisierung des Opfers verbunden ... Verstümmelungen, Gesichtsverletzungen und Ähnliches. Dem Opfer wird die Nase abgeschnitten oder die Haut abgezogen, alles, was dazu führt, dass es nicht mehr zu erkennen ist, keine Person mehr ist, nur noch leblose Materie. Aber das war hier nicht der Fall. Warum nicht? Was meinen Sie?«

»Die Inszenierung der Leiche hat irgendeine Bedeutung für den Täter«, sagte Clara. »Wie eine Art ...«, sie suchte nach Worten, »religiöses Ritual.«

Winterfeld nickte. »Die Nägel, mit denen Gayo auf das Parkett genagelt wurde.« Er blickte auf Clara, während sich ein paar Regentropfen in seinen grauen Haaren verfingen. »Wie eine Kreuzigung.«

»Und das Schwert, das aus seinem Mund ragt«, ergänzte Clara. »Einerseits ist es eine Pfählung, andererseits hat es eine gewisse Symbolik.«

»Und welche?«, fragte Winterfeld.

»Aus dem Mund kommen die Worte«, sagte Clara. »Und ein böses Wort kann wie ein scharfes Schwert sein.«

Winterfeld nickte. »Klingt plausibel, aber hilft es uns? Und hat es etwas mit diesem Spruch an der Wand zu tun?«

Die Spurensicherung war gerade dabei, das Blut zu analysieren, mit dem der Spruch auf die weiße Tapete geschrieben worden war. Höchstwahrscheinlich war es Gayos Blut. Genug davon war jedenfalls vergossen worden.

Clara zog ihr Handy hervor. »Das könnte ich leicht bei Wikipedia checken«, sagte sie. »Mein Name ist Legion. Tausende gibt es von mir.«

»Wer ist damit gemeint?«, fragte Winterfeld. »Die Zeugen Jehovas? Die sind doch auch überall. Sagt jedenfalls mein Cousin in Kanada.«

Clara blickte ihn tadelnd an. Manchmal wusste sie nicht, ob

Winterfelds Scherze dumm oder einfach nur geschmacklos waren, ähnlich wie bei von Weinstein. Aber vielleicht boten sie ihm einfach nur die Möglichkeit, all das Grauen, das er seit Jahrzehnten zu sehen bekam, ein bisschen besser ertragen zu können.

»Der Spruch kommt aus der Bibel«, sagte Clara. »Neues Testament. Markusevangelium, Kapitel fünf, Vers neun.«

»Okay, ein bisschen früh für die Zeugen Jehovas«, sagte Winterfeld, während er das Fenster wieder schloss. »Und worum geht es da?«

»Jesus treibt bei einem Besessenen einen unreinen Geist aus«, antwortete Clara. »Ich habe gelesen, dass bei jeder Dämonenaustreibung der Exorzist den Namen des Dämons erfragen muss. Jesus tut das auch.«

»Und was antwortet der Dämon?«

»Was hier an der Wand stand«, sagte Clara. »Mein Name ist Legion. Tausende gibt es von mir.«

Winterfeld atmete hörbar aus. »Ich will nur hoffen, dass es von diesem Irren nicht auch Tausende gibt.«

Sein Handy klingelte.

»Winterfeld ... Ja ... Klingt nicht gut. In Ordnung, können wir gleich vor Ort besprechen ... Alles klar, wir sind in zwanzig Minuten da.« Er klappte das Handy zu.

Clara blickte ihn fragend an. »Was gibt's?«

»Von Weinstein. Sie sind mit der Leiche fertig. Wir können vorbeikommen. Er hat zwei Nachrichten. Eine schlechte«, er lächelte gequält, »und eine schlechte.«

Clara zuckte die Schultern. »Die schlechte zuerst.«

»Der Tote *ist* Franco Gayo.« Winterfeld kniff die Lippen zusammen. »Das bedeutet schon mal Medienrummel.«

»Na super«, sagte Clara. »Wie haben sie Gayos Identität festgestellt?«

»Abgleich des Zahnstatus mit den zahnärztlichen Unterlagen.«

»Was noch?«

»Der Mörder ist nicht nur pervers, er scheint auch sehr intelligent zu sein.« Winterfeld steuerte sein Büro an. »Kommen Sie mit, Señora? Nach Moabit?«

Clara nickte.

»Dann fahren wir zusammen«, sagte er. »Treffpunkt in einer Minute hier, *vale?*«

»*Vale*«, sagte Clara.

Während Winterfeld mit schweren Schritten in sein Büro eilte, blickte sie noch einmal aus dem Fenster auf die Regentropfen, die draußen vor dem Fenster aufblitzten. Hunderte. Tausende.

Mein Name ist Legion, hallte es in ihrem Kopf, *Tausende gibt es von mir.*

17

In Moabit waren sie bereits mit der Obduktion fertig. Die grellen Neonleuchten, die von der Decke schienen, waren die hellsten, die es auf dem Markt gab. Clara mochte diese Räume nicht. Vor allem hasste sie den penetranten, furchtbaren Geruch der Toten, an dem auch die auf Hochtouren summende Absauganlage nichts ändern konnte. Fünf Minuten konnte man sich hier aufhalten, dann musste man raus, weil sonst die Kleidung süßlich nach Tod stank.

Die Sektion war gerade abgeschlossen. Einer der Assistenten war noch mit Nadel und Faden zugange und brachte die Leiche wieder in einen Zustand, in dem man sie Angehörigen vorzeigen konnte.

Als Clara vor der Leiche Franco Gayos stand, sah diese fast wieder normal aus, sah man von den Einschnitten ab, die durch die Haut hindurch aufblitzten, und den Stellen, wo die Rechtsmediziner Bauch- und Brusthöhle geöffnet, die Kopfhaut aufgeschnitten und den Schädel aufgesägt hatten, um das Gehirn zu entnehmen. Paragraph 89 der Strafprozessordnung schrieb vor, dass bei einer Obduktion alle drei Körperhöhlen zu öffnen seien – Bauchhöhle, Brusthöhle und Kopfhöhle. Was viele nicht wussten: Nach der Obduktion verschwanden sämtliche Organe, auch das Gehirn, in der Bauchhöhle, die dann zugenäht wurde, sodass der oder die Tote am Ende erträglich aussah. Würde man das Gehirn zurück in die Schädelhöhle legen, könnte verflüssigtes Hirngewebe heraustropfen, was insbesondere dann befremdlich aussah, wenn die Leiche noch irgendwo aufgebahrt wurde. Stattdessen wurde Zellstoff im Wasserbad angefeuchtet und in die Schädelhöhle gestopft, ehe auch dort alles wieder zugenäht wurde.

Vorher war die Leiche durch den sogenannten Leichenscanner gefahren worden, ein sündhaft teurer Computertomograf, auch CT genannt, der erst seit ein paar Monaten im rechtsmedizinischen Institut stand und der den Körper digital in mehr als 7500 Bilder zerschneiden konnte. Der Scan half bereits vor der Obduktion, selbst kleinste Unregelmäßigkeiten und Veränderungen zu erkennen. Von Weinstein und seine Kollegen hatten an diesem Gerät schon mehr als 300 Leichen gescannt.

Auf einem Bildschirm blitzten nun computergenerierte, schwarz-weiße 3-D-Aufnahmen von Gayos Körper. Deutlich war die Klinge zu sehen, die sich wie der Stachel einer monströsen Wespe durch seinen Körper gebohrt hatte.

Fast wie bei CSI, dachte Clara. *Aber nur fast.*

Dr. von Weinstein stand mit ihr und Winterfeld vor dem metallenen Seziertisch, auf dem Gayo lag. Von Weinstein hielt die Ermittlungsakte in der Hand und tippte mit einem Metallstab auf den Oberkörper der Leiche, während er sprach. Clara hatte sich oft gewünscht, dass er diese Angewohnheit ablegte, da sie es als pietätlos empfand, aber Menschen ab Mitte zwanzig konnte man bekanntlich nicht mehr groß ändern, und von Weinstein war Mitte vierzig.

»Das war einer der schlimmsten Morde, die ich je gesehen habe«, sagte er soeben. »Aber was dann folgte, macht es fast noch schlimmer.«

Clara hob verwundert die Brauen. Es kam selten vor, dass von Weinstein irgendetwas dramatisierte.

»Im Klartext?«, fragte Winterfeld und blätterte in der Kopie des Ermittlungsberichts. Clara wusste, dass ihm von Weinsteins umständliche Art häufig auf die Nerven ging – möglicherweise deshalb, weil auch er selbst nicht immer gleich zur Sache kam, sondern staatsmännische Vorträge über alles Mögliche hielt, bevor er zum Thema kam. Und die eigenen Fehler stören einen bei anderen nun mal am meisten.

Von Weinstein zog sich mit einem schnappenden Geräusch einen der beigen Gummihandschuhe aus und ließ ihn in einen Plastikeimer fallen. »Zunächst einmal war es dem Killer wichtig, dass sein Opfer alles mitbekommt von dem, was er mit ihm macht. Deshalb hat er ihn betäubt.«

»Betäubt?«, fragte Clara. »Ich dachte, er würde sich an seinem Schmerz weiden. Für mich scheint es in erster Linie ein ritueller, in zweiter Linie ein sadistisch motivierter Mord zu sein.«

Von Weinstein nickte gequält. »Der Typ ist mit Sicherheit ein Sadist. Wenn auch ein eher … sagen wir, metaphysischer.«

Winterfeld zog die Augenbrauen zusammen. »Was meinen Sie damit schon wieder? Jetzt sagen Sie nicht, er ist ein Philosoph?«

»Metaphysik«, dozierte von Weinstein und tippte wieder mit dem Metallstab auf die Leiche Gayos, »ist die Welt jenseits der Physik, jenseits des Körperlichen. Der Geist ist das, was bleibt, wenn dieses hier«, er zeigte auf die Überreste Franco Gayos, »verschwunden ist. Jedenfalls glauben oder hoffen wir das.«

»Und?«

»Es hat dem Täter nicht gereicht, Gayos Körper zu foltern und zu schänden. Das hat ihm offenbar keine Befriedigung verschafft.«

»Sondern?«

»Seinen Geist, seine Seele zu zerreißen. Hier.«

Er hielt Winterfeld und Clara das Protokoll der Sektion hin. Unter dem Abschnitt über die Öffnung der Schädelhöhle und der Untersuchung des Gehirns war ein erster Screeningbericht der Kollegen aus der Toxikologie, die sich mit Giften und Narkotika befassten.

»Mepivacainhydrochlorid«, las Winterfeld.

Clara zog die Augenbrauen zusammen. »Ist das nicht ein Betäubungsmittel?«

Von Weinstein nickte. »Ein Lokalanästhetikum, um genau zu sein. Es wird besonders bei Kaiserschnitten oder ambulanten Operationen benutzt. Es bewirkt die temporäre Funktionshemmung ausgewählter Nervensegmente und wird normalerweise in den Rückenmarkskanal gespritzt, entweder als Spinal- oder Epiduralanästhesie.«

»Aber *warum* hat der Täter Gayo betäubt?«, fragte Clara.

»Damit er nichts mitkriegt«, antwortete von Weinstein, »oder *alles* mitkriegt. Der Betäubung wegen konnte Gayo nicht bewusstlos werden. Der Täter musste ihn nicht ständig mit Ammoniak wieder aufwecken, wie es in einigen Foltergefängnissen in Ägypten oder sonst wo praktiziert wird.« Er zupfte an dem zweiten Handschuh, den er noch angezogen hatte. »Er war hellwach und musste das Grauen die ganze Zeit bei vollem Bewusstsein mit ansehen. Wie das Schwert in seinen Körper eindrang, wie es sich durch sein Inneres bohrte, wie sich die Haut darüber wölbte, wie die Organe auseinandergeschnitten wurden, die Arterien sich öffneten, das Blut sich in der Bauch- und Brusthöhle verteilte, bis die Klinge die Lunge erreichte, das Herz, den Kehlkopf. Dann erst war es endlich vorbei.«

»Das heißt, er hat *gemerkt*, was der Täter mit ihm macht?«, fragte Clara entsetzt. »Trotz der Betäubung?«

Von Weinstein nickte.

»Mein Gott ...«, flüsterte Winterfeld.

»Und da ist noch etwas«, sagte von Weinstein. »Die Spurensicherung hat sich bei mir gemeldet, vor etwa einer halben Stunde. In einem der Schränke in Gayos Büro haben die Kriminaltechniker ein Laptop gefunden, daneben eine Web-Kamera mit einem Stativ und ein paar Kabel.«

Clara wurde blass. »Er hat doch wohl nicht den Mord gefilmt?« Erinnerungen an ihren letzten Fall flackerten auf, wo der Killer, der sich »Der Namenlose« nannte, einige seiner Morde gefilmt und auf CD-ROM gebrannt hatte. Eine dieser CDs hatte er Clara persönlich geschickt.

Von Weinstein wackelte mit dem Kopf, was sowohl Nicken als auch Kopfschütteln bedeuten konnte. »Nicht ganz. Die Spurensuche hat keinen Film oder Ähnliches auf dem Laptop gefunden. Wenn dort etwas war, hat der Täter es gelöscht, und es lässt sich wohl nur mit einigen Schwierigkeiten wiederherstellen ...«

»Um was geht es dann?«, fragte Winterfeld abwartend.

»Um den Beamer und die Leinwand in Gayos Büro. Laut Spurensuche standen Kamera, Beamer und Leinwand so, dass von der Kamera zum Laptop in Richtung Beamer alles mit den vorhandenen Kabeln gesendet werden konnte.«

Clara dämmerte allmählich, was passiert war. »Und Gayo lag so ...«

Von Weinstein ergänzte den Satz: »... dass er aus seiner liegenden Position alles sehen konnte, was sich auf der Leinwand abspielte.«

»Und was hat er gefilmt?«, fragte Clara, obwohl sie die Antwort kannte, noch ehe ihr Verstand sie akzeptiert hatte.

Von Weinstein blickte zu Winterfeld, dann zu Clara. »Die Kamera stand so auf dem Tripod, dass der Mörder die Tat filmen konnte.«

»Das heißt, er hat ...«, begann Winterfeld.

Von Weinstein beendete den Satz: »Er hat Gayo das Schwert durch den Körper gebohrt und das Ganze gefilmt. Und er hat es ihm *gezeigt*. Live und in Großaufnahme. Die ganze Zeit. Was er tat. Wie er es tat. Wie die Klinge Zentimeter für Zentimeter in seinem Körper verschwand. Und Gayo musste es mit ansehen, ob er wollte oder nicht.«

Clara merkte, wie der Boden unter ihr nachgab, und hielt sich am metallenen Sektionstisch fest. Diese Bestie hatte Gayo alles, was er getan hatte, *live* vorgeführt, wobei die Kamera es Gayo ermöglicht hatte, auch das zu beobachten, was er aus seiner liegenden Position sonst nicht hätte sehen können.

»Warum hat er nicht geschrien, um Himmels willen?«, fragte Clara mit belegter Stimme. »Nicht auf sich aufmerksam gemacht?«

Von Weinstein ging nach vorne zum Kopf der Leiche und nahm seine Brille ab. »Hier«, sagte er und zeigte auf zwei kleine Wunden an der Kehle. »Der Mörder scheint medizinisch versiert zu sein. Er hat Gayo die Stimmbänder durchgeschnitten, durch den Mund und die Rachenhöhle hindurch. Es ging ihm nur darum, ihm die Stimme zu nehmen, im wahrsten Sinne des Wortes.« Er reichte Winterfeld die Ermittlungsakte. »Gayo konnte in seiner Panik allenfalls einen Schwall heißer Luft ausstoßen, wobei schon der Versuch zu schreien mit durchgeschnittenen Stimmbändern extrem schmerzhaft ist.«

»Woran ist er gestorben?«, fragte Winterfeld. »Am Blutverlust?«

Von Weinstein schüttelte den Kopf und blickte Clara an. »Erinnern Sie sich an dieses bräunliche Schimmern im Rachen der Leiche?«

Clara nickte.

Von Weinstein zeigte auf den Monitor, auf dem auch Gayos Kehlkopf zu sehen war. »Die durchtrennten Stimmbänder waren nicht die einzige Überraschung. Auf dem CT-Scan ist zu sehen, dass sich im Kehlkopf ein Bolus befindet, ein Fremdkörper, der den Kehlkopfeingang fest verschließt. In den meisten Fällen ist ein Erstickungstod die Folge. Es kann aber auch durch den Druck auf die Vagusnerven neben dem Kehlkopf zu einem sofortigen Herzstillstand kommen.«

»Er ist also nicht durch das Schwert gestorben?«

»Nein«, sagte von Weinstein. »Kurz bevor die Klinge die Lunge und die Hauptschlagader erreicht hat, haben wir keine

Unterblutungen mehr an den Wundrändern. Auch aus seinem Mund ist kein Blut mehr ausgetreten, nachdem das Schwert daraus hervorkam.«

Ein Mensch, der tot ist, blutet nicht mehr, dachte Clara. »Und was ist dieser Bolus?«, fragte sie.

Von Weinstein griff hinter sich und reichte Clara eine durchsichtige Tüte. »Das haben wir im Kehlkopf gefunden«, sagte er. »Eine Skulptur aus Bronze.«

Clara kniff die Augen zusammen und fixierte die etwa fingerlange Statue, die sich in der Tüte befand und die von Blut und anderen Flüssigkeiten überzogen war. Sie betrachtete den Hals, die Zähne und die Flügel der Skulptur.

»Ist das ein ...?«

»Ja«, sagte von Weinstein, »ein Drache.«

Clara schaute auf das CT-Bild, wo der metallene Drache weiß aus dem schwarzen Kehlkopf ragte wie ein diabolisches Küken, das soeben aus einem verfluchten Ei schlüpfte.

»Ein Drache«, murmelte sie.

Von Weinstein zog sich mit einem schnappenden Geräusch den zweiten Handschuh aus.

»Ja. An diesem Ding ist er erstickt.«

18

Es gab in Berlin mehr als zehn Mordkommissionen, aber nur die 13. Mordkommission, geleitet von Kriminaldirektor Winterfeld, war direkt im LKA untergebracht und berichtete unmittelbar an den Chef des Berliner Landeskriminalamtes. Die 13. Mordkommission wurde immer dann eingeschaltet, wenn es um besonders rätselhafte oder grausame Morde ging: um Ritual- und Serienmorde, Vergewaltiger und Triebtäter, um stark verweste oder zerstückelte Leichen, deren Teile an verschiedenen Orten Berlins gefunden wurden, und um Fälle, die an der Schnittstelle zu anderen Bereichen des LKA lagen, wie Organ- oder Menschenhandel.

Angedockt an die 13. Mordkommission war die Abteilung für forensische Pathopsychologie, die von Clara Vidalis geleitet wurde. Ebenfalls eng angebunden war das rechtsmedizinische Institut der Charité in Moabit, an dem von Weinstein beschäftigt war, von dem manche sagten, er arbeite mehr für Winterfeld als für den Staatsanwalt, auch wenn die Mordkommission nicht sein disziplinarischer Vorgesetzter war. Eine weitere Abteilung war die für operative Fallanalyse unter der Leitung von Prof. Dr. Martin Friedrich, dem von Weinstein bereits die Fotos und Ergebnisse der Obduktion als Pdf-Datei geschickt hatte.

Die Abteilung für operative Fallanalyse befasste sich mit dem Profil des Serienmörders, seiner Motivation und seiner Vergangenheit – letztlich also mit den Möglichkeiten und Mitteln, ihn zu schnappen. Das Profiling war in den Siebzigerjahren in den USA von Robert Ressler und John Douglas in der Behavioral Science Unit des FBI entwickelt worden, der Abteilung für Verhaltensforschung. Damit lösten Ressler und Douglas innerhalb des FBI eine Art Kulturrevolution aus. Die FBI-Beamten, die sich bis zu dieser Zeit mit Serienmördern befasst hatten, waren nicht selten Veteranen aus dem Vietnamkrieg, sogar aus dem Zweiten Weltkrieg gewesen. Sie hatten die Meinung vertreten, man solle diese Perversen kurzerhand erschießen, sobald man sie fand, anstatt lange mit ihnen zu reden – ohne sich Gedanken zu machen, dass man gerade durch Gespräche mit den Tätern einiges aus ihnen herausbekommen konnte, was dabei half, andere Triebtäter und Serienkiller aufzuspüren und dingfest zu machen.

Es war Resslers Idee gewesen, mit Serienmördern Interviews zu führen, um verstehen zu lernen, was sie taten und warum sie es taten. Von den Vietnamveteranen als »Killer-Versteher« gebrandmarkt, hatte Resslers Interviewtechnik und die von ihm entwickelte Technik des Profilings schnelle Erfolge gezeigt. In den Achtzigerjahren hatte Ressler mehr als 36 inhaftierte Serienmörder interviewt und war gleichzeitig die treibende Kraft beim Aufbau des ViCAP gewesen, des Violent Criminal Apprehension Program, einer computergestützten Datenbank ungeklärter Mordfälle, die landesweit verfügbar war und die es ermöglichte, durch die Beschreibung einer Tat auf das Täterprofil eines möglichen Serienmörders und seinen Modus Operandi zu schließen und dadurch den Täterkreis einzugrenzen.

Prof. Martin Friedrich hatte bei Robert Ressler die Kunst des Profilings gelernt und galt als Koryphäe, wenn es darum ging, die Psyche eines Serienkillers zu analysieren. Er hatte in Berlin und an der FBI Academy Medizin, Psychiatrie und Forensik studiert und dann für die Behavioural Science Unit des FBI in Quantico, Virginia, gearbeitet – jener Abteilung, die sein Lehrmeister Robert Ressler einst zusammen mit John Douglas gegründet hatte.

Das BKA hatte Friedrich mit einem vermutlich verlockenden Angebot, gewürzt mit einer Prise Lokalpatriotismus, zurück nach Deutschland abgeworben und zunächst in Berlin eingesetzt, damit er möglichst nahe am »Endkunden« war, zumal »Berlin mit außergewöhnlich vielen Verrückten aufwarten kann«, wie der Chef des BKA sich damals ausgedrückt hatte – viel mehr Verrückte jedenfalls als im eher beschaulichen Wiesbaden.

Friedrich war ein Workaholic. Hatte er sich einmal an einem Täter festgebissen, führten seine teilweise abenteuerlichen Algorithmen häufig zu dessen Festnahme. Eine seiner wenigen Leidenschaften neben der Arbeit waren der Genuss von schottischem Whisky und die Lektüre der Werke Shakespeares, den er wiederholt als besten Menschenkenner und Psychologen der Weltgeschichte gepriesen hatte. Insbesondere der tragische Held Macbeth hatte es ihm angetan, und so hatte er bereits in den Vereinigten Staaten seinen Spitznamen erhalten, der zwar nicht allzu schmeichelhaft war, aber besser zum ihm passte als alle anderen: MacDeath.

Ganz im Gegensatz zu seiner Innenwelt war sein Äußeres das eines kultivierten Mannes, der sich gern im Stil der akademischen Elite der amerikanischen Ostküste kleidete, wie man sie in Harvard, am MIT und in Boston antraf. MacDeath trug meist marineblaue College-Pullunder mit Hemd und roter Krawatte, dazu eine braune Hornbrille, von der man nicht wusste, ob sie noch oder schon wieder in Mode war. Er hätte durchaus als charmanter und nicht unattraktiver Gentleman durchgehen können, hätte er nicht die Neigung gehabt, in den unpassendsten Situationen, zum Beispiel beschaulichen Abendgesellschaften oder Parties, von ritueller Verstümmelung, ödipaler Kastrationsangst oder postmortaler Penetration zu referieren, so wie andere Menschen von ihrem letzten Jahresurlaub erzählen.

»Das ist ein Wochenanfang! Was für ein Montag«, sagte er

nun zu Clara und Winterfeld, als er gemeinsam mit von Weinstein den Parkplatz der Rechtsmedizin ansteuerte, wo Winterfelds Mercedes stand. In der Hand hielt er eine Mappe mit Unterlagen. »Wenn die Woche schon so anfängt, möchte ich nicht wissen, wie sie aufhört. Sie?«

Clara zuckte die Schultern. Da es in ihrem Job fast nur schlechte Nachrichten gab, zog sie es vor, über die Zukunft am besten gar nichts zu wissen.

»Fahren Sie mit uns?«, fragte Winterfeld.

»Gerne«, sagte MacDeath. »Bin eben mit dem Taxi gekommen, ging schneller.«

Von Weinstein stand vor der dunklen Silhouette des rechtsmedizinischen Instituts. Er winkte den anderen zu und ging dann ins Gebäude zurück. Clara setzte sich mit MacDeath auf die Rückbank des Mercedes, während Winterfeld den Wagen startete und das Licht der Scheinwerfer die Dunkelheit durchschnitt.

»Und?«, fragte Winterfeld und blickte MacDeath im Innenspiegel an. »Schon irgendwelche Ideen, was das nun schon wieder für ein Verrückter ist?« Der Wagen durchfuhr den Campus von Moabit und hielt kurz vor der Schranke an der Einfahrt zur Turmstraße, bis er von den Sicherheitsbeamten durchgewinkt wurde.

MacDeath lehnte sich zurück. »Mein Name ist Legion, Tausende gibt es von mir«, las er die Botschaft des Killers vor. »Das ist aus dem Markusevangelium. Es sind die Worte eines unreinen Geistes. Ein Dämon, der von Jesus Christus ausgetrieben wird. Jesus als erster Exorzist der Weltgeschichte. Im weiteren Verlauf leitet er die bösen Geister in eine Schweineherde, und die Herde stürzt sich von einer Klippe in den See Genezareth und ertrinkt.«

»Ich kann mir denken, auf was Sie hinauswollen«, sagte Clara.

»Und das wäre?«

»Der Killer multipliziert sich durch diese Ankündigung. Er will uns mitteilen, dass er nicht allein ist. Oder wenn doch, dass er überall sein kann.«

»Also doch die Zeugen Jehovas«, sagte Winterfeld, während er die Scheibenwischer eine Stufe höher stellte.

Clara warf ihm einen tadelnden Blick zu und schaute MacDeath an. »Und das heißt auch, er wird weitermorden, nicht wahr?«

»Steht zu befürchten.« MacDeath nickte und betrachtete die Tatortfotos in der Ermittlungsakte. »Oops, I did it again. Ein Serienmörder. Er tut es wieder, vielleicht nicht tausend Mal, aber er kündigt uns – oder wem auch immer – bereits an, dass es nicht das letzte Mal gewesen ist.« Er schaute Clara durchdringend an. »Und der Vergleich ›Mein Name ist Legion‹, wie klingt das?«

»Ein bisschen überheblich«, antwortete Clara, auch wenn ihr das Wort »überheblich« als viel zu harmlos für diese Bestie erschien.

MacDeath schürzte die Lippen. »Der Täter entindividualisiert sich durch diese Aussage, macht sich zu einer Naturgewalt, zu einer Masse, die er ist und die er kontrolliert. Er wird zu einer Art kosmischem Gesetz, zu etwas Unvermeidlichem, als wollte er den Betrachter dadurch entmutigen. Er *ist* Legion.«

»Der böse Geist, den Jesus austrieb, war ein Dämon, nicht wahr?«, fragte Clara.

MacDeath runzelte die Stirn. »Was das angeht, müssten wir wirklich einen Dämonologen befragen, denn meine Wenigkeit ist leider nur auf die Schrecken der materiellen Welt spezialisiert.« Er schaute an Clara vorbei auf das gelblich-trübe Licht der Laternen an der Turmstraße, unter denen dunkle Gestalten durch den strömenden Regen huschten.

»Auf jeden Fall schmeichelt ihm die Verbindung mit dem Teufel«, sagte Clara.

MacDeath nickte. »Jeder hat seine Vorbilder. Das Idol unseres Killers ist möglicherweise der Leibhaftige persönlich.« Er blätterte noch einmal durch die Fotos und verzog das Gesicht, als er die Detailaufnahmen vom Tatort betrachtete. »Die Bestialität seines Mordes zeigt eine klare Motivation, normale Mörder und deren Aggression weit hinter sich zu lassen.«

»Und diese Drachenskulptur, die im Rachen des Opfers gefunden wurde?«, fragte Clara.

»In der Heiligen Schrift ist der Drache fast immer eine Manifestation oder Allegorie des Bösen, des Satans. Es gibt die Schlange im Garten Eden, eine Abwandlung des Drachen, die Adam und Eva verführt und den Menschen dadurch die Rückkehr ins Paradies versperrt.«

Draußen zog der neugotische Turm einer Kirche vorüber, der sich in den grauschwarzen Himmel erhob.

»Ist der Mörder ein Satanist?«, fragte Clara.

MacDeath zuckte die Schultern. »Satanismus als Mordmotivation hat in unserer Zeit ein wenig nachgelassen, jedenfalls, wenn man den Presseberichten glauben darf. Aber das heißt nicht, dass es nicht wieder aufflackern könnte.« Er schaute auf einen Punkt in der Ferne. »Sie erinnern sich vielleicht an die Satanistenszene in Norwegen in den Neunzigerjahren. Die Kirchenverbrennungen, die Black Metal Bands, die sich teilweise gegenseitig erschossen oder enthauptet haben, weil sie meinten, die anderen wären nicht böse genug. Mayhem, Count Grishnakh, Euronymus, Enslaved, Emperor und wie sie alle hießen. Ich habe damals, noch von Quantico aus, die norwegische Polizei bei den Ermittlungen in einem satanischen Ritualmord beraten.« Er blickte Clara an. »Was haben wir in unserem Fall an Indizien? Wir haben den Bibelspruch und die Drachenskulptur. Außerdem die Tatwaffe. Das Schwert könnte eine symbolische Bedeutung haben. Ein weiteres Indiz sind Folter und Qual. Franco Gayo wurde nicht einfach getötet. Er sollte sein schreckliches Ende mitbekommen. Die Folter selbst kann

Stunden, wenn nicht Tage gedauert haben.« Er blätterte durch seine Papiere. »Damals, in der Norwegian Task Force, haben wir einige Satanisten interviewt. Folter wird im Satanismus als Energietransfer gesehen. Je länger ein Mensch leidet, desto mehr Energie geht vom Opfer in den Täter über – jedenfalls glauben das die Satanisten. Und je länger die Qualen anhalten, desto leichter lässt sich die Energie aufnehmen, da sie nur in gebündelten, besser gesagt, *verdaulichen* Dosen übermittelt wird.«

Clara verzog das Gesicht. »Je länger sich das Opfer quält, desto länger gibt es Energie ab?«

MacDeath nickte. »Hinzu kommt, dass ein Opfer während der Folter leidet, dass es Schmerzen, Panik und Verzweiflung erfährt, bis am Ende die Hoffnung stirbt.«

Clara schwieg einen Moment. »Glaubt der Satanist, dass diese Energie, die er dann aufnimmt, ihn stärker macht?« Sie dachte an heidnische Stammesrituale, wo Kannibalen das Blut ihrer besiegten Opfer tranken und ihre Herzen aßen, um dadurch deren Kraft in sich aufzunehmen.

»Er glaubt, dass er mit den Energien zugleich die Seele des Opfers in sich aufnimmt. Deswegen nennt man solche Formen der rituellen Folterungen auch *Seelenfresser.*«

19

Er schaute in das Buch, das *Grand Grimoire*, das er sich eben gekauft hatte. Billig war es nicht gewesen, aber er brauchte es, deshalb stand der Preis nicht zur Debatte.

Sein Blick flog über die brüchigen Seiten, die Pentagramme und die Zeichen, während die U-Bahn sich durch das Erdreich bohrte wie ein gigantischer Wurm, der sich durch die Leiche eines Riesen frisst.

Das Reich der Toten, dachte er. Das Reich, das er beschwören wollte.

Die Menschen waren zu dem geworden, was sie sind, weil sie sich von Gott losgesagt hatten. Und hatte Gott es nicht so gewollt? Hatte er das Böse nicht absichtlich in die Welt gelassen? Er hatte Adam zur Sünde eingeladen durch Eva. Und dann kam der Tod in die Welt, der Tod und die Hölle. Der Baum der Erkenntnis war das Holz des Todes. Und dann kam dieser Jesus und machte alles wieder rückgängig, und das Holz des Kreuzes war das Holz des Lebens. Das behaupteten jedenfalls all diese Spinner, die noch nicht begriffen hatten, wer auf Erden wirklich das Sagen hatte. Der Herr dieser Welt, der Herr der Hölle. Satan, sein Herr und Meister, der Gott des Bösen und des Todes.

Die Bahn hielt an einer Station, und ein paar neue Fahrgäste stiegen ein. *Dumme, naive Sterbliche*, dachte er, *nutzlose Verschwendung von Molekularmasse, einzig und allein dafür bestimmt, mit ihrem Blut als Opfer für etwas wahrhaft Großes zu dienen.*

Denn hatte das Verbrechen nicht immer einen Charakter von

Größe und Überlegenheit, der es emporhebt über die langweiligen, feigen Reize des Guten? Denn es reichte nicht, nur das Böse zu tun. Man durfte auch niemals das Gute tun. *Non serviam. Ich werde nicht dienen.* Das hatte Luzifer gesagt, und dann war er in die Hölle gestoßen worden. Na und? Es war besser, in der Hölle zu herrschen, als im Himmel zu dienen.

Non serviam. Ich werde nicht dienen. Ich werde zerstören. Ich werde verbrennen. Ich habe kein Bedürfnis, meine Gelüste zu bekämpfen, um dem Schöpfer zu gefallen, dachte er. *Denn der Schöpfer ist mein Feind. Entweder Gott ist allmächtig und liebt uns, dann darf es kein Böses geben, oder er liebt uns, und es gibt trotzdem das Böse; dann ist er nicht allmächtig. Oder er liebt uns einfach nicht. Mein Reich ist nicht von dieser Welt, heißt es. Das stimmt. Denn in dieser Welt regiert Satan.*

Es begann mit einem Mord. Kain erschlug Abel.

Und es wird mit Morden enden.

Mit Millionen Morden.

Seine Finger fuhren über die Seiten, auf denen das Ritual beschrieben war. Er leckte sich über die schmalen Lippen und zog zwischen seinen fauligen Zähnen die Luft ein.

Was ist gut?, dachte er. *Zu töten.*

Was ist schlecht? Nicht zu töten.

*

Ronny wusste, wann sich eine gute Gelegenheit bot, andere abzuzocken oder ihnen die Fresse zu polieren. Am besten beides gleichzeitig.

Er war mit seinem Kumpel Timo unterwegs in der U5, der U-Bahn, die zwischen Alexanderplatz und Lichtenberger Allee fuhr, und hielt nach einem Opfer Ausschau. Sie waren keine Bösen, sagte sich Ronny, sie waren nur konsequent. Erst fragten sie freundlich nach Zigaretten. Wenn jemand dann die Kippen aus der Tasche zog, bekam er den ersten Schlag verpasst. Und wenn er nichts aus der Tasche holte, erst recht. Am besten auf die Nase. Bei den meisten spritzte sofort das Blut und sorgte für Panik, und durch den Schmerz schlossen sich die Augen. Das Opfer konnte also praktisch gar nichts machen. Falls nötig, gab es dann noch einen Tritt in die Kniekehlen. Und wenn das Opfer dann am Boden lag, einen Tritt in die Nieren, als kleinen Bonus. Oder gegen den Kopf.

Die Leute, die einen Überfall in der U-Bahn erlebten, waren wie Schaufensterpuppen. Sie taten nichts, saßen regungslos da, schauten weg, als wäre da gar nichts. Sie hofften nur, dass Ronny und Timo mit dem Opfer, das sie gerade in der Mangel hatten, zufrieden waren.

Und meist war es so. Sie waren zufrieden, wenn sie dem am Boden liegenden, wimmernden Haufen Scheiße das Geld, das Handy und die Zigaretten weggenommen hatten. Manchmal auch noch die Jacke oder die Uhr. Einem hatten sie im tiefsten Winter mal die Designerschuhe ausgezogen.

Ronny wusste nicht, warum es so war, aber es verschaffte ihm einen Kick, wenn seine Faust oder seine Stiefel einen Menschen trafen. Das Brechen von Knochen, dieses trockene Knacken, das sich mit dem glitschigen Geräusch mischt, wenn die Faust auf blutverschmierte Haut trifft ... Es war so *geil*, es war so *einfach*, und es funktionierte immer.

Und die Polizei?

Die Polizei war für Ronny und seine Kumpels nichts weiter als ein Transportunternehmen. Sie fuhren sie zur Wache, redeten mit ihnen und brachten sie dann nach Hause. Später fuhr man sie zum Gericht, der Richter sprach sie frei, jedenfalls in Berlin, und dann wurden sie wieder nach Hause gebracht.

»Andere haben beige Taxis, wir haben grüne oder blaue«, sagte Ronny immer.

Einmal, spätnachts, hatten Ronny und Timo auf einen am

Boden liegenden Mann eingetreten. Es hatte Ronny so erregt, dass er sich hinter einer der Säulen versteckt und onaniert hatte, während er Timo beobachtete, der weiter auf den Wehrlosen eintrat. Am Ende hatte er sich gefragt, ob er noch ganz normal sei, aber er hatte zugeben müssen, dass es besser gewesen war als der Bordellbesuch bei dieser Schwarzen mit den dicken Titten, die er vor drei Tagen in Neukölln genagelt hatte.

An diesem Tag war die U-Bahn fast leer, wie immer um Mitternacht. Nur ein einziger Typ stand in der Mitte des Wagens. An eine Stange gelehnt, hatte er gerade ein abgewetztes schwarzes Buch in einer Tasche verstaut.

»Bücher sind schwul«, sagte Ronny immer. Deshalb hasste er jeden, der irgendwie mit Büchern zu tun hatte, umso mehr.

Die Türen schlugen zu. U-Bahn-Station Weberwiese. Erst bei der Frankfurter Allee wurde es vielleicht voller.

Bis dahin war er mit dem Typen längst fertig.

Der Mann an der Stange blickte unverwandt in die entgegengesetzte Richtung. Ronny konnte kaum sein Gesicht erkennen, als er sich ihm mit breitbeinigen Schritten näherte, während Timo an der Tür wartete und sich die Bahn rumpelnd in Bewegung setzte.

»Ey«, sagte Ronny, »haste Zigaretten?«

Der Mann bewegte sich keinen Millimeter.

»Ey, Meister«, sagte Ronny noch einmal, »ich rede mit dir.«

Jetzt dreht der Mann sich zu ihm um, und Ronny sah sein Gesicht. Die zusammengepressten Lippen, die hohlen Wangen und das undurchdringliche Schwarz einer Sonnenbrille, die an den Rändern geschlossen war.

Der Mann gab ein leises Zischen von sich und näherte sein Gesicht dem Ronnys.

In diesem Moment geschah es. Ronny hatte plötzlich Bilder vor Augen, wie er sie noch nie gesehen hatte. Er sah Blut und in Streifen geschnittenes Fleisch, sah aufgerissene Leiber, aus denen die Innereien quollen, sah Augenhöhlen, in denen abgetrennte Finger steckten, sah Dinge, die nicht zusammengehörten und die in einem dämonischen Crescendo wie ein Leichenzug vor seinem inneren Auge vorbeihuschten. Ein Mund, gefüllt mit Rasierklingen, eine riesige Schale mit blutigen Herzen, ein offener Schädel, gefüllt mit Augen.

Und dann der Geruch … Es war ein Gestank nach Verwesung und Schlachthaus, von dem Ronny zwar wusste, dass er seiner Einbildung entsprang, der aber irgendwie mit diesem unheimlichen Typen mit den schwarzen Brillengläsern zu tun hatte.

Der Mann hob einen hageren Finger und hackte damit auf Ronnys Brustbein. Obwohl es nur die Fingerspitze war, spürte Ronny einen grauenhaften Schmerz.

In lichten Momenten oder in seltenen Augenblicken der Selbstbesinnung wusste Ronny, dass er ein kranker Sadist war, der sich an den Qualen anderer Menschen aufgeilte. Doch in dem Augenblick, als dieser Fremde zu sprechen begann, wusste Ronny, dass er es mit einer anderen Dimension des Bösen zu tun hatte, dass hier Pfade und Wege offen lagen, die in Bereiche führten, die er sich nicht einmal vorstellen konnte, und dass das Schlachthausinferno, das eben vor seinem inneren Auge aufgeflammt war, nur ein kleiner Vorgeschmack darauf gewesen war.

»Glaubst du, es gäbe einen Zorn und einen Schmerz, der nicht ich bin?«, sagte der Mann mit dumpfer Stimme, wie aus einer Gruft. »Oder eine Hölle, die nicht mein Geist ist?«

Ronny wich zurück. Er wusste nicht, wovon der Kerl redete, aber wo Ronny manchmal glaubte, er wäre verrückt, war es dieser Typ wirklich.

Er blickte nach hinten und sah Timo, der seinen Augen nicht zu trauen schien, dass Ronny zurückwich.

In diesem Moment trat der Fremde einen Schritt auf ihn zu und stach noch einmal mit seinem klauenartigen Finger nach

Ronnys Brust. Diesmal konnte Ronny einen Schrei nicht unterdrücken.

Die dumpfe Stimme ertönte ein zweites Mal. »Sprich mich nie wieder an, du jämmerlicher kleiner Kläffer. Hast du verstanden?«

Ronny nickte und setzte langsam einen Schritt hinter den anderen, während die Worte, die der Mann nun sprach, sich in sein Gehirn brannten.

»Denn alle, die mich kennen, lieben den Tod.«

Endlich riss Ronny den Blick los, der noch immer gebannt war von der schwarzen Nacht hinter den Brillengläsern.

Die U-Bahn hielt am Frankfurter Tor, und die Türen des Waggons öffneten sich.

»Lass uns verschwinden«, rief er Timo zu und zog ihn hinter sich her. »Der Typ hat voll einen an der Klatsche!«

»Hey, Mann«, sagte Timo. »Lässt du dich von der Schwuchtel einschüchtern?«

»Halt die Fresse«, zischte Ronny. Was wusste Timo denn schon? Er hatte das Gesicht des Typen nicht gesehen. Und die Schreckensbilder erst recht nicht.

Ronny zog Timo aus dem Wagen hinter sich her, während die Türen sich schlossen. Die U-Bahn verschwand im Untergrund wie eine gigantische Schlange. Ronny sah die schwarze Gestalt des Mannes in der Mitte des Wagens stehen und in der Schwärze des Tunnels verschwinden, wobei er ihn weiterhin durch das schwarze Glas seiner Sonnenbrille anstarrte.

Dann war die Bahn verschwunden. Und mit ihr der Fremde.

Ronny rannte zu einem der Mülleimer und übergab sich.

20

Seelenfresser, dachte Clara. *Eine rituelle Folterung, die man Seelenfresser nennt.*

Ihr Handy klingelte.

»Vidalis … ja, wir kommen gerade aus der Rechtsmedizin. Ist offen? Jetzt?« Sie warf MacDeath einen Blick zu. »In Ordnung, schauen wir uns an. Ja, jetzt gleich.«

Sie beendete das Gespräch.

»Die Spurensicherung ist mit Gayos Büro fertig. Wir können uns die Unterlagen anschauen. Kommen Sie mit?«

MacDeath nickte.

»Fahren wir einen Umweg über die Friedrichstraße?«, fragte sie Winterfeld.

»Natürlich«, erwiderte Winterfeld. »Auch wenn ich euer erbauliches Gespräch über Satanismus auf dem Rest der Rückfahrt vermissen werde. Schicken Sie mir morgen den Bericht?«

Clara lächelte. »Kann aber sein, dass der auch nicht sonderlich erbaulich wird.«

Winterfeld zuckte die Schultern, als Friedrich und Clara aus dem Wagen stiegen. »Was ist schon erbaulich?«

Sie fuhren wieder mit dem Aufzug zum Büro Franco Gayos hinauf. Nur ein Polizist hielt sich noch dort auf, während die Kollegen von der Spurensicherung ihre Sachen zusammenpackten. Mittlerweile war es fast Mitternacht.

»Ah, Frau Vidalis«, sagte einer der Spurensicherungsbeamten, ein untersetzter, bärtiger Mann. »Es hat sich etwas Wichtiges ergeben. Die Baufirma, die angeblich in Gayos Büro das Parkett abschleifen sollte, existiert gar nicht. Falls der Täter damit zu tun hat, hat er das Fax, den Briefkopf und so weiter bloß erfunden. Die Festnetznummern sind tot. Vielleicht waren sie nur für kurze Zeit aktiviert, falls überhaupt.« Er faltete einen Zettel in seiner Hand zusammen und wieder auseinander. »Die Mobilnummer auf dem Fax ist eine Prepaidnummer, und das Handy wurde vor drei Wochen gekauft. Die Karte ist abgelaufen. Es wurde bar bezahlt. Videoüberwachungsaufnahmen aus dem Laden, die den Käufer identifizieren könnten, existieren nicht.«

Clara verzog das Gesicht. »Na prima«, sagte sie. »Scheint nicht nur ein Wahnsinniger zu sein, sondern obendrein ein Profi.«

Die Leute von der Spurensicherung verließen das Büro, während der Polizist Clara und MacDeath begleitete, als sie das Vorzimmer durchquerten und Franco Gayos Büro betraten.

Clara ging zum Telefon auf Gayos Schreibtisch und streifte einen Gummihandschuh über. Dann drückte sie auf die Menütaste und auf einen Pfeil. Das Menü zeigte verschiedene Nummern an. Die letzte war von vergangenem Freitagabend. Eine Berliner Nummer. Festnetz. Clara schrieb die Nummer auf einen Zettel und reichte ihn dem Polizisten. »Findet bitte raus, wer das ist«, sagte sie.

»Wird gemacht.«

Clara schaute auf den Ledersessel hinter den Schreibtisch. Auf dem Tisch lag eine Notiz. *Check Susi* stand darauf.

»Wer könnte Susi sein?«, fragte sie.

MacDeath zuckte die Schultern. »Vielleicht die Nummer auf dem Telefon. Oder eine Kollegin.«

»Wissen wir, wer hier noch alles arbeitet?«, fragte Clara den Polizisten.

»Das wird zurzeit ermittelt.«

»Okay.« Clara strich mit der Hand über die Mahagonioberfläche des Schreibtisches. Dabei fiel ihr Blick auf mehrere Ordner, die auf dem Schreibtisch lagen. »Die muss ich mitnehmen«, sagte sie. »Oder braucht ihr die noch?«

Der Polizist schüttelte den Kopf. »Nehmen Sie es ruhig als Bettlektüre mit.«

Clara lächelte und schaute auf die Uhr.

»Mitternacht«, sagte sie. »Ich schlage vor, das war's für heute.«

»Geisterstunde«, ergänzte MacDeath.

»Ja, nur haben wir auch so schon genug Geister.«

21

Als Clara am nächsten Morgen um halb neun an ihrem Schreibtisch saß, lag bereits die Tagespresse auf ihrem Platz, eine Zeitung bunter und reißerischer als die andere. Sämtliche Regionalblätter brachten die Ermordung Gayos auf der Titelseite.

Franco Gayo war nicht nur auf bestialische Weise zu Tode gekommen, er war auch eine mehr oder weniger berühmte Persönlichkeit, was Claras Arbeit nicht gerade einfacher machte. Es wurde Zeit, dass sie Informationen über mögliche Mitarbeiter Gayos bekam, die ihr mehr erzählen konnten. Es kam ihr seltsam vor, dass am Montagmittag noch niemand im Büro gewesen war, zumal sie sich nicht vorstellen konnte, dass jemand wie Franco Gayo den administrativen Aufwand – Reisen, Reden schreiben, Flüge buchen und dergleichen – allein erledigte. Da musste es jemanden geben, und vielleicht hatte dieser Jemand etwas mit dem Mord zu tun.

Auf dem Tisch vor Clara lag der Inhalt der Ordner, die sie gestern Abend aus Gayos Büro mitgenommen hatte. Es waren Unterlagen über Gayos Stiftung *Do ut des*, über den geplanten Auftritt bei einer großen Samstagabendshow in der nächsten Woche, der nun nie stattfinden würde, über Eröffnungsgalas, Presseclippings, Klickraten seiner Webseite, Statements aus früheren Sendungen, Lebenslauf, berufliche Stationen und vieles mehr.

Die Presseabteilung im ersten Stock des LKA war im Dauereinsatz, um neugierige Fragen abzuwehren. Auch über die Umstände des Todes wollte man noch nichts verlauten lassen. Franco Gayo ist einem Gewaltverbrechen zum Opfer gefallen, war die offizielle Sprachregelung, die Alexander Bellmann, der Chef des LKA, allen Beteiligten verordnet hatte.

Meist fühlte sich Clara in Bellmanns Gegenwart irgendwie unwohl, weil er einem das Leben zur Hölle machen konnte, wenn es nicht genau nach seiner Pfeife ging. *Ich hasse Überraschungen,* hatte er ihr einmal gesagt, als sie bei einem Einsatz anders vorgegangen war als abgesprochen. Für Bellmann war jede Überraschung eine schlechte Überraschung. Doch bei all der Beklommenheit, die Clara manchmal erfasste, wenn sie ihm gegenübersaß, musste sie immer wieder seine messerscharfe Analytik und Logik bewundern, die auch das größte Chaos auf irgendeine Weise geordnet erscheinen ließ. Außerdem gelang es ihm, auch in Zeiten knapper Kassen die Budgets für das LKA konstant zu halten oder sogar zu erhöhen. Diese Ordnung innerhalb des Chaos verkaufte Bellmann dann auch der Politik und der Presse.

Bellmann hatte von Clara und MacDeath, mit Kopie an Winterfeld, noch gestern Nacht eine kurze Zusammenfassung der möglichen Motive des Täters erhalten, in dem MacDeath explizit die Möglichkeit eines religiös motivierten Ritualmordes in Erwägung gezogen hatte. Bellmann war von der Information wenig begeistert gewesen. Nach all der Aufregung um den Facebook-Ripper vor einem halben Jahr war ein satanischer Killer, der auf bestialische und unvorhersehbare Weise Berühmtheiten abschlachtete, so ziemlich das Letzte, was Bellmann gebrauchen konnte.

Allen, die der sensationslüsternen Öffentlichkeit auch nur das winzigste Detail außerhalb der genehmigten Sprachregelung preisgeben würden, hatte Bellmann vorsorglich mit drastischen disziplinarischen Konsequenzen bis hin zur Suspendierung gedroht, und bisher hatte es keine undichten Stellen gegeben. Dennoch war die Presse, insbesondere die regionale, voll mit kurzen Berichten, die reißerisch zu klingen versuchten, aber in Ermangelung von konkretem Wissen über die Umstände des Mordes meist nicht viel mehr als große rote Überschriften auf schwarzem Grund und ein Foto des Quartiers 101 mit den Polizeiwagen vom gestrigen Tag waren.

Gayos Frau, die Politikerin, war ebenfalls nicht erreichbar. Nach Auskunft ihres Büros befand sie sich auf einer Asienreise, und keiner von ihren Mitarbeitern traute sich, ihr die Botschaft vom Tod ihres Mannes zu überbringen, sodass die Kripo dies wohl selbst übernehmen musste.

Es war neun Uhr. Clara schaltete kurz das Morgenmagazin ein. Auch hier war der Mord an Franco Gayo das Hauptthema.

»... müssen wir uns fragen, in welcher Stadt wir leben, in der Menschen, die bereit sind, den Schwächsten zu helfen, solch schrecklichen Gewaltverbrechen zum Opfer fallen«, sagte ein Nachrichtenkommentator, der mit bewusst betroffener, anklagender Miene in die Kamera dozierte. »Franco Gayo, das gute Gewissen Deutschlands, ist tot. Seine Leiche wurde gestern Nachmittag von der Berliner Polizei im Quartier 101 gefunden, wo er sein Büro hatte. Laut Polizeiaussagen ist er einem Gewaltverbrechen zum Opfer gefallen. Für eine genauere Stellungnahme zu den Umständen seiner Ermordung stand die Polizei nicht zur Verfügung.« Es folgten ein paar Fernsehmitschnitte Gayos, bevor der Sprecher wieder zu sehen war, der sich jetzt noch etwas weiter vorbeugte, als wollte er aus dem Fernseher klettern, bevor er weitersprach. »Ist dies der Preis dafür, dass Franco Gayo immer bereit war, den Ärmsten und Schwächsten zu helfen? Ist das die Belohnung, die unsere Stadt diesem Mann für sein vielfältiges Engagement gibt? Er hat Tausende von Leben gerettet, nur für sein eigenes hat die Zeit nicht mehr gereicht. Seine Integrität und sein Engagement werden für uns alle ein Beispiel ...«

Clara schaltete den Fernseher aus. Irgendetwas in ihr hatte

generell Schwierigkeiten, wenn Leute sich mit solch einer extrem weißen Weste darstellten, mit der sich auch Gayo dargestellt hatte. Denn manche Westen waren absichtlich so weiß, dass sie jeden blendeten und der Betrachter wegen des grellen Lichtes den Schmutz dahinter nicht mehr sah. Aber vielleicht war Clara auch nur paranoid geworden und durch die Dauerbombardierung mit all den Fällen von Mord, Gewalt, Tod, Folter, Schmerz, Verstümmelung und Vergewaltigung einfach nicht mehr in der Lage, an das Gute im Menschen zu glauben.

Hermann steckte den Kopf zur Tür herein.

»Morgen«, sagte er. »Geht's gut?«

Clara lächelte. »Schlechten Menschen geht es bekanntlich immer gut.«

»Dann müsste unser Killer ja bei allen Apothekerzeitschriften auf dem Cover sein«, sagte Hermann. »Es gibt zwei Neuigkeiten.«

»Lass hören.« Clara stand auf.

»Nummer eins: Wir haben die Adresse der Sekretärin von Gayo.«

»Wie heißt sie?«

»Wolters«, sagte Hermann, »Susanne Wolters.«

Check Susi, dachte Clara. Die Haftnotiz, die auf dem Schreibtisch von Gayo gelegen hatte.

»Wir haben sie telefonisch nicht erreicht«, fuhr Hermann fort, »aber ihre Wohnung ist in Schönefeld. Zwei Kollegen sind schon losgefahren, ich wollte auch gleich hin. Kommst du mit?«

»Klar«, sagte sie. »Und die zweite Sache?«

»Zeige ich dir im Auto.«

»Erfreulich oder unerfreulich?«

»Unerfreulich, was denn sonst.«

*

Hermann und Clara saßen im Fond eines Einsatzwagens, der vom Tempelhofer Damm in Richtung Schöneberg fuhr. Hermann hatte ein paar Unterlagen dabei.

»Also, was ist die zweite Sache?«, fragte Clara. »Die unerfreuliche.«

Hermann zog ein Blatt in einer Klarsichtfolie hervor.

»Kann ich das anfassen?«, fragte Clara.

»Klar, ist nur eine Farbkopie.«

Clara schaute auf das linierte Blatt Papier in der Größe DIN-A5. Es schien aus einem Schreiblehrbuch aus der ersten Klasse zu sein. Ein Satz stand dort, in Schreibschrift, wie ein Kind schreiben würde, nur dass die Buchstaben nicht geschrieben, sondern aufgeklebt waren. Das große »U«, dann das kleine »n«, dann das kleine »d«. Und der Satz ging weiter.

Clara las den Satz, der in der Grundschul-Schreibschrift einerseits kindlich und unbedarft, wegen der aufgeklebten Papierfetzen zugleich aber wie ein Bekennerschreiben aussah. Ebenso wie der Inhalt des Satzes, in dem eine drohende Botschaft steckte, von der sie nicht wusste, gegen wen sie gerichtet war:

Und alle Vögel wurden satt von ihrem Fleisch.

Clara biss sich auf die Lippe und schaute aus dem Fenster auf die großen Stadthäuser, die nahe der U-Bahn-Station Kleistpark vorüberzogen. Dann blickte sie Hermann an.

»Was soll das? Wo kommt das her?«

»Ich habe dir doch von dieser Schwester Viktoria aus dem Kinderheim erzählt, die bei uns war«, sagte Hermann. »Aus dem Heim, wo sie misshandelte und missbrauchte Kinder aufnehmen.«

Clara nickte. »Ja. Und?«

»Einer der Jungen, er heißt Lukas, hat vor ein paar Tagen von einem Mann einen Umschlag bekommen. Darin war ein USB-Stick, auf dem ›Gayo‹ stand. Außerdem«, er schaute kurz aus dem Fenster und fuhr sich mit dem Finger über die Nase, »nun ja, dieser Zettel. Dachte, der interessiert dich.«

»Und alle Vögel wurden satt von ihrem Fleisch«, wiederholte Clara. »Klingt biblisch.«

»Er *ist* biblisch«, sagte Hermann. »In bin zwar kein Experte in solchen Dingen, aber das habe sogar ich gefunden. Das ist aus der Offenbarung des Johannes. Kann man bei Google nachschauen.«

»Und was sagt das Kind? Dieser Lukas?«

»Gar nichts«, sagte Hermann. »Der Junge ist katatonisch. Mutismus. Kann passieren, wenn man aufgrund traumatischer Erlebnisse nicht mehr sprechen kann.«

»Ich will ihn trotzdem heute im Revier sehen«, sagte Clara. »Irgendwie muss er uns etwas über den geheimnisvollen Mann sagen, der ihm den Stick gegeben hat. Zur Not machen die Zeichner so lange Phantombilder, bis Lukas irgendetwas wiedererkennt. Kannst du das Heim anrufen?«

»Mach ich.« Hermann nickte.

Clara schloss einen Moment die Augen. »Dieser USB-Stick«, fragte sie. »Was ist da drauf?«

Hermann atmete geräuschvoll aus, während er einer Harley Davidson hinterherschaute, die am Einsatzwagen vorbeifuhr. »Eine ganze Menge.«

»Geht's ein bisschen präziser?« Manchmal musste man Hermann alles aus der Nase ziehen. Genau wie von Weinstein.

Hermann kratzte sich am Kopf, während er sprach. »Wir haben mal kurz reingeklickt und einige Reisedokumente, Abrechnungen und Kalkulationen gefunden. Sounddateien sind auch drauf. Offenbar hat da jemand irgendwelche Gespräche abgehört. Ebenso ein paar interne Mails. Es scheint da um einen

Transfer irgendwelcher Leute nach Europa zu gehen. Keine Ahnung, um was genau es sich handelt. Erich Weber vom SO beim BKA ist heute in Berlin und kann sich nachher eine Stunde in seinem Kalender freiwühlen. Ich hoffe, wir haben bis dahin eine ungefähre Vorstellung, was alles auf dem Stick ist.«

Der »SO« war der Bereich »Schwere und Organisierte Kriminalität«. Erich Weber, mittlerweile kurz vor der Pensionierung, war der Abteilungsdirektor und ein alter Hase beim BKA, zuständig für die Bekämpfung des Handels mit Drogen, Waffen und Menschen – riskante, aber extrem einträgliche Tätigkeitsfelder des organisierten Verbrechens.

»Wie sieht Winterfeld die Sache?«, fragte Clara. »Es könnte ja auch sein, dass wir es mit einem Trittbrettfahrer zu tun haben, der den Wirbel ausnutzt, um sich wichtig zu machen.«

Hermann hatte das Gesicht verzogen. »Das kann sein, Winterfeld hält es aber für unwahrscheinlich. Er sagt, er habe da so eine Ahnung.«

Winterfeld und sein zweites Gesicht, dachte Clara. Viel geholfen hatte es bisher allerdings nicht, sah man von seiner Vorhersage ab, die Zeit der Ruhe sei vorbei.

Clara schaute noch einmal auf das Papier, dann blickte sie Hermann an. Sie wusste nicht, was sie davon halten sollte. Sie hoffte nur inständig, dass nach dem Mord von heute nicht noch ein zweiter Verrückter mit irgendwelchen USB-Sticks auftauchte.

»Na schön«, sagte sie schließlich. »Vielleicht hilft es ja. Wir sollten nur nicht den Fall Gayo aus den Augen verlieren, sonst steigt Bellmann uns aufs Dach.«

*

»Morgen, Frau Vidalis. Morgen, Hermann. Winkler mein Name«, sagte der Beamte an der Wohnungstür von Susanne Wolters, Gayos Sekretärin. Mit seinem hohen Wuchs und dem eisgrauen Schnurrbart sah er ein wenig aus wie Bismarck. Ein Kollege befestigte Absperrband an der Tür.

»Hier hat Susanne Wolters gewohnt. Allein. Es ist ziemlich klar, warum sie am Freitag nicht im Büro war. Und auch, warum sie nicht ans Telefon gegangen ist.«

»Nämlich?«, fragte Clara und versuchte, an den Beamten vorbei in die Wohnung zu spähen.

Winkler wies mit dem Kopf in Richtung Korridor.

»Weil sie in ihrem Bett liegt – mit einer Spitzhacke im Schädel.«

Clara atmete tief durch. *Nimmt das denn gar kein Ende?* »Irgendwelche Spuren?«

»Der oder die Täter sind sehr schnell und brutal vorgegangen«, sagte Winkler. »Wie es aussieht, haben sie Freitagmorgen die Tür eingetreten, haben die Frau im Bett erschlagen und sind dann wieder verschwunden. Das Schlafzimmer ist am Ende der Wohnung. Die Täter haben die Tür angelehnt, sodass der Leichengeruch sich erst nach und nach in Richtung Treppenhaus ausbreiten konnte, bis die Nachbarn misstrauisch geworden sind. Vorher stand die aufgebrochene Wohnungstür das ganze Wochenende angelehnt offen, und kein Schwein hat etwas gemerkt.«

Das ist Berlin, dachte Clara. »Ja, ganz toll. Dreieinhalb Millionen Einwohner, und keiner merkt was. Irgendwelche Fingerabdrücke?«

»Das ist die gute Nachricht«, sagte Winkler. »Wir haben ein paar Abdrücke und auch Reste von Hautpartikeln gefunden.«

Clara wandte sich an Hermann. »Rufst du von Weinstein an?«

»Geht klar.« Hermann zückte sein Handy.

»Die Proben müssen sofort ins Labor«, sagte sie. »Dann müssen wir schauen, ob wir in der Friedrichstraße noch etwas finden. Außerdem müssen wir mit dem Jungen sprechen, diesem Lukas. Vielleicht finden wir heraus, was es mit diesem seltsamen Stick auf sich hat.«

»Stick?«, fragte Winkler. »Was für ein Stick?«

Clara seufzte. »Fragen Sie nicht.«

22

Thomas Krüger, genannt »Tom«, war der Mann, den Franco Gayo am vergangenen Freitag zuletzt angerufen hatte. Das LKA hatte über die Telefonnummer auf Gayos Apparat Krügers Adresse herausgefunden, ein Einsatzteam vorbeigeschickt und ihn kurzerhand mit aufs Revier genommen, ob er wollte oder nicht.

Krüger war um die fünfzig, trug einen teuren grauen Anzug mit rosa Hemd und hatte einen gebräunten Teint, der entweder vielen Urlauben oder dem häufigen Besuch eines Solariums zu verdanken war. Sein Haar war grauschwarz und offenbar noch sein eigenes.

»Also«, hatte er gefragt, während er immer wieder auf die Uhr geschaut und Clara und Hermann feindselig angeblickt hatte. »Wo fangen wir an?«

»Am Anfang«, hatte Hermann vorgeschlagen.

Krüger hatte sich zuerst sehr aufregt und geschimpft, die Bullen sollten doch gefälligst den Mörder Gayos fangen, anstatt ihm seine Zeit zu stehlen. Er müsse sich jetzt um alles alleine kümmern, lamentierte er, und im Unterschied zur Polizei habe er eine Menge zu tun. Außerdem müsse er noch heute Abend verreisen.

»Verreisen?«, fragte Clara.

»Ja«, sagte Krüger. »Auch wenn Franco Gayo tot ist, seine Organisation muss weiterleben.«

Clara blickte Hermann an. Der schaute skeptisch drein.

»Wo wollen Sie denn hin?«

»Nach London.«

»Könnte schwierig werden.«

»Schwierig?«, fragte Krüger gedehnt und starrte Clara unverwandt an. »Und wenn Sie an die Kinder denken? Die vielen Kinder, die keine Chance auf eine bessere Zukunft haben? Um die wir uns gekümmert haben und niemand sonst? Was empfinden Sie da?«

Clara hatte mit dieser Talkshow-tauglichen Mitleidsnummer noch nie etwas anfangen können. Und ihr Beruf hatte daran nicht viel geändert.

»Hier beim LKA bekommt nur der Spiegel unsere Gefühle zu sehen«, sagte sie. »Und ich meine den Spiegel im Badezimmer.«

»Bewundernswert«, sagte Krüger. »Haben Sie denn eine Ahnung, wie es in Haiti aussieht? In Port-au-Prince? In den Slums? Dagegen sind eure Problembezirke hier in etwa so problematisch wie die Friedrichstraße.«

»Das ist ein guter Punkt«, sagte Clara. »Denn die Friedrichstraße ist Freitagnacht ja auch zum Problemkiez geworden. Jedenfalls für Franco Gayo.«

Krüger wand sich. Offenbar hatte er erkannt, dass er etwas Dummes gesagt hatte.

»Haben Sie Gayo am Freitag gesehen?«, fragte Clara.

»Nein.«

»Haben Sie mit ihm gesprochen?«

»Nein.«

»Das ist seltsam.«

»Wieso?«

»Auf seinem Telefon war Ihre Nummer gespeichert, Freitag, 18.45 Uhr. Die Nummer, mit der wir überhaupt erst herausgefunden haben, wer Sie sind.«

Krüger nippte vom Kaffee im Pappbecher.

»Kann schon sein. Ich habe sehr viel um die Ohren. Ja, es ist möglich, dass Franco und ich miteinander gesprochen haben.«

»Worüber?«

»Worüber?« Er schaute zur Decke. »Über Francos nächste Auftritte.«

»Das Marketing für die gute Sache?«, fragte Hermann.

Krüger sah ihn an. »Ja. Ist was dagegen einzuwenden?«

»Hatte Gayo Feinde?«, wollte Clara wissen.

»Feinde.« Krüger bewegte das BlackBerry von einer Hand in die andere. »Nun, es gibt immer Neider, denen irgendetwas nicht passt. Aber deswegen jemanden umbringen? Nein, das kann ich mir unmöglich vorstellen.«

»Was ist mit Susanne Wolters?«

Krügers Augen wurden schmal. »Woher kennen Sie die Frau?«

»Wir haben im Telefonbuch unter ›W‹ nachgeschaut«, sagte Hermann. »Also, was ist mit ihr?«

»Was soll mit ihr sein?«

»Offenbar war sie am Freitag nicht im Büro.«

»Woher wollen Sie das wissen?«

»Weil sie nicht kommen konnte«, sagte Clara.

Krüger starrte sie an. »Und warum nicht?«

»Weil sie tot ist«, sagte Clara. »Seit Freitag.«

»Und das bedeutet«, ergänzte Hermann, »dass auch Sie möglicherweise in Gefahr sind.«

Krüger steckte das BlackBerry in die Anzugtasche. »Deswegen will ich ja auch ...« Er stockte.

»Deswegen wollen Sie unbedingt weg?«, fragte Clara. »Nach London oder wohin auch immer?«

Krüger blickte sie mürrisch an, mit zusammengekniffenem Mund. Dann nickte er. »Wir leben in einem freien Land. Sie können mich schwerlich daran hindern.«

»Doch«, sagte Clara. »Können wir. Müssen wir sogar.«

»Was?« Krüger machte Anstalten, aufzustehen. »Was soll das bedeuten?«

»Dass Sie ab heute Abend Polizeischutz haben. So lange können Sie gerne hierbleiben. Hier ist es sicher.«

»Polizeischutz?«, stieß Krüger hervor. »Heute Abend? Hören Sie, ich muss heute noch in den Flieger nach London. Das ist eine Sache, die ...«

»Das können Sie vergessen«, unterbrach Hermann ihn. »Sie sind ein wichtiger Zeuge. Sie haben gehört, was mit Franco Gayo passiert ist. Sie stehen ab heute Abend unter Polizeischutz. Sie werden nirgendwo hinfliegen.«

»Das können Sie mir nicht verbieten! Mein Anwalt ...«

»Und ob wir können«, sagte Clara. »Und das können wir Ihnen auch gerne mit Unterschrift vom Staatsanwalt geben.«

Krüger sprang auf. »Ich will sofort telefonieren.«

»Bitte«, sagte Hermann. »Ihr Spielgerät haben Sie ja eh dabei.«

Krüger verließ das Zimmer. Clara und Hermann hörten gedämpft seine Stimme aus dem Nebenraum.

»Was meinst du?«, fragte Clara.

»Seltsam«, sagte Hermann, »mir kommt es so vor, als wollte er so schnell wie möglich weg. Und nicht, *obwohl* Gayo tot ist, sondern *weil* Gayo tot ist.« Er klappte die Mappe mit den Unterlagen zu. »Ich glaube, er lügt.«

Clara zuckte die Schultern. »In diesem Land hat er leider das Recht dazu. Er hat wohl gemerkt, dass wir geblufft haben. Ohne richterlichen Beschluss haben wir keine Möglichkeit, ihn zu seinem eigenen Schutz festzuhalten. Und den Beschluss zu kriegen dauert seine Zeit.«

23

Gegen Mittag saß Clara wieder in ihrem Büro und schaute in ihr Outlook und ihren Kalender, während die Bilder des Vormittags vor ihrem inneren Auge vorüberzogen. Gayo war von einem Schwert durchbohrt worden, und Wolters hatte man mit einer Spitzhacke im Bett erschlagen. Der erste Mord war offenbar sorgfältig und langfristig geplant, der zweite erinnerte sie eher an die Tat eines wenig umsichtigen, dafür umso brutaleren Täters. Gab es vielleicht gar keinen Zusammenhang zwischen den beiden Morden? Andererseits musste Gayos Killer ein Interesse daran gehabt haben, dass die Sekretärin nicht ins Büro kam und sein Ritual störte. Möglicherweise hatte er es darauf angelegt, dass es den Anschein erweckte, die Morde hätten nichts miteinander zu tun.

Clara klickte durch ihr Outlook. Heute hatte sie ein volles Programm. Gleich würde sie mit MacDeath weiter über das Täterprofil sprechen. Anschließend wollte sie sich den kleinen Lukas anschauen, der den USB-Stick von dem Unbekannten erhalten hatte. Für den Nachmittag hatte Bellmann eine Konferenz mit Winterfeld, MacDeath und Clara einberufen, um sich auf den neuesten Stand bringen zu lassen. Hermann war unterdessen dabei, weiter den seltsamen USB-Stick zu sichten.

Zu viele lose Enden überall. Der Mord an Gayo, der Mord an Wolters, der rätselhafte USB-Stick. Und die Frau, die sich um Lukas kümmerte, Schwester Viktoria, hatte auch nichts Neues erzählen können. Wie denn auch? Sie hatte den unheimlichen Überbringer des USB-Sticks und des Zettels ja nicht einmal gesehen.

Clara dachte an den Zettel, der zusammen mit dem Stick in dem Umschlag gewesen war. *Und alle Vögel wurden satt von ihrem Fleisch,* hatte in aufgeklebten Schreibschrift-Buchstaben darauf gestanden. Ein Zitat aus der Offenbarung des Johannes. Sie würde nachher genau nachschauen, denn der Spruch erinnerte sie irgendwie an die Worte an der Wand von Gayos Büro, die tatsächlich mit seinem Blut geschrieben worden waren, wie die Spurensicherung inzwischen herausgefunden hatte. Sie beschloss jedoch, das Ganze bis nach der Konferenz zu verschieben. Was Bellmann jetzt interessierte, war der Mord an Gayo und nicht irgendwelche Nebenschauplätze.

MacDeath selbst war dabei, eine Übersicht früherer Ritualmorde und damit ein mögliches Täterprofil zu erstellen, das Clara gleich mit ihm durchgehen wollte. Die Ergebnisse sollten in die Präsentation für Bellmann einfließen. Idealerweise waren dann auch schon die Fingerabdrücke und DNA-Spuren vom Tatort identifiziert, und man konnte der Presse vielleicht schon erste Erfolge melden.

*

Als Clara das Büro von MacDeath betrat, roch es nach Earl Grey – selbst aufgebrüht, denn MacDeath liebte Tee, verabscheute zugleich aber nichts mehr als die Teebeutel, die es unten in der Kaffeeküche gab. Ganz zu schweigen von dem Kaffee, den die röchelnde und rumpelnde Kaffeemaschine unten im dritten Stock produzierte. Das Gebräu erinnere ihn, hatte er einmal gesagt, an die Körpersekrete, die bei Obduktionen immer als Erstes weggekippt werden.

Clara fiel einmal mehr der echte Totenschädel ins Auge, der auf einem riesigen Bücherschrank stand und den MacDeath, wie er sagte, »mal irgendwo aus Russland geschenkt bekommen hatte«. Eines der wenigen Bilder im Büro zeigte das Jüngste

Gericht von Michelangelo aus der Sixtinischen Kapelle, von dem Clara noch immer nicht genau wusste, warum es hier hing.

Als MacDeath sie sah, nickte er ihr freundlich zu, unterdrückte ein Gähnen und zeigte auf einen der Stühle, die vor seinem Schreibtisch standen.

»Verzeihen Sie das Gähnen, hat nichts mit Ihnen zu tun, aber gestern ist es spät geworden, und heute wird es wohl nicht anders sein. Das Böse schläft nie. Wir aber auch nicht viel mehr.«

Clara lächelte und setzte sich, während sie kurz den Totenkopf neben der Arzttasche fixierte.

MacDeath lächelte ebenfalls. »Sie sind einem Earl Grey nicht abgeneigt, stimmt's?«, fragte er, ohne eine Antwort abzuwarten. »Zucker habe ich hier. Die Zitronen sind mir leider ausgegangen. Geht aber auch so, oder?«

Clara nickte.

Der Drucker im Büro summte und spuckte Papiere aus, die MacDeath zusammenschob und ihr, zusammen mit der Tasse Earl Grey, über den Tisch schob.

»Wunderbar«, sagte er und ging zum Hauptthema über. »Wie Sie sehen, habe ich mir die berühmtesten und schockierendsten Ritualmorde der letzten Jahrzehnte angesehen und dabei überlegt, welche Motive unser Killer haben könnte, einen derart bestialischen Mord zu begehen. Daraus ist das derzeitige Täterprofil entstanden, das sich in drei Hauptkomponenten der Persönlichkeit unterteilen lässt.«

MacDeath lehnte sich zurück.

»Also dann«, sagte er. »Erstens haben wir es hier mit gottgleichen Hybris- und Allmachtsfantasien zu tun, gepaart mit sadistischen Ritualmorden. Zweitens: Der Täter glaubt, sein Tun wäre gottgewollt, und dass nur eine höhere Macht ihn aufhalten könne. Und drittens: Wenn es um die Frage geht, von wem der Täter sich gesteuert oder unterstützt sieht, von Gott oder dem Teufel, ist es sicherlich Letzterer.« Er kniff die Lippen zusammen. »Wenn es so ist, wie ich glaube, ergibt sich daraus, dass der Täter so grausam weitermachen wird wie bisher, oder noch schlimmer. Und er wird nur aufhören, wenn er getötet wird. Je länger er weitermorden kann, desto eher wird ihm sein Tun als gottgewollt vorkommen.«

»Sie sagen immer *er*«, warf Clara ein. »Könnte es nicht auch eine Frau sein? Serienmörder töten entsprechend ihrer sexuellen Präferenz, und der Mord an Gayo war ... nun ja, sehr viel kunstvoller und aufwendiger als der an Wolters, hat dem Täter also möglicherweise viel mehr Lust bereitet.«

»Sehr gut«, sagte MacDeath und nippte an seinem Tee. »Andererseits könnte der Täter homosexuell oder bisexuell sein. Oder die sexuelle Komponente spielt für ihn eine geringere Rolle, weil er sich als ausführendes Organ einer höheren Macht sieht. Dann ist es ziemlich egal, wen er umbringt, solange dies den Mächten gefällt, deren Stimmen er hört.«

»Gottgleiche Hybris«, sagte Clara. Sie blickte auf den ersten Namen auf dem Dokument. MacDeath hatte zu jeder Charaktereigenschaft des Killers einen früheren Serienmörder als Anschauungsobjekt hinzugefügt.

»Peter Kürten«, las sie laut vor. »Der Vampir von Düsseldorf.«

»Einer der Klassiker«, sagte MacDeath, »falls dieser Begriff in einem solchen Zusammenhang passt. Er verging sich in den späten Zwanzigerjahren in Düsseldorf hauptsächlich an Schülerinnen, die er mit einem Messer quälte, vergewaltigte und tötete, wobei er ihnen teilweise das Blut aussaugte. Andere Opfer, sowohl Männer als auch Frauen, erschlug er wahllos und ließ sie in Waldstücken liegen.« Er lehnte sich zurück. »Was die Frauen angeht, hat Kürten sich an seinem Vater ein Beispiel genommen, der seine Frau und seine Töchter, also Kürtens Schwestern, vergewaltigt und erniedrigt hatte. Irgendwann hielt Kürten das für völlig normal und machte mit seinen Schwestern das Gleiche.«

»Was sagte der Vater dazu?«

»Dem war es wahrscheinlich egal.« MacDeath trank mit zusammengekniffenen Lippen einen Schluck Earl Grey. »Kürten folgte dem typischen Weg eines Serienkillers, von der sexuellen Belästigung anderer, inklusive Vergewaltigung, über das Quälen und Töten von Tieren bis hin zur rituellen Verstümmelung und Ermordung von Menschen.«

»Und sein Motiv?«, fragte Clara. »War das nicht eine diffuse Form von Rache?«

»Exakt«, sagte MacDeath. »Diffus trifft es. Im Prozess in den Jahren 1930 und 1931, bevor er am zweiten Juli 1931 hingerichtet wurde, sagte Kürten, er wolle Rache an der gesamten Menschheit nehmen. Er wolle am liebsten«, MacDeath schob seine Brille zurecht, »alle Menschen vernichten. Aus psychologischer Sicht haben wir es hier mit einer klassischen Aggressionsverschiebung von der Rache an der Welt zur Rache an Individuen zu tun.«

Er blätterte um und fuhr fort: »Gleichzeitig brauchte er die Morde, die Messerstiche, um sich sexuell zu stimulieren. Bis er zum Orgasmus kam, dauerte es unterschiedlich lange. So wie manche Menschen sich anhand von Pornos erregen und abhängig von dem, was sie dort sehen, schneller oder langsamer zum Höhepunkt kommen, war für Kürten die Anzahl der Messerstiche entscheidend, die er seinen Opfern beibrachte.«

»Haben die Opfer dabei noch gelebt?«

MacDeath zuckte die Schultern. »Die Rechtsmedizin ist zu oft in Berlin umgezogen, als dass es noch detaillierte Protokolle aus dieser Zeit gäbe, aber die Antwort ist wohl *ja* und *nein*. Einige waren noch am Leben, als er zum Höhepunkt kam. Bei anderen hat er die Vergewaltigung vermutlich begonnen, als sie noch lebten, und kam dann in der Leiche zum Orgasmus.«

Clara merkte, wie sie sich schüttelte.

»Der Orgasmus dieser Täter«, dozierte MacDeath weiter,

»ist für sie eines der wenigen Erlebnisse von Freiheit in einer Welt, in der ihr krankhafter Zwang sie immer wieder dazu treibt, Dinge zu tun, die ein Teil von ihnen vielleicht gar nicht will.« Er führte wieder seine Tasse zum Mund und trank mit spitzen Lippen. »Der Orgasmus zum einen ist die Freiheit. Die Herrschaft über Leben und Tod hingegen ist für sie die größtmögliche Form von Kontrolle. Freiheit für sich selbst, Kontrolle über andere. Ein Idealszenario für Serienmörder, und nicht nur für die.« Er schürzte die Lippen. »Denn bei vielen Mördern ist die Kontrolle noch wichtiger. Bei Kürten sieht man es daran, dass er sowohl Frauen als auch Männer getötet hat. Der Augenblick des Todes seines Opfers war für ihn wichtiger als der Augenblick seiner sexuellen Befriedigung. In einer Welt, die diese Menschen hassen, werden sie so zum Beherrscher dieser Welt.« Er sortierte die Blätter, während er sprach. »Viele Täter träumen davon, genau dann zu ejakulieren, wenn ihr Opfer stirbt. Auch Kürten hat davon gesprochen, auch wenn es ihm wohl vom ... nun ja, vom Timing her meist nicht gelungen ist.«

»Und was ist mit der Hybris? Dem Wunsch, gottgleich zu sein?«, fragte Clara.

»Da genau liegt das Problem«, sagte MacDeath. »Die Täter steigern sich so sehr in ihre gottgleiche Hybris hinein, dass sie sich irgendwann tatsächlich für unbesiegbar halten. Dann werden sie unvorsichtig. Und dann werden sie meist geschnappt.«

Clara kritzelte ein paar Notizen auf die Ausdrucke, die MacDeath ihr gegeben hatte. »Gut«, sagte sie, »oder auch nicht. Wir haben also die Art von Killern, die ihren Mord als Rache an der Gesellschaft sehen und glauben, sie würden gottgleich werden, wenn sie rücksichtslos ihre Macht über Leben und Tod ausspielen. Das erregt sie. Und das macht sie unvorsichtig.«

MacDeath nickte wieder und zog eine Augenbraue hoch. »Und wer ist hier das große Vorbild?«

»Das Vorbild?« Clara fiel nichts ein. »Welches Vorbild?«

»Der Erste in der Geistesgeschichte, der gottgleich werden wollte?«

»Sie meinen Satan? Luzifer?«

»Die Täter müssen nicht immer Satanisten sein«, sagte MacDeath, »aber sie haben oft Sympathien für diese Geschichte, die Auflehnung gegen das Establishment, die Rache an allen, die dem Establishment folgen, das nachhaltige Überschreiten von Grenzen. Die Auflehnung gegen Gott.« Er faltete die Hände. »Auch Satan möchte am liebsten alle Menschen in den ewigen Tod, in die Hölle schicken. Auch er möchte alle töten, so wie Kürten später.«

24

Amilia la Blanca saß mit ihrer Tochter Lucia auf einer der mittleren Bänke in der Kapelle nahe der Piazza del Popolo in Rom. Ihr Blick schweifte über die Heiligenstatuen an den Wänden und blieb auf einem großen Barockgemälde haften, das den Erzengel Michael zeigte, wie er den Satan und dessen Vasallen in den Abgrund der Hölle schleuderte.

Der Satan, dachte Amilia. Mit ihm schien ihre fünfzehnjährige Tochter Lucia, die unbewegt vor sich hin starrte, irgendwie zu tun zu haben. Vor einem halben Jahr waren die Störungen zum ersten Mal aufgetreten, ganz plötzlich und umso erschreckender. Mittlerweile waren sie so schlimm geworden, dass Amilia für ihre Tochter keine andere Erklärung mehr sah als die, die sie noch vor sieben Monaten als mittelalterliche Fantasterei abgetan hätte.

Besessenheit.

Es war ein Wort, das für Amilia aus einer anderen Zeit und einer anderen Welt kam – einer Welt, in der Furcht und Schrecken regierten, der Aberglaube und das Übernatürliche. Eine Welt, die mit der modernen Gegenwart und ihrer Rationalität, Aufgeklärtheit und Logik nur wenig zu tun hatte.

Zuerst war Amilia mit dem Mädchen bei einem Psychiater gewesen. Der hatte eine »Bewusstseinsstörung aus dem schizoiden Formenkreis« vermutet, wie er sich ausgedrückt hatte, Angstzustände, gespaltene Persönlichkeit und Schübe schwerer Depression, die von unvorhersehbaren Wutanfällen abgelöst wurden. Aber das erklärte nicht die seltsamen Phänomene, die aufgetreten waren und die Amilia am meisten erschreckten.

Zum Beispiel die Stimme ihrer Tochter, die manchmal nicht mehr wie die Stimme eines Menschen klang. Und die in Sprachen redete, die Amilia nie zuvor gehört hatte. Für sie gab es nur eine Erklärung: *Besessenheit.*

»Fünfundneunzig Prozent aller geistigen Störungen sind psychischer Natur«, hatte der Psychiater gesagt. »Aber in fünf Prozent aller Fälle ...« Er hatte nicht weitergesprochen, weil es nicht nötig gewesen war.

Es hatte mit dem »kleinen Freund« angefangen, von dem Lucia erzählt hatte. Sie hatte sich mit Freundinnen zum Gläserrücken getroffen. Und dann hatten sie die Toten befragt. Und da war offenbar ein freundlicher Geist gewesen, der ihr interessante Dinge erzählt hatte. Zum Beispiel, wo auf dem Dachboden das Tagebuch der toten Großtante lag, oder wo Lucia die neue SIM-Karte für ihr Handy verlegt hatte – und wo sie dann tatsächlich lag. »Luigi« habe der Geist sich genannt.

Amilia hätte das Gerede ihrer Tochter nur zu gerne als Unsinn abgetan, hätte Lucia nicht manchmal Dinge gewusst, die sie eigentlich gar nicht wissen konnte.

Und was »Luigi« betraf, hatte er sich mit den Wochen von einem freundlichen Geist – falls er es jemals gewesen war – in etwas anderes verwandelt und diese Wandlung an ihre Tochter weitergegeben. Und was daraufhin mit Lucia geschehen war, hatte Amilia in einen Zustand tiefster Verzweiflung gestürzt. Es kam vor, dass das Mädchen nachts wie hypnotisiert durch die Gegend lief und von einer Sekunde auf die andere markerschütternde Schreie von sich gab. Manchmal schlief sie zwanzig Stunden am Stück, um dann mit fürchterlichem Geheul aufzuspringen, auf Händen und Knien geifernd und schnappend durch die Wohnung zu toben und sich ohne jede Selbstkontrolle zu entleeren.

Irgendwann sprach sie nicht mehr von Luigi. Manchmal kam es Amilia vor, als gäbe es keinen Luigi mehr. Und zwar deswegen, weil es keine Lucia mehr gab. Weil ihre Tochter und der Geist eins geworden waren.

In ihrer Verzweiflung hatte Amilia einen Hypnotiseur bestellt, Dr. Garonne, der ihnen von einem der Psychiater empfohlen worden war, die Lucia der Reihe nach zu therapieren versucht hatten. Garonne war dreimal bei ihnen gewesen, bevor er nach der dritten Sitzung die Behandlung abbrechen musste, da er ins Krankenhaus eingeliefert wurde.

»Wo ist denn dieser Geist?«, hatte der Hypnotiseur wissen wollen, während er Lucia erwartungsvoll anblickte und ein Pendel vor ihren Augen hin und her bewegt. »Wo ist er?«

Lucia hatte ihn mit leerem Blick angestarrt und war mit dem Oberkörper vor und zurück gewippt, wobei sie ein monotones Summen von sich gab und stoßweise die Luft durch die Nase ausstieß.

»Wo ist er?«, hatte der Hypnotiseur seine Frage wiederholt, mit lockender und ein wenig amüsiert klingender Stimme.

Lucia hatte den Kopf nach oben bewegt und Garonne aus zu Schlitzen verengten Augen angestarrt, während sich ein seltsames Geräusch in ihrer Kehle aufbaute. Tief, bedrohlich und ganz und gar unnatürlich. Weniger von einem Menschen, eher von einem Tier. Oder von etwas ganz anderem.

»Ist er in deinem Zimmer? Oder im Korridor? Im Garten vielleicht?«

Keine Antwort.

»Wo ist er?«, fragte der Hypnotiseur noch einmal.

Schweigen.

»Wo ist er?«

Der Hypnotiseur war kein Exorzist, sonst wäre ihm das dunkle, bedrohliche Grollen aufgefallen, das nun vernehmlich aus Lucias Kehle drang und an Lautstärke und Intensität zunahm, während ihre Augen sich nach oben drehten, bis nur noch das Weiße zu sehen war.

»Errrr isssst …« Lucias Stimme schwoll an – ein lauernder Donner, bevor der Blitz einschlug. »Er ist *hier!*«

Das letzte Wort kam wie ein Pistolenschuss und vermischte sich mit dem Schmerzensschrei des Hypnotiseurs, als Lucias Hand ruckartig nach vorn schoss, Garonne im Schritt packte und zudrückte.

Ihre Eltern waren aufgesprungen, während Garonne seinen Schmerz hinausbrüllte und Lucia mit pupillenlosen Augen in die Leere des Zimmers starrte, wobei erneut das Grollen aus ihr hervorbrach.

»Er ist hier!«, schrie sie dann. *»Hiiieeer!«*

Amilia brach noch immer der Schweiß aus, wenn sie an diese Szene dachte.

Dann riss ein Geräusch sie aus ihren Gedanken. Die schwere Eingangstür der Kirche öffnete sich und ließ das fahle Licht der Wintersonne in den Innenraum des Gotteshauses fallen.

Zwei Männer in Soutanen betraten die Kapelle, benetzten sich mit Weihwasser, blieben kurz vor dem Altar stehen und verbeugten sich, bevor sie weiter ins Kirchenschiff gingen, begleitet von zwei Diakonen, die den Priestern in einigem Abstand folgten.

Amilia kannte die beiden Geistlichen. Der eine war Tomasso Tremonte, Adlatus der Glaubenskongregation des Vatikans. Der andere war der Mann, auf den sie all ihre Hoffnung setzte. Don Alvaro de la Torrez, oberster Exorzist der Diözese Rom und Chefexorzist des Vatikans.

*

Tomasso Tremonte betrat gemeinsam mit Alvaro de la Torrez, den zwei Diakonen und Lucia das Untergeschoss der Kapelle. Eine Kirche – ein geweihter Ort – eignete sich am besten, wenn es darum ging, Dämonen auszutreiben. Zudem gab es einen ganz praktischen Grund: Im Keller waren die Schrcie der Besessenen nicht so laut zu hören, vor allem nicht für die Angehörigen. Signora La Blanca, die Mutter Lucias, würde oben warten. Tomasso wusste, dass Don Alvaro es nicht duldete, wenn Angehörige bei Austreibungen dabei waren. Oft griffen sie dabei ein, störten den Ablauf oder wurden traumatisiert, wenn sie die Höllenqualen miterlebten und hörten, wie ihre Söhne und Töchter Obszönitäten und Blasphemien von sich gaben, die sie so niemals zuvor aus ihren Mündern vernommen hatten.

Solche Phänomene waren vor allem bei den Töchtern zu beobachten, denn die meisten Opfer von Besessenheit waren Frauen. Lag es daran, dass die Sünde mit Eva begonnen hatte, die vom Baum der Erkenntnis aß, was zur Vertreibung aus dem Paradies führte? Lag es daran, dass die Schuld der Menschheit auf den Schultern einer Frau ruhte? Oder lag es an Maria, der Mutter Christi, die in der Offenbarung der Schlange den Kopf zertrat und die, tugendhaft und rein, von Jesus zur Königin des Himmels gekrönt wurde? Die so rein und frei von Sünde war, dass sie jedem Gefolgsmann des Satans als eine der größten Störkräfte im Kosmos des Bösen erscheinen musste?

Vielleicht lag es daran, dass Frauen angeblich von Natur aus neugieriger waren als Männer. Außerdem fielen Frauen bekanntermaßen – jedenfalls nach Tomassos Ansicht, obwohl er kaum Erfahrung mit dem anderen Geschlecht besaß – gerne auf falsche Freunde herein.

Und der Satan war der falscheste aller falschen Freunde.

Niemand wusste das besser als Tomasso, der in einem Jesuitenkloster zum Priester geweiht worden war und dem seine Lehrmeister nicht nur die Geheimnisse der Schöpfung und der Heiligen Schriften, sondern auch die Tricks und Schliche der Menschen, die Täuschungen des Bösen und die Taktiken des Satans beigebracht hatten. »Du musst das Böse kennen, als wärst du selbst böse«, hatte sein Lehrmeister gesagt. »Nur dann kannst du es bekämpfen.«

Nun beobachtete Tomasso, wie die zwei Diakone Lucia auf den Stuhl drückten und sich hinter sie stellten, um jederzeit eingreifen zu können, sollte sie während der Austreibung handgreiflich werden. Manchmal musste man die Besessenen fesseln, aber zu dieser Maßnahme griff Alvaro nur im Notfall.

Der Exorzist trug den schwarzen Chorrock der Priester des Heiligen Stuhls und hatte sich die violette Stola um den Hals gelegt, während er sich bekreuzigte, ein Gebet murmelte und seine Tasche öffnete, in der sich seine Utensilien befanden: Eine Flasche mit Weihwasser, ein Rosenkranz, ein großes, schweres Metallkreuz und eine Ausgabe des *Rituale Romanum*, dazu zwei kleinere Büchlein, die er an Tomasso und die Diakone verteilte und aus denen sie während der Austreibung Gebete vorlesen sollten.

Don Alvaro blieb vor Lucia stehen.

»Ich bin Vater Alvaro«, sagte er. »Ich möchte dir helfen. Wer bist du?« Es war wichtig, vor dem Exorzismus etwas über den Menschen zu erfahren. Den Menschen, wohlgemerkt, denn wenn die Austreibung erst im Gange war, sprach nicht mehr der Mensch, dann sprach der Teufel durch dessen Mund. Alvaro hatte es mehr als einmal erlebt.

Lucia schaute ihn an. Anfangs war ihr Blick seltsam abwesend, wurde aber schärfer, als ihre Augen sich allmählich auf den Priester fokussierten. »Ich bin Lucia«, murmelte sie schließlich. »Meine Mutter sagt, dass ich krank bin.«

»Stimmt das?«, fragte Alvaro. »Hat deine Mutter recht?«

Lucia schaute in die Tiefen des Kellergewölbes. »Kann sein. Manchmal erinnere ich mich nicht daran. Vielleicht tue ich Dinge, die ich nicht tun sollte. Aber wenn *er* nicht da ist, fühle ich mich normal. Und ich weiß nicht mehr, was ich gesagt habe, *wenn* er da war.«

»Wer ist *er?*«, fragte Alvaro.

»Er zeigt mir viele Dinge«, sagte Lucia. »Wenn ich die Augen zumache, sehe ich wunderschöne Farben. Ich habe ihn ›das Farbenmännchen‹ genannt. Aber dann hat er mir seinen wirklichen Namen gesagt.«

»Und wie ist sein Name?«, fragte der Priester.

»Luigi.«

Tomasso warf einen raschen Blick auf Don Alvaro. Er wusste, dass dies nicht der wirkliche Name des Dämons war. Es gab ein Triumvirat, gebildet von drei Erzdämonen, die häufiger als alle anderen in Menschen fuhren. Tomasso hatte ihre Namen schon oft gehört, hatte sogar mit ihnen gesprochen. Aber längst nicht so oft wie Alvaro, der in seinem Leben mehr als 20 000 Exorzismen vorgenommen hatte.

Das höllische Triumvirat.

Satan. Luzifer. Asmodeus.

Und Asmodeus war der Gegner, auf den sie am häufigsten trafen.

Alvaro schlug das *Rituale* auf und bekreuzigte sich noch einmal. Bisher hatte der Teufel sich nicht gezeigt, was des heiligen Ortes wegen nicht ungewöhnlich war. Denn die Teufel versuchten, sich von allem Heiligen fernzuhalten, so gut es nur ging. Und waren sie erst dort, versuchten sie alles, um schnellstens wieder wegzukommen. Deshalb hatten manche Besessene vom Kreuz und dem Weihwasser furchtbare Tobsuchtsanfälle bekommen.

Lucia war bisher ruhig geblieben, was aber nicht unbedingt ein gutes Zeichen war. Mit Dämonen verhielt es sich wie mit Hunden: Die kleinen, harmlosen kläfften am lautesten. Die großen, gefährlichen aber waren still. Doch wenn sie dann zutage traten, waren sie tausendmal schlimmer und gefährlicher.

Aber vielleicht ist Lucia gar nicht besessen, dachte Tomasso.

Don Alvaro hatte keinen seiner berühmten »Tests« mit ihr durchgeführt. Manchmal lud er angeblich Besessene zu sich nach Hause zum Essen ein und trug seiner Bediensteten auf, die Pasta mit einem Schuss Weihwasser oder exorziertem Salz zu kochen. Lag eine wirkliche Besessenheit vor, keine psychische Erkrankung, spuckte der Betroffene den ersten Happen wieder aus, begleitet von Röcheln und Keuchen, während er dem alten Priester einen Schwall obszöner Beleidigungen an den Kopf warf.

»In nomine patris, et filii et spiritus sancti«, sagte Alvaro nun, trat einen Schritt auf Lucia zu und machte das Kreuzzeichen auf ihrer Stirn. Einer der Diakone hielt einen Rosenkranz in der einen Hand, während die andere auf der Schulter des Mädchens ruhte.

Der Exorzist kniete nieder, richtete den Blick zur Decke des Kellers und sprach das Vaterunser. Tomasso sah, wie Lucias Füße sich bewegten, als sie auf dem Stuhl hin und her rutschte.

Alvaro stand auf, machte das Kreuzzeichen und hielt dem Mädchen das eiserne Kruzifix an die Stirn. Lucia wich zurück, nur ein wenig zwar, aber es fiel Tomasso sofort auf.

»Deus, in nomine tuo salvum me facet in virtute tua iudica me«, sprach Don Alvaro und ließ das Kreuz weiter auf dem Kopf des Mädchens ruhen. »Hilf mir, Gott, durch deinen Namen, verschaffe mir Recht mit deiner Kraft.«

Lucias Körper wippte vor und zurück, während sich tief in ihrem Kehlkopf ein dumpfes Knurren bildete, leise und lauernd, aber langsam anschwellend.

Schließlich zog Alvaro das Kreuz zurück und legte Lucia die Hand auf die Stirn.

»In nomine Iesu principe: Manifesta!«, sagte er. »Im Namen Jesu, der herrscht: Komme hervor, böser Geist!«

Das war der Augenblick, in dem sich der Dämon zeigen musste, ob er wollte oder nicht.

Alvaro trat einen Schritt zurück, als Lucias Augen erneut nach oben rollten, bis nur noch das Weiße zu sehen war.

In diesem Moment hörte Tomasso das Grollen aus dem Mund der Fünfzehnjährigen.

Es war ein Geräusch, das weder nach einem Menschen noch nach einem Tier klang.

25

Er möchte alle töten. So wie Peter Kürten, der Vampir von Düsseldorf, es später getan hat.

Clara kritzelte ein paar weitere Notizen auf das Blatt, während die zwei Bibelzitate wieder vor ihrem inneren Auge auftauchten.

Mein Name ist Legion.

Alle Vögel wurden satt von ihrem Fleisch.

»Weiß man, ob Kürten irgendwelche Stimmen gehört hat?«, fragte sie. »Oder ob er Botschaften erhalten hat?«

»Nein«, antwortete MacDeath, »obwohl so etwas in einigen Fällen überliefert ist, zum Beispiel vom Serienmörder David Berkowitz aus den USA, dem Son of Sam. Berkowitz hat angeblich vom Hund seines Nachbarn die Befehle erhalten, zu töten.«

Clara blickte angestrengt aus dem Fenster. Noch immer schlugen Regentropfen gegen die Scheibe. Dann richtete sie den Blick wieder auf ihre Unterlagen.

»Zweite Charaktereigenschaft«, sagte sie. »Der Täter glaubt, sein Tun sei gottgewollt, und dass er sozusagen unter dem Schutz einer Gottheit steht. So wie es bei dem nächsten Mann der Fall war, den Sie hier als Beispiel anführen.«

Clara kannte den Namen dieses Killers. Und einige Details hatten ihr schon damals, als sie das erste Mal davon gehört hatte, den Magen umgedreht. Vom Ausdruck blickte ihr das hagere Gesicht eines gut gekleideten Mannes mit Zylinder entgegen.

»Albert Fish, Zwanzigerjahre in den USA.« MacDeath nahm seine Brille ab. »Auf ihn geht das Wort ›Boogeyman‹ zurück.«

Boogeyman, dachte Clara. Das amerikanische Gegenstück zum »Schwarzen Mann«. Wobei es den kriminalhistorisch gar nicht gab, denn die meisten Opfer wurden nicht von einem anonymen Schwarzen Mann ermordet, sondern von Menschen aus ihrem Bekanntenkreis.

MacDeath fuhr fort: »Albert Fish war nach außen hin ein geachteter und in der Gemeinde geschätzter Gentleman. Doch unter dieser Hülle verbarg sich ein Monster. Genau wie bei unserem Killer war bei Fish der Wille zur Unterwerfung und Verstümmelung des Opfers besonders ausgeprägt, in diesem Fall allerdings verbunden mit Depersonalisierung.«

Clara überflog den Text. Fish hatte einen elfjährigen Jungen entführt, hatte ihn ausgezogen, gefesselt und stundenlang in einer Waldhütte sitzen lassen. Dann war er zurückgekommen, hatte den Jungen ausgepeitscht und ihm bei lebendigem Leib die Ohren und die Nase abgeschnitten. Schließlich hatte er die Mundwinkel seines Opfers mit einem Messer von Ohr zu Ohr aufgeschlitzt, bis das Gesicht des Jungen das berühmt-berüchtigte »Chelsea Grin« zeigte. Clara musste unweigerlich an den Joker aus der Batman-Verfilmung *The Dark Knight* denken.

»Sind Sie sicher, dass unser Täter keine Depersonalisierung vornimmt?«, fragte Clara. »Das Schwert, das aus Gayos Mund ragte, war nicht nur entstellend, es könnte möglicherweise auch einen sexuellen Bezug haben.«

MacDeath nickte. »Ja, kann sein. Dass er Gayo mit dem Schwert pfählte, könnte der Täter als eine Art analer Penetration mit einer Klinge empfunden haben, die sich durch den ganzen Körper fortsetzt. Ich glaube aber ...« Er verstummte.

»Sie glauben was?«

»Ich bin sicher, das Schwert, das aus dem Mund heraustritt, hat eine noch stärkere Bedeutung, nur will es mir im Moment nicht einfallen.« Er lehnte sich zurück. »Ich habe das schon mal irgendwo gesehen, aber ich komme nicht drauf ...«

Clara lächelte. »Dinge kommen dann wieder, wenn man sie nicht mehr sucht.« Ihre Miene wurde wieder ernst, als sie auf die Fotos von Albert Fish und seiner Opfer schaute. »Fish hat dem Jungen das Gesicht zerschnitten«, sagte sie. »Was ist danach geschehen?«

»Am Ende hat er ihn getötet«, erwiderte MacDeath. »Er hat ihm den Bauch aufgeschnitten, hat sein Blut herausgesaugt und sein Fleisch und die Augen gegessen. Ähnlich wie vor Kurzem der Mörder von Bodenfelde hier in Deutschland, der sogar noch bei fortgeschrittener Verwesung aus seinem Opfer Fleisch herausgebissen hat. Nekrophil motivierter Kannibalismus.« Er schob die Teetasse auf dem Tisch hin und her. »Was bei Fish besonders schockiert, ist die Verbindung seiner biederen Lebensweise mit der schrecklichen Realität. Passend dazu sagte er«, MacDeath schaute Clara an, »das Fleisch des Jungen habe ihm besser geschmeckt als jeder Truthahn zu Thanksgiving.«

Clara dachte an die »Banalität des Bösen«, von der Winterfeld oft sprach.

»Die Rechtsmedizin hat Gayos Organe gewogen«, sagte sie. »Es scheint nichts zu fehlen. Der Mörder hat also nichts von seinem Opfer gegessen.«

MacDeath nickte. »Richtig. Das führt uns dazu, dass unser Killer eine möglicherweise andere Motivation hat, dass ihm die Inszenierung wichtiger ist als die eigene Befriedigung, als würde er das Werk für einen anderen vollbringen.«

»War das bei Fish auch so?«

»Ja. Er hat sich Nadeln in den Hintern gesteckt. Dutzende.«

Clara zog die Augenbrauen zusammen.

»Durch den Schmerz, den die Nadeln ihm verursachten«, fuhr MacDeath fort, »sah er sich in der Nachfolge Christi, wie er selbst erklärte. Genauer gesagt im Leiden Christi, der Passion. Die Nadeln in seinem Fleisch waren für ihn wie die Nägel Christi am Kreuz. Manchmal hat er sich auch mit Benzin getränkte Baumwolle in den Hintern gesteckt und angezündet. Er sah sich beinahe als Märtyrer, der den Willen Gottes ausführt. Vor Gericht gab er zu Protokoll, er habe Visionen von Jesus und den Engeln gesehen. Angeblich hatte Gott ihm befohlen, den kleinen Jungen zu töten, zu verstümmeln und teilweise zu essen. Nachbarn berichteten, dass Fish wiederholt in der Nacht bei Gewitterstürmen auf einem Hügel stand. ›Ich bin Christus‹, hat man ihn oft rufen hören.«

Clara überlegte einen Moment. Fish hatte sich als Auserwählten Gottes gesehen, also mussten auch seine Taten im Einklang mit Gott stehen. »Er betrachtete seine Morde als gottgewollt?«, fragte sie.

»Korrekt.« MacDeath setzte seine Brille wieder auf. »Dominanzfantasien, wie man sie schlimmer kaum findet.« Er blätterte die Seite um. »Dazu passt auch sein Ende. Als er zum Tode verurteilt wurde, sagte er: ›Ich freue mich auf das Feuer, das sicher heißer brennt als all die Flammen, mit denen ich mir selbst Schmerz zugefügt habe.‹ Er starb am 16. Januar 1936 auf dem elektrischen Stuhl.« MacDeath kniff die Lippen zusammen und schüttelte den Kopf.

»Letzter Punkt«, sagte Clara. »Satanismus und Verehrung Satans. Der Letzte, über den Sie schreiben, ist Richard Ramirez, der Night Stalker. Bei ihm, sagen Sie, ist es am eindeutigsten. War Ramirez tatsächlich Satanist?«

MacDeath zuckte die Schultern. »Behauptet er jedenfalls. Die Geschichte hat sich in den Achtzigerjahren in Los Angeles abgespielt. Ramirez ist in die Wohnungen von Paaren eingedrungen und hat sie umgebracht, wobei einer immer zuerst getötet wurde, vor den Augen des anderen. Ramirez behauptete, im AC/DC-Song *Nightcrawler* hätte Satan ihn zu diesen Morden aufgefordert.« Er nestelte an seiner Brille, ehe er fortfuhr: »Meistens hat er seine Opfer erschossen oder mit einem Messer ermordet, und wie Kürten und Fish nahm er an den Leichen häufig Deformierungen vor. Manche verstümmelte er, anderen riss er post mortem die Augen heraus und nahm sie mit.«

»Und wieder Hybris?«, fragte Clara.

»Wie so oft. Ramirez wurde übermütig und verplapperte sich gegenüber einigen Wohnwagenbewohnern in der Nähe von Los Angeles. Die wurden misstrauisch und holten die Polizei. Bei der Gerichtsverhandlung 1987 zeigte Ramirez ein umgedrehtes Pentagramm, das er in seine rechte Handfläche gemalt hatte, und begrüßte den Richter mit ›Heil Satan!‹.«

Clara schüttelte den Kopf. »Aber ob er nun ein wirklicher Satanist war, weiß man nicht?«

MacDeath verschränkte die Arme. »Das weiß er wahrscheinlich selber nicht. Aber er hat genug Zeit, darüber nachzudenken. Seit 1987 sitzt er in St. Quentin. Und da wird er bis zu seinem Tod wohl auch bleiben. Langweilig wird es ihm bestimmt nicht. Seltsamerweise gibt es eine Menge Frauen, die ihn besuchen.«

»Warum tun sie das?«

»Manche Frauen stehen auf Serienkiller, weil die es wagen, Grenzen zu überschreiten, und weil die Frauen sich bei ihnen auf seltsame Weise sicher fühlen. Einen seiner weiblichen Fans hat Ramirez sogar im Gefängnis geheiratet. Sie sieht ihn zwar nicht oft, aber dafür weiß sie wenigstens, dass ihr Mann sich nicht herumtreibt und nicht fremdgeht.« Er lächelte spitzbübisch. »Nicht nur Serienkiller, auch Frauen wollen schließlich Kontrolle.«

»Frauen, die auf Serienkiller stehen ...«, wiederholte Clara.

»Man nennt sie auch Killergroupies«, erklärte MacDeath.

Killergroupies, dachte Clara.

»Denken Sie an Charles Manson und seine Family.« Er rückte seine Brille zurecht und lehnte sich zurück. »Fassen wir mal zusammen. Wir haben eine hybris-artige Selbsterhöhung, bei der der Killer annimmt, er wäre Teil einer höheren Macht, und der seinen Hass auf die Menschen und die Gesellschaft in besonders brutalen Morden kanalisiert. Beispiel Peter Kürten. Unser Killer hat zwar nichts von dem Opfer gegessen oder Teile des Körpers mitgenommen, soweit wir wissen, aber in der Brutalität seiner Tat korreliert seine Allmachtsfantasie mit der Inszenierung des Mordes.«

Er stand auf, ging ein paar Schritte und blieb unter dem Schrank mit der brüchigen Arzttasche und dem Totenschädel stehen. »Gleichzeitig eröffnet er Referenzen zu übernatürlichen Wesen, nämlich das Zitat ›Mein Name ist Legion‹. Dann hat er noch den Drachen im Kehlkopf der Leiche platziert. Damit versucht er sich möglicherweise in eine Reihe mit diesen Wesen zu stellen und seinem eigenen Tun etwas Unvermeidliches zu geben, an dem niemand etwas ändern kann, auch die Polizei nicht.«

Er ging ein paar Schritte weiter Richtung Fenster, schaute kurz in den nebelverhangenen Himmel und drehte sich dann wieder um, während Clara sich eifrig Notizen machte. »Von Albert Fish lernen wir«, fuhr MacDeath fort, »dass gottgleiche Hybris und messianische Selbsterhöhung dem Täter nicht nur sein eigenes Tun als gottgewollt vor Augen führen – nach dem Motto, ›wenn Gott nicht will, was ich tue, wird er mich schon aufhalten‹ –, sondern dass diese Selbsterhöhung auch mit Selbstverstümmelung verbunden sein kann.« Er ging zurück zum Schreibtisch, nahm die Brille ab und rieb sich die Augen. »Während Fish glaubte, er sei Jesus Christus und Gott würde sein Tun gutheißen, ist unser Killer wahrscheinlich von der Gegenseite gesteuert – oder glaubt es zu sein. Die biblischen Sprüche, der Drache und die Art der Inszenierung zeigen eine deutliche Sympathie für das Satanische. Es könnte also sein«, sein Blick richtete sich wieder auf Clara, »dass er auch Verstümmelungen oder Verletzungen an sich selbst vorgenommen hat, um seine Loyalität unter Beweis zu stellen.«

Clara zog die Augenbrauen hoch.

»Was könnte das sein?«

MacDeath zuckte die Schultern und ließ sich wieder in den schweren Ledersessel sinken. »Vielleicht hat er sich einen Finger abgetrennt, oder er hat sich Schnittwunden zugefügt. Möglicherweise trägt er ein Zeichen, das seine Zugehörigkeit zu einer höheren Macht symbolisiert, wie bei Ramirez das Pentagramm in der rechten Handfläche.«

MacDeath tippte auf die Tastatur seines Computers. Der Bildschirm, der sich im Schlafmodus befand, leuchtete wieder auf. »Ich schreibe Ihnen die Stichpunkte kurz zusammen«, sagte er. »Damit sollten wir dann die Datenbank des BKA füttern. Vielleicht hat es in der Vergangenheit ähnliche Fälle gegeben oder einen Killer, auf den diese Merkmale in irgendeiner Weise zutreffen.«

Clara kaute nachdenklich an ihrem Bleistift. »Eine Sache verstehe ich immer noch nicht.«

»Und welche?«, fragte MacDeath.

»Gayo war Gründer und Chef dieser karitativen Organisation, die Spenden gesammelt hat, um Kindern aus Elendsgebieten in aller Welt eine bessere Zukunft in Europa zu ermöglichen.« Sie zeigte auf das Dossier, das in Kopie auch auf MacDeaths Schreibtisch lag. »Warum passiert ausgerechnet einem solchen Menschen etwas so Schreckliches?«

MacDeath blickte einen Moment schweigend zur Decke, nahm seine Brille ab und kaute am Bügel.

»Das ist eine gute Frage. Eine Verbindung, wo auch ich derzeit noch keinerlei Zusammenhang sehe.«

Claras Handy klingelte. Es war Hermann.

»Wo bist du?«, fragte er.

»Oben bei MacDeath. Was gibt's?«

»Hast du mit diesem Thomas Krüger alles besprechen können, was dir wichtig war?«

»Ich glaube schon. Warum?«

»Weil es jetzt zu spät dafür wäre. Es sei denn, wir haben einen Geisterbeschwörer.«

Geisterbeschwörer, dachte Clara. *Das passt zu unserem Fall.*

»Was meinst du damit?«

»Krüger ist tot.«

»Er ist tot? Wir waren doch heute noch bei ihm.«

»Tot ist er trotzdem.«

Clara schüttelte den Kopf.

»Ermordet?«

»Was sonst.«

»Ich komme sofort runter.«

26

In nomine Iesu principe: Manifesta!

Das Grollen wuchs an, wie ein Donner in den Wolken, der sich in einem zerstörerischen Blitz entladen würde. Die Pupillen nach hinten gedreht, sodass nur das Weiße in den Augen zu sehen war, starrte Lucia den Priester an, die Zähne gefletscht, als er das Kreuz vor ihr Gesicht hielt und den ersten Teil des Exorzismus sprach.

»Ich befehle dir, unreiner Geist, wer immer du bist, und deinem ganzen Anhang, die ihr diese Dienerin Gottes in der Gewalt habt ...«

Das Grollen des Mädchens hatte sich in ein hasserfülltes Bellen verwandelt, wobei sie den Priester mit aufgerissenen Augen anstarrte. Doch Alvaro sprach unbeirrt weiter. »Wegen der Geheimnisse der Menschwerdung, des Leidens, der Auferstehung und der Himmelfahrt unseres Herrn Jesus Christus, wegen der Aussendung des Heiligen Geistes und der Wiederkunft unseres Herrn zum Gericht: Gib mir deinen Namen, den Tag und die Stunde deines Fortganges mit einem Zeichen kund.«

Lucia, plötzlich ganz ruhig, lehnte sich zurück.

»Alvaro«, sagte sie dann, und ihre Stimme klang wie die einer viel älteren Frau. »Ich bin Laura. Ich bin so allein hier, so allein ...«

Tomasso schaute den alten Priester alarmiert an. Er wusste, dass Laura, de la Torrez' Mutter, früh gestorben war. Alvaro war damals erst 19 Jahre alt gewesen. Die Umstände ihres Todes waren nie vollständig geklärt worden. Mit 23 Jahren war Alvaro zum Priester geweiht worden. Er hatte nicht oft über den Tod seiner Mutter gesprochen; stattdessen hatte er sich stets auf den Standpunkt gestellt, Maria sei die wahre Mutter allen Lebens. Wenn man dies anerkenne, könne man den Verlust der eigenen Mutter überwinden.

Doch an dem Zucken in den Augenwinkeln des Exorzisten erkannte Tomasso, dass die Stimme des Mädchens irgendeine Erinnerung in ihm weckte. Möglicherweise imitierte Lucia die Stimme seiner Mutter täuschend echt.

»Alvaro«, sagte sie erneut, »weißt du, dass ich nie richtig stolz auf dich gewesen bin?« Das Mädchen wand sich, musterte Don Alvaro von der Seite. »Ich hatte immer gehofft, du würdest etwas Großes, Vollkommenes werden. Aber du bist nur Priester geworden, ein erbärmlicher kleiner Pfaffe ...«

»Schweig, Satan!«, rief Alvaro mit schneidender Stimme und drückte das Kreuz auf Lucias Stirn. Das Mädchen zuckte zurück und stieß einen schrillen Schrei aus. »Sag mir deinen Namen!«

»Meinen Namen?« Lucias Stimme sank um mehrere Oktaven und klang dumpf und dröhnend, als die Worte wie ein gurgelnder Strom schmutzigen Wassers aus ihrem Mund drangen. »Ich bin Laura de la Torrez, geborene Velazquez.«

Tomasso erschrak. Velazquez war tatsächlich der Mädchenname von Alvaros Mutter gewesen. Ein weiterer Beweis dafür, dass ein Dämon durch den Mund dieses besessenen Mädchens sprach.

»Gott Vater«, rief Alvaro, »du hast den widerspenstigen und abtrünnigen Geist dem Feuer der Hölle überantwortet und deinen eingeborenen Sohn in diese Welt gesandt, um den brüllenden Löwen zu zerschmettern.« Er trat nach vorn und hob das Kreuz. »Sag mir deinen Namen.« Er machte einen weiteren Schritt auf das Mädchen zu und wiederholte, drängender diesmal: »Sag mir deinen Namen!«

»Aaaaaa«, stieß Lucia hervor und streckte die Zunge heraus.

»Bei Gott, dem Vater, dem Sohn und dem Heiligen Geist«, herrschte Alvaro sie an, »sag mir deinen Namen!«

Lucia wand sich auf dem Stuhl und versuchte aufzuspringen, doch die beiden Diakone hielten sie fest. Hasserfüllt starrte sie Alvaro und Tomasso an. Dann spie sie den Namen hervor wie einen vergifteten Bissen: »Astarte!«

Tomasso sah, wie Alvaro sich kurz zu ihm umwandte und ein Auge zukniff. *Astarte.* Eine gute Nachricht für einen Exorzisten. Astarte war zwar einer der höheren Geister, aber nicht so gefährlich wie die des Triumvirats: Satan, Luzifer und Asmodeus. Oder Moloch, Baphomet und Adramelech. Ihm fiel wieder der Vergleich mit den Hunden ein. Die Kleinen kläfften am lautesten, waren aber zumeist harmlos, während die Großen still blieben, doch umso aggressiver und brutaler waren ihre Attacken.

Don Alvaro bekreuzigte sich, sprach ein Ave Maria und machte dann ein Kreuz auf der Stirn, dem Mund und der Brust des Mädchens.

Lucia strampelte, wand sich und versuchte aufzustehen, wurde aber von den Diakonen zurück in den Stuhl gedrückt.

»In principio erat verbum et verbum erat apud Deum et Deus erat verbum«, zitierte Alvaro den Beginn des Johannes-Evangeliums, eines der stärksten Exorzismen, die es gab. *»Im Anfang war das Wort, und das Wort war bei Gott, und Gott war das Wort. Alle Dinge sind durch dasselbe gemacht, und ohne dasselbe ist nichts gemacht, was gemacht ist.«*

»Mariaaaa«, kreischte Lucia und spreizte die Beine. »Sie ist genauso eine Schlampe wie deine Alte, Alvaro! Sie ist mit jedem ins Bett gestiegen! Und einmal bist du rausgekommen, hahaha!«

Alvaro sprach ungerührt weiter. »Und das Licht scheint in der Finsternis, und die Finsternis hat's nicht ergriffen.«

Lucia grinste den Priester lüstern an und streckte obszön die

Zunge heraus, während sie ihre Hüfte nach vorne schob. »Und Maria, diese Nutte ...«

»Und das Wort ist Fleisch geworden und hat unter uns gewohnt.«

»Sie hat Joseph betrogen!«, schrie Lucia. »Sie ist mit irgendeinem Bauern ins Bett gegangen, und heraus kam Jesus!«

»Schweig, Satan!« Don Alvaro bekreuzigte sich und malte das Kreuz auf Lucias Stirn, während die Diakone das Mädchen im Klammergriff hielten. Dann legte Alvaro das Ende der Stola auf ihren Hals. »Seht das Kreuz des Herrn! Fliehet, ihr feindlichen Mächte! Gesiegt hat der Löwe vom Stamme Juda, der Spross Davids!«

»Fick dich!«, kreischte Lucia. Ihre Stimme klang wie das Kreischen rostiger Weichen an einem Gleis. »Jerusalem, Babylon, Maria ... alles Nutten! Jesus hat mit Maria Magdalena gefickt! Alles Schlampen, alles Huren ...«

»Vade retro, Satanas.« Don Alvaro wiederholte die Worte Jesu in der Wüste. Seine Hand zuckte nach vorn und kippte dem Mädchen Weihwasser auf die Stirn. Ein markerschütterndes Geheul ertönte.

»Neeeeein«, schrie Lucia und warf den Kopf hin und her, wobei ihre Haare am schweißnassen Gesicht klebten. »Es tut weh ... es tut so weeeeh ...«

Don Alvaro sprach unbeirrt weiter.

»In meinem Namen werden sie Dämonen austreiben, sagte Jesus zu seinen Jüngern, wenn Schlangen sie anfassen oder sie tödliches Gift trinken, wird es ihnen nicht schaden.«

»Gift!«, kreischte Lucia. »Es ist Giiiift. Es breeeennt!«

»Herr, sogar die Dämonen gehorchen uns, wenn wir deinen Namen aussprechen. Da sagte Jesus zu ihnen: Ich sah den Satan wie einen Blitz vom Himmel fallen.«

Lucia krallte die Hände in die Lehnen des Stuhls und vergrub ihr Gesicht auf der Brust, während Alvaros Worte wie ein

Trommelfeuer auf sie einhämmerten und einer der Diakone das Glaubensbekenntnis verlas:

»*Credo in Spiritum Sanctum, sanctam Ecclesiam catholicam, sanctorum communionem, remissionem peccatorum, carnis resurrectionem, vitam aeternam. Ich glaube an den Heiligen Geist, die heilige katholische Kirche, Gemeinschaft der Heiligen, Vergebung der Sünden, Auferstehung der Toten und das ewige Leben.*«

Unvermittelt zuckte der Körper des Mädchens wie nach einem elektrischen Schlag, und sie hob langsam, ganz langsam den Kopf. Ihre Augen, zu Schlitzen verengt, starrten Don Alvaro an. Ihre Zunge fuhr über die Lippen, und sie schob eine Hüfte nach vorn, während sie sich mit einer Hand vom Diakon losriss und sich in den Schritt fasste.

»Fick mich«, schrie sie. »Los, fick mich!«

Don Alvaro hob das Kreuz. »Ich beschwöre dich, alte Schlange, bei dem Richter der Lebenden und der Toten, bei deinem Schöpfer und dem Schöpfer der Welt ...«

»Fickt euch gegenseitig! Und wer den Größten hat, darf mich vögeln!«

»... bei dem, der die Macht besitzt, dich in die Hölle zu schleudern. Verlass diese Dienerin Gottes Lucia, die der allmächtige Gott nach seinem Ebenbild erschaffen hat.«

»Lutscht euch die Schwänze! Ich will es sehen! Ich will's sehen ...« Sie gab ein gurgelndes Geräusch von sich.

»Er hat dich in die äußerste Finsternis hinausgeworfen, in der für dich und deine Vasallen der Untergang bereitet ist. Verlass diesen Menschen.« Alvaro machte ein Kreuz auf ihre Stirn. »Entferne dich von der Kirche Gottes.« Er machte ein Kreuz in Richtung Don Tomasso und der Diakone. »Erzittere und fliehe bei der Anrufung des Herrn, vor dem die Hölle erbebt, dem die himmlischen Kräfte, die Mächte und Gewalten untertan sind, den die Cherumbim und die Seraphim unaufhörlich preisen. Verlasse diesen Körper!«

»Leck mich!«, geiferte Lucia und schob wieder die Hüfte nach vorne. »Leck mich! Fick mich!« Aus pupillenlosen Augen starrte sie zur Decke.

»Weiche Gott, der dich im Verräter Judas verdammt hat.«

»Leck mich!«

Tomasso und die Diakone beteten weiter das Glaubensbekenntnis.

»Ich glaube an den einen Herrn Jesus Christus. *Deum de Deo, lumen de lumine. Deum verum de Deo vero.* Gott von Gott, Licht vom Licht, wahrer Gott vom wahren Gott. Gezeugt, nicht geschaffen, eines Wesens mit dem Vater.«

»Fick mich mit deinem Kreuz!«, kreischte Lucia sabbernd und geifernd. »Fick mich mit dem Kreuz!«

»Jesus schlägt dich mit dem ewigen Feuer, Jesus, der am Ende der Zeit zu den Gottlosen sagen wird: Weichet von mir, ihr Verfluchten, in das ewige Feuer, das dem Teufel und seinen Dämonen bestimmt ist.«

Lucia starrte ihn an. Ihre Augen sahen aus wie weiße Murmeln.

»Deine Mutter …«

»Dich, du Gottloser, werden die Würmer peinigen, die niemals sterben. Dir und deinen Dämonen ist ein unauslöschliches Feuer bereitet.«

»Deine Mutter ist nicht an einer Krankheit gestorben«, geiferte Lucia. »Sie hat sich …«

»Er, dessen Macht das All unterworfen ist, treibt dich aus. Jener weist dich ab, der für dich und deine Dämonen die ewige Hölle bereitet hat. Aus seinem Mund geht ein scharfes Schwert aus, und er wird kommen, zu richten die Lebenden und die Toten.«

»Sie hat sich *umgebracht!*« Lucia streckte die Zunge heraus. »Und jetzt ist sie allein, ganz allein.« Wieder die andere Stimme: »Ich bin so *alleiiiin!*«

Don Alvaro wich zurück. Im selben Moment erbrach Lucia einen Schwall von grünlichem Erbrochenen über den Priester.

Einen Moment erstarrte Alvaro, während schleimige Fäden von seinen Wangen und dem Bart tropften. Dann richtete er sich auf und hob das Kreuz. In seinen Augen loderte das Feuer von tausend Sonnen.

»Satanas …« Es klang wie eine Herausforderung an einen alten Feind, gegen den er schon so lange kämpfte, ohne dass dieser Kampf jemals enden würde. »Fürst der himmlischen Heerscharen, stoße den Satan und die anderen bösen Geister, die in der Welt umhergehen, um die Seelen zu verderben, durch die Kraft Gottes …«

»Fick mich! Und deine Mutter wird uns dabei zusehen! *Fiiiiick miiiiich!«* Die Stimme des Mädchens erhob sich noch einmal zu einem schrillen Crescendo.

Alvaro drückte ihr das Kruzifix auf die Stirn, schlug das Kreuzzeichen vor ihren Augen und rief beschwörend die letzten Worte: »… in die Hölle!«

»Nein!«, schrie das Mädchen. *»Nein!«* Ihr Zittern übertrug sich auf den Stuhl und die Diakone, die sie im Klammergriff hielten.

»In Namen des Vaters …«

»Nein!«

»… und des Sohnes …«

»Neeein!«

»… und des Heiligen Geistes.«

Don Alvaro hob noch einmal das Kreuz, noch einmal spritzte das Weihwasser, und ein letztes Mal bäumte Lucia sich auf.

»Amen.«

Der Körper des Mädchens sank zusammen.

Nach ein paar Sekunden hob sie den Kopf. Tränen rannen über ihre Wangen. Ihr Gesicht war wieder das eines jungen Mädchens. Ein Mädchen, das zu viel gesehen und erlebt hatte.

»Wo bin ich?«, fragte sie leise. »Was tue ich hier? Was habe ich gesagt?«

Don Alvaro legte ihr segnend die Hand auf den Kopf.

»Alles ist gut, Lucia. Deine Mutter wartet oben auf dich.«

Zusammen mit einem Diakon ging Lucia auf unsicheren Beinen ins Kirchenschiff zurück, während Alvaro sich das Gesicht abwischte und seine Utensilien in die lederne Tasche packte.

»Ist sie befreit?«, fragte Tomasso.

Der alte Exorzist schwieg einen Moment.

»Ich weiß es nicht«, sagte er dann. »Ich hoffe es. Der Kampf ist noch nicht vorbei.«

Tomasso wusste, dass manche Dämonen wiederkamen. Und einmal mehr fragte er sich, wie Alvaro es aushielt, mit fast achtzig Jahren immer wieder den Kampf mit Dämonen auszufechten – nach mehr als 20 000 Exorzismen, die er durchgeführt hatte.

Ein Lächeln huschte über Alvaros Gesicht. »Der Kampf gegen das Böse, mein lieber Tomasso«, sagte er, »ist erst am Jüngsten Tag zu Ende, am Tag des Weltgerichts.«

27

Hermann sortierte ein paar Fotos, die die Ermittlungsbeamten in der Wohnung von Thomas Krüger alias Tom aufgenommen hatten. Ein Becher schwarzen Kaffees mit dem Vereinswappen von Hertha BSC stand auf dem Tisch.

»Die Abteilung für Wirtschaftsdelikte stellt gerade seine Wohnung auf den Kopf«, sagte Hermann. »Möglicherweise gibt es Verbindungen zum Inhalt des USB-Sticks.«

»Was ist denn darauf gespeichert?«

»Nichts Gutes, aber kommen wir erst mal zu Tom.«

Clara schaute auf das Foto, das die Ermittler am Tatort aufgenommen hatten. Sie sah eine Gestalt, die auf dem Boden lag. Das, was der Kopf gewesen war, war nur noch ein zerfleischtes, blutiges Etwas, aus dem mehrere Zimmermannsnägel ragten.

»Das wird Bellmann gar nicht gefallen«, sagte Clara. »Aber wer konnte denn auch wissen, dass der Mörder sofort auch bei Krüger zuschlägt? Wir hätten ihn am Abend unter Polizeischutz gestellt. Oder ist das alles Zufall?«

Hermann seufzte. »Glaub ich nicht. Ähnlicher Modus Operandi wie bei Susanne Wolters, der Sekretärin. Jemand hat die Tür eingetreten und Krüger noch auf dem Flur erschossen – mit einer Nagelpistole. Auch hier war die Tür nur angelehnt.« Er trank von seinem Kaffee. »Ein Nachbar hatte sich gewundert, dass die Tür offen steht, und ist in den Flur gegangen. Da hat er dann den Schock seines Lebens gekriegt. Krüger lag auf dem Rücken, mitten auf dem Flur, mehrere Zimmermannsnägel zwischen den Augen.«

»Fingerabdrücke?«, fragte Clara.

Hermann nickte. »Wie es aussieht, sind es dieselben wie an den Tatorten von Wolters und Gayo.«

Wieder diese unorganisierte Vorgehensweise, wie schon bei der Sekretärin, dachte Clara. *Vollkommen anders als bei Gayo.*

Es fiel ihr schwer zu glauben, dass dies derselbe Mörder sein sollte, der auch Gayo umgebracht hatte. Andererseits hatte sie gerade mit MacDeath über Allmachtsfantasien gesprochen. Vielleicht beging der Killer diese unvorsichtigen, ungeplanten Morde, um sich zu vergewissern, dass er noch unter göttlichem oder welchem Schutz auch immer stand. So wie Menschen, die absichtlich die Gefahr suchen, weil sie denken, dass es immer die erwischt, die es erwischen soll. Und die, die es nicht erwischen soll, erwischt es auch nicht.

»Gibt es sonst noch was?«, fragte sie.

»Ja«, sagte Hermann. »Lukas ist hier.«

*

Clara betrachtete den ungefähr achtjährigen Jungen mit den dunklen Augen und den seltsam abgehackten Bewegungen. Was musste er gesehen haben? Schwester Viktoria hatte ausgesagt, Lukas habe geweint, als er mit dem Umschlag gekommen sei, in dem sich der USB-Stick befand, und mit seiner kleinen Hand nach draußen gezeigt.

War es wirklich der Umschlag gewesen, der dem kleinen Jungen die Tränen in die Augen getrieben hatte? Oder war es derjenige, der ihm den Umschlag gegeben hatte? Oder holte seine schreckliche Vergangenheit als Opfer eines gewalttätigen Pädophilen ihn immer wieder ein und brachte ihn dazu, nachts auf den Gängen des Heims herumzuirren, weshalb man ihn dort »Das Irrlicht« nannte?

Warum hatte ihm *überhaupt* jemand den Umschlag mit dem Stick gegeben? Und wer konnte das gewesen sein?

Der Junge litt an Katatonie, wie der Krankenakte zu entnehmen war, einer Störung der Psychomotorik, was sich in Erstarrungszuständen äußerte, dem sogenannten Mutismus: Die Menschen verharrten plötzlich in einer bestimmten Körperhaltung und konnten oft nicht mehr sprechen. Lukas hatte des Öfteren Albträume von ungewöhnlicher Lebhaftigkeit, die sich besonders auf die zweite Nachthälfte konzentrierten. Es war das einzige Mal, dass man seine Stimme hörte. Weil er schrie. Und schrie. Und dann, ganz plötzlich, wieder still wurde, als hätte jemand einen Stecker gezogen.

Im Heim hatten sie seinen IQ nicht feststellen können, da er sich geweigert hatte, die Fragebögen auszufüllen, aber das musste nicht bedeuten, dass sein IQ nicht deutlich über 80 lag. Auch sonst gab es keine Anzeichen geistiger Behinderung, und nichts deutete auf irgendein Syndrom hin, was eine geistige Retardierung erklären würde.

Nein, was Lukas zu dem gemacht hatte, was er jetzt war, musste traumatischer Natur gewesen sein – schlimmer, als man es sich vorstellen konnte und wollte.

Der Verein, der das Heim betrieb, in dem Lukas untergebracht war, gehörte zu einer der neueren Initiativen der Stadt. Clara wusste, dass der Senat bei allem, was mit Kindesmissbrauch und Kindesmisshandlung zu tun hat, nicht untätig erscheinen wollte; deshalb hatte das LKA die Aussagen der Schwester sofort zu Protokoll genommen.

Gleichzeitig hatte die IT den Stick flüchtig durchgeschaut und Hunderte von Megabytes mit Grafiken, Fotos, pdf- und Word-Dokumenten gefunden. Bereits im Heim hatten sie kurz in den Stick geschaut, mit dem Inhalt aber nicht allzu viel anfangen können. Sie sagten nur, es habe ihnen »Angst gemacht«.

Clara überflog das Protokoll und Lukas' Akte aus dem Kinderheim. Vor ein paar Monaten hatte die Polizei den Mann gefasst, der den Jungen gefangen gehalten hatte. Es schien ihm völlig gleichgültig gewesen zu sein. »Ihr könnt ihn haben«, hatte er gesagt – in einem Ton, mit dem ein Rockstar seine Geliebte auf die Straße setzt oder eine Familie ein paar ungeliebte Katzenkinder weggibt.

»Eigentlich wollte ich einen Hund«, hatte der Mann gesagt, als er mit Handschellen im Streifenwagen saß. Die Schwester, der Lukas den USB-Stick gegeben hatte, war damals dabei gewesen. »Also habe ich ihn zu meinem Hund gemacht. Hunde verstehen Prügel. Menschen verstehen Prügel.« Der Mann hatte die Polizisten beinahe Verständnis suchend angeschaut, doch in deren Gesichtern hatten sich nur Wut und Abscheu gespiegelt.

»Ich habe ihn dressiert, dass er nur nachts draußen an den Baum pinkelt, mit erhobenem Bein«, hatte der Mann lachend weitererzählt. »Und Hundefutter habe ich ihm gegeben.« Er hatte genickt, während er sprach. »Irgendwann hat er das Zeug sogar gemocht. Er hat ...« Der Mann hatte nach Worten gesucht. »Er hat gesabbert, wenn er das Rascheln der Futtertüte hörte, und kam auf allen vieren angelaufen. Und manchmal ...«, das Lachen des Mannes wurde schriller, »manchmal ist er schon gekommen, wenn ich nur mit Zeitungspapier geraschelt habe.«

Aber das war längst nicht alles, was der Mann mit Lukas angestellt hatte. Da waren noch andere Dinge gewesen. Lukas hatte sie monatelang, jahrelang erleiden müssen. Der Mann war ins Gefängnis gekommen. Genauso wie Lukas. Nur dass Lukas' Gefängnis noch dunkler, hoffnungsloser und besser bewacht war. Es war das Gefängnis seines Verstandes. Ein Gefängnis aus seinen Erinnerungen.

Clara schaute in die Augen des Kindes, diese dunklen und traurigen Augen, die so viel zeigten und noch mehr verbargen. Lukas erwiderte ihren Blick. Dann senkte er abrupt den Kopf und drehte sich ruckartig zum Fenster um.

Am härtesten trifft es immer die unschuldigen Kinder, dachte Clara. Ob sie wollte oder nicht, sie musste dabei an ihre ermordete Schwester Claudia denken.

Unweigerlich kam ihr ein Gedicht von John Donne in den Sinn, das vielleicht ein klein wenig dazu beigetragen hatte, dass sie Polizistin geworden war. Es besagte, dass jeder Tod eines Anderen in gewisser Weise auch der eigene Tod war.

Niemand ist eine Insel ganz für sich; jeder Mensch ist ein Stück des Kontinents, ein Teil des Festlands.

Jedes Menschen Tod ist mein Verlust, denn ich bin Teil der Menschheit.

Darum verlange nie zu wissen, wem die Stunde schlägt; sie schlägt dir selbst.

Einer der Phantomzeichner kam ins Zimmer und riss Clara aus ihren Gedanken.

»Wir sind so weit«, sagte er.

»Dann los. Schauen wir mal, ob ihr was rausbekommt.«

Der Phantomzeichner führte Lukas, gemeinsam mit einem Polizeipsychologen, in einen Nebenraum.

Claras Handy klingelte erneut. Es war Hermann.

»Ja?«

»Wir sind fertig mit dem Stick.«

»Gut«, sagte sie. »Unten im Keller?«

»Ja. Kommt am besten runter. MacDeath auch. Winterfeld ist schon da. Erich Weber ebenfalls.«

»Was ist denn auf dem Stick?«, fragte Clara.

Hermann schwieg ein paar Sekunden, ehe er antwortete: »Der schlimmste Albtraum, den man sich vorstellen kann.«

28

Er durchschritt den steinernen Bogen, die Augen verdeckt von der nachtschwarzen Brille, die sein blasses, hageres Gesicht wie einen Totenschädel aussehen ließ.

»Ist es so weit?«, fragte er. Seine Stimme klang brüchig, weil er selten sprach.

Das eiserne Tor, das in den großen Innenhof führte, war geöffnet. Am Ende des Hofes stand eine Statue mit Hörnern und Flügeln. Ein tiefer Brunnenschacht, schwarz und schier bodenlos, führte in die Eingeweide der Welt. Vor der Statue stand ein steinerner Block, bespritzt mit einer dunkelroten Flüssigkeit. Knochen und andere, teils verbrannte Überreste, die man nicht erkennen konnte, lagen zu Füßen des Steinblocks. Die Mauern erhoben sich fünf Meter in den trüben Himmel, an dem Gewitterwolken vorüberzogen. Die Mauersteine waren von Moos überwuchert, das sich wie eine schimmelige Flut über der moderigen Mauer ausbreitete. Hier und da sah man Spritzer von Blut und abgebrochene Fingernägel. Sie stammten von denen, die versucht hatten, die Mauer hinaufzuklettern, um zu fliehen, und deren Überreste jetzt vor dem Steinblock mit der Statue lagen.

In der Mitte des Hofes stand eine Holzkiste, ungefähr zwei Meter lang. Ein Mann mit eingefallenen Wangen und wirren schwarzen Haaren stand vor der Kiste. Um seinen Hals hing ein umgedrehtes Kreuz.

»Ist es so weit?«, fragte der Mann mit der schwarzen Brille noch einmal.

»Ja«, sagte der andere. »Es ist jetzt zwei Tage in der Kiste gewesen. Am ersten Tag allein. Am zweiten Tag mit den Käfern.«

»Was hat es mit den Käfern gemacht?«

»Es hat einige zertreten. Aber es hat geschrien, weil die ganze Kiste voller Blut und Matsch von den zerquetschten Biestern war.«

»Es hat verstanden. Wenn es versucht, die Situation zu verbessern, wird sie nur noch schlimmer.«

Aus der Kiste drang ein unterdrücktes Stammeln.

»Wird es uns wiedererkennen?«, fragte der Mann mit den schwarzen Brillengläsern.

»Nein«, sagte der mit dem umgedrehten Kreuz und den struppigen Haaren. »Ein Teil sieht uns als die, die es in die Kiste gesteckt haben. Ein Teil sieht uns als die, die es aus der Kiste befreien.« Er grinste. »Aber den ersten Teil hat es schon vergessen.«

»Die Konditionierung hat funktioniert«, sagte der Mann mit der schwarzen Brille. »Mach die Kiste auf.«

Der Mann mit dem umgedrehten Kreuz öffnete das schwere Vorhängeschloss. Beinahe im selben Moment schoss ein Kopf aus der Kiste hervor. Das Alter der Kreatur war undefinierbar. Die Haare waren verdreckt und verfilzt, das Gesicht voller Schmutz und nass von Tränen, die Augen ein Meer aus Angst und Schmerz. Die Kreatur öffnete den Mund, starrte zum Himmel und stieß einen fürchterlichen, hohlen Schrei aus. Lebende und halb zerquetschte Käfer krabbelten oder fielen aus der Kiste. Es war ein grauenvoller Anblick.

Der Mann mit der schwarzen Brille trat an die Kiste heran und schaute auf die Kreatur hinunter.

»Du bist frei«, sagte er.

Der Kopf, der aus der Kiste ragte, blickte ihn ungläubig an.

»Böse Menschen haben dich in die Kiste gesperrt. Aber wir ...«, er schaute auf den Mann mit dem umgedrehten Kreuz, »wir haben dich befreit.«

»Ich ... bin ... frei«, sagte die Kreatur, deren Kopf so verdreckt war, dass man nicht erkennen konnte, ob es sich um einen Mann oder eine Frau handelte. »Frei ...«

»Frei«, sagte der Mann mit der schwarzen Brille. »Aber dafür musst du etwas für uns tun.«

Anstatt dem Mann zu antworten, starrte die Kreatur mit weit aufgerissenen Augen zu ihm hoch.

»Der Meister hat sich gemeldet«, sagte der Mann. »Er hat uns einen neuen Auftrag erteilt. Und du wirst diesen Auftrag ausführen.« Er schaute auf den grässlichen Kopf hinunter. »Aber dafür musst du üben.«

»Üben?«, fragte die Kreatur ungläubig.

»Heute«, sagte der Mann, »wirst du ein Tier quälen. Morgen wirst du ein Tier töten.«

Die Kreatur begann zu zittern, und in ihrem Gesicht zuckte es.

»Übermorgen wirst du einen Menschen quälen«, fuhr der Mann mit der schwarzen Brille fort. »Und einen Tag später ...«

Der Kopf zog sich in die Kiste zurück, als wollte er dem Unheil entfliehen, das von oben kam.

»... einen Tag später wirst du einen Menschen töten.«

29

Clara und MacDeath stiegen die vier Treppenfluchten ins Untergeschoss hinunter. Hermann und zwei Experten von der IT hatten sich im Keller des LKA eingerichtet, gleich neben dem Kopier- und Druckerraum. Eine der Schreibkräfte schleppte einen Stapel Unterlagen herein und ließ ihn krachend auf den Schreibtisch fallen.

Winterfeld saß bereits in einer Ecke, überflog einige Papiere und schüttelte den Kopf. Neben ihm saß ein grauhaariger Mann um die sechzig. Er trug eine dunkelbraune Tweedjacke, und seine Augen sahen aus, als würde er jeden Moment einschlafen. Doch Clara wusste, dass dieser Eindruck häufig bei Menschen entstand, die hellwach waren und gelernt hatten, ihre Augen, die Fenster zur Seele, nahezu perfekt zu verbergen. Bei dem Mann musste es sich um Erich Weber vom BKA handeln, den Clara schon einmal irgendwo gesehen hatte.

Die IT hatte vorsichtshalber mehrere Kopien des USB-Sticks gezogen. Eine dieser Kopien steckte in einem Laptop, der auf dem Tisch des fensterlosen Raumes stand und mit dem großen Drucker im Nebenzimmer verbunden war, der ununterbrochen ratterte und Papiere ausspuckte.

»Druckt ihr den gesamten Inhalt des Sticks aus?«, fragte Clara.

»Da sind dermaßen brisante Sachen drauf«, sagte Hermann, »die können wir unmöglich alle am Bildschirm durchlesen.«

Einer der Assistenten kam in den Raum und ließ einen weiteren großen Aktenstapel auf den Tisch krachen. »Das papierlose Büro«, sagte er und blickte Clara an, »ist genau so wahrscheinlich wie die papierlose Toilette.«

»Sehr witzig«, sagte Clara. »Die Nachhaltigkeitsabteilung wäre aber nicht begeistert von dem Ressourcenverbrauch. Bei der Herstellung von einem Blatt Papier werden zehn Liter Wasser verbraucht, oder wie war das?«

»Was wir machen, ist sowieso nicht nachhaltig«, sagte Hermann. »Wir fangen die Mörder erst, *nachdem* sie Leute umgebracht haben. Sie vorher zu fangen, wäre besser, aber dann wären sie keine Mörder.«

»Minority Report lässt grüßen«, sagte einer der Assistenten.

»Wollen wir jetzt mal zur Sache kommen?«, grollte eine Stimme aus dem hinteren Teil des Zimmers. Winterfeld hatte sich erhoben und ließ wie ein Feldherr den Blick schweifen. »Ich fürchte, nach Scherzen wird gleich keinem von euch mehr zumute sein. Aber stellen wir erst mal unseren Gast vor.« Er zeigte auf den grauhaarigen Mann. »Das ist Erich Weber vom Bereich SO des BKA. Er hat sich freundlicherweise eine Stunde seiner Zeit freigeschaufelt und bleibt noch etwas länger in Berlin, bevor er zurück nach Wiesbaden fliegt.« Winterfeld legte einige der Papiere auf den Tisch und blickte auf Hermann. »Ihr habt den Stick bereits durchgeschaut?«

»Ja.«

»Gut. Dann bring Clara und MacDeath auf Flughöhe.«

Hermann nickte. »Wir haben hier zu dritt die gesamten Unterlagen aufbereitet«, begann er. »In den letzten Stunden haben wir vielleicht dreißig Prozent davon überfliegen können. Das, was uns wichtig erschien, haben wir ausgedruckt. Auf dem Stick sind aber insgesamt mehr als drei Gigabyte, auch mehrere Dateien, die passwortgeschützt sind. Oliver ist gerade oben dabei, die Passwörter zu knacken.«

»Okay«, sagte Winterfeld. »Jetzt zum Inhalt.«

»Wie es aussieht«, berichtete Hermann, »hatte Franco Gayo noch eine andere Beschäftigung, die aber mit dem, was er nach außen hin zu tun vorgab, indirekt zusammenhing.«

»In einem Wort?«, fragte Clara, die noch immer nicht verstanden hatte, um was genau es ging.

»Menschenhandel«, sagte Hermann tonlos.

»Menschenhandel?« Clara und MacDeath blickten sich an.

»Hier«, Hermann zeigte auf einen Stoß Papiere, darunter Spendenquittungen, Bescheinigungen und ärztliche Unterlagen, »stoßen beide Welten zusammen. Gayo hat in Europa für Hilfsgelder, Spenden und Patenschaften für Kinder aus Armuts- und Katastrophenregionen geworben, beispielsweise aus Haiti, wo 2010 das verheerende Erdbeben war. Die Idee, mit der er in jeder Talkshow hausieren ging, war die, dass die Kinder durch Spenden in Europa eine gute Ausbildung bekommen und danach wieder nach Haiti oder wohin auch immer zurückkehren, um dort beim Aufbau des Landes zu helfen. So weit klingt das alles ja sehr schön und nächstenlieb. Gleichzeitig«, er hielt ein zusammengeheftetes Dossier in die Höhe, »haben wir hier Dokumente, in denen es um Menschenhandel geht.« Er senkte die Stimme. »Gayo hatte die Kinder aus Haiti schon nach Europa geholt. Und er hat sich von möglichen Paten Geld dafür geben lassen. Nur hatten diese Paten keine Ahnung, dass ihre Spenden nicht in die Ausbildung der Kinder geflossen sind, sondern zwei völlig andere Aktivitäten finanziert haben.« Er senkte die Stimme noch weiter. »Grenzüberschreitenden Menschenhandel und Kinderprostitution.« Er schaute Weber an. »Richtig?«

Weber nickte.

Clara merkte, wie das Grauen ihr den Rücken hinaufkroch, kalt und glatt wie die Zunge eines Monsters, die ihr über die Schulterblätter leckte.

»Das kann nicht sein«, sagte sie. »Gayo hat auf Tausenden von Benefizveranstaltungen Spendengelder gesammelt. Mit diesen Geldern soll er Kinderprostitution finanziert haben?«

Weber nickte und zeigte auf einige Ausdrucke. »Hier haben wir ein Diagramm mit Zahlungsströmen. Das Geschäft läuft folgendermaßen.« Er hielt das Blatt in die Höhe. »In Haiti werden die Kinder oder deren Eltern in Elendsvierteln von organisierten Banden angesprochen, die auf Provisionsbasis arbeiten. Die schwärmen den Familien dann von einer besseren Zukunft der Kinder in Europa vor. Oder sie entführen sie einfach. Aufgrund der anarchischen Verhältnisse nach dem Erdbeben gab es keine zuverlässige Zählung der Opfer, deshalb hat keiner gemerkt, wenn plötzlich jemand fehlte. Gleichzeitig kümmert sich Gayos sogenannte Wohltätigkeitsorganisation um die weiße Weste, das heißt, sie machen schöne Fotos von den Kindern, die die künftigen Paten bekommen *und* die auch an die künftigen Kunden gehen. Die Kunden können sich mithilfe der Fotos ihr ... nun, nennen wir es Lieblings-Sex-Spielzeug aussuchen. Letzteres natürlich über einen anderen Kanal. *Do ut des* kümmert sich auch um die Einreiseformalitäten für die Kinder nach Europa, ein Dreimonatsvisum für Deutschland, die Flugkosten und so weiter.« Er zog ein weiteres Blatt hervor. »Diesen Kostenblock nennt Gayo ›Working Capital‹. Er ist zu begleichen, bevor die Kinder beim Endkunden landen und bevor der Endkunde zahlt. Betriebswirtschaftlich ist das eine Risikoposition, denn es kann sein, dass man all die Logistik bezahlt hat, die Kinder aber nicht beim Kunden ankommen, sodass man keinen Profit machen kann. Um dieses Risiko auszuschalten und das Working Capital gegenzufinanzieren, erfand Gayo ...«

»... die Spenden?«, ergänzte Clara. Sie konnte kaum glauben, dass sie dieses Wort gerade selbst ausgesprochen hatte.

Weber nickte.

MacDeath meldete sich zu Wort. »Seit wann läuft dieses Geschäft?«

Hermann zog einen großen Ordner hervor und schlug ihn auf. »Wo haben wir's ...« Er blätterte durch die Seiten. »Hier. Seit vier Jahren. Ursprünglich hat Gayo ein Kinderheim in Punta Cana in der Dominikanischen Republik übernommen.

Der Besitzer des Heims hat eines Tages erkannt, dass er auf einer sehr lukrativen Einnahmequelle sitzt und hat die Kinder an Sextouristen aus Europa und den USA vermietet. Gayo war das allerdings zu riskant.« Hermann klickte durch die Seiten auf dem Bildschirm. »Hier haben wir sogar eine Sounddatei eines offenbar vertraulichen Gesprächs zwischen Gayo und diesem Tom, den es gerade mit der Nagelpistole erwischt hat. Keine Ahnung, wer das aufgenommen hat.« Er startete den Audioplayer. Eine Männerstimme ertönte.

Können wir das nicht genauso machen wie der Typ in Punta Cana? Das Geld legen wir dann auf den Caymans an und müssen nicht mal Steuern zahlen.

Eine andere Männerstimme antwortete. Wahrscheinlich war es Gayo.

Keine gute Idee. Die Kinder alle an einem Ort zu konzentrieren, nennt man in Bankenkreisen ein Klumpenrisiko. Es kann immer sein, dass irgendwelche Hilfsorganisationen von so was Wind bekommen und den Laden dichtmachen. Zudem sind viele, die solche Dienstleistungen in Anspruch nehmen wollen, nach wie vor nicht bereit, so weit zu reisen. Warum drehen wir das Ganze nicht um, holen die Kinder nach Europa und verteilen sie über diverse Haushalte? So bekommt niemand etwas mit, und die Leute müssen nicht reisen.

Weber schaltete sich wieder ein: »Dann sind sie auf die Idee gekommen, die Reisekosten für die Kinder mit Spendengeldern abzudecken. Das ist die sogenannte Working-Capital-Logik. Das Ganze läuft über eine Briefkastenfirma in Uruguay. Wir sprechen deswegen gerade mit Interpol.« Er hob einen weiteren Zettel in die Höhe, auf dem Zahlungsströme von Western Union und anderen Banken aufgelistet waren. »Die Gelder wurden in verschiedenen Steueroasen angelegt, die noch keine Kontendaten mit den USA und der EU austauschen, wie die Caymans, die Gayo erwähnt, aber vornehmlich Dubai und Singapur.«

»Wer immer diesen Stick zusammengestellt hat«, sagte Winterfeld, »woher hat er all diese Informationen? Und woher wissen wir überhaupt, dass das alles stimmt?«

Hermann senkte den Kopf. »Wir haben pro forma ein paar Flugdaten von Kindern, die hier in den Dokumenten auftauchen, bei den führenden internationalen Fluglinien abgefragt. So weit stimmt leider alles.«

»Sie haben sogar die Ziele in Europa passend zur kolonialen Vergangenheit des jeweiligen Landes ausgewählt, weil die Einreiseformalitäten dann einfacher sind«, ergänzte Weber. »Von Haiti aus geht es beispielsweise nach Paris Charles de Gaulle, von afrikanischen Ländern oft nach London Gatwick, von Somalia nach Rom, von Kigali in Ruanda nach Brüssel. Sind die Kinder erst einmal in Europa, kann man ihre Spur kaum noch verfolgen.«

»Das darf doch nicht wahr sein!«, schnaubte Winterfeld. »Da läuft so eine Riesenkiste, und die Letzten, die davon erfahren, sind wir.«

Clara betrachtete ihren Chef. Ihn schien weniger das Grauen zu beschäftigen, das Hermann und Weber mit jedem neuen Blatt, jedem neuen Ordner offenlegten, sondern eher die Tatsache, dass hier jemand war, der mehr über organisierte Kriminalität wusste als das LKA. Vielleicht wurmte es ihn auch, dass sein berühmter sechster Sinn ihn diesmal im Stich gelassen hatte.

Weber meldete sich zu Wort. »Bei einer Weltbevölkerung von sieben Milliarden Menschen, von denen die meisten in armen Ländern leben, sind die Kinder leicht zu bekommen. Außerdem sind die ... nun ja, Produktionskosten gering, und bei kaum vorhandenen Volkszählungs- und Zensusdaten werden die Kinder auch nicht vermisst.« Er gab das Papier weiter. »Angeblich werden jedes Jahr zwei Millionen Menschen als Sklaven verschifft. Gayo ist sicher nicht der Einzige, der damit Geld verdient.«

»Menschenhandel«, sagte Clara leise.

»Ja. Man sollte meinen, dass so etwas nicht in unsere aufgeklärte Welt passt, nicht wahr?« Weber reichte Clara ein Blatt Papier. »Sobald die Kinder beim Endkunden sind, bezahlt er sie in bar. Hier sind die Preislisten.«

»Der Kaufpreis für Jungen und Mädchen liegt zwischen zweieinhalb und viertausend Euro, je nach Geschmack des Kunden«, las Clara vor, »für Jungfrauen bis zu zehntausend Euro.« Sie merkte, wie ihr schlecht wurde.

Winterfeld blickte Weber an. »Sind das die üblichen Marktpreise?«

Weber nickte. »Wenn wir das Geschäftsmodell insgesamt betrachten, ist die einzige riskante Kostenposition der Transfer der Kinder nach Europa. Den deckte Gayo mit Spenden gegen und kassierte dann fast den gesamten Umsatz als Profit, normalerweise über Bargeldtransaktionen und Gelder, die in Dubai und Singapur gewaschen werden. Das sind Margen von achtzig bis hundert Prozent. Das schafft man sonst nur noch im Drogenhandel.«

Clara blickte auf eines der Dokumente.

20 Euro mit allem, stand darauf, *200 Euro extra für Entjungferung.* Daneben war eine Übersicht mit unterschiedlichen Altersgruppen der Kinder zwischen sieben und vierzehn Jahren. Ihr schnürte sich die Kehle zu. Diese Typen hatten an alles gedacht. Dann ein weiteres Blatt mit Festpreisen. »Flatrate« stand daneben.

»Die Kunden behalten die Kinder also für immer?« Clara schaute Weber an.

Der nickte. »Oder so lange, bis sie die Lust an ihnen verlieren. Viele sind katatonisch und können nicht mehr sprechen, manche werden an Bettelbanden weitergegeben. Ihr kennt doch die Kinder, die einen am Alexanderplatz Tag und Nacht anbetteln. Auch das wird von Banden organisiert, in diesem

Fall von Gangs aus Rumänien. Jeden Morgen, bevor man sie losschickt, werden die Kinder gezwungen, Haarshampoo und Ähnliches zu trinken, damit sie möglichst krank und mitleiderregend aussehen. Würde mich nicht wundern, wenn manche von denen aus Gayos Imperium kommen.« Er kniff den Mund zusammen. »Und einige davon, wie Lukas, landen im Kinderheim.«

»Kann Lukas uns irgendetwas dazu sagen?«, fragte Winterfeld. »Oder diese Schwester ... wie hieß sie noch?«

»Viktoria Brigl«, sagte Hermann. »Wir hatten sie vorhin hier, konnten aber nicht allzu viel herausfinden, bloß ein paar Dinge zum Hintergrund des Jungen. Aber den Fremden, der Lukas den Stick gegeben hat, hat sie nicht gesehen.«

»Und Lukas? Habt ihr mit dem gesprochen?«

»Ja und nein«, sagte Clara. »Lukas ist katatonisch und kann nicht sprechen. Vielleicht lernt er es durch Therapie irgendwann wieder, aber im Moment malt er nur mit Wachsstiften ziemlich düstere Bilder. Die werden uns aber nicht helfen. Wir versuchen, über Phantombilder eine ungefähre Beschreibung desjenigen zu bekommen, der ihm den Stick gegeben hat.«

»Wissen wir denn jetzt, wie diese Person aussieht?«, fragte Winterfeld.

Hermann zuckte die Schultern. »Die Zeichner sind gerade dabei, ein Phantombild zu erstellen.«

»Wann sind sie fertig?«

»Hoffentlich bald. Lukas ist noch bei ihnen.«

»Und der Junge wurde von so einem ... Endkunden gefangen gehalten und missbraucht?«, fragte Clara.

»Ja. Der Mann hieß Norbert Reling«, sagte Hermann. »Er ist vor zwei Jahren aufgeflogen und wurde in den größten deutschen Knast gesteckt, die JVA Berlin Tegel. Hat dann ein paar Mittelsmänner verpfiffen, die ebenfalls eingebuchtet wurden. Aber Gayo ist offenbar niemals in die Sache reingezogen worden. Wir haben vorhin in Tegel angerufen.«

»Und was sagt dieser Reling?«, fragte Winterfeld.

»Der sagt gar nichts mehr«, antwortete Hermann. »Typen wie der haben's im Knast nicht leicht. Er wurde vor einem Jahr getötet. Ein Mithäftling hat ihm eine angespitzte Zahnbürste in die Halsschlagader gerammt.«

Winterfeld atmete geräuschvoll aus, während er die Hände verschränkte und die Gelenke knacken ließ. »Lass uns gleich mal überlegen, wie wir das alles Bellmann nahebringen, nachher in der Konferenz. Er wird nicht allzu begeistert sein. Und dieser Unbekannte, der Lukas den USB-Stick gegeben hat – wieso *weiß* er das alles?« Er blickte die Versammelten der Reihe nach an. »Und es wäre gut zu erfahren, ob Gayos Hintergrund mit seiner Ermordung zu tun hat. Ich glaube, das könnte der Fall sein, aber wir wollen nicht glauben, wir wollen wissen.« Er reckte das Kinn. »Und war da nicht noch so ein Zettel? Was ist damit?«

Hermann zeigte eine Kopie des Blattes mit der aufgeklebten Schreibschrift und dem kryptischen, dennoch bedrohlichen Text:

Und alle Vögel wurden satt von ihrem Fleisch.

»Was hat das nun wieder zu bedeuten?«, fragte Winterfeld. »Weiß jemand, wo dieser Spruch herkommt?«

»Offenbarung des Johannes«, sagte Clara. »Hermann hat's rausgefunden.«

»Wusste nicht, dass du so bibelfest bist«, sagte Winterfeld und blickte Hermann an. Der zuckte die Schultern.

»War ziemlich einfach bei Google zu checken«, erwiderte Clara. »Zu einfach.«

»Du meinst, es war so gewollt, dass wir es schnell finden?«, fragte Winterfeld.

Clara nickte. »Ganz genau.«

»Und was steht da noch?«, fragte Winterfeld.

»Offenbarung, Kapitel 19, Vers 21. Das Ende des Tieres und des falschen Propheten. Der Spruch auf dem Papier ist der letzte Satz.«

Clara beugte sich nach vorne und las vor: »Und ich sah einen Engel in der Sonne stehen, und er rief mit großer Stimme allen Vögeln zu, die hoch am Himmel fliegen: Kommt, versammelt euch zu dem großen Mahl Gottes und esst das Fleisch der Könige und der Hauptleute und das Fleisch der Starken und der Pferde und derer, die darauf sitzen und das Fleisch aller Freien und Sklaven, der Kleinen und der Großen. Und das Tier wurde ergriffen und mit ihm der falsche Prophet, der vor seinen Augen die Zeichen getan hatte. Lebendig wurden diese beiden in den feurigen Pfuhl geworfen, der mit Schwefel brannte. Und die anderen wurden erschlagen mit dem Schwert, das aus dem Munde dessen ging, der auf dem Pferde saß.«

Sie schaute auf den Ausdruck und las den letzten Satz.

»Und alle Vögel wurden satt von ihrem Fleisch.«

»Das könnte eine Verbindung zu dem Spruch ›Mein Name ist Legion sein‹«, sagte MacDeath. »Gut möglich, dass es – jenseits des Namens auf dem Stick – eine Verbindung zwischen dem Mord an Gayo und diesem Material gibt. Möglich auch, dass derjenige, der diese Informationen zusammengestellt hat, ebenfalls mit dem Mord zu tun hat.«

»Und der ›falsche Prophet‹?«, fragte Clara. »Könnte damit nicht Gayo selbst gemeint sein? Er hatte das Gute gepredigt, aber das Böse getan.«

MacDeath nickte. »Absolut.«

»Das hat uns gerade noch gefehlt!«, schnaubte Winterfeld. »Das ist zum einen ein religiöser Fanatiker und dazu noch ein vollkommen wahnsinniger Ober-Psychopath. Zum anderen jemand, der mit äußerster Brutalität und grenzenlosem Sadismus vorgeht.« Er blickte in die Runde. »Außerdem weiß er entschieden mehr als wir, besonders, wenn es um Dinge geht, die viel eher *wir* wissen müssten.«

Erich Weber erhob sich.

»Tja, Kollegen, ich muss leider meinen Flieger kriegen.« Er zog sich das Sakko über und gab allen die Hand.

»Ich melde mich, wenn ich mal in der Nähe bin, Erich«, sagte Winterfeld. »Aber ganz sicher noch vor deinem Ruhestand.«

Weber nickte und verschwand.

Winterfeld schaute alle der Reihe nach an. »Mir schwirrt der Kopf«, sagte er. »Wir sollten uns jetzt eine gute Storyline überlegen, die wir Bellmann mundgerecht servieren, denn wenn wir das alles ungefiltert auf ihn abfeuern, wird er wahnsinnig – oder er denkt, wir sind es.«

30

Clara stand neben Winterfeld und MacDeath am offenen Fenster und atmete die kalte Herbstluft ein. *Spenden einsammeln, um damit Kinderprostitution zu bezahlen.* Sie konnte es noch immer nicht fassen. Was sie auf dem USB-Stick gesehen hatte, war so grauenvoll und ungeheuerlich gewesen, dass sie für einen Moment daran zweifelte, ob ein Wesen wie der Mensch überhaupt eine Daseinsberechtigung auf dieser Erde hatte. Sie hielt den warmen Kaffeebecher mit beiden Händen an die Brust gedrückt, während sie in den grauschwarzen Februarhimmel blickte, der sich über Berlin spannte wie ein schmutziges Leichentuch.

Winterfeld blickte sie an. »Ich weiß nicht, wen wir zuerst jagen sollen. Die Kinderschänder, die Banden, das Umfeld von Gayo oder vielleicht auch mal den Killer.« Er stemmte eine Hand in die Hüfte. »Fassen wir noch mal zusammen. Das ist also jemand, der religiös motiviert, sadistisch, äußerst methodisch und scheinbar allwissend ist. Richtig?«

»Ja. Und den wir hoffentlich bald haben«, sagte Clara, »so viele Fingerabdrücke, wie er überall hinterlässt.«

»Abwarten«, sagte Winterfeld. »Dinge, die leicht aussehen, sind es nicht immer. Und überhaupt …« Er schien zu überlegen, wie er den nächsten Satz formulieren sollte. »Wieso jagen wir diesen Kerl überhaupt? Er bringt die Typen um, die eigentlich *wir* hinter Schloss und Riegel bringen sollten. Und das einfach und schnell, ohne Prozess, ohne Anwälte, ohne Kaution, ohne Berufung, ohne irgendwas.« Er schürzte die Lippen. »Genau genommen macht er unseren Job.«

Clara schüttelte den Kopf. »Mein lieber Kriminaldirektor Winterfeld, das habe ich jetzt aber nicht gehört.«

»Natürlich nicht«, sagte Winterfeld und kniff ein Auge zu. »Wir setzen uns gleich zusammen und überlegen uns die Storyline für das Gespräch mit Bellmann. Einer von uns sollte ihm vorher allerdings Beruhigungsmittel in den Kaffee mischen.«

Am Ende des Ganges ertönten schwere Schritte. Hermann kam auf sie zu, in der Hand ein DIN-A3-Blatt.

»War gerade unten bei den Psychologen«, sagte er. »Das haben die Phantomzeichner gemeinsam mit Lukas rausgefunden. Und dann hat er noch ein paar Bilder gemalt. Mit Wachsstiften. Die meisten ziemlich düster, mit viel Rot und Schwarz.«

»Zeig mal her«, sagte Winterfeld.

MacDeath seinerseits griff nach den Wachsmalereien des Jungen, um sie später zu analysieren.

Alle schauten auf die Zeichnung des Phantomzeichners des LKA. Sie zeigte einen mittelgroßen Mann in einem schwarzen Mantel. Die Haare kurz, das Gesicht hager und eingefallen. Besonders auffällig war die schwarze Brille, die auch an den Seiten abgedunkelt war.

»Dieser Typ hat Lukas den Stick gegeben?«, fragte Winterfeld.

Hermann zuckte die Schultern. »Scheint so. Erzählen konnte der Junge uns ja nichts.«

Winterfeld presste die Lippen zusammen. »So ein Mist. Wenn der Kerl die Sonnenbrille abnimmt, sieht er vermutlich ganz anders aus. Gar nicht so dumm, unser Killer.«

»Falls er der Killer ist.«

»Lasst mich mal kurz nachdenken.« Clara kniff die Augen zusammen, dann wandte sie sich an MacDeath.

»Sie sagten vorhin, dass Albert Fish sich selbst verletzt hat, sozusagen als Opfer an Gott oder wen auch immer?«

MacDeath nickte.

»Könnte die Sonnenbrille nicht auch für so etwas sprechen?«

»Wie meinen Sie das?«, fragte Winterfeld.

»Vielleicht hat er irgendwas ...«, Clara schaute kurz zur Decke, »mit seinen Augen angestellt.«

»Wir werden sehen«, sagte Winterfeld. »Das geht sofort ans BKA und an Erich Weber. Auch die Sache mit den Augen, falls da irgendwas sein sollte. Und auch wenn dieser Mann nicht der Killer ist, handelt es sich offenbar um jemanden, der eine Menge über Gayos Machenschaften weiß. Mehr als wir jedenfalls. Wenn wir ihn finden, hätten wir schon mal ...«

Sein Handy klingelte.

»Winterfeld ... ah, Frau Bories. Ja, siebzehn Uhr. Ja, geht auch. Wir sind sofort da.«

Er stand auf. »Bellmann will uns sprechen. Jetzt sofort. Also, keine Zeit mehr zur Vorbereitung. Hermann«, er reckte das Kinn in Hermanns Richtung. »Du machst unten weiter. Und ruf Weber an, wenn du Fragen hast, der müsste noch im Taxi sitzen. Es reicht, wenn wir da oben hocken und wiederholen, was wir eh schon wissen. Ihr zwei ...« Er schaute Clara und MacDeath an. »Ihr kommt mit. Ich mache die Storyline, und ihr gebt mir Feuerschutz, wenn er mit Detailfragen kommt, klar?«

Beide nickten.

Er ließ das Fenster krachend zuschlagen, während draußen grauschwarze Wolken über den Himmel zogen wie riesige träge Raubfische in einem dunklen, endlosen Meer.

31

Hendrik mochte Tattoos.

Er schlenderte den Bahnsteig entlang und betrachtete sich in den Fenstern der vorbeifahrenden Züge. Fast alles an ihm war tätowiert. Er gehörte zur Gothic-Szene; da waren Tattoos immer schon üblich gewesen. Doch mittlerweile trug fast jeder Spießer ein Tattoo – irgendwelche chinesischen Schriftzeichen zumeist, bei denen die Leute oft gar nicht wussten, was sie bedeuteten. Selbst die Beine manch biederer Bankangestellten waren mit Tribal-Symbolen tätowiert – da, wo man sie nicht sah –, aber es gab ihnen das Gefühl dazuzugehören.

Sie gehörten aber nicht dazu. Denn wer Tattoos ernst nahm, der zeigte sie. So wie Hendrik. Selbst sein Gesicht war tätowiert. Flammen loderten seine Wangen hinauf, bis sie sich oben auf seinem kahlen Schädel in Rauchwolken verloren. Sogar Nase und Schläfen waren tätowiert. Einzig auf seiner Stirn war noch ein Fleck frei und wartete auf seine Bestimmung. Irgendwann würde Hendrik diesen weißen Fleck füllen. Womit, wusste er noch nicht. Das Schicksal würde es ihm sagen, da war er sicher.

Zu Hause hielt er eine Schlange in einem Terrarium, die er einmal die Woche mit lebenden Mäusen fütterte. »Satan« hieß das gute Tier, so wie der Teufel, der Adam und Eva im Paradies verführt hatte. Und Schlangen, Zombies und Totenköpfe trug auch er mit sich herum. Untote, Teufel und Skelette auf rot entzündetem Fleisch. Die Hölle, das waren nicht die anderen. Die Hölle, das war er selbst.

Tattoos. Sie waren einerseits ein Panzer, der sein Inneres

abschirmte, so wie ein Fenster aus Spiegelglas, das nur reflektierte, was vor ihm stand, aber keinen Blick auf das Innere dahinter zuließ. Zugleich waren Tattoos ein Buch, in dem man lesen konnte. Hendriks Haut war wie bemaltes Pergament, wie einer dieser Folianten aus dem Mittelalter, bei denen Schrift und Illustration eine so geniale Einheit eingegangen waren. »Monstermaler« hatte man die Illustratoren damals genannt, und tatsächlich sah Hendrik sich als eine Art Buch, in dem Ungeheuer abgebildet waren.

Das Böse und sein Abbild, dachte er. Schon in der Steinzeit bannten die Menschen ihre Ängste und Feinde auf Höhlenwände, um sie greifbarer und damit besiegbarer zu machen. Irgendwann verschwanden die Höhlenmalereien. Doch als der Glaube an die Erlösung schwand, kamen sie wieder. Nicht mehr auf Höhlenwänden, sondern auf der Haut.

Es hatte damit begonnen, dass Hendrik sich zweimal eine Dreizehn hatte stechen lassen, an jedem Ohr eine. »Die Dreizehn ist meine Glückszahl«, sagte er gerne. Doch Glück hatte sie ihm nicht gebracht. Den Job bei dem Einzelhändler, zu dem ihn sein Arbeitsvermittler geschickt hatte, hatte er wegen dieser beiden Dreizehnen nicht bekommen.

In der Zeit danach waren es mehr Tattoos geworden, immer mehr.

Doch in letzter Zeit war da noch etwas anderes. Etwas, das Hendrik beunruhigte. Es war dieses schwarze Raubtier, das nicht in einem Tattoo gebannt werden konnte, da es gar nicht existierte, das aber seinen Geist in Gefangenschaft hielt. Das schwarze Raubtier, das ihn manchmal anfiel und Besitz von ihm ergriff, ihn in einen tiefen schwarzen Brunnenschacht warf, aus dem er nie wieder herauskam. Die einzige Erlösung war der Tod.

Waren es Depressionen? Oder eine Störung des Gehirns? Von Churchill wusste man, dass er an einem Bahnsteig immer möglichst weit weg von der Bahnsteigkante ging, um nicht in Versuchung zu geraten, vor den Zug zu springen und alles hinter sich zu lassen. *Meine zwei schwarzen Hunde,* hatte er die Depression genannt.

Mitunter erging es Hendrik genauso.

Spring, sagte manchmal eine Stimme zu ihm, wenn er auf einem hohen Gebäude stand. Mittlerweile war er dazu übergegangen, nicht mehr auf hohe Balkone zu gehen und keine Rasierer mit Klingen mehr zu kaufen. Die blitzenden Rasierklingen von früher hatten ihn einmal zu oft verlockend angeschaut. *Na, wie wär's? Ist bloß ein kleiner Schnitt. Du spürst nur noch, wie das warme Blut deinen Arm herunterströmt, dann ist es vorbei.*

Deshalb hatte er sich weiter tätowieren lassen. Als alles in einem schwarzen Sumpf verschwand und er selber immer tiefer am Boden des Brunnenschachts war, brauchte er die Tattoos, um sich seine eigene Geschichte zu erzählen. Um sich mit den Mustern und Farben lebendig zu fühlen und die Schwärze in seinem Innern durch noch mehr Farbe zu übertönen.

Andere führten Tagebuch auf Papier. Hendrik führte Tagebuch auf seiner Haut.

Doch die Schwärze hatte sich nicht vertreiben lassen. Sie war geblieben. Und die Tabletten, die er bekommen hatte, hatten nicht geholfen.

Die Sonne blinzelte zwischen den grauen Wolken hervor. Hendrik hatte gehört, dass die meisten Depressiven sich bei schönem Wetter umbringen. Nicht zu Weihnachten oder im Winter, wie alle glaubten. Düsteres Wetter half, die eigene Düsternis besser zu ertragen. Doch wenn alles leuchtete und strahlte, war die eigene Schwärze noch stärker, noch dunkler, noch unerträglicher.

Er hörte das Rauschen des nächsten Zuges, hörte das Knacken der Weichen. *Zug fährt durch*, stand auf einer der Anzeigetafeln. Hendrik kam dieser Hinweis wie eine Erlösung vor. Er blickte in die Sonne, die blass und kraftlos durch die Wolken blinzelte wie ein Schwerkranker, der sich kurz vor dem Tod noch einmal aufbäumt. Er hörte das Rauschen des Zuges, der sich unaufhaltsam näherte und ihm dunkle Verlockungen ins Ohr flüsterte, sah seine Füße, die sich beinahe wie in Zeitlupe den Bahnsteig entlang bewegten und sich immer mehr der Bahnsteigkante näherten.

Erst sah er das Zeichen.

Dann das Licht.

Das Licht inmitten des schwarzen Abgrunds.

Es war der Moment, in dem er sich umdrehte.

Die Augen schloss.

Und sprang.

*

Das Geräusch war furchtbar gewesen.

Die Bremsen kreischten, Menschen schrien durcheinander.

Der zerschmetterte Körper lag auf den Schienen.

Der rechte Arm und das rechte Bein ragten aus dem schwarzen Krater, der an der Stelle gähnte, wo bis vor wenigen Sekunden noch die windschnittige Nase des ICEs gewesen war.

Hendriks tote Augen starrten leer zum Himmel. Blut war auf seine Stirn gespritzt. Auf die leere Stelle, die er freigelassen hatte, bis das Schicksal ihm sagen würde, welches Tattoo dort am besten passte. Das war nun geschehen.

Und wo immer Hendrik jetzt war, er konnte es sogar sehen, ohne in den Spiegel blicken zu müssen.

32

Sie waren auf dem Weg in den vierten Stock zum Büro von Alexander Bellmann, dem Chef des LKA Berlin. Winterfeld war mal wieder zu ungeduldig, um auf den Fahrstuhl zu warten, und so nahmen sie die Treppe.

»Aufrücken im Glied«, rief er und wedelte mit der rechten Hand. »Also«, sagte er, als Clara und MacDeath aufgeschlossen hatten, »wir machen es kurz und knapp und to the point, wie der Engländer sagt. Klar?«

Beide nickten.

»Auch wenn wir gerade eine ganze Menge unglaublicher Dinge gehört haben, brauchen wir alle Zeit, die wir haben, um weiter an dem Fall zu arbeiten und diesen Sumpf so schnell wie möglich trockenzulegen. Für stundenlange Diskussionen mit Bellmann haben wir keine Zeit. Dafür ist das Leben zu kurz, egal, wie beschissen lang es ist. Also, *vamos.*«

Winterfeld öffnete die Tür, und sie betraten das Vorzimmer.

Bellmann saß an seinem überdimensionalen Schreibtisch, wie üblich in einem gedeckten zweireihigen Anzug mit blauer Krawatte, und redete hektisch ins Telefon, als Clara, MacDeath und Winterfeld sein Büro betraten. Frau Bories, die Sekretärin, folgte ihnen, ein Tablett mit Kaffee und Keksen in den Händen.

»Woher soll ich das wissen?«, fauchte Bellmann in den Hörer und wies die drei Besucher mit einer knappen Geste an, schon mal an einem kleineren Konferenztisch gegenüber seinem Schreibtisch Platz zu nehmen, wo die Sekretärin auch das Tablett abstellte. »Abschiedsgala für Franco Gayo? Wieso fragen Sie mich das? Wer hat Ihnen das gesagt? ... Ich weiß nichts von einer Gala ... Nein, auch unsere Presseabteilung wird Ihnen dazu nichts sagen können. Wir sind das LKA und nicht das ZDF. Auf Wiederhören!«

Er knallte den Hörer auf die Gabel.

»Vollidiot«, zischte er und rückte seine Krawatte zurecht. »Fragt mich, ob ich weiß, ob eine Abschiedsgala für diesen Gayo geplant ist.« Er nahm die Ermittlungsakte von seinem Platz, während er Frau Bories, die gerade auf dem Weg nach draußen war, einen kurzen, eisigen Blick zuwarf. »Stellen Sie künftig nicht jeden dahergelaufenen Journalisten zu mir durch, klar?«

Frau Bories schien um ein paar Zentimeter zu schrumpfen. »Er sagte mir, er sei vom BKA.«

»BKA!«, zischte Bellmann. »Die haben meine Durchwahl. Und wenn es der Kaiser von China wäre. Als ob wir hier nicht genug zu tun hätten.«

Er ließ die Mappe auf den Konferenztisch fallen, setzte sich und schaute seine drei Besucher an, wobei er jeden mit einem kurzen, durchdringenden Blick fixierte. Erst jetzt fiel Clara der Mann auf, der in einer Ecke des Büros saß und auf seinem BlackBerry herumtippte. Nun stand er auf und kam zu ihnen. Der Mann war ungefähr eins achtzig groß und blond. Er trug ein blaues Hemd ohne Krawatte, einen graubraunen Anzug und eine Designerbrille mit schwarzem Rahmen. Nach Polizei sah er nicht aus, fand Clara.

»Also«, begann Bellmann und schlug den Bericht auf. »Sie sagen mir jetzt alles, was ich wissen muss. Die Presse bombardiert uns die ganze Zeit mit Fragen. Auch der Regierende Bürgermeister hat sich schon mehrmals nach dem Stand der Dinge erkundigt. Es ist nur eine Frage von Stunden, bis die ganze Sache auch auf Bundesebene hochgekocht ist.«

»Und wer ist das?«, fragte Clara und wies auf den Mann mit der schwarzen Brille und dem BlackBerry.

»Oh, ja, verzeihen Sie, Sie kennen sich ja noch gar nicht«, sagte Bellmann. »Das ist Dr. Andreas Freese, der uns in diesem Fall bei der Öffentlichkeits- und Pressearbeit unterstützen wird.«

»Angenehm«, sagte Freese und nickte allen zu.

Angenehm?, dachte Clara. *Ein Medienfuzzi soll sich jetzt auch noch einmischen?* Als ob es nicht schon genug Ärger gäbe.

»Mit allem Respekt, Dr. Bellmann«, sagte sie, »aber was wir vor allem brauchen, sind mehr Kapazitäten bei der Spurensicherung und den sonstigen Ermittlungen. Ich weiß nicht, inwieweit uns da Presseexperten ...«

»Gestatten Sie, dass ich anderer Meinung bin und dass Sie die Gesamtplanung unserer Operationen mir überlassen?«, fiel Bellmann ihr ins Wort. »Wenn die Details des Mordes an Gayo und die möglichen Hintergründe, die mir bereits mitgeteilt wurden, an die Öffentlichkeit dringen, haben wir als Polizei ein Riesenproblem. Dagegen ist Jack the Ripper ein Klingelstreich. Sie erinnern sich doch sicher an den Medienrummel um den Facebook-Ripper im letzten Jahr?«

»Wir haben damals nichts an die Presse gegeben«, sagte Clara.

»Nein.« Bellmann schürzte die Lippen. »Das hat der Killer selbst getan. Und um genau das zu verhindern, haben wir Dr. Freese mit an Bord. Sie, Hauptkommissarin Vidalis, werden mit ihm zusammenarbeiten.«

Clara glaubte, nicht richtig gehört zu haben. »Ich werde *was?*«

Freeses Blick huschte zwischen Bellmann und Clara hin und her.

»Dr. Freese ist der Beste, den wir kriegen können«, sagte Bellmann. »Er hat lange Jahre in der Werbung und als Pressesprecher gearbeitet. Dann ist der Berliner Senat auf ihn aufmerksam geworden. Seitdem hat er ihn ein paar Mal beraten.«

»Kommt dieser blöde Slogan *be berlin* von ihm?«, fragte MacDeath.

Clara sah, dass Freeses Gesicht rot anlief.

»Nein«, sagte Bellmann. »Dann hätten wir ihn nicht genommen.«

»Er ist aber nicht der, der im Winter 2009/2010 so erfolgreich von dem Schneechaos und den mangelnden Räumfahrzeugen abgelenkt hat, dass alle ihn von da an ›Schneefräse‹ nannten?«, fragte Clara.

»Doch«, sagte Bellmann, »genau der.«

Das hatte Clara befürchtet.

Freese stand mit hochrotem Kopf da und sagte nichts.

»Sollen wir das jetzt auch wieder machen?«, sagte Clara. »Wir haben hier Morde aufzuklären. Die Geschichten dahinter sind schrecklich genug, da müssen wir uns für die Presse nicht noch neue Storys ausdenken. Die Realität reicht völlig.«

»Meinen Sie nicht, es könnte Ihnen den Job erleichtern, wenn jemand Ihnen in einer solchen Situation Rückendeckung gibt, sodass Sie nicht die ganze Zeit Pressespekulationen kommentieren müssen?«, fragte Bellmann.

Alle schwiegen ein paar Sekunden lang nachdenklich. Schließlich nickte Winterfeld, dann MacDeath, und schließlich auch Clara. Letztendlich hatte Bellmann recht, auch wenn Clara nicht begriff, was dieser Freese nun eigentlich tun sollte. Denn wenn jemand das Talent besaß, Politiker, Medien und alle anderen Neugierigen ruhigzustellen, war es Bellmann selbst. Wahrscheinlich, weil er ähnlich tickte.

»Und dafür brauchen wir Dr. Freese?«, fragte Clara noch einmal. »Ist das wirklich nötig?«

»Ja«, sagte Bellmann mit einer Stimme, die keinen Widerspruch mehr duldete. »Sonst würde ich es nicht anordnen. Und nun lassen Sie uns endlich zur Sache kommen. Gestern wurde Franco Gayo tot in seinem Büro gefunden. Gayo war Chef der

Organisation *Do ut des*, die sich um Kinder aus Armuts- und Katastrophenregionen gekümmert und Spenden für sie eingeworben hat ...«

»So die offizielle Version«, warf Clara ein.

Bellmanns Blick durchbohrte sie ein paar Sekunden lang. »Alles zu seiner Zeit«, sagte er. »Also weiter im Text. Offenbar hat der Mörder ihn das ganze Wochenende am Wickel gehabt und *das* mit ihm angestellt.« Er zeigte auf eines der Fotos, auf denen das Schwert aus Gayos Mund ragte.

»So ist es«, sagte Winterfeld. »Er ist an dem Drachen in seinem Kehlkopf erstickt.«

Bellmann sprach unbeirrt weiter. »Außerdem hat er am Tatort Hinweise zurückgelassen, die Sie zu der Vermutung bringen, dass es sich um einen religiös motivierten Ritualmörder handelt?«

MacDeath schaltete sich ein. »Der Bibelspruch und die Drachenskulptur lassen vermuten, dass er sich mit Dämonen oder sogar mit dem Teufel selbst identifiziert. Dieser Modus Operandi ist eine typische Dominanz- und Allmachtsfantasie, wie man sie häufig bei psychopathologisch bedingten Ritualmorden findet. Wir sind dabei, über den BKA-Rechner ähnliche Täterprofile aus ungelösten Fällen abzurufen.«

»Macht es uns diese Klassifizierung als Ritualmörder einfacher oder schwerer, den Täter zu finden?« Bellmann blickte alle drei nacheinander an.

»Beides ist möglich«, sagte Winterfeld.

»Also sowohl als auch.« Bellmann blätterte weiter, während Freese sich Notizen in ein Moleskine-Schreibheft machte. »Gleichzeitig wurde Gayos Sekretärin, Susanne Wolters, von einem Unbekannten ermordet, höchstwahrscheinlich am Freitag, damit der Killer am Freitagabend nicht gestört wird beziehungsweise damit er vorher in Gayos Büro alles in Ruhe vorbereiten kann.«

»Außerdem wurde Thomas Krüger getötet«, ergänzte Clara. »Kurz nachdem wir mit ihm gesprochen hatten.«

»Der Reihe nach«, sagte Bellmann und richtete den Blick auf Winterfeld. »Könnte dieser Unbekannte mit dem Killer identisch sein?«

»Könnte, muss aber nicht.«

»Wann wissen wir das?«

»Hoffentlich bald.« Winterfeld nahm die Kaffeekanne von Clara entgegen und schenkte sich, MacDeath und Freese Kaffee ein. »Am Tatort wurden Fingerabdrücke gefunden. Die laufen gerade durch den Rechner.«

»Und dann ist da noch die Schwester von dem Kinderheim.« Bellmanns Finger glitt über den Bericht. »Eine gewisse Viktoria Brigl. Sie hat einen USB-Stick mit Informationen über Gayo erhalten. Außerdem stand sein Name auf dem Stick. Die Frau wurde heute vernommen.«

»Nicht sie hat den Stick bekommen.«

»Sondern?«

»Eines der Kinder, die in dem Heim leben, hat ihn von einem Fremden bekommen.«

»Ein Mann?«

»Ja.«

»Hat das Kind uns diesen Fremden beschrieben?«

»Es kann leider nicht sprechen, aber die Kollegen haben ein Phantombild erstellt. Leider trug der Mann zur Tatzeit eine Sonnenbrille, deshalb wird es schwierig, ihn zu identifizieren, wenn er die Brille nicht trägt. Der kleine Junge hat auch ein paar Wachszeichnungen gemacht. Wir analysieren sie gerade.«

»Hat diese Viktoria Brigl den Fremden gesehen?«

»Nein.«

»Könnte er der Killer sein?«

»Möglich.«

»Hat dieses Kind etwas mit Gayo zu tun?«

»Indirekt«, sagte Winterfeld. »Der USB-Stick enthält nicht nur den Namen von Gayo, sondern auch umfangreiche Dateien zu dem *wirklichen* Geschäft, das Gayo betrieben hat.«

Bellmanns Blick huschte über die Seiten, während er mit spitzen Lippen von seinem Kaffee nippte. »Kinderprostitution und Menschenhandel, wie Sie hier schreiben.«

Winterfeld nickte.

»Kann dieser Stick vom selben Täter kommen? Ich meine, vom Mörder Gayos?«, fragte Bellmann. Er schaute sich das Phantombild an, auf dem der hagere Mann mit der schwarzen Brille zu sehen war.

»Kann sein«, sagte Winterfeld. »Zumindest gäbe es dann ein Motiv für den Täter, Gayo auf derart grausame Weise zu ermorden.«

»Wissen wir schon, wer dieser Mann ist?«

»Geht gerade durch den Großrechner beim BKA. Erich Weber hat das Phantombild ebenfalls bekommen.«

»Könnte der Täter selbst ein früheres Opfer von Gayos Menschenhandel gewesen sein?«

»Auch dann wäre zumindest ein Motiv gegeben«, sagte Winterfeld. »Andererseits macht Gayo diese Geschäfte erst seit ...«

»... vier Jahren«, sprang Clara ihm bei.

»... seit vier Jahren«, beendete Winterfeld den Satz. »Er wäre dann, wenn er selbst ein Opfer gewesen ist, höchstens fünfzehn Jahre alt. Das erscheint mir viel zu jung, um einen derart bestialischen Mord zu begehen, ganz zu schweigen von der Planung.«

»Wenn er kein Opfer ist, welches Motiv könnte er dann haben?«

»Es könnte mit der satanistischen Art und Weise des Mordes zusammenhängen«, sagte MacDeath. »Eine Art Aufwertung des Mörders durch die Art der Opfer.«

Bellmann hob die Augenbrauen. »Wie meinen Sie das?«

»Satanisten glauben, dass die Lebensenergie eines Opfers in sie übergeht. Je mehr das Opfer sich quält, desto besser. Manche Täter bevorzugen unschuldige Opfer, wie Kleinkinder oder Tiere. Andere bevorzugen Opfer, die fast genau so schlimm sind wie sie.«

»Trotzdem. Warum gerade Gayo?«

»Weil er nach außen hin ein guter Mensch zu sein schien«, sagte MacDeath. »Aber im Innersten war er böse wie der Satan.«

»Interessant«, sagte Bellmann, während Freese sich eifrig Notizen machte. »Bleiben Sie da mal dran.« Er blickte über die Papiere. »Dann gab es noch einen«, sagte er, trank einen Schluck Kaffee und blätterte die Seiten um. »Der andere, von dem sie gerade sprachen. Thomas Krüger, genannt Tom, offenbar ein Manager von Gayo, mit dem er sich auf unterschiedlichen Kommunikationswegen ausgetauscht hat, und von deren Unterhaltung einige Notizen auf besagtem USB-Stick dokumentiert sind. Außerdem hat Gayo noch am Freitagabend von seinem Festnetztelefon in seinem Büro aus mit ihm gesprochen.« Claras Blick folgte seinem Finger, der über den Bericht glitt. »Dieser Krüger wurde heute verhört und wenige Stunden später von Einsatzbeamten in seiner Wohnung in der Choriner Straße in Mitte besucht, wo er offenbar kurz zuvor ermordet wurde, erschossen mit einer Nagelpistole.« Er las weiter, und sein Blick hellte sich kurz auf. »Die Fingerabdrücke des möglichen Täters am Tatort sind identisch mit denen in Gayos Büro und denen in der Wohnung von Susanne Wolters?«

Winterfeld nickte.

Bellmann schaute kurz aus dem Fenster. »Passt Ihrer Ansicht nach der Modus Operandi im Büro im Quartier 101 zu der Vorgehensweise bei Wolters und Krüger?«, fragte er dann.

»Eine sehr berechtigte Frage«, antwortete Winterfeld. »Da scheint es durchaus Diskrepanzen zu geben, die wir prüfen. Ein Mord war sehr gut durchgeplant, die anderen eher dilettantisch.«

Bellmann schaute alle der Reihe nach an. »Wenn das mit Gayos Menschenhandelsring stimmen sollte, können wir es uns nicht leisten, das zu ignorieren. Sie«, er zeigte auf Winterfeld, »werden ab sofort mit dem BKA und Interpol kooperieren, um diesen Menschenhandelsring trockenzulegen. Sie waren ja ohnehin mal für einen Posten im Gespräch, die Interpol-Aktivitäten mit dem Innenministerium zu koordinieren.« Für einen Karrieremenschen wie Bellmann war es immer noch unvorstellbar, dass Winterfeld diesen Job damals abgelehnt hatte und lieber für die Mordkommission arbeiten wollte. »Und Herrn Weber kennen Sie ja schon. Er wird ihr Hauptansprechpartner in Wiesbaden sein. Die Kollegen von Interpol benenne ich Ihnen noch heute Nachmittag.«

Winterfeld verzog das Gesicht. »Sie ziehen mich von dem Fall ab?«

Clara spürte einen Stich im Magen. Winterfeld war immer ein Ruhepol für sie gewesen, ein väterlicher Freund. Und nun sollte er gerade bei diesem Fall nicht dabei sein? Ausgerechnet jetzt?

Bellmann nickte. »Wir können es uns nicht leisten, diese unglaublichen Vorgänge zu ignorieren.« Er blickte Clara an. »Sie, Hauptkommissarin Vidalis, werden weiter die Fälle Gayo, Wolters und Krüger bearbeiten. Sie werden sich dabei mit Kriminaldirektor Winterfeld austauschen, sofern es Ihren gegenseitigen Ermittlungen hilft. Und ...«

Sie hatte es gewusst. Das Schlimmste kam noch.

»Sie werden in diesem Fall direkt an mich berichten. Außerdem werden Sie jeden Ihrer Schritte mit Dr. Freese abstimmen, der ebenfalls an mich berichtet.«

»Das ist nicht Ihr Ernst«, sagte Clara.

»Das ist mein voller Ernst«, erwiderte Bellmann gereizt. »Wir sind hier in einem Ermittlungsverfahren von höchster Brisanz und nicht auf dem Rummelplatz, wo jeder macht, was er will.«

Clara seufzte. »Ja, Chef.«

»Gut.« Bellmann wischte sich über die Stirn. »Dann sollten wir ...«

Sein Blick huschte zur Tür, wo Frau Bories stand.

»Tut mir leid«, sagte sie. »Ich habe dem Kollegen gesagt, dass Sie in einer Besprechung sind, aber er meinte ...«

»... dass es wichtig ist, ganz recht.« Hermann schob seine massige Gestalt an der Sekretärin vorbei. »Dr. Bellmann, liebe Kollegen, es tut mir leid, Sie zu stören, aber es ist wichtig.«

Bellmann atmete aus und schaute Winterfeld an, als erwarte er Hilfe von ihm. Doch auch der blickte auf Hermann, als würde er auf den Weltuntergang warten.

»Die Kollegen haben die Person identifiziert, die höchstwahrscheinlich Wolters und Krüger ermordet hat. Vermutlich auch Gayo, denn wir haben dieselben Fingerabdrücke in dessen Büro gefunden.«

»Wir kennen den Täter?« Bellmann sprang auf.

»Nicht den *Täter*«, verbesserte Hermann.

Clara schien es, als würde sein Gesicht in sich zusammenlaufen wie ein Schoko-Osterhase in der Sonne.

»Was sagen Sie da?« Bellmann war endgültig aufgestanden.

»Der Täter«, sagte Hermann, »ist eine Frau.«

33

Schwarzgraue Wolken zogen über den düsteren Himmel, und der Wind strich flüsternd über die hohen Grashalme.

»Du hast uns enttäuscht«, sagte der Mann mit der schwarzen Brille, als seine beiden Helfer die Frau, deren Hände gefesselt waren, hinter das riesige Haus in den Garten führten, den man von außen nicht einsehen konnte. Eine blasse Sonne, die alle Farbe aus den Gesichtern zog, schien trübe durch den Nebel.

»Wir haben es dir weggenommen, erinnerst du dich?«, fuhr der Mann fort, doch die Frau verzog nur voller Schmerz das Gesicht. »Wir haben es dir weggenommen, weil du schon damals nicht gehorcht hast. Und eben hast du wieder nicht gehorcht.«

Die zwei Helfer stießen die Frau nach vorne in den hinteren Teil des Gartens, wo zwei weitere Männer mit Schaufeln in den Händen vor einer kleinen Kiste standen.

»Deshalb müssen wir dich noch einmal daran erinnern, dass du gehorchen *musst*«, fuhr der Mann mit der schwarzen Brille fort. »Und dich noch einmal bestrafen.«

Einer der Helfer trat der sich sträubenden Frau in die Kniekehlen, damit sie weiterging. Als sie die Stelle im Garten sah und die Kiste, vor der die Männer standen, schrie sie auf, die Augen voller Panik aufgerissen.

Der Mann mit der schwarzen Brille brachte sein Gesicht nahe an das der Frau. »Ich herrsche über euch, spricht der Herr der Erde«, sagte er mit dumpfer Stimme. »Er, in dessen Händen die Sonne ein glitzerndes Schwert ist und der Mond ein alles durchdringendes Feuer.«

Sie stießen die Frau weiter in Richtung der Grube und zu den Männern mit der Kiste.

»Unser Herr duldet es nicht, wenn seine Diener ungehorsam sind. Und daran«, der Wortführer griff in ihre Haare und zerrte ihren Kopf nach hinten, »werden wir dich jetzt erinnern.«

Die Frau schluchzte auf. Bilder von damals erschienen vor ihrem inneren Auge. Der Tisch mit den Messern, das kleine Etwas, das Blut. Und der Schrei. Der Schrei, den sie ausgestoßen hatte und der so laut, verzweifelt und lang anhaltend war, dass sie glaubte, sie würde erst verstummen, wenn ihre Stimmbänder zerrissen waren.

Doch damit war es nicht zu Ende gewesen. Das Schlimmste kam erst noch. Immer wieder war die Erinnerung grauenhaft, und mit jedem Mal wurde sie schrecklicher. Und so würde es weitergehen, das wusste die Frau. Monate. Jahre ...

Sie hatten die Grube erreicht.

»Du weißt, was wir mit ihm gemacht haben. Und das war deine Schuld. Und du weißt, was du tun musst, um dich daran zu erinnern, *dass* es deine Schuld war.« Die Männer hoben die Kiste vor ihr Gesicht. »Du wirst merken, wie es *schmeckt,* dem Gott der Finsternis und seinem Orden nicht zu gehorchen.«

Tränen liefen der Frau über die Wangen, als einer der Männer die kleine Kiste öffnete.

Bei dem Anblick, der sich ihr bot, erfasste sie heftige Übelkeit. Sie schwankte. Nur das Adrenalin, das heiß durch ihre Adern strömte, bewahrte sie davor, bewusstlos zu werden.

In der Kiste lag etwas, das in bräunlich-schwarze Verwesung übergegangen war. Am Bauch waren zwei Wunden zu sehen, die Spuren von Zähnen aufwiesen, als hätte dort jemand das Fleisch herausgebissen.

Die Frau wusste, es waren ihre eigenen Zähne.

Vor ihr lag, auf einem Tuch aus schwarzem Samt, was einst ihr gehört hatte. Sie hatten es ihr genommen, als es zwei Wochen alt gewesen war.

Die schwarzbraune Leiche ihres eigenen Kindes.

Zweites Buch

Die Frau und der Drache

Es gibt den Satan.
Ich habe Hunderte Male mit ihm gesprochen.

– Don Gabriele Amorth, Exorzist der Diözese Rom und Chef-Exorzist des Vatikans*

* Aus: Gabriele Amorth, *Ein Exorzist erzählt,* Stein am Rhein, 2009, S. 3.

1

Der Täter ist eine Frau.

In diesem Moment war das Gespräch mit Bellmann unwichtig geworden. Er selbst schien es genauso eingeschätzt zu haben, denn er hatte kein Wort mehr gesagt.

»Hier ist das Ergebnis der DNA-Probe, die wir am Tatort von Gayo wie auch bei Wolters und Krüger gefunden haben«, sagte Hermann und zeigte auf den Bericht der Rechtsmedizin. »Mandy Weiss, geboren 1976, wohnhaft in Neukölln.« Er tippte mit dem Finger auf die Akte. »Sie lebt in einem besetzten Haus. Könnte schwierig für uns werden.«

Clara nickte. Menschen aus besetzten Häusern zu holen war oft wie ein Griff ins Wespennest. »Was steht sonst noch in der Akte?«

»Die Frau ist vorbestraft«, antwortete Hermann. »Diverse Drogendelikte. Sie ist möglicherweise heroinabhängig, aber das ist nicht hundert Prozent sicher. Beschaffungskriminalität, Jugendvollzugsanstalt, Hartz IV, häufig wechselnde Beziehungen, schließlich Prostitution.«

Clara nickte bloß. Sie kannte solche Geschichten. Es gab ein dunkles Loch, in das man fallen konnte. Und wenn man erst einmal darin war, kam man nie wieder heraus. Es begann mit den falschen Freunden. Mit denen man abhängen kann. Die einem sagen, dass Geld nicht so furchtbar wichtig ist. Die einem irgendwann mal etwas anbieten. *Dann geht's dir besser,* behaupten sie. Man probiert von dem Zeug. Dann noch einmal. Und noch einmal. Und dann braucht man mehr, immer mehr. Hat aber kein Geld. Geht betteln. Oder stehlen. Oder beides.

Und irgendwann verkauft man das Letzte, was einem geblieben ist, den eigenen Körper.

Es waren Frauen wie Mandy, die an den Autobahnausfahrten standen und mit den Mädchen aus Osteuropa konkurrierten in einem Markt, wo alles käuflich war. Einige versuchten es auf eigene Faust. Die meisten aber wurden von Zuhältern »eingeritten«, wie sie es nannten, und dann auf den Strich geschickt. »Je mehr Tabus du hast, desto weniger Geld kriegst du«, sagten die Luden.

Clara hatte einen dieser Typen vor einiger Zeit eingebuchtet, nachdem er einen Konkurrenten erschossen hatte. »Was wollt ihr eigentlich?«, hatte der Mann gesagt. »Ich bin Organspender, ich bin Menschenfreund. Und ich spende nicht nur einmal, sondern immer. Und zwar den ganzen Körper.«

Clara hätte ihn am liebsten über den Haufen geschossen.

»Wie viele von den Hausbesetzern werden in der Wohnung sein?«, fragte Winterfeld nun.

»Schwer zu sagen«, erwiderte Hermann. »Fünf bis zehn vielleicht. Wir sollten ein paar Leute vom MEK mitnehmen, falls es zu Handgreiflichkeiten kommt.«

»Gut«, sagte Clara. »Hausdurchsuchungsbefehl vom Bereitschaftsrichter.«

»Ist unterwegs«, antwortete Hermann. Er wandte sich an Winterfeld. »Du sollst Rathenow deswegen noch mal anrufen. Dann faxt er das Ding durch.«

Winterfeld nickte. »Mach ich.« Rathenow war der zuständige Oberstaatsanwalt. Die Verbindung zwischen ihm und Winterfeld konnte man beinahe schon als Standleitung bezeichnen.

»Ruft Marc und Philipp vom MEK an«, sagte Clara. »Ich denke, wir brauchen sechs Männer. Abmarsch in einer Stunde? Ist das machbar?«

Hermann nickte. »Denke schon.«

»Ich sag Rathenow, er soll wegen des Durchsuchungsbefehls beim Bereitschaftsrichter Gas geben.«

Freese kam hinzu und wandte sich an Clara.

»Das sieht ja fast so aus, als wäre dieser Fall schon zu Ende«, sagte er.

»Zu Ende?«, fragte Clara. »Es ist zu Ende, wenn es zu Ende ist, nicht vorher.«

2

Das Gesicht der Frau sah aus, als hätte ihr jemand eine schmutzige, zerrissene Maske aufgesetzt.

Nur war es keine Maske, sondern eine Wüste aus Schmutz und Tränen, Schrecken und Verzweiflung. Sie hatte sich mit den Fingernägeln die Haut zerkratzt. Nasse, schorfige Wunden, in deren Tiefen noch Reste von warmem Blut blitzten, zogen sich über ihre Wangen – Gräben aus Feuer in einer Landschaft wie aus der Hölle. Die Augen der geschundenen Frau waren entzündet und blickten voller Panik in eine Welt, die für sie nur noch aus Schmerz und Angst zu bestehen schien.

Man verliert Kraft, wenn man mitleidet, sagte sich der Mann, der oben am Ende des Brunnenschachtes stand, während die Frau langsam zu ihm heraufkletterte. *Und Mitleid zehrt an der Kraft, die man braucht, um zu herrschen, zu unterwerfen und zu töten.*

Langsam kletterte die Frau die Strickleiter hinauf, die aus dem schwarzen Brunnenschacht führte. Ihre Knöchel waren blutig, ihre Fingernägel abgebrochen. Ihr Haar hing ihr in filzigen, erbärmlich dünnen Strähnen ins Gesicht, denn sie hatte sich ganze Büschel davon ausgerissen und sie teilweise gegessen, zusammen mit dem Kalk und der Erde des Brunnenschachtes. So was kam vor, wenn man tagelang nichts zu essen bekam. Einiges hatte sie wieder hervorgewürgt. Reste von braun-grünem Erbrochenen und Haare, mit Sand durchsetzt, waren ihre Brust heruntergeronnen und tropften träge zu Boden.

Der Mann mit der schwarzen Brille und dem grausamen

Mund stand am Ende des Brunnenschachts neben zwei anderen Männern. Der eine hielt eine Axt, der andere eine Peitsche.

Während die Frau die letzten Sprossen der Strickleiter hinaufkletterte und den Mann mit der schwarzen Brille wie hypnotisiert anstarrte, sagte er leise:

»Laufe mit mir durch die endlose Zeit.
Ich zeige dir Dinge, die du niemals gesehen,
Erzähle dir Dinge, die du niemals gehört.«

Er nahm den Kopf der Frau in beide Hände, als wollte er sie küssen oder segnen. Sie war nun fast oben, die Augen vor Erstaunen aufgerissen.

War sie frei?

Der Mann fuhr fort:

»Sieh die Weisheit einer Welt, die längst vergangen ist.
Und trete in ein Leben ein, das noch geboren wird.«

Die Frau kletterte aus dem Schacht. Einer der anderen Männer brachte einen silbernen Kelch mit einer rotbraunen Flüssigkeit. Der mit Sonnenbrille nahm den Kelch und setzte ihn der Frau an die Lippen.

»Sieh, was ich sehe,
Und was die Zukunft sein wird.
Vergiss alles, was jemals war.
Du musst sterben in uns,
Um wieder zu leben.
In den Nebeln der Zeit,
Tot, aber träumend.«

Die Frau nahm den Kelch.

Blickte den Mann mit dankbaren Augen an.

Und trank.

3

Die schwarze Luxuslimousine schlängelte sich nahezu lautlos über die Serpentinen der Schweizer Alpen. Der Fahrer konzentrierte sich ganz auf die Straße und sagte nur etwas, wenn er gefragt wurde. Auch das Autoradio schwieg. Es war still – ganz so, wie die Frau im Fond es mochte.

Isabel Venturas, 42, Chefin von International Cell Laboratories, dunkelhaarig, elegant gekleidet und unbestreitbar attraktiv, hatte soeben ein Gespräch auf ihrem Mobiltelefon beendet, während sie ihren Laptop auf den ausklappbaren Tisch des Vordersitzes gestellt hatte und ihr Blick über eine Tabelle aus Zahlen, Namen und Orten flog. Es waren Kunden, denen sie helfen wollte und die gut dafür zahlen würden.

Venturas kam von einer Investorenkonferenz, wo sie versucht hatte, zusätzliches Kapital für die International Cell Laboratories einzuwerben. Die potentiellen Investoren – die meisten aus London, den USA und Asien – hatten ihr aufmerksam zugehört und weitere Informationen angefordert. Und dabei hatten sie gar nicht alles erfahren. Das sollten sie auch nicht, denn ihr Kapital würde nur in jenen Bereich des Unternehmens fließen, der sich mit Stammzellenforschung befasste. Den anderen Bereich hatte Venturas gar nicht erwähnt, und sie hatte gute Gründe dafür.

Die International Cell Laboratories hatte ihren Sitz in Zürich und an unterschiedlichen Orten im Mittleren Osten. Das Unternehmen betrieb Forschungs- und Entwicklungsarbeit auf dem Gebiet der neuronalen Stammzellen. Stammzellen konnten wahre Wunder vollbringen, und für Wunder wurde viel

Geld bezahlt. Das wusste kaum jemand besser als Isabel Venturas.

Wenn Journalisten sie fragten, was die International Cell Laboratories eigentlich machte, brachte sie gerne die Geschichte von Prometheus, dem Titanen, zur Sprache, der den Menschen das Feuer brachte und den Zeus zur Strafe an einen Felsen im Kaukasus gekettet hatte. Tag für Tag erschien ein Adler und fraß seine Leber, und Tag für Tag bildete sie sich neu – was theoretisch auch in der Realität funktionieren würde, fügte Isabel Venturas jedes Mal hinzu, dank der Forschungen von Unternehmen wie dem ihren. Doch es gäbe auch Körperzellen, die sich nicht regenerierten wie die Leber oder die Haut, und zwar die Nervenzellen. Und genau auf diesem Gebiet, erklärte sie dann selbstbewusst, seien die Forschungsarbeiten der International Cell Laboratories zukunftsweisend.

Wenn ein Mensch sich die Wirbelsäule brach und das Rückenmark verletzte, war er in den meisten Fällen querschnittsgelähmt und an den Rollstuhl gefesselt, da keine Signale mehr vom Gehirn über das Rückenmark an den Rest des Körpers gesandt werden konnten. Denn Nervenzellen galten als sogenanntes Dauergewebe, das sich nicht teilt und daher nicht heilt.

Jedenfalls war es bis heute so gewesen. Konnte man auf irgendeine Weise bewirken, dass die Rückenmarkzellen sich teilten und dabei Schienen und Brücken zwischen den einzelnen Zellen bildeten, könnte man die zerstörte Verbindung wieder herstellen, was bedeuten würde, dass beispielsweise Querschnittsgelähmte wieder laufen und sich bewegen konnten wie vor ihrem Unfall, als das Schicksal mit grausamer Wucht zugeschlagen hatte.

Und neuronale Stammzellen waren imstande, dieses Wunder zu bewirken. Man konnte sie gewissermaßen als Schienen für das Rückenmark benutzen, damit sich dort neue Verbindungen aufbauten. Aber einfach war das nicht. Nicht nur aus medizinischer und wissenschaftlicher Sicht – es ging schon damit los, dass einige Länder der Ansicht waren, Stammzellenforschung sei ethisch nicht korrekt. Bei diesem Gedanken schüttelte Venturas den Kopf. Als wenn es korrekt wäre, Querschnittsgelähmte achselzuckend im Rollstuhl verfaulen zu lassen.

Doch bisher war es unmöglich gewesen, Stammzellen jenseits der Labore, außerhalb von Petrischalen in einen menschlichen Körper zu verpflanzen. Denn das Labor und die Petrischalen bildeten eine perfekte Umgebung, ein Organismus jedoch nicht.

Vor einiger Zeit aber war es gelungen, Ratten Stammzellen ins Rückenmark zu verpflanzen. Exemplare, die zuvor ihre Hinterbeine nicht mehr hatten bewegen können, vermochten dies auf einmal wieder.

Aber ein solches medizinisches Wunder auch beim Menschen zu vollbringen, war bisher nicht gelungen. Deshalb waren sie bereit, fast jeden Preis zu zahlen. Hunderttausende, ja Millionen Euros oder Dollars, Pfund oder Schweizer Franken, Yen oder Renminbi.

Christopher Reeves, der verstorbene ehemalige Hauptdarsteller in den *Superman*-Filmen der Achtzigerjahre, der nach einem Sturz vom Pferd querschnittsgelähmt gewesen war, hatte Millionen für Forschungen auf diesem Gebiet gespendet. Doch erfolgreich war noch niemand gewesen. Vermutlich lag es daran, dass die anderen Pharma- und Biotechkonzerne nicht das Know-how von International Cell Laboratories besaßen. Und wahrscheinlich hatten sie auch nicht die Topmediziner, die Venturas aus aller Welt akquiriert hatte und die in dem teils unterirdischen Labor am Stadtrand von Zürich mit den Zellkulturen arbeiteten – Material, das aus den entlegensten Winkeln der Erde per Privatjet nach Zürich geflogen wurde.

Und ganz sicher hatte die Konkurrenz niemanden wie Isabel Venturas, die mit geradezu missionarischem Eifer ihre Sache vertrat.

Wenn die Natur den Menschen quälen will, ging es ihr durch den Kopf, *muss der Mensch sich wehren und versuchen, das Unmögliche möglich zu machen, und zwar mit den Waffen der Wissenschaft.*

Es gibt allerdings Ausnahmen, fügte sie in Gedanken hinzu und lächelte, wobei sie sich behutsam über den schwangeren Leib strich. Dann klappte sie das Laptop zu und ließ den Blick versonnen über die zerklüfteten, schneebedeckten Berggipfel schweifen, die am Fenster der Limousine vorbeizogen, während sie sanft durch die Kurven glitt.

Das Kind, das Isabel erwartete, war der einzige Luxus, den sie sich gönnte. Eine Abtreibung stand diesmal nicht zur Diskussion. Sie hatte schon einmal abgetrieben, als ein Kind nicht in ihre Karriereplanung gepasst hatte. Und eine Leihmutter kam für sie ebenfalls nicht infrage, auch wenn sie die 80 000 Euro, die der Spaß kosten würde, aus der Portokasse hätte bezahlen können.

Nein, diesmal würde es anders sein. Die Privatklinik in St. Moritz, zu der sie nun unterwegs war, war eine der besten weltweit. Dort wurde alles geboten, was sie sich wünschte: Internet, Fax, Satellitentelefon. Und die Nannys standen schon bereit, sich um das Kind zu kümmern, sodass Isabel bereits kurz nach der Entbindung wieder ins Geschäft einsteigen konnte.

Ein Geschäft, bei dem das, was die Allgemeinheit wusste, nur die Spitze des Eisberges war.

Heute fuhr sie am Fuß der Berge vorbei.

Doch schon bald würde sie ihren persönlichen Gipfel erklimmen.

4

»Trinken wir einen Kaffee?«, fragte Freese. »Sie müssen ja ohnehin warten, bis das MEK so weit ist. Dann könnten Sie mir bei der Gelegenheit etwas über Ihre Arbeit erzählen.«

Auf Claras Stirn bildete sich eine steile Falte. »Ich weiß nicht, ob wir jetzt Zeit dafür haben.«

»Es würde Bellmann bestimmt gefallen. Schließlich soll ich Sie bei dem Fall unterstützten. Und das geht nur, wenn ich in etwa weiß, was Sie machen.«

Clara schaute auf die Uhr. Der Zentralrechner des BKA war von MacDeath mit dem Täterprofil gefüttert worden, hatte bis jetzt aber noch nichts ausgespuckt. Außerdem mussten sie ohnehin auf die Einwilligung des Bereitschaftsrichters warten, bevor sie in Sachen Mandy Weiss zur Tat schreiten konnten.

»Also gut, warum nicht«, sagte Clara schließlich. »Ich könnte sowieso einen Kaffee gebrauchen.«

Die Kantine des LKA im Erdgeschoss verströmte den spröden Charme der Fünfzigerjahre, obwohl das Gebäude viel jünger war. Aber es gab offenbar eine Art Behördengeist, der alles, was im Auftrag des Staates unterwegs war, gleich aussehen ließ. Graues Linoleum bedeckte den Boden wie eine riesige Pfütze Spülwasser, während draußen der Regen gegen die Scheiben trommelte.

Sie setzen sich an einen der Tische in der Nähe des Förderbandes, mit dem das schmutzige Geschirr in die Küche transportiert wurde. Die Kantine war leer. Nur an einem Tisch ein kleines Stück entfernt unterhielten sich zwei Kollegen von der Sitte.

»Wir müssen am Ende wissen, wer es getan hat«, sagte Clara, als beide an ihrem Kaffee nippten. »Und um das herauszufinden, müssen wir wissen, was sich zugetragen hat. War es ein Mord? Oder war es nur die Anwendung von Gewalt, aus der dann ein Mord wurde? Geschah es im Affekt? War der Mord beabsichtigt, oder war es ein Unfall? Oder haben wir es mit einem Täter zu tun, dem ein Mord Befriedigung verschafft? Warum fand alles genau so statt, wie es stattgefunden hat? Warum gab es eine Vergewaltigung nach Eintritt des Todes, nicht aber davor? Warum wurden keine Wertsachen mitgenommen? Warum wurde die Tür nicht aufgebrochen? Weil sie schon offen war?«

»Oder weil das Opfer den Täter kannte.«

Clara nickte. »Das ist sehr oft der Fall. Kennen Sie die Fernsehkrimis mit den Rechtsmedizinern?«

»Ein paar schon.«

»In diesen Krimis werden die Angehörigen oft in die Rechtsmedizin gebeten, um einen Toten zu identifizieren. In der Wirklichkeit findet so etwas nie statt.«

»Warum nicht?«

»Die Rechtsmedizin ist weit genug fortgeschritten, dass man einen Toten auch so identifizieren kann. Anhand von Zahnstatus und DNA kann man fast alles feststellen. Deshalb braucht man die Angehörigen nicht. Aber es gibt noch einen weiteren Grund.« Clara trank von ihrem Kaffee und ließ den Blick durch den Raum schweifen. Die Decke und der Linoleumfußboden waren so grau und schmutzig wie der Himmel draußen. »Es wäre kontraproduktiv, die Angehörigen den Toten identifizieren zu lassen.«

»Wieso?«, fragte Freese.

»Weil statistisch gesehen die meisten Menschen von ihren Angehörigen ermordet werden.«

Freese hob die Augenbrauen. »Sie könnten also versucht sein, nicht die Wahrheit zu sagen.«

»Schön ausgedrückt«, sagte Clara. »Ja. Könnten sie.«

Freese nippte vorsichtig an seinem Kaffee und zog die Lippen zurück. Er wusste offenbar noch nicht, dass der Kaffee in der Kantine des LKA das Heißeste war, was man sich vorstellen konnte und seltsamerweise nur sehr langsam abkühlte.

»Und wie ist das bei Ihnen?«, fragte Freese. »Was erfahren Ihre Angehörigen über Ihren Beruf? Erfahren die überhaupt etwas?«

Clara schaute ihn an. In seinen Augen sah sie, dass von seiner Seite echtes Interesse an ihr vorhanden war. Für ihn war es nicht nur eine Art Kennenlerngespräch, das er abhaken musste, um auf der Karriereleiter bei Bellmann weiter nach oben zu kommen.

»Ehrlich gesagt sollte man nicht allzu viel davon in sein Privatleben holen«, erwiderte Clara und schaute mehreren Beamten der Spurensicherung nach, die sich gerade jeder einen Kaffee zum Mitnehmen geholt hatten und laut redend und lachend die Kantine verließen. »Denn wenn Freunde und Verwandte alles wissen, was man selbst weiß, gibt es keinen Ort mehr ohne Schrecken, Tod und Mörder.«

»Dann erzählen Sie nichts von dem, was Sie in Ihrem Beruf zu sehen bekommen?«

Clara zuckte die Schultern. Leuten, die sie kaum kannte, konnte sie fast alles erzählen. So wie dem Priester bei der Beichte, die sie jedes Jahr am Todestag ihrer Schwester Claudia ablegte. Manche sagten, man müsse Leuten, die einen gut kennen, alles erzählen. Aber das, was man unbedingt erzählen muss, um sein Herz und seine Seele von einer Last zu befreien, war meist nichts Angenehmes. Und warum sollte man diese Last bei den Menschen abladen, die einen lieben und damit die Gefahr heraufbeschwören, dass der Schrecken auch diese kleinen Inseln des Friedens und der Geborgenheit eroberte? Nur damit man in den Augen jener, bei denen man Zuflucht sucht, dann genau das sieht, vor dem man geflohen ist?

»Na ja«, sagte sie, »man setzt sich nicht abends hin und sagt ›Schatz, ich habe heute einen faszinierenden Lustmörder gefasst, der die Leichen im Keller in Plastiksäcke verschweißt hat. Da würden sie wahrscheinlich noch heute liegen, wenn sie durch die Verwesungsgase nicht aufgeplatzt wären. Das möchte ich jetzt mit dir teilen, lieber Freund, Partner, Verwandter oder Geliebter. Denn indem wir diesen Schrecken teilen, schaffen wir ihn irgendwie aus der Welt.‹ Das wäre keine gute Idee, nicht wahr?«

Freese zuckte die Schultern.

»Wenn man das Grauen zu sehr ins Private lässt«, fuhr Clara fort, »hilft das überhaupt nicht. Im Gegenteil.« Sie umfasste den Becher mit beiden Händen. »Man reißt die letzte Bastion des Friedens ein und sieht selbst in den Gesichtern seiner besten Freunde Menschen, die einen an das Grauen erinnern. Weil man ihre Gesichter gesehen hat, als man ihnen von dem Grauen erzählt hat.« Sie rührte in dem Kaffee. »Einige Dinge darf man nicht zu weit von sich weglassen. Sie sind wie Sprengkörper, deren Reichweite man verringern muss. Wenn man sein Umfeld damit verpestet, vernichtet man am Ende sich selbst.«

»Ist es eine Art Selbstschutz?«, fragte Freese.

»Ich nenne es meinen Nichtangriffspakt mit dem Wahnsinn.«

Freese kaute an dem Plastiklöffel. »Wahrscheinlich ist es so schon schwer genug, das alles in der Freizeit auszublenden, nicht wahr?« Er blickte sie an.

Er ist doch nicht so blöd, unser Medienexperte, dachte Clara. »Ja, das stimmt. Wenn mir eine Freundin erzählt, dass ihre kleine Tochter vom Fahrrad gefallen ist und sich das Knie aufgeschlagen hat, dann sehe ich das Kind automatisch auf dem Obduktionstisch, tot. Ich kann nicht anders. Obwohl das Kind noch lebt, gesund ist und sofort wieder aufs Fahrrad steigen wird. Diese Bilder sind augenblicklich da, und ich kann sie nur loswerden, indem ich meinen Job so gut mache wie möglich. Und dafür brauche ich das Adrenalin.« Sie zeigte auf ihr Herz. »Ich muss hellwach sein für all die Schrecken, die da kommen. Ich habe Mitleid mit den Opfern, ich schaue jedem Toten ins Gesicht und schließe ihm die Augen, damit er in Frieden ruhen kann.« Sie knüllte die Serviette zusammen. »Trotzdem ist Mitleid nicht genug. Wir sind Jäger. Seelenjäger. Wir schauen in die Seelen der Killer, und wenn wir sie gut genug verstanden haben, können wir sie fassen.«

Sie trank von ihrem Kaffee. »Aber wir dürfen die Vorsicht nicht aufgeben. Wenn wir solche Leute zu sehr ins Private ziehen, machen wir sie zu etwas Profanem. Dann nehmen wir sie nicht mehr ernst und verlieren den Respekt. Und das Adrenalin. Und dann werden wir sie nie mehr fangen. Weil wir dann keine Jäger mehr sind.«

Sie blickten beide eine Weile stumm zu Boden.

»Ich habe mich ein bisschen in die Thematik eingelesen«, sagte Freese schließlich. »Die meisten Serienmörder können sich hervorragend anpassen, nicht wahr? Ich habe gelesen, dass man meist nicht erkennt, dass sie Mörder sind.« Er machte eine Pause. »Ed Kemper hat in den Siebzigerjahren in den USA seine eigene Mutter und mehr als zehn weitere Frauen getötet. Es waren Anhalterinnen, die er mitnahm und tötete. Damit die Frauen überhaupt erst zu ihm einstiegen, machte er einen gehetzten Eindruck, als hätte er es eilig und als würde es ihm den ganzen Zeitplan durcheinanderbringen, wenn er die Frauen mitnahm. Die Frauen dachten natürlich, dass jemand, der es als Belastung empfindet, sie mitzunehmen, ihnen mit Sicherheit nichts tun wird.«

Clara verzog die Lippen zu einem sarkastischen Lächeln. »Spätestens als ihre Köpfe an der Wand in Kempers Keller hingen, hätten die Frauen gewusst, dass sie falsch gelegen haben. Es gibt dazu einen netten Vergleich. Dort, wo ich wohne, an der

Schönhauser Allee, kommt auf Höhe der Choriner Straße die U-Bahn aus dem Boden hervorgeschossen, fährt ein paar Hundert Meter auf einem Schienengerüst über der Erde und verschwindet dann wieder im Untergrund.«

»So wie der Mörder?«, fragte Freese.

Clara nickte. »Der Mörder hört nicht auf, ein Mörder zu sein, auch wenn er gerade nicht mordet. Aber nur, wenn man ihn sieht, wenn er in Aktion tritt, wenn er mordet, kann man ihn wirklich sehen. So wie die U-Bahn, die ebenfalls die ganze Zeit da ist.«

»Wer den Künstler verstehen will, muss sich das Bild anschauen«, sagte Freese. »Hat mal irgendwer gesagt.«

»Guter Vergleich«, entgegnete Clara. »Das Dumme ist nur, dass wir das Bild immer erst dann sehen, wenn es zu spät ist. Wenn der Künstler das Bild fertig gemalt hat, ist der Mord bereits geschehen.«

»Ich habe vor Kurzem eine interessante Geschichte von James Joyce gelesen«, sagte Freese. »Über die Toten und was sie mit der Welt der Lebenden zu tun haben. Kann ich Ihnen gerne mal mitbringen.«

»Können Sie machen«, sagte Clara und fragte sich, was das wohl sein würde. »Aber tot ist meistens tot.«

»Tot ist tot.« Freese nickte. »Aber gibt es eine Gemeinsamkeit bei den Killern? Etwas Ungewöhnliches?«

Clara nickte. »Ja. Natürlich gibt es psychische Übereinstimmungen, was Missbrauch und andere Dinge in der Kindheit angeht. Aber ich habe außerdem eine seltsame Gemeinsamkeit festgestellt.«

»Und welche?«

»Das Lieblingsauto von Vergewaltigern, Ritualmördern und Serienkillern ist der VW Käfer. Sowohl in Europa als auch in den USA.« Sie machte eine Pause. »Aber eigentlich ist das logisch, oder?«

Freese hob die Augenbrauen. »Wieso?«

»Der Wagen wurde auch von einem Massenmörder in Auftrag gegeben.«

Freese runzelte die Stirn. »Von Hitler, ich weiß.« Er schüttelte den Kopf. »Kann das denn ein Zusammenhang sein?«

»Wie so vieles in unserem Beruf: Muss nicht, kann aber.«

Claras Handy klingelte. »Das wird das Einsatzkommando sein«, sagte sie, schlug mit der flachen Hand auf den Tisch und blickte Freese an. »Wir statten dieser Mandy Weiss jetzt einen kleinen Besuch ab. Das könnte allerdings ungemütlich werden.«

»Keine Sorge«, sagte Freese. »Ich werde hierbleiben und nicht im Weg stehen.«

»Das wäre auch besser.« Clara stürzte den Rest Kaffee hinunter, nickte Freese kurz zu, erhob sich und nahm den Anruf entgegen. »Vidalis«, meldete sie sich, während sie das Förderband ansteuerte, auf dem das schmutzige Geschirr aus der Kantine in die Spülmaschine transportiert wurde.

Doch es war nicht das mobile Einsatzkommando.

5

»Weinstein hier«, sagte die Stimme am anderen Ende. »Passt es kurz?«

Clara blieb stehen. Die Rechtsmedizin und von Weinstein hatte sie nicht erwartet.

»Hören Sie, wir haben gleich eine Hausdurchsuchung. Können wir vielleicht später ...«

»Könnte sein, dass es Sie interessiert, was wir gefunden haben.«

»Wahrscheinlich eine Leiche.« Clara verdrehte die Augen. *Was sollte es bei Weinstein sonst sein? Oder überhaupt in ihrem Job.*

»Da haben Sie recht.«

Clara verfluchte von Weinstein und seine Art, langsam und umständlich zur Sache zu kommen.

»Hören Sie, bei allem Interesse, aber wir arbeiten mit Hochdruck am Fall Gayo und ...«

»Mein Name ist Legion«, sagte von Weinstein. »Sagt Ihnen das noch etwas?«

»Natürlich sagt mir das noch etwas«, entgegnete Clara unwirsch. »Das stand an die Wand von Gayos Büro geschrieben, mit seinem Blut.«

»Und hier steht es wieder.«

»Wie bitte?«

»Wir haben hier einen Typen mit reichlich Tätowierungen. Spinnen, Totenköpfe und Pentagramme. Er ist übel zugerichtet, aber vieles kann man noch lesen. Beispielsweise das Wort ›Legion‹.« Von Weinstein machte eine Pause. »Könnte interessant sein, nicht wahr? Aber wenn es jetzt nicht passt, ist das natürlich Ihre Sache.«

Legion.

Purer Zufall? Oder hatte es wirklich etwas mit ihrem Fall zu tun?

In Claras Kopf arbeitete es. Sie könnte kurz nach Moabit fahren, sich die Leiche anschauen, vielleicht MacDeath mitnehmen, dann schnell weiter nach Neukölln zur Hausdurchsuchung und schauen, was mit dieser Mandy Weiss war.

Könnte, müsste, sollte. Wie schön es wäre, könnte man an zwei Orten gleichzeitig sein.

»Also gut«, sagte sie. »Ich komme mit Dr. Friedrich vorbei, falls er gerade Zeit hat. Wenn ich weitermuss, bleibt Friedrich noch bei Ihnen und klärt die restlichen Fragen.«

»Gern«, sagte von Weinstein. »Wann sind Sie hier?«

Clara schaute auf die Uhr.

»In zwanzig Minuten.«

Sie ließ das Handy sinken und schaute Freese an.

»Ich mache einen Umweg«, sagte sie. »Über Moabit.«

Freese nickte. »Habe ich schon halb mitbekommen.« Er lächelte. »Und auch da werde ich nicht im Weg stehen.«

»In Ordnung.« Clara zückte wieder ihr Handy, um MacDeath anzurufen. »Dann sehen wir uns später.« Sie nickte Freese zu und blickte zur Tiefgarage.

»Eine letzte Frage noch, Frau Vidalis.«

Clara stellte die Kaffeetasse auf das Förderband, woraufhin sie mit ruckelnden Bewegungen in Richtung Küche verschwand, und drehte sich um. »Aber schnell, bitte.«

»Warum tun Sie, was Sie tun?«

Clara zuckte die Schultern. »Warum tun die Leute, was sie tun? Die meisten tun das, was sie tun, des Geldes wegen. Die anderen haben entweder Glück oder sind bescheuert.«

»Verdient man hier so viel Geld?«

Clara schüttelte den Kopf. »Nein.«
»Dann sind Sie …?«
»Erraten«, sagte Clara. »Bescheuert.«

*

Als Erstes sah Clara klaffende Wunden und rohes Fleisch auf dem metallenen Sektionstisch der Rechtsmedizin. Erst dann sah sie die vielen Tätowierungen, die dicht an dicht den ganzen Körper bedeckten – oder das, was davon übrig war.

»Ist der vom Zug überrollt worden?«, fragte MacDeath.

Von Weinstein nickte. »Sie werden es nicht glauben, aber das ist er. ICE nach Hamburg. Bahnhof Spandau.«

»Todesursache?«, fragte Clara.

»Suchen Sie sich eine aus.«

»Wie bitte?«

»Wir haben ihn schon mal durchs CT geschoben, bevor wir mit der Obduktion anfangen.« Von Weinstein zog das Protokoll hervor und las vor. »Sprengung des Hirnschädels, Abriss des Hirnstamms, Mittelgesichtsfrakturen, Herzvorhof möglicherweise zerrissen, aber das können wir erst bei der Sektion sicher sagen. Außerdem wahrscheinlich Leberrisse und Milzriss. Bruch des vierten und fünften Halswirbelkörpers, Brustkorbniederbruch, Abreißung der Lungen, wie es aussieht, komplette Abtrennung des rechten Oberarms und des rechten Oberschenkels und inkomplette Abtrennung der linken Hand.« Er ließ das Papier sinken. »Todesursache: Polytrauma.«

Polytrauma. Das bedeutete, mehrere Verletzungen, von denen jede für sich allein tödlich war.

»Wie geht es dem Lokführer?«, fragte Clara. Sie hatte immer Mitleid mit denen, die ohne Verschulden in das Grauen hineingezogen wurden.

Von Weinstein zuckte die Schultern. »Wie soll's dem gehen?

Da müssen Sie die Psychologen fragen. Die Bahn hat ja mittlerweile eigene Psychologen eingestellt, da jeder Lokführer in seinem Berufsleben im Schnitt vier Menschen überfährt. Da ist es günstiger, die gleich vor Ort behandeln zu lassen.« Er stemmte die Hände in die Hüften. »Also, wie soll's dem gehen? Gute Laune wird er nicht haben. Ist ja nicht so, als ob man mal eben einen Igel überfährt.«

Clara blickte ihn strafend an.

»Suizid?«, fragte MacDeath.

Von Weinstein nickte. »Darauf tippe ich als Erstes.«

»Kläre ich mit den Kollegen vor Ort in Spandau«, sagte Clara. »Also, warum ist der arme Kerl interessant für uns?«

Von Weinstein schritt zum Kopfende des Tisches und zeigte mit seinem Metallstab auf den Nacken des kahlköpfigen Mannes, der bäuchlings auf dem Obduktionstisch lag.

»Tattoos sind ja eigentlich nichts Ungewöhnliches«, sagte von Weinstein. »Aber hier sind es ziemlich viele. Der zweite Fall innerhalb von drei Wochen. Fast so wie bei Fisto. Sie erinnern sich?«

Clara erinnerte sich sehr gut. »Fisto«, ein muskelbepacktes Monster von einem Meter neunundneunzig, war ein Zuhälter aus der Schwulenszene, der auf von Weinsteins Tisch gelandet war, nachdem er eine Überdosis LSD eingeschmissen hatte und dann aus einem offenen Fenster im achten Stock gesprungen war, weil er dachte, es wäre die Terrassentür. Um auszuschließen, dass es sich um einen Mord handeln könnte, war das LKA kurz an dem Fall dran gewesen. Fisto, der seinen Namen wegen seiner Zuneigung zur Fisting-Szene hatte, hatte sich ein maßstabgetreues Zentimetermaß auf den rechten Unterarm tätowieren lassen. Dazu am ganzen Körper Engel, die sich gegenseitig anal penetrierten und sich ihre Fäuste und Hände sonst wo hinsteckten. Clara hatte sich damals gefragt, wie sich Männer wie Fisto eigentlich fühlten, wenn sie mit ihren Tattoos mit

80 Jahren im Altersheim saßen. Aber dazu war es in Fistos Fall ja nicht mehr gekommen.

Hier genauso wenig. Aber der hier hatte ganz andere Tattoos. Claras Blick glitt über die Dutzenden von Drachen, Dämonen, Totenköpfen, Flammen und Klingen auf der Haut des Toten.

»Lassen wir Fisto Fisto sein. Wo steht das Wort, von dem Sie mir erzählt haben?«, fragte sie.

»Hier«, sagte von Weinstein. »Siebter Halswirbel.«

In Fraktur stand dort »Legion«. Darunter ein umgedrehtes Kreuz.

»Auf Höhe des siebten Halswirbels.« Clara runzelte die Stirn. »Ein bisschen so wie bei der Russenmafia. Die haben immer ein Kreuz in Höhe es siebten Halswirbels. Nur dass es hier ein umgedrehtes Kreuz ist.«

Von Weinstein nahm die Brille ab. »Vielleicht hat er ja mit eurem Fall zu tun.«

MacDeath reckte den Hals und studierte die Tattoos der Leiche, während Clara ungeduldig auf die Uhr schaute. Die Hausdurchsuchung in Neukölln konnte jederzeit beginnen.

»Wissen wir schon, wer er ist?«, fragte sie. »Irgendwelche Papiere?«

Von Weinstein schüttelte den Kopf. »Nein. Er hatte nichts dabei. Nur dieses iPhone.« Von Weinstein zeigte auf eine Tüte mit einem ramponierten Mobiltelefon. »Scheint noch zu funktionieren.«

»Das nehmen wir mit«, sagte Clara. »Soll sich Hermann darum kümmern, wenn er Zeit hat. Sonst noch was?«

»Zahnarbeiten ebenfalls negativ«, sagte von Weinstein. »Sieht fast so aus, als wäre er nie beim Zahnarzt gewesen.«

»Gebisszustand?«

Von Weinstein zuckte wieder die Schultern. »Anscheinend gut. Auch wenn er nie beim Zahnarzt war, hat er sich um seine Zähne offenbar genauso gekümmert wie um seine Tattoos.«

Clara schaute wieder auf die Uhr. »Okay, war's das?«

»Nicht ganz.« Von Weinstein tippte etwas in einen Computer ein. »Beim CT ist uns was Seltsames aufgefallen, abgesehen von dem Polytrauma.«

Der Bildschirm blitzte auf und zeigte einen länglichen Gegenstand.

»Das ist sein Magen. Und das hier«, Weinstein zeigte mit dem Stab auf eine Stelle am Bildschirm. »Das ist etwas, was da nicht hingehört.«

Clara starrte angestrengt auf den Monitor.

»Hat er es verschluckt?« Das Etwas sah nicht so aus, als wäre es zur Verdauung geeignet.

»Sieht so aus.«

Warum verschluckt man Dinge?, ging es Clara durch den Kopf. *Weil man sie geheim halten will? Weil sie Informationen enthalten, die niemand erfahren soll? Wie auf dem USB-Stick von Gayo? Aber was sollte dieser Mann damit zu tun haben? Er…*

Ihr Handy klingelte. Es war Hermann.

»Wir fahren zu Mandy Weiss«, sagte er. »Der Durchsuchungsbefehl vom Bereitschaftsrichter ist da. Willst du mitkommen? Wir können aber nicht lange warten.«

»Ich komme direkt nach Neukölln. Adresse habe ich ja.«

»Gut, bis gleich.«

Clara schaltete ihr Handy aus und blickte von Weinstein an. »Wann obduzieren Sie?«

»Morgen früh. Wir sind immer von acht bis dreizehn Uhr im Saal, das wissen Sie ja«, sagte er. »Es sei denn, Sie haben es auf einmal eilig.«

»Versuchen Sie es so schnell wie möglich. Ich rufe Sie nachher an.«

Von Weinstein nickte. »In Ordnung.«

Clara rannte nach draußen, sprang in den Wagen und fuhr Richtung Süden.

6

Die Gegend in Neukölln, in der sich das Haus befand, in dem Mandy Weiss untergekrochen war, erwies sich als noch schmutziger als der regenverhangene Himmel. Lange Rinnsale aus fauligem Wasser rannen die Fassade hinunter wie Speichelfäden aus dem Mund eines Erhängten, während die Kanalisation, die vom Dauerregen voll war, Abwasser und Fäkalien hervorrülpste.

Eines der letzten besetzten Häuser in dieser Gegend, dachte Clara, als sie mit Marc und Philipp vom Mobilen Einsatzkommando die Treppe in den zweiten Stock hinaufstieg.

Ein fürchterlicher Gestank schlug ihnen entgegen, als sie den Korridor der Wohnung betraten, oder als was immer man sie bezeichnen wollte. Es war eine dieser Wohnungen, die Clara kannte und hasste und wo man sich beim Rausgehen und nicht beim Reingehen die Füße abtreten musste.

Links eine Küche, die nur aus schmutzigem Geschirr, überquellenden Mülleimern, verschimmelten Essensresten und fauligen Plastiktüten bestand. Rechts etwas, das einmal ein Bad gewesen war. Die Dusche war dermaßen verkalkt, dass sie offenbar seit Jahren nicht mehr benutzt worden war. Die Toilette schien zwar noch in Gebrauch zu sein, war aber ebenso lange nicht mehr gespült worden. Der Gestank war so bestialisch, dass Clara die Augen tränten.

Sie betraten das Wohnzimmer. Der Boden war voll mit Unrat, Bierdosen, Pizzakartons, Spritzbesteck, Unterwäsche, Feuerzeugen, selbstgedrehten Zigaretten und blutbefleckten Taschentüchern. Einzig eine modrige, von Schimmelpilzen überzogene

Couch erhob sich wie ein verwitterter Felsen aus einem Meer aus Schmutz.

Zwei Penner kauerten auf dem Boden und stierten die Beamten aus trüben, verschleierten Augen an, bevor sie sich wieder ihren Wodkaflaschen widmeten. Jeder hatte eine Pulle vor sich stehen. *Gut so,* dachte Clara. Sie wusste: Entgegen der typischen Krimi-Meinung fanden die meisten Morde im Unterschichtenmilieu statt. Und wenn man einen Mord oder Totschlag verhindern wollte, sollte man dafür sorgen, dass die Anzahl der Wodka- oder Kornflaschen glatt durch die Anzahl der Trinker teilbar war. War das nicht der Fall, war es nur eine Frage der Zeit, bis einem Zecher aus der mehr oder weniger fröhlichen Runde im Suff der Schädel mit einem Backstein oder einem Stuhl eingeschlagen wurde.

Die Frau, die vor ihnen stand, blickte sie mit aufgerissenen, blutunterlaufenen Augen an. »Ja, ich bin Mandy«, sagte sie und lächelte unsicher. Sie war heruntergekommen und starrte vor Dreck. Die blonden Haare hingen ihr wirr und fettig ins Gesicht, und ihre Unterarme waren eine schrundige Wüste aus Einstichlöchern – »Spritzenstraßen«, wie man sie im Drogendezernat nannte. Außerdem sah Clara die Narben von Schnittwunden, möglicherweise die Spuren misslungener Suizidversuche, die, wie so oft, nur Hilfeschreie waren. Es schien ohnehin wahrscheinlicher, dass diese Frau an einer Überdosis starb als an einem weiteren Selbstmordversuch.

»Mandy Weiss?«, fragte Clara.

Sie nickte langsam und mechanisch, wobei ihre Lider flatterten, was ihr, verbunden mit ihrer heruntergekommenen Erscheinung, ein bizarres Aussehen verlieh.

»Wir müssen Sie bitten, mit uns zu kommen«, fuhr Clara fort. »Sie stehen unter dem dringenden Verdacht des Mordes an mindestens drei Personen. Packen Sie bitte Ihre Sachen zusammen, und steigen Sie mit uns in den Wagen.«

Clara sah, wie Marc und Philipp bereits die Muskeln spannten. Die beiden Penner auf dem Boden blinzelten blöden Blickes zu ihnen hinauf.

Mandy stand wie versteinert, fuhr sich mit einem Finger durch die strähnigen Haare und kaute dann an ihren abgebrochenen Fingernägeln herum.

»Mitkommen ... mitkommen ...«, nuschelte sie vor sich hin, machte aber keine Anstalten, der Aufforderung Folge zu leisten.

»Frau Weiss«, sagte Hermann, »lassen Sie uns bitte auf dem Revier weitersprechen. Kommen Sie jetzt mit uns.«

»Mitkommen ...«, nuschelte sie weiter. Ein langer Speichelfaden rann ihr aus dem Mund und sickerte träge an ihrer stockfleckigen Jeansjacke herunter. »Mitkommen, mitkommen ...«

Drei Sekunden absoluter Stille vergingen.

Dann sprang Mandy auf.

»Niemals!«, kreischte sie unvermittelt und stürzte sich auf Hermann, die Zähne gebleckt. Ihre Kiefer mahlten, und ihr geöffneter Mund stieß gegen Hermanns Hals, als wollte sie ihm die Kehle durchbeißen. Hermanns Handrücken zuckte nach vorne und traf Mandy an der Wange, sodass sie gegen die Wand taumelte, von der feuchte, zerfaserte Tapeten hingen wie abgestorbene Hautlappen. Marc war sofort zur Stelle und trat der Frau in die Kniekehlen. Sie ging zu Boden. Sekunden später schnappten die Handschellen zu.

»Neiiiin«, schrie Mandy mit gellender Stimme, die im ganzen Viertel zu hören sein musste. »Er ist der Gott des Feuers! Der Gott des Mordes!« Ihre Augen, in namenloser Panik weit aufgerissen, blickten zum Himmel. »Er wird euch alle töten. Alle! Alle! Alle!« Sie rammte den Kopf gegen die Wand, bis Marc sie an den Haaren packte und wegriss. »Neiiiin«, kreischte Mandy weiter. »Seine Augen sind wie Schwerter. Er wird euch durchbohren.«

Marc zog Mandy nach oben und bugsierte sie unsanft zur Tür hinaus, während Philipp und Hermann die Penner in Schach hielten, die aufzustehen versuchten, aber so betrunken waren, dass sie immer wieder auf den Hintern plumpsten. Einer der beiden schlief dabei augenblicklich ein, als hätten seine Bemühungen ihn mehr Anstrengung gekostet, als er sich für diesen Tag vorgenommen hatte.

Clara blickte noch einmal auf die morbide Szenerie des dreckstarrenden Zimmers, dann griff sie zum Handy.

»Ich werde euch nichts erzählen. Nichts! Niemals!«, hörte sie Mandys schrille Stimme durch das Treppenhaus schallen, während Marc und Hermann versuchten, sie mit nicht allzu viel Nachdruck die Treppe hinunterzubugsieren. »Was dann auf mich wartet, ist schlimmer. Viel schlimmer. Viel schlimmer als alles!« Das Geräusch wurde leiser, dann hörte Clara von der Straße aus noch einmal die gellende Stimme. Sie waren offenbar beim Polizeitransporter angekommen.

»Schlimmer! Als – alles!«, kreischte Mandy noch einmal.

Clara wählte eine Nummer. Nach Paragraph 20 Strafgesetzbuch konnten Personen, die nicht handlungs- und einsichtsfähig waren oder schwere psychische Defizite aufwiesen, als nicht schuldfähig eingestuft werden. Was zur Folge hatte, dass sie gegen ihren Willen in ein psychiatrisches Krankenhaus eingewiesen werden konnten. »Den Zwanziger kriegen«, sagte man in Anlehnung an den Paragraphen. Wenn ein Schizophrener einen Mord beging, bekam er einen normalen Prozess. Bekam er aber vom Gutachter einen Zwanziger, gab es keine Haftstrafe, sondern die Einweisung in den Maßregelvollzug mit anschließender Sicherungsverwahrung. Schaute man sich den extremen Mord an, den Mandy begangen hatte – und dazu ihr gegenwärtiges Verhalten –, könnte auch ihr dieses Schicksal drohen.

Aber das sollten andere entscheiden. Clara wählte die Nummer von Prof. Dr. Albrecht Marquard, dem Leiter der Abteilung für forensische Psychiatrie an der Karl-Bonhoeffer-Nervenklinik in Wittenau im Norden von Berlin. Der Ort, den man LKA-intern auch »Bonnys Ranch« nannte. Dort saßen die Monster, die nie wieder das Tageslicht erblicken würden.

Clara trat nach draußen. Mandy zappelte zwischen Hermann und den MEK-Beamten herum, und noch einmal gellte ein »Er wird euch alle töten!« durch die nasskalte Februarluft.

Plötzlich geschah etwas Unerwartetes.

Mandys Blick richtete sich nach vorne. Hypnotisiert, wie von fremder Hand gesteuert. Dort stand, auf der anderen Straßenseite, ein Mann in einem schwarzen Kapuzenpullover. Er hob den Zeigefinger und bewegte ihn zwischen seine Augen.

In diesem Moment stürzte Mandy zu Boden. Sie fiel wie ein Stein und schlug schwer auf, als wäre sie am ganzen Körper gelähmt. Dann lag sie da und rührte sich nicht mehr.

Clara warf einen Blick auf Hermann und Marc, die die leblose Mandy auf die Beine zogen und ins Innere des Wagens wuchteten. Dann schaute sie wieder zur anderen Straßenseite.

Der Mann war verschwunden.

7

Das menschliche Gehirn macht nur zwei Prozent der Körpermasse aus, verbraucht aber 20 Prozent der gesamten Energie. Aus Sicht des Körpers ist das Hirn ein gefräßiger Parasit, der auch noch von der Hand in den Mund lebt und keinerlei Sauerstoff- und Zuckerreserven hat – im Unterschied zu anderen Organen. Leber und Niere können Minuten bis Stunden ohne Sauerstoff auskommen. Gleiches gilt für die Muskulatur. Das Gehirn dagegen wird bereits irreversibel geschädigt, wenn die Sauerstoffversorgung für nur wenige Minuten ausfällt. Kurz darauf tritt der Hirntod ein, und der Betreffende wird vom Lebenden zur Leiche. Und wenn er berühmt war, vielleicht zur Legende.

*

Professor Dr. Albrecht Marquard, Leiter der Abteilung für Psychiatrie und Psychotherapie, war spezialisiert auf Schizophrenie, Suchterkrankungen, Angstpsychosen und affektive Störungen des Nervensystems.

Er hatte buschige Augenbrauen, eine tief gefurchte Stirn und Lippen wie blassrosa Gummibänder. Seine Augen blickten zwischen halb geschlossenen Lidern hervor, als würde er jeden Moment einschlafen, und wenn er sprach, kniff er sich immer wieder in sein Doppelkinn, als müsse er sich ständig wach halten. Doch der Eindruck der Schläfrigkeit täuschte. Das wusste Clara, die in anderen Fällen bereits mit Marquard zu tun gehabt hatte.

Der Maßregelvollzug der Karl-Bonhoeffer-Klinik wirkte von außen wie eine Festung, nur wurde Bonnys Ranch nicht gegen

Angriffe von außen, sondern von innen bewacht. Auf sieben Wachtürmen standen Männer mit Gewehren und Maschinenpistolen. Hier saßen die ganz schweren Fälle ein, Serienmörder, Psychopathen, Ritualmörder und Wahnsinnige. Die meisten würden nie wieder aus diesen Mauern herauskommen. »Derrick-Mörder haben wir hier nicht«, hatte einer der Wärter gesagt. Viele waren aufgrund der Sicherungsverwahrung für immer hier, andere kamen eines Tages möglicherweise wieder frei. Und sobald sie draußen die richtigen »Trigger« fanden, war die Zündung wieder eingeschaltet, und die Bombe konnte jederzeit hochgehen.

Clara und MacDeath hatten Dutzende von Schleusen und Gittern passiert, vorbei an dem Herzschlagdetektor, der schlichtweg alles untersuchte, was aus dem Gefängnis heraustransportiert wurde. Wäsche, demolierte Möbel, sogar die Leichen der Männer und – seltener – Frauen, die in der Haft gestorben waren. Versteckte sich ein Häftling in der Fracht, um auf diese Weise nach draußen zu kommen, würden die an der Karosserie des Lastwagens versteckten Sensoren seinen Herzschlag verraten.

»Sie scheint große Angst zu haben«, sagte Dr. Marquard. »Vor was auch immer.«

Clara und MacDeath standen in einem der Überwachungsräume, während ein Monitor die Zelle filmte, in der die Pfleger Mandy Weiss fixiert hatten. Ihnen blieb keine andere Wahl. Erst hatten sie Mandy, die mehrere Stunden lang völlig bewegungslos gewesen war, in eine normale Zelle gesteckt, in der sie so lange bleiben sollte, bis die Untersuchungsergebnisse vorlagen. Doch nach einem komatösen Schlaf war sie mit einem Mal aufgesprungen, begleitet von fürchterlichem Geheul, hatte die gesamte Inneneinrichtung demoliert und versucht, sich mit scharfkantigen Holzstücken aus der Schrankwand die Pulsadern durchzuschneiden. Gleichzeitig hatte sie Holzteile und Nägel verschluckt, einen der Pfleger angesprungen und ihm einen Brei aus Erbrochenem und Blut ins Gesicht gespuckt.

Wie ein solch kaputter Mensch einen derart gut geplanten Mord an Gayo hätte verüben sollen, war nicht nur MacDeath ein Rätsel. Aber vielleicht war sie es nicht allein gewesen? Schließlich sprach sie ständig von einem »Gott des Mordes«, dem sie gehorchen müsse.

Doch Clara und MacDeath wussten beide, dass Psychopathen sich hervorragend verstellen konnten. Bestimmte Nervenzellen im Gehirn, die sogenannten Spiegelneuronen, sorgten dafür, dass man gähnen musste, wenn jemand anders gähnte. Oder dass man zusammenzuckte und das Gesicht verzog, wenn jemand sich in den Finger schnitt. Spiegelneuronen bewirkten, dass man Empathie und Mitleid empfand. Psychopathen fehlte diese Empathie normalerweise, doch sie konnten sie vortäuschen, wenn es darauf ankam, um genau den Eindruck zu machen, den sie machen wollten und nicht als das zu gelten, was sie waren: Psychopathen.

Marquard hatte Mandy die »Babyfrage« gestellt – eine schnelle Methode, um einen Psychopathen zu klassifizieren. *Sie sind in einem Bürgerkriegsgebiet und verstecken sich vor Milizen, die Ihnen nach dem Leben trachten. Die Milizen sind ganz nah. Sie kauern still hinter einer Ecke. Da schreit plötzlich ein Baby in Ihrer Nähe. Was tun Sie?*

Die meisten Menschen würden sich bei einer solchen Frage winden, doch der Psychopath antwortet normalerweise ganz direkt: *Ich würde das Baby auf der Stelle töten.*

Doch Mandy hatte überhaupt nicht geantwortet, hatte nur weitergeschrien. Und noch einmal fragten sich alle, wie eine solche Frau einen solchen Mord begehen konnte – falls sie es gewesen war.

Aber das war nicht die einzige Unklarheit. Was hatte der seltsame Mann mit dem schwarzen Kapuzenpullover getan? Was hatte seine Geste bewirkt? Clara glaubte nicht an schwarze Magie, aber der Mann hatte nichts weiter getan, als zwei Finger parallel zur Nase zu halten, und plötzlich war Mandy steif wie ein Brett zu Boden gefallen. Sie hatte sich die ganze Fahrt über nicht mehr bewegt, hatte nichts mehr gesagt, hatte nicht mehr geschrien. Zwar war ihr Puls noch vorhanden gewesen, aber sie hatte eher wie eine Leiche gewirkt.

»Die Frau verfügt über eine normale Intelligenz«, sagte Marquard. »Die vegetativen Prozesse verlaufen einwandfrei. Kein Zeichen von Schwachsinnigkeit, kein Hirntumor. EEG und MRT sind noch in der Auswertung, ebenso der Drogentest.« Er raschelte mit ein paar Unterlagen. »Vorher haben wir, so gut es ging, ihre Motorik untersucht, die Fähigkeit, Zahlen zu erkennen, ihre Reflexe, die Koordination, die Sprache, die Funktion der Hirnnerven, den Geruchssinn, die Sicht, die Mimik.« Er zeigte auf eine schwarz-weiße Folie an der Wand. »Geröntgt haben wir sie auch.«

»Es könnte also sein, dass sie unter Drogen stand?«, fragte Clara.

»Durchaus möglich«, erwiderte Marquard. »Wir haben ihr Blut abgenommen und werden schauen, ob und welche Drogen sie genommen hat und ob sie ihr Verhalten begründen. Ich vermute die üblichen Verdächtigen: Amphetamine, Barbiturate, Halluzinogene, Opiate, LSD, Kokain und was der Teufel sonst noch alles. Andererseits ...«

»Andererseits was?«, fragte Clara.

»Falls sie eine drogeninduzierte Psychose hat, also die Langzeitwirkung einer falschen Dosierung einer Droge, die direkt auf das Gehirn wirkt, kann diese Wirkung unbegrenzt anhalten. Dann können wir zwar keine Substanz nachweisen, aber die Frau führt sich trotzdem so auf, als stünde sie unter Drogen.« Er zeigte auf den Monitor. »Jedenfalls haben wir sie vorsorglich unter Benzos gestellt, damit sie durch die möglichen Entzugserscheinungen nicht noch mehr ausrastet als ohnehin schon.«

Benzos waren Benzodiazepine, extrem starke Beruhigungsmittel, die Schlaf ermöglichten und die Angst nahmen.

»Da ist aber noch eine andere Sache«, fuhr Marquard fort.

»Was meinen Sie damit?«, fragte Clara.

»Das Geschlecht. Frauen sind doppelt so häufig von affektiven Störungen betroffen, Störung im Regelkreis von Nerventransmittern und dergleichen.«

»Und das könnte bewirken, dass jemand tobt wie ein Wilder, um im nächsten Moment stocksteif zu Boden zu fallen?«, fragte MacDeath.

»Vor allem, wenn irgendein seltsamer Typ im Kapuzenpullover ein seltsames Zeichen macht«, ergänzte Clara.

Die Fahndung nach dem rätselhaften Mann hatte begonnen, doch da man bis auf den Kapuzenpullover so gut wie keine Beschreibung von ihm hatte, war bisher nicht viel herausgekommen. Abgesehen davon, dass es Typen mit schwarzen Kapuzenpullis in Neukölln überreichlich gab.

»Ich habe diesen Mann leider nicht gesehen«, sagte Marquard, »und die Reaktion der jungen Dame auch nicht, aber ich glaube …« Er kniff sich wieder ins Doppelkinn, als müsse er sich vor dem Einschlafen bewahren.

»Sie glauben was?«

»Dass es mit einer Überreizung der Nerven zu tun hat«, antwortete Marquard, »oder mit einer drogeninduzierten Psychose, von der wir noch nichts wissen.«

Doch Clara musste noch immer an die Geste denken, die der Mann im Kapuzenpullover gemacht hatte. Es hatte so ausgesehen, als würde er Mandy durch seine Gesten beherrschen wie ein Marionettenspieler seine Puppe.

»Könnte es nicht sein, dass sie plötzlich ausrasten *sollte?* Dass es beabsichtigt war?«, warf MacDeath ein. »Es gibt einige dieser Kulte, die ihre Mitglieder auf ein solches Verhalten konditionieren.«

Marquard nickte. »Möglich. Muss aber nicht. Jemand, der eine schizophrene Psychose hat, rastet häufig aus, egal mit was für Kulten, Gruppen, Orden oder was auch immer er zu tun hat. Es kann ausreichen, nur einen Neurotransmitter zu viel oder zu wenig zu haben.«

»Und diese Raserei?«, fragte Clara. »Die kann gewollt sein?«

»Solche Menschen können extrem geplant vorgehen, auch wenn es auf den ersten Blick sehr ungeplant scheint. Und die Raserei, wie Sie es nennen, kann ein Teil ihrer Psyche sein.«

»Auch wenn es Wahnsinn ist, so hat es doch Methode«, sagte MacDeath leise.

Dr. Marquard drehte sich um. »Wie bitte?«

»Shakespeare«, sagte MacDeath. »Hamlet.«

»Ach ja, stimmt.« Marquard nickte. »Wer sagt das noch? Hamlet oder Polonius?« Er lächelte kurz. »Sie immer mit Ihrem Shakespeare.«

»Man begegnet ihm halt immer wieder.« MacDeath zuckte die Schultern, doch es war nicht zu übersehen, wie er sich freute, dass Marquard das Zitat kannte. »So wie dem Bösen.«

Clara stemmte die Hände in die Hüften und schaute noch einmal auf den Monitor, auf dem sie das ausdruckslose Gesicht Mandys sah.

»Können wir jetzt irgendetwas tun?«

Marquard schüttelte den Kopf. »Nur warten, bis das Ergebnis des Drogentests vorliegt. Dann wissen wir Näheres.«

»Und welche Möglichkeiten haben wir dann?«

Marquard hob die Finger der rechten Hand. »Genau genommen drei. Entweder, sie ist drogensüchtig, oder sie ist wahnsinnig, oder ...« Er wandte sich an MacDeath. »Oder sie steht tatsächlich unter Bewusstseinskontrolle, durch wen auch immer. Was ich allerdings nicht glaube. Aber falls doch, sind das bestimmt keine netten Leute.«

»Na prima«, sagte Clara. »Freuen wir uns auf die Ergebnisse.«

8

Die Lichter des Vans durchschnitten die Dunkelheit auf der Autobahn, während der Fahrer mit der schwarzen Brille in die Nacht starrte, ab und an die Zähne bleckte und dabei unverständliche Worte vor sich hin murmelte, die er halb dachte, halb aussprach.

Die Wölfe tragen meinen Namen mit sich bei ihrem mitternächtlichen Geheule, und jene Stimme ruft mich von weit her. Jene Stimme, die aus der Unendlichkeit des Weltalls zu mir spricht.

Älter als das Leben, dunkler als der Tod.

Und meinen Namen werde ich schreiben in das Buch der Toten, in das Buch der schwarzen Erde. Und alle, die ich erschlagen werde, werde ich zur Ehre Satans erschlagen. Und sie werden meine Diener sein in den brennenden Grüften der Hölle von Ewigkeit zu Ewigkeit.

Denn die Menschen wissen nichts von dem Grauen in den Kammern jenseits der Zeit, noch wissen sie von dem Tor. Dem Tor, das nach draußen führt. Und das sie *hereinbringen wird.*

Denn ich habe das Tor, das nach draußen führt, gefunden. Die 6000 Stufen. Das Ritual, mit dem man das Bindeglied zerbricht. Das Ritual, mit dem das Lebenslicht noch ein wenig länger flackert, auch wenn der Körper schon tot ist.

Sie, die Einlass in unsere Welt suchen, werden Einlass bekommen. Und die, die böse waren, werden in die Hölle fahren. Doch ich, ich werde als Erzdämon über sie herrschen und sie mit eisernen Schwingen schlagen, und sie werden meine Sklaven sein von Ewigkeit zu Ewigkeit.

Die Stimme vermischte sich mit dem Geräusch des Motors und dem Zischen des Fahrtwinds, während der Van unter der dünnen, skalpellartigen Sichel des Mondes durch die Nacht glitt und in der Dunkelheit verschwand.

9

Die stärkste Empfindung des Menschen ist die Angst. Und die schlimmste Form der Angst ist die vor dem Unbekannten.

Diese Erkenntnis würden auch die fröhlichsten Optimisten nicht in Abrede stellen, denn während die Liebe uns zu einem Menschen hinzieht, ohne den wir vielleicht nicht leben wollen, aber überleben könnten, hält die Angst uns von Dingen fern, die uns verletzen oder töten können. Ohne Angst würden wir alle nicht alt. Ein richtiger Schritt macht uns zufrieden und stimmt uns froh, ein falscher Schritt aber kann uns töten. So ist die Angst vor dem Schrecken stets größer als die Freude am Schönen.

Und Mandys Angst war abgrundtief.

Clara blickte auf den Monitor in Marquards Büro und auf Mandy Weiss, die als verschnürtes Bündel auf dem Boden ihrer gepolsterten Zelle saß und unzusammenhängend vor sich hin brabbelte. Freese war von Bellmann ebenfalls dazugeschickt worden. Nun stand er da, nestelte an seiner schwarzen Brille und schien nicht so recht zu wissen, was er von Mandy und dem seltsamen Bericht halten sollte. Noch weniger konnte er mit dem rätselhaften Mann im Kapuzenpullover anfangen, der Mandy das seltsame Zeichen gegeben hatte. Kein Wunder also, dass Freese einen ratlosen Eindruck machte, genauso wie Clara und MacDeath. Besonders vor dem Hintergrund, dass der Mann mit dem Kapuzenpullover nach wie vor unauffindbar war und es wohl auch bleiben würde. Was nicht nur daran lag, dass in Neukölln fast alle so herumliefen, sondern dass ihn auch niemand richtig gesehen hatte, denn als Mandy vor dem Einsatzwagen wie ein Stein zu Boden gefallen war, hatte sie alle Aufmerksamkeit auf sich gezogen.

Ich habe Angst, hatte sie gesagt. *Ich habe so schreckliche Angst.*

Niemand wusste, wovor sie sich fürchtete. Und es half auch nicht, sich zu fragen, wovor jemand, der so grauenvolle Morde begangen hatte, überhaupt Angst haben konnte, zumal es in Mandys Fall eine wahnhafte Angst sein konnte.

»Wir haben sie unter Psychopharmaka gestellt«, berichtete Dr. Marquard. »Es ging nicht anders. Wir haben ihr Chlorpromazin verabreicht, einen Dopaminblocker. Hoffen wir, dass es hilft. Weitere Benzodiazepine oder wirksamere Neuroleptika können wir erst verabreichen, wenn wir wissen, ob die Schwankungen in ihrem Verhalten drogeninduziert sind. Sonst können uns die Nebenwirkungen das Leben zur Hölle machen.«

Clara erinnerte sich an Mandys Wutausbrüche. *Sie hat uns zuvor schon das Leben zur Hölle gemacht*, ging es ihr dabei durch den Kopf.

Neuroleptika. Dopaminblocker. Neuroleptika wirkten über eine Blockade der Dopaminrezeptoren, die besonders bei Halluzinationen, Wahndenken, Verhaltensstörungen und psychomotorischen Störungen aktiv waren. Störungen, die zum Beispiel von Amphetaminen wie Speed und Ecstasy hervorgerufen wurden.

Clara hatte während ihrer Spezialisierung zur Expertin für forensische Pathopsychologie viel über diese Botenstoffe gelernt und mit MacDeath, der sich auf diesem Gebiet hervorragend auskannte, viele Gespräche geführt. Dopamin entstand aus der Aminosäure Tyrosin, die mit der Nahrung aufgenommen wurde. Dopamin war der Stoff, der *Tu etwas* zu uns sagt, der zu Aktivität und Action motiviert. Es war eine Vorstufe des Adrenalins, es putschte auf und machte wach, mitunter auch aggressiv. Clara hatte von Banden gehört, die ihre Mitglieder mit Amphetaminen scharf machten. Bei Kampfhunden hatte sie es auch schon erlebt.

Bei einem Dopaminüberschuss wurde der Mensch hyperaktiv und konnte Nächte ohne Schlaf auskommen. Genau das, was Nutzer von Ecstasy, Speed und Kokain wollten. Und sie waren ebenso aufgeputscht wie Schizophrene. Aus diesem Grund verhinderten Psychopharmaka, die Schizophrenie dämpfen sollten, auch die Funktion der Dopaminrezeptoren. Der Patient wurde ruhiger. Hier kam das Serotonin ins Spiel, der Botenstoff, der beruhigte und einem sagte: *Es ist gut so*. Ein Mangel an Serotonin führte daher zu Ängsten, Unsicherheit und Depression. Deshalb bekamen Patienten mit Depressionen sogenannte SSRIs, selektive Serotonin-Wiederaufnahmehemmer, die den Serotoninspiegel im Gehirn erhöhten. Der Umkehrschluss dabei war, dass Amphetamine, die Dopamin aktivierten, schizophrene Wirkungen hervorrufen konnten. Deshalb war immer noch nicht klar, ob Mandys Schizophrenie auf Drogen oder auf eine Geisteskrankheit zurückzuführen war.

Immerhin hatte sie sich ein wenig beruhigt, als sie aus der Schockstarre erwacht war, nachdem sie zuvor wie eine Furie in der Zelle getobt hatte.

»Es gab keine Drogen?«, fragte nun Freese, als ob es unmöglich sei, dass jemand ohne Drogen so ausrasten könne. Er blickte Dr. Marquard an. »Nichts?«

»Wir haben Spuren von Amphetaminen in ihrem Blut gefunden«, antwortete Marquard, »allerdings nur noch schwach. Vielleicht waren es Amphetamintabletten, zum Beispiel Dexedrin. Wenn man die mit Heroin kombiniert, kann es eine fatale Wirkung haben.«

»Aber die Konzentration würde nicht ausreichen, um ihr Verhalten zu erklären?«

Marquard schüttelte den Kopf. »Noch nicht. Da müssen wir den großen Test abwarten. Dann wäre auch die starke Wirkung zu erklären.« Er nahm die Akte zur Hand. »Es kann natürlich sein, dass sie Mischungen aus Amphetamin und Barbiturat eingenommen hat, die man auch als Purple Hearts bezeichnet. Oder Methamphetamin – Speed, Crack oder Ice.«

»Nach Crystal Meth sieht es nicht aus, oder?«, fragte MacDeath.

Chrystal Meth. Diese Droge war vor einigen Monaten nach Berlin geschwappt und hatte eine Schneise der Verwüstung gezogen. Die tschechische Grenze war nur 40 Kilometer entfernt; dort konnte jeder die Droge unter dem Ladentisch kaufen. Crystal Meth wirkte zunächst aufputschend und enthemmend und hielt mehr als 70 Stunden wach. Doch am Ende zerstörte sie, wie alle Drogen, vor allem den Konsumenten selbst. Die Zähne verfaulten, die Körpertemperatur stieg wie im Fieber, und unter der Haut schienen sich inmitten juckender Ekzeme augenlose Insekten zu bilden, die aus dem Körper des Betroffenen hervorkrochen wie aus einem lebenden Zombie, wenn er sich die Haut aufschnitt. Dies erklärte die schrecklichen Wunden, entstanden durch die Schnitte von Rasierklingen oder Nagelscheren, die sich die Betroffenen selbst beibrachten und die noch jahrelang sichtbar waren. Die Insekten existierten nicht wirklich, sie waren Wahnvorstellungen, aber die Folgen der Droge waren real. Nachdem deren euphorisierende Wirkung verebbt war, verfaulte man bei lebendigem Leib.

»Nein, kein Crystal Meth.« Marquard schüttelte den Kopf. »Die Begleiterscheinungen wären anders. Und drogeninduzierte Psychosen werden nicht unbedingt von Crystal Meth hervorgerufen. Da gibt es andere.«

»Falls es sich wirklich um drogeninduzierte Psychosen handelt«, sagte MacDeath.

»Was soll es denn sonst sein?«, fragte Freese. »Meinen Sie, der Mann mit dem Kapuzenpulli hat die Frau per Gedankenkontrolle gesteuert?«

MacDeath blickte ihn an. »Mind Control? Warum nicht?«

»Das ist doch Unfug«, sagte Marquard und kniff sich wieder ins Kinn. »Zwar behaupten schizophrene Patienten immer wieder, dass sie gelenkt würden, dass sie Stimmen hören und irgendeine Macht sie zu etwas auffordert, aber das geschieht nur in ihrem Kopf. Manche behaupten auch, andere könnten ihre Gedanken lesen oder ihren Willen beeinflussen.« Er schob die Hände in die Taschen seines weißen Kittels.

»Paranoide Schizophrenie, nicht wahr?«, sagte MacDeath. Dr. Marquard nickte widerwillig. Clara nahm eine gewisse Spannung zwischen beiden Männern wahr. »Mandy fühlt sich vom ›Gott des Mordes‹ gesteuert und spricht von den ›Bewohnern des Feuers‹.« MacDeath blickte abwechselnd in die Akte und auf den Monitor, der die apathische Mandy in ihrer Zelle zeigte. »Sie hört aber sofort damit auf, wenn wir zuhören, als hätte sie Angst vor den Konsequenzen, wenn sie darüber redet.«

Marquard nickte erneut, diesmal bereitwilliger. »Wir haben eine Reizüberflutung mit Angst, wissen aber nicht, vor wem die Frau sich so sehr fürchtet. Darüber hinaus zeigt sie eine starke Autoaggression. Denken Sie an die Suizidversuche mit den Scherben und an den blutigen Brei, den sie dem Pfleger ins Gesicht gespuckt hat.«

»Kann es nicht sein«, fragte MacDeath, »dass jemand sie in den Selbstmord treiben will, damit sie keine Informationen preisgeben kann?«

»Kann sein, ist aber nicht sehr wahrscheinlich.«

»Vor dem Hintergrund der Morde aber eher wahrscheinlich als unwahrscheinlich«, sagte MacDeath.

Marquard zuckte die Schultern. MacDeath schien ihm mit seinen Fragen ein wenig auf den Nerv zu gehen. Clara war nicht sicher, ob Marquard ihn eher als Kollegen schätzte, mit dem er sich auf Augenhöhe unterhalten konnte, oder ob er ihn als Besserwisser und damit störend empfand.

»Möglicherweise«, sagte Marquard.

»Was können wir tun?«, wollte Freese wissen.

»Warten, bis wir die Ergebnisse des Drogentests haben«, antwortete Marquard.

»Und wenn er negativ ist?«, fragte Clara.

»Schauen wir, ob es eine drogeninduzierte Psychose ist.«

»Kann man das herausfinden?«, hakte Clara nach. »Ist es nicht so, dass eine Psychose noch vorhanden sein kann, wenn die Droge längst abgebaut ist?«

»Drogeninduzierte Psychosen können jahrelang anhalten, das stimmt. Das macht solche Drogen ja so gefährlich.«

»Kann eine drogeninduzierte Psychose bewirken, dass eine Person stocksteif zu Boden fällt, wenn irgendjemand ein bestimmtes Zeichen macht?«, fragte MacDeath.

»Man kann durch gewisse Verhaltensmuster auf bestimmte drogeninduzierte Psychosen schließen«, sagte Marquard. »Aber bevor wir das tun, sollten wir wissen, ob sie wirklich unter Drogen steht oder ob das Ganze eher ein psychischer Defekt ist.«

»Und wenn alle Tests negativ sind und Ihre Medikamente nicht helfen?«

Marquard kniff die Lippen zusammen. »Als letzte Möglichkeit bleibt die Elektrokonvulsionstherapie.«

»Elektroschocks?«

Marquard nickte. »Wir lösen einen epileptischen Anfall durch Verabreichung von elektrischem Strom am Schädel des narkotisierten Patienten aus. Wir machen das zum Beispiel bei schweren depressiven Störungen mit Suizidgefahr.«

»Und wenn es schiefgeht?«, fragte Clara.

»Dann erfahren wir noch weniger von ihr als ohnehin schon.«

»Also gar nichts?«

Marquard atmete hörbar aus. »So in etwa.«

Clara schaute auf ihr Handy. Eine SMS. Von Weinstein.

Bereit, wenn Sie es sind.

Die Obduktion der Tattoo-Leiche würde beginnen.

»Wir fahren nach Moabit«, sagte Clara und blickte Freese an. »Wollen Sie mal was Ekliges sehen?«

Der nickte. »Warum nicht. Ich bin ja hier, um zu lernen. Und vielleicht könnte ich mich revanchieren.«

»Und wie?«

»Ich hätte da eine Idee. Sie können sie bescheuert oder genial finden, aber Sie sollten sie sich anhören.«

»Erzählen Sie es mir im Auto«, sagte Clara. »Wir müssen los.«

10

»Ich habe da einen interessanten Kontakt«, sagte Freese, der neben Clara auf dem Beifahrersitz saß, als sie durch die regengepeitschte Invalidenstraße fuhr. »Ein bisschen unkonventionell, aber wenn ich Sie richtig verstanden habe, mögen Sie unkonventionelle Ideen.«

»Ja, mögen wir«, sagte MacDeath, der seine Unterlagen im Fond des Wagens ausgebreitet hatte. »Was haben Sie für uns?«

Clara lenkte den Wagen angestrengt an den chaotischen Sandhaufen und Baustellenabgrenzungen der Invalidenstraße vorbei, wo auch heute, wie an allen 365 Tagen des Jahres, kein einziger Bauarbeiter zu sehen war und die Bagger und Sandschieber allein und verwaist wie vergessene Relikte im Regen standen. Clara fragte sich manchmal, ob es irgendeinem auffallen würde, wenn jemand diese Baumaschinen, die ja ohnehin nie im Einsatz waren, einfach stehlen würde. Und ob nicht osteuropäische Banden diese Idee nicht schon gehabt hatten. In China konnte man die Baumaschinen sicher gut gebrauchen, da wurde ja richtig gebaut und nicht nur Absperrzäune errichtet und Bagger in die Gegend gestellt.

»Der Mann heißt Joseph Kremmer«, sagte Freese, »ein ehemaliger Stasi-Mitarbeiter. Ich kenne ihn von Vorlesungen über Kriminalistik an der Humboldt-Uni, die er noch bis vor Kurzem gehalten hat. Sie wissen ja, der Bereich Kriminalistik an der Humboldt war eigentlich eine Unterabteilung der Stasi oder des MfS, um präzise zu sein.«

»Ministerium für Staatssicherheit«, murmelte Clara. »Kommen Sie aus dem Osten, wenn ich fragen darf?«

Freese schüttelte den Kopf. »Nein, aber ich war ein paar Jahre bei der Treuhandanstalt für das Marketing zuständig. Und da lernt man so einiges an Netzwerken kennen.«

»Und was hat dieser Kremmer bei der Stasi gemacht?«

»Er war im Bereich Staatssicherheit tätig, Inland, bei der Abteilung BCD, die für Bewaffnete und Chemische Dienste zuständig war. Und für die sogenannte Aufdeckung feindlicher Zersetzungstätigkeit und Absicherung sämtlicher bewaffneter Organe der DDR. In seinen Bereich fiel allerdings noch eine streng geheime Zuständigkeit, die nirgends nachzulesen ist.«

»Und das wäre?«

»Die Ausrüstung der Nationalen Volksarmee mit Scharfmacherdrogen.«

»Die perfekte Armee?«, fragte MacDeath. »Die immer kämpft, keine Angst hat und nie schläft?«

»So ungefähr darauf lief es hinaus, ja.«

»Und so ein Mann ist bereit, mit uns zu sprechen?«

Freese zuckte die Schultern. »Ich bin sogar sicher, dass er gerne mit der Polizei spricht.«

»Wieso?«

»Kremmer sieht nichts Unrechtes in dem, was er bei der Stasi getan hat. Er stellt sich auf den Standpunkt, dass es sein Job gewesen sei, für Ruhe und Ordnung zu sorgen.« Er blickte Clara und MacDeath an. »Und das ist ja auch Ihr Job.«

»Er betrachtet uns als Verbündete?«

Freese lächelte. »So könnte man es ausdrücken.« Er schaute auf die regennasse Straße. »Wenn Sie wollen, kann ich den Kontakt herstellen. Dann können Sie beide ihn besuchen.«

»Warum kommen Sie nicht mit?«

»Wenn ich dabei bin, wird er befürchten, dass es an die Presse geht, und den Mund nicht aufmachen.«

Clara blickte MacDeath im Innenspiegel an.

»Einen Versuch ist es wert, oder? Wir fahren erst zu von Weinstein und dann zu diesem Kremmer. Okay?«

MacDeath nickte. »Okay. Man sollte sich alles mal anschauen. Nur wer strebend sich bemüht, den können wir erlösen.«

Freese blickte nach hinten. »Faust, nicht wahr?«

MacDeath nickte. »Der Gesang der Engel.«

»Wo finden wir diesen Joseph Kremmer?«

»In Ostberlin, wo sonst. ADK.«

»ADK?«, fragte Clara.

»Allee der Kosmonauten.«

11

Die ohnehin ramponierte Leiche des Tattoo-Mannes hatte durch die Obduktion noch ein paar weitere Schnitte dazubekommen. Freese schaute mit einer Mischung aus Abscheu und morbider Faszination auf den Toten, besonders auf die tätowierten Überreste des Kopfes, die Messer und die oszillierende Säge, mit der ein Sektionsassistent der Leiche soeben den Schädel aufgesägt hatte, um das Gehirn zu entnehmen.

Von Weinstein wandte sich Freese zu.

»Haben Sie so etwas schon mal gesehen?«

Freese schüttelte den Kopf.

»Dachte ich mir. Wir brauchen hier keinen Heldentod zu sterben, klar? Wenn Ihnen schlecht wird, gehen Sie sofort raus. Wir rufen hier nicht extra den Notarzt, nur weil Sie zusammenklappen und mit dem Kopf auf dem Fliesenboden aufgeschlagen sind. Dann nähen wir Sie persönlich, allerdings mit Leichengarn. Capito?«

»Verstanden.« Freese nickte ergeben.

»Jetzt zur Sache.« Das war Clara. »Was ist in seinem Magen?«

»Habe ich extra für uns aufgespart«, sagte von Weinstein. Er griff in die geöffnete Bauchhöhle der Leiche und entfernte mit zwei Schnitten den Magen. Dann legte er das Organ auf den Organtisch am Fußende des Sektionstisches und schnitt den Magen mit einer Knopfschere entlang der großen Wölbung auf. Eine Schere, die zwar schnitt, aber nicht spitz war, sondern einen Knopf auf der Spitze hatte und nur da Schnitte machte, wo sie sollte. Dann ließ er den Mageninhalt, eine breiige Mischung aus Reis, Gemüsebrocken und halbverdautem Fleisch, in einen großen Messbecher laufen.

»Er hat Chinesisch gegessen«, murmelte von Weinstein, während Freese das Gesicht verzog. Irgendetwas im Messbecher machte ein dumpfes Geräusch.

»Da haben wir's ja.« Von Weinstein und zog ein kokonartiges Etwas von ungefähr sechs Zentimetern Länge aus dem schleimigen Brei. »Spülen Sie das mal ab.« Er gab das Etwas einem Sektionsassistenten, der es unter die Dusche im Fußbecken des Tisches hielt.

Clara beugte sich vor. »Was ist das?«

»Zunächst mal Klebeband«, sagte der Assistent. »Als hätte er etwas darin eingewickelt, um es besser herunterschlucken zu können.«

Eingewickelt und heruntergeschluckt.

Clara kannte die »Bodypacker«, auch »Mules« genannt. Es waren arme Schweine, die Kokain aus Südamerika nach Europa schmuggelten. Eingepackt in Kondome, die sie alle nacheinander herunterschluckten, am Zoll vorbeischmuggelten und dann damit ins Flugzeug stiegen, die verbotene Fracht im Magen. Keinesfalls durften die Kondome vor der Landung ausgeschieden werden. Clara hatte schon höchst unappetitliche Geschichten von Bodypackern gehört, die die ausgeschiedenen Kondome auf der Flugzeugtoilette wieder heruntergewürgt hatten und dann beim Zoll durch ihren grauenhaften Mundgeruch aufgefallen waren. Und platzte solch ein Kondom, was jederzeit passieren konnte, starb der Überbringer sofort an einer Überdosis. Clara und ihr Team hatten schon so manchen dieser Mules tot in einem Müllcontainer in Tegel oder Schönefeld gefunden, wo seine Auftraggeber ihn hastig entsorgt hatten, damit nichts aufflog.

Aber warum hatte dieser Mann etwas im Magen?, fragte sie sich nun. *Und was ist das? Etwa auch ein USB-Stick?*

»Können wir es aufschneiden?«, fragte sie.

»Klar.«

Der Assistent trennte das Klebeband auf und brachte etwas Kantiges, Silbriges zum Vorschein. Einen Gegenstand, den der Mann nie hätte herunterschlucken können, ohne ihn in das Klebeband zu wickeln, da er viel zu scharfkantig war.

»Sieht aus wie ein …«, begann von Weinstein.

»… ein Schlüssel«, ergänzte Clara und trat näher heran. »Könnte ein Schließfachschlüssel sein.«

Ein Schlüssel zu einem Schließfach. Doch was war in dem Schließfach?

»Hatte er noch etwas dabei?«, fragte sie.

Von Weinstein zeigte auf verschiedene Habseligkeiten, die in einer Plastikschüssel neben dem Sektionstisch lagen.

»Taschentücher, Nasentropfen, Aspirin, Kaugummis. Und das Handy, das ihr schon habt.«

Clara blickte auf die Uhr. Der Stasi-Mann, zu dem Freese den Kontakt hergestellt hatte, wartete bereits.

»Also gut«, sagte sie. »Können Sie diesen Schlüssel zum LKA bringen? Sie sollen sofort herausfinden, zu welchem Schließfach er passt und den relevanten Schließfachinhalt konfiszieren. Ich rufe von unterwegs Hermann an.« Sie blickte ein letztes Mal auf die Leiche. »Er muss unbedingt das iPhone knacken. Dann erfahren wir hoffentlich, wem es gehört und bekommen Zugang auf seinen E-Mail-Account. Okay?«

Von Weinstein nickte und zog sich die Gummihandschuhe aus. »Stets zu Diensten.«

Clara wandte sich an MacDeath. »Und wir fahren jetzt zur Stasi?«

Der nickte. »Mit dem größten Vergnügen.«

Freese hatte das Ganze mit stoischer Tapferkeit ertragen. Allmählich kehrte die Farbe in sein Gesicht zurück.

»Grüßen Sie Kremmer schön von mir«, sagte er.

»Darauf können Sie Gift nehmen.«

12

ADK. Allee der Kosmonauten. Die mehrspurige Straße, die einst Springfuhlstraße geheißen hatte und in deren Mitte die Straßenbahn fuhr, verband die Berliner Bezirke Lichtenberg und Marzahn-Hellersdorf und trug ihren Namen zur Erinnerung an den Flug des russischen Raumschiffs Sojus 31 zur Raumstation Saljut 6 im Jahre 1978. Im Volksmund nannte man sie seitdem kurz ADK. Wer am Flughafen Tegel in ein Taxi stieg und sagte, er wolle zur ADK, damit aber die Akademie der Künste meinte, konnte sich schnell an dieser zugigen, von Plattenbauten gesäumten Straße wiederfinden, wenn er einen Fahrer aus dem Osten der Stadt erwischte.

Vor dem Haus Nummer 33 stiegen Clara und MacDeath aus dem Wagen.

Als Erstes hörten sie das Bellen eines Hundes.

»Ruhig, Wotan«, sagte eine heisere Stimme. Sofort erstarb das Bellen. Dann wurde die Tür, die innen mit einer Kette gesichert war, einen Spalt weit geöffnet.

»Ja?«, fragte die Stimme. Clara sah ein Auge, davor eine gelbliche Brille, die wahrscheinlich noch aus den Sechzigerjahren stammte.

»Clara Vidalis, LKA Berlin«, sagte sie, zeigte ihren Ausweis und schaute hinter sich. »Das ist mein Kollege Professor Friedrich. Wir haben einen Termin mit Joseph Kremmer.«

»Der bin ich.« Kremmer öffnete die Tür. Wasserblaue Augen schauten müde aus einem Gesicht, das so ausgeblichen wirkte wie ein Buchrücken, der auf dem Regal immer nur in der prallen Sonne gestanden hatte. Die grauen Haare waren sorgfältig gescheitelt. Clara nahm den Geruch von Wodka und Zigaretten wahr. »Mein Hauspage hat heute frei, aber Wotan leistet Ihnen auch gerne Gesellschaft.«

Kremmer rang sich ein Lächeln ab und zeigte auf den schwarzen Labrador, der zu seinen Füßen saß und die beiden Ankömmlinge neugierig, aber ruhig betrachtete. »Früher hatte ich einen deutschen Schäferhund«, fuhr Kremmer fort, »aber die Viecher sind überzüchtet. Irgendwann sind die Hüften verschlissen, Hüftdysplasie oder wie das heißt, und dann müssen sie eingeschläfert werden wie damals mein Erich. Ich will nicht, dass Wotan auch wieder vor mir stirbt.«

»Ein braver Hund«, sagte Clara. Sie hätte ihn gerne gestreichelt, verbiss es sich aber, Kremmer um Erlaubnis zu fragen.

»Erziehung ist alles«, sagte Kremmer. Er trug Hausschuhe aus Filz, ein blaues, schlecht gebügeltes Hemd und eine speckige Strickjacke. Seine gelbliche Brille war mit einer dünnen Kette versehen, die er um den Hals trug. »Mit Hunden ist es wie mit Menschen. Man muss ihnen zeigen, wo es langgeht. Wenn jeder tut, was er will, bricht auch das beste Staatsgebilde auseinander.«

»Ein Labrador, nicht wahr?«, fragte Clara.

Kremmer nickte. »Labrador heißt Bauer auf Spanisch. Wir zwei sind die letzte Bastion des Arbeiter- und Bauernstaates. Wotan ist der Bauer, ich der Arbeiter.« Er hustete. »Streicheln Sie ihn ruhig.«

»Freut mich, dass Sie sich Zeit für uns nehmen«, sagte Clara, wobei sie Wotan den Kopf kraulte, der es fröhlich geschehen ließ.

»Wenn ich auf meine alten Tagen irgendwas habe, dann ist es Zeit«, erwiderte Kremmer. »Kannten Sie mich eigentlich von irgendwoher? Ich meine, bevor Freese Ihnen was gesagt hat, dieses Waschweib, das alles weitererzählt?«

Clara schüttelte den Kopf. »Nur über Freese. Ich hatte vorher nie von Ihnen gehört.«

»Ich von Ihnen auch nicht. Nur ist es bei mir Absicht, bei Ihnen nicht.« Er lachte ein kurzes, raues Lachen, das es nicht bis zu seinen Augen schaffte. »Kommen Sie rein.« Er führte seine Besucher ins Wohnzimmer. Angesichts der Möbel konnte man den Eindruck gewinnen, die Zeit wäre irgendwann in den Fünfzigerjahren stehen geblieben. *So ähnlich*, dachte Clara, *muss es in der Wohnung von Schabowsky aussehen, der 1989 mit seiner Presseerklärung zur Maueröffnung der Wiedervereinigung gewaltig auf die Sprünge geholfen hat.*

Ihr fiel das Wappen der Stasi auf, das wie selbstverständlich an der Wand hing. Darunter die Worte »Schild und Schwert der Partei« und das Gründungsdatum: 8. Februar 1950. Ein Stück rechts davon hing ein Schwarz-Weiß-Foto, das eine ungefähr dreißigjährige Frau zeigte. Darunter stand das lateinische Zitat *Tempus fugit, amor manet* – Die Zeit vergeht, die Liebe bleibt. Wann diese Liebe aus Kremmers Leben geschieden war? Sie würde es wohl nie erfahren.

»Es gab harte und weiche Formen in der Stasi«, sagte Kremmer, als sie das Wohnzimmer betraten. »Die harten Formen waren Folter und Auftragsmord, die weichen waren Devisenbeschaffung, Häftlingsfreikauf und die Abschiebung von unerwünschten Bürgern in den Westen. Ich war für die weichen Formen zuständig, die aber irgendwann hart werden konnten.«

»Waren Sie gerne bei der Stasi?« Clara fand die Frage etwas unpassend, aber Kremmer schien zynisch genug zu sein, um sie ehrlich zu beantworten.

»Die Zugehörigkeit zur Stasi hatte viele Vorteile.« Kremmer setzte sich in einen der Cocktailsessel im Stil der Sechzigerjahre, die in einigen In-Kneipen Berlins in Prenzlauer Berg wahrscheinlich schon wieder als cool gelten würden, während Wotan sich zu seinen Füßen niederließ. Clara und MacDeath wies Kremmer zwei andere Sessel zu. »Man bekam ein Auto ohne Wartezeit, eine eigene Mehrzimmerwohnung, bevorzugten Eintritt zu Konzerten und Theateraufführungen.« Er schaute sich um. »Jetzt habe ich gar nichts mehr, nicht mal mehr ein Auto, obwohl man Autos heute angeblich viel schneller und einfacher kriegt. Wenn ich fahren muss, nehme ich die M8, wenn ich überhaupt mal fahre.« Er hielt kurz inne. »Als Schabowsky sich damals verhaspelt hat, da wusste ich, es ist aus. Mielke kam in Haft, 1989, nach Hohenschönhausen, wo er selbst so viele reingesteckt hat. Schon komisch.« Er zündete sich eine filterlose Zigarette an, die offenbar aus Russland kam, und paffte ein paar Züge.

»Wie kommt es, dass man Sie in Ruhe gelassen hat?«

Kremmer lächelte gequält. »Manchmal muss man wissen, wann man die Seiten wechselt. Die Hauptverwaltung HV A, Aufklärung, Markus Wolf... Sie wissen schon, der Stellvertreter Mielkes. Er kannte und schätzte mich. Dadurch hatte ich Zugriff auf einige Mobilmachungs-Karteien, an denen die CIA großes Interesse hatte. Ohne mich hätten sie die nie bekommen. Also habe ich ein bisschen nachgeholfen.« Er drückte die Zigarette aus. Wotan blinzelte müde. »Dafür hat die CIA bei der Gauck-Behörde Immunität für mich erwirkt und im Gegenzug einen Teil der Akten der Bundesregierung überlassen.« Er machte ein Gesicht, als müsse er sich entschuldigen. »Keine Sorge, ich möchte Ihnen nicht meine ganze Biografie erzählen. Freese sagte, sie wären an dieser Drogengeschichte für die NVA interessiert?«

Beide nickten.

»Nun, die Geschichte hängt mit den Dokumenten zusammen, die ich der CIA zugeschustert habe. Die Scharfmacherdrogen, die die Stasi weiterentwickelt, aber nicht erfunden hat.«

»Wo kamen diese Drogen denn ursprünglich her?«, fragte MacDeath.

»Von denen, ohne die es die DDR nicht gegeben hätte.« Kremmer kniff die Lippen zusammen. »Von der deutschen Wehrmacht im Dritten Reich.«

13

Die Limousine glitt weiter über die Alpenstraßen, während Isabel Venturas den Bluetooth-Ohrhörer ans Ohr geklippt hatte und sich auf Englisch mit einem schwerreichen Kunden aus Russland unterhielt.

»Ja«, sagte sie. »Wir haben da einen Fitnessclub in Pakistan, da können Sie sich den ... sagen wir mal, Körper anschauen. Er ist in Topverfassung. Keine Sorge.«

Der Mann am anderen Ende sagte etwas.

»Ich weiß«, erwiderte Isabel. »Und Sie müssen sich bei mir nicht entschuldigen. In Russland wird gerne mal getrunken. In muslimischen Ländern kaum.« Sie schaute auf die verschneiten Berggipfel. »Ich verspreche Ihnen, Sie bekommen zusätzlich eine fast jungfräuliche Leber. Die müssen Sie dann aber gut behandeln.« Sie kicherte und tippte eine Mail in ihren Laptop. »Mein Kollege schickt Ihnen die Maße, die Fotos und alles Weitere.«

Sie hörte aufmerksam zu.

»Wir hoffen sehr, dass wir bald so weit sind«, sagte sie dann. »Das Ganze ist nicht einfach, insbesondere, was die Fusion, also die Verbindung, am Rückenmark angeht. Aber wir werden bald eine Lösung finden.« Sie tippte wieder in ihren Laptop. »Vielleicht wollen Sie Ihren künftigen Körper mal sehen? Live, meine ich. Wie bitte? Ja, natürlich gibt es ihn. Im Moment trainiert er für Olympia. Das ist jedenfalls die Version, die wir ihm erzählen.«

Sie lächelte. Dieser Deal würde ihr zehn Millionen bringen, wenn alles glattging. So viel, wie ein neues Leben nun mal kostete.

Sie hörte wieder zu. »Machen wir so«, sagte sie schließlich. »Aber die Verträge werden Sie unterschreiben müssen. Wie gesagt, noch können wir nichts garantieren ... Genau, sicher ist nur der Tod. Und den wollen wir ja umgehen. Sie hören von uns.«

Isabel beendete das Gespräch und schaute auf das Bergpanorama. Die Gipfel und Höhenzüge reihten sich aneinander wie Diagramme, die Zahlungen anzeigten. Euros, Dollars, Pfund, Schweizer Franken. Zehn, zwanzig, fünfzig Millionen.

Geld. Sehr viel Geld.

Isabel lehnte sich zurück und lächelte.

14

»Die Stasi hatte nicht unbedingt etwas gegen die Nazis«, sagte Kremmer, der an einer neuen Zigarette zog. »Genau wie im Westen war nach der Kapitulation 1945 gutes Personal knapp, sodass viele Altnazis auf ihren Posten blieben. Für die junge Stasi, die ja fünf Jahre später gegründet wurde, gab es dann in Sachen Entnazifizierung einiges zu tun. Um Nazis zu jagen, mussten erst mal welche da sein.« Er schaute zur Wand. »Sie kennen ja den chinesischen Spruch: Um etwas zu fangen, muss man es erst einmal entwischen lassen.«

Claras Blick folgte dem Kremmers. Erst jetzt fiel ihr das Mao-Porträt an der Wand auf. »Das heißt, die Entnazifizierung war eine der ersten Handlungen der Stasi?«, fragte sie.

»Nicht nur«, sagte Kremmer. »Wir haben auch viel von den Nazis gelernt. Die NVA zum Beispiel, die Nationale Volksarmee, wurde nach dem Krieg der Wehrmacht nachempfunden. Genosse Stalin wollte das so, er hatte großen Respekt vor der Wehrmacht. Während eure Bundeswehrsoldaten in den Schlabberklamotten der amerikanischen GIs herumliefen, hatten die NVA-Truppen die gleichen Stiefel, Mäntel und Helme wie die Wehrmacht.« Er zog an seiner Zigarette. »Und die NVA war die beste Armee des Ostblocks, abgesehen von der Roten Armee. Überall wurde aufgeräumt. In Angola, Mosambik, Algerien, Libyen, Irak. Sechzehn Generäle hatten in der Wehrmacht gedient. Und sie hatten etwas mitgebracht.«

»Und was?«, fragte MacDeath.

»Mein Englisch ist nicht so gut, aber nennen wir es mal ›Wehrmacht on Speed‹.«

Hinter MacDeaths Stirn arbeitete es. »Davon habe ich mal gehört.«

»Es begann mit Experimenten im KZ Sachsenhausen«, sagte Kremmer. »Sie haben eine neue Energiepille mit Namen D-IX erfunden. Die Häftlinge mussten die Pille nehmen und dann mit Zwanzig-Kilo-Rucksäcken im Kreis laufen. Das Zeug enthielt unter anderem Kokain. Es war Hitlers letzte Geheimwaffe, um einen längst verlorenen Krieg zu gewinnen. Was interessant ist, denn Drogenkonsum wurde im Dritten Reich mit dem Tod bestraft. Für Zivilisten, wohlgemerkt. An der Front waren Drogen und Alkohol in Ordnung. Und für den Führer selbst offenbar auch. Hitler hat seit 1942 Methamphetamine und Kokain gegen Schmerzen bekommen. Ebenso Morphium. Man kann von Honecker ja halten, was man will, aber der war wenigstens nicht drogensüchtig.«

Kremmer drückte die Zigarette aus und streichelte Wotan. »Die Männer in den KZs konnten ewig die schweren Rucksäcke schleppen und fast ohne Schlaf auskommen, bis sie tot zusammenbrachen. Was die Entsorgungskosten sehr reduziert hat. Keine Rente, kein Lazarett und so weiter. Man nannte die Typen, die immer im Kreis laufen mussten ›die Pillenpatrouille‹.«

MacDeath kritzelte etwas in sein Notizbuch. »Und wer hat das Zeug entwickelt?«

»In Kiel gab es einen SS-Sonderverband und einen Pharmakologieprofessor, die nach einer Droge für eine Spezialeinheit suchten. Die haben das Zeug entwickelt. Es ging auch an die Elitetruppen der Waffen-SS – die Burschen, vor denen die Sowjets heute noch Angst haben. Division Viking, Leibstandarte Adolf Hitler und so weiter. Das waren Killermaschinen. Allein das Wort ›Viking‹ reichte, dass die Rote Armee sich in die Hosen machte.«

Kremmer schien eine eigentümliche Faszination für das besiegte Dritte Reich zu haben.

»Und die haben diese Droge benutzt?«, fragte Clara.

»Oder ein Vorgängerpräparat. Stalin und die Generäle der NVA hat die Wirkung jedenfalls so sehr überzeugt, dass das Präparat weiterentwickelt wurde. Man wollte NVA-Selbstmordkommandos damit ausstatten. Sie sollten in Westdeutschland Sabotageaktionen durchführen, bevor ein Atomschlag geführt werden würde. Die armen Kerle wären dann verstrahlt oder tot gewesen, aber das hat man in Kauf genommen. Die Soldaten ebenfalls, wegen der Drogen.«

Clara lief es kalt den Rücken herunter. Die Strategie war ähnlich selbstmörderisch und menschenverachtend wie die der Waffen-SS. Und ähnlich dem Vorgehen von Mandy und der unheimlichen Mächte, die sie steuerten.

»Können Sie uns etwas über die Zusammensetzung sagen?«, fragte MacDeath. »Das klingt nach einer Stimulanz auf Amphetaminbasis.«

»Ist es auch.« Kremmer nickte. »Und die Zusammensetzung weiß ich noch auswendig – wenn Sie mitschreiben wollen?« Er lehnte sich zurück, als würden die Formeln vor seinem inneren Auge auftauchen. »D-IX enthielt fünf Milligramm Kokain, drei Milligramm Pervitin und fünf Milligramm Eukodal, das ist ein schmerzstillendes Morphinpräparat. Dazu kam noch reines synthetisches Kokain der Firma Merck. Es ist wichtig, dass es rein ist.«

»Man stirbt nicht an Drogen«, sagte MacDeath, »man stirbt nur an schlechten Drogen. Hat Keith Richards gesagt.«

»Den kenne sogar ich, Rolling Stones«, sagte Kremmer. »Das Zeug wurde in den Berliner Temmel-Werken hergestellt. Ab 1938 lieferten die mehr als dreißig Millionen Tabletten an Heer und Luftwaffe. Ebenso an die U-Boot-Flotten und die Kampfschwimmereinheiten der SS-Jagdkommandos. Auch an die Armeeverbände, die Frankreich überfallen haben. Man könnte sagen: Der Blitzkrieg war voller Speed. Die Jungs brauchten dann bei Dauermärschen nur zwei bis drei Ruhepausen pro Tag und nur drei Stunden Schlaf pro Nacht.«

»Und das Präparat wurde oral eingenommen?«, fragte MacDeath.

»Ja, es sollte ja einfach gehen. Spritzen wäre zu kompliziert gewesen.« Kremmer putzte seine gelbliche Brille an seinem zerknitterten Hemd. »Man nannte diese Pillen damals Panzerschokolade, Stuka-Tabletten oder Hermann-Göring-Pillen.«

MacDeath schrieb eifrig in sein Notizbuch.

»Das Zeug ging dann über die Wehrmachtsgeneräle der NVA an die Armee und die Stasi.« Er lächelte wieder, ohne dass sein Lächeln die Augen erreichte. »Und damit auch an mich.«

MacDeath und Clara schauten sich an. Sie schienen beide das Gleiche zu denken.

»Haben Sie noch ein paar von diesen Pillen übrig?«

Kremmer kniff ein Auge zu und stand auf. Jetzt lächelte er wirklich.

»Ein bis zwei«, sagte er. »Weil Sie es sind.«

15

Auf dem Rückweg von Kremmer und der Allee der Kosmonauten hatte Hermann angerufen. »Komm mal schnell vorbei«, hatte er gesagt. »Und trink vorher einen starken Kaffee.«

»Damit ich noch wacher bin als eh schon?«, hatte Clara gefragt.

»Hast recht, passt eigentlich nicht. Nimm lieber Valium.«

»Ich bin gleich da.«

Nun saß Clara wieder in Hermanns vollgestopftem Büro. Vorher hatten sie die Pillen, die Kremmer ihnen überlassen hatte, bei Professor Marquard in Bonnys Ranch abgegeben.

»Der Tote heißt Hendrik Ostmann«, sagte Hermann, »wir konnten ihn anhand der Fingerabdrücke identifizieren.«

»Gibt es eine Akte?«

»Nicht ganz.« Hermann gähnte und wühlte auf dem Chaos auf seinem Schreibtisch in einigen Unterlagen. »War früher in ein paar Gangs aktiv, Ladendiebstähle und so was.«

»Haben wir seine Adresse?«

Hermann nickte. »Auch in Spandau. Die Kollegen fahren gleich hin. Willst du mit?«

»Ich fürchte, das schaffe ich nicht«, sagte Clara. Sie dachte an MacDeath, Mandy und die vielen losen Enden, die noch lange nicht zu einem Ganzen zusammengeknüpft waren. »Wir brauchen in jedem Fall einen Hausdurchsuchungsbefehl. Sag Bescheid, wenn es irgendwo hakt.«

Sie blickte einen Moment aus dem Fenster.

»Kommt ihr mit dem Schlüssel voran?«, fragte sie dann.

Hermann nickte. »Wir haben zehn Nachschlüssel anfertigen

lassen. Damit haben wir zehn Beamte losgeschickt, die den Banken auf die Füße treten. Wir dachten erst, es wäre ein Bahnschließfach irgendwo am Bahnhof, aber da sind die Schlüssel alle einheitlich.« Er seufzte. »Wäre ja auch zu einfach gewesen. Jedenfalls, die Sache läuft. Ich werde mich gleich mal an dieses Telefon heranmachen und schauen, ob wir da etwas finden.«

»War das die Information, für die ich Valium gebraucht hätte?«

Hermann lächelte. »Nicht ganz.« Er beugte sich vor. »Schau mal hier.« Er klickte auf einen Videoplayer auf seinem Computer. Ein Bahngleis war zu sehen. Dann eine schwarze Gestalt, die langsam und wie ferngesteuert an dem Gleis entlanglief. Plötzlich war die Gestalt verschwunden. Im selben Moment schoss ein ICE wie eine weiße, riesige Schlange am Gleis vorbei. Er schien die schwarze Gestalt verschluckt zu haben. In Wirklichkeit hatten ihre Körperteile sich über die Schienen verteilt.

Clara hielt die Kaffeetasse mit beiden Händen.

»Ist das aus Spandau?«, fragte sie.

Hermann nickte. »Hat uns die Bahn gerade geschickt. Gestern um 15.30 Uhr, Gleis drei. Steht jetzt auch in einigen Zeitungen.«

»Ich weiß.« Clara seufzte. Freese hatte mit Bellmann dafür gesorgt, dass das Ganze nur als »gewöhnlicher« Suizid auf den Seiten vier und fünf der lokalen Revolverblätter erschienen war. Keine Hinweise auf irgendwelche Schlüssel im Magen oder auf »Legion«-Tätowierungen. Das hätte auch gerade noch gefehlt.

»Und jetzt brauchst du Valium«, sagte Hermann.

Er spulte den Film zurück und zoomte auf den hinteren Teil des Bahnsteigs. In diesem Moment hätte Clara beinahe die Kaffeetasse fallen lassen. Dort, zwischen einem Raucherbereich und einem Kiosk, stand wieder eine schwarze Gestalt, eine dunkle Kapuze tief ins Gesicht gezogen. Die Gestalt hob die rechte Hand und führte die Handfläche an die Augen. Im selben Moment fuhr der ICE in den Bahnhof ein.

Der ICE, der Hendrik verschluckt hatte.

Clara wurde schwarz vor Augen.

16

»Der Drogentest ist durch«, sagte Marquard. Sie hatten die Präparate, die Kremmer ihnen gegeben hatte, in der Karl-Bonhoeffer-Klinik analysieren lassen und Mandys Metabolismus auf Spuren dieser Droge untersucht. Möglicherweise hatte der Auftraggeber irgendwie Zugang zu diesen Drogen gehabt, deren Zusammensetzung in dieser Form heute nicht mehr existierte. Doch Marquards Ergebnisse waren ernüchternd.

»Wir haben nichts gefunden, bis auf die zu Beginn vermuteten Drogen.«

»Also kein Pervitin oder Ähnliches, was diese Bewusstseinswechsel erklären könnten?«, fragte Clara.

»Nichts«, erwiderte Marquard. »Und Methamphetamine auch nur in äußerst geringer Dosis. Jedenfalls nicht genug, um ihren Bewusstseinszustand zu erklären.«

Clara stellte sich gerade das enttäuschte Gesicht Freeses vor, wenn er erfahren würde, dass er mit seinen Drogenvermutungen völlig danebengelegen hatte.

Der Gott des Mordes, dachte Clara. Woher kam dieser unbedingte Gehorsam? Wer konnte so etwas bewirken? Wer konnte Menschen so kontrollieren?

»Und die Probleme werden nicht weniger«, fuhr Marquard fort. »Wir können Mandy nicht mehr allein essen lassen, sondern müssen sie intravenös ernähren.«

Clara zuckte zusammen. »Warum?«

»Es gab wieder einen Suizidversuch.« Marquard machte eine Pause. »Sie hat versucht, ihren Tee einzuatmen.«

Clara sah in der Spiegelung des Fensters, wie ihr die Kinnlade herunterklappte, als hätten ihre Kiefermuskeln sich in Nichts aufgelöst.

Sie hat versucht, ihren Tee einzuatmen ...

»Wir haben sie unter Beruhigungsmittel gestellt«, berichtete Marquard weiter. »Ich gehe mal davon aus, dass Sie frühestens morgen mit ihr sprechen können.« Er atmete tief ein. »Falls sie überhaupt etwas sagt.«

»Keine Drogen«, wiederholte Clara, mehr zu sich selbst.

Sie hat versucht, ihren Tee einzuatmen ...

»Professor Marquard«, sagte sie, »woher kommt diese unbedingte Loyalität, wenn sie nicht drogeninduziert ist? Woher kommt diese Angst vor dem Gott des Feuers, die so stark ist, dass sie eher den eigenen Tod in Kauf nimmt, als uns irgendetwas zu sagen?«

Clara ahnte, dass die Antwort auf diese Frage bei dem seltsamen Mann mit dem schwarzen Kapuzenpullover zu finden sein könnte, der Mandy durch seine Geste von einer Sekunde auf die andere paralysiert hatte. Doch da sprach Marquard schon weiter.

»Ich könnte es Ihnen ja erklären, nur ich glaube nicht daran, dass es in dieser Dimension so gut funktionieren kann«, sagte er, »doch ein geschätzter Kollege von Ihnen kann das sicher noch besser. Soweit ich weiß, war Konditionierung und Programmierung das Thema seiner Dissertation an der Universität von Virginia.«

»Sie meinen MacDeath?«

»Ich nenne ihn immer noch Martin Friedrich«, sagte Marquard. »Aber genau den meine ich.«

17

Clara saß MacDeath gegenüber in dessen Büro. Beide hatten eine dampfende Tasse Earl Grey mit Zitrone vor sich stehen. Clara schwirrte der Kopf. Der Tattoo-Mann, der jetzt den Namen »Hendrik« hatte, schien auch der Träger irgendeines Geheimnisses zu sein. Und während Mandy aufgrund eines Zeichens, das ein unheimlicher Mann im schwarzen Kapuzenpulli gemacht hatte, einfach nur umgekippt war, hatte Hendrik sich vielleicht genau deswegen vor einen Zug geworfen.

Es war eine Fahndung nach dem mysteriösen Kapuzenmann ausgegeben worden, doch auf den Aufnahmen der Kamera war so gut wie nichts zu erkennen.

Wer war dieser Mann, der sich die schwarze Kapuze über den Kopf gezogen hatte und in der Anonymität der Menge verschwunden war? Ein Mann, der imstande war, Menschen dazu zu bringen, stocksteif zu Boden zu fallen oder Selbstmord zu begehen. War so etwas überhaupt möglich? Und war es jedes Mal der gleiche Mann gewesen?

»Konditionierung?«, fragte Clara. »Ist das nicht die Geschichte mit dem Pawlowschen Hund?«

»Exakt«, sagte MacDeath. »Nehmen wir an, der Pawlowsche Hund hört ein akustisches Signal. Er spitzt die Ohren, aber mehr auch nicht. Kombiniert man das akustische Signal jedoch mit der Vergabe von Futter, wird der Hund beim Klang des Signals irgendwann Speichel absondern. Das nennt man eine konditionierte Reaktion.«

»So ähnlich wie der Fliegeralarm im Krieg?«, fragte Clara. »Das Geräusch von Sirenen löst bei manchen älteren Menschen immer noch Angst aus, weil sie es mit den Bombenangriffen im Zweiten Weltkrieg in Verbindung bringen.«

»So ist es.«

»Auf diese Weise kann man Menschen konditionieren und für bestimmte Zwecke einsetzen?«

MacDeath nickte. »Das geht so weit, dass man Menschen regelrecht programmieren kann. Wenn zum Beispiel Kind A regelmäßig von Kind B verprügelt wird, bekommt es schon Angst, wenn es Kind B nur sieht. Wird es aber nicht verprügelt, wenn Kind C dabei ist, reicht schon die Anwesenheit von Kind C, um bei Kind A ein Gefühl der Sicherheit hervorzurufen.« Er fuhr mit den Fingern durch eines der Bücher auf seinem Schreibtisch. »Das nennt man Programmierung. Man legt den Ablauf fest, wie ein Mensch reagieren soll. Es gibt Drohszenarien, und es gibt Rettungs- oder Erlösungsszenarien. Die Täter bringen die Betroffenen dazu, etwas zu tun. Besonders aus Angst vor Bestrafung, die ansonsten folgen könnte. Wenn die Täter das Opfer richtig programmiert haben, können sie die gewünschte Reaktion auch durch andere Trigger erreichen, die mit dem Bedrohungsszenario nichts zu tun haben.«

»So wie eine Ratte, die bei einem Piepton einen Stromschlag bekommt?«, fragte Clara. »Und die dann bei jedem Piepton in Panik gerät, auch wenn gar kein Strom fließt?«

»Genau so«, sagte MacDeath. »Der Psychiater Frederic Skinner hat allerdings entdeckt, dass die Reaktion von Testratten nicht nur von den vorhergehenden Stimuli abhängig war, sondern vor allem von den Reizen, die erst *danach* erfolgten. Also von den Konsequenzen.«

»Was könnte das sein?«

»Zum Beispiel eine Belohnung. Das kann man auch beim Menschen anwenden. Man kann Menschen dazu bringen, dass sie Dinge tun, die sie sonst instinktiv ablehnen würden, indem man ihnen immer wieder eine Belohnung in Aussicht stellt, wenn sie bestimmte Schmerzen oder Gefahren auf sich nehmen.«

»Zum Beispiel Franco Gayo eine Schwertklinge durch den Körper zu bohren?«

MacDeath nickte. »Zum Beispiel.«

»Wie nachhaltig sind diese Erfahrungen?«

»Da es schreckliche Erfahrungen sind, sind sie sehr nachhaltig.« Er rückte seine Brille zurecht. »Es gibt zwei Systeme im Gehirn: Die Amygdala und den Hippocampus. Ein Mensch unter traumatischem Stress speichert alle Wahrnehmungen der traumatisierenden Situation – zum Beispiel Bilder, Worte und Geräusche – in der Amygdala ab, dem sogenannten Mandelkern, um in einer ähnlichen Situation dann schneller reagieren zu können, sodass es nicht noch einmal zu Schäden oder Verletzungen kommt. Das bedeutet, dass die Erinnerungen, besonders die traumatischen, in jenem Teil des Gehirns gespeichert werden, in dem alles in ständiger Echtzeit existiert. Die Schrecken der Vergangenheit werden zu einer ewigen und schrecklichen Gegenwart.« Er trank einen Schluck Tee. »Der Tausch von Erinnerungen in Echtzeit-Signale ist ein gutes Werkzeug, um Menschen gefügig zu machen. Das Opfer verhält sich, als würde gerade eine bestimmte Situation eintreten, die in Wirklichkeit aber gar nicht eintritt. Es ist bloß ein Signal, das auf diese Situation verweist.«

Clara schloss die Augen und dachte einen Moment nach. »Dieser Kerl mit dem schwarzen Kapuzenpulli. Er hat eine Geste gemacht, und Mandy wurde stocksteif. Kann das etwas damit zu tun haben?«

MacDeath nahm seine Brille ab und rieb sich die Augen. »Wenn wir mal davon ausgehen, dass dieser Mann keine magischen Kräfte hatte und Mandy nicht in Stein verwandeln konnte, dann ...« Er schaute Clara an. »Dann könnte es eine relativ komplexe Konditionierung sein. Das, was man Mind Control nennt.«

»Und was könnte geschehen sein?«

»Es kann sein, dass sich in extremen Stresssituationen, die durch die Konditionierung ausgelöst werden, ein Teil der Persönlichkeit abspaltet. Man kann sich diese unterschiedlichen Persönlichkeiten wie verschiedene Benutzernamen auf einem Computer vorstellen, die sich auf demselben Computer mit unterschiedlichen Settings einloggen. In der Literatur ist die Rede davon, dass sich bis zu dreihundert verschiedene Persönlichkeiten herausbilden können.«

»Dreihundert?«, stieß Clara fassungslos hervor. »In ein und demselben Menschen?«

»So ist es.«

Clara dachte an den Spruch an der Wand in Gayos Büro: *Mein Name ist Legion. Tausende gibt es von mir.*

»Und warum entstehen diese unterschiedlichen Persönlichkeiten?«

»Weil die Qual, die bei der Konditionierung und Programmierung erzeugt wird, normalerweise zu viel für einen einzelnen Menschen ist. Vor allem, wenn extremer Schmerz angewendet wird oder das Opfer Zeuge von Folterungen und Mord wurde. Das Gehirn teilt die Qual sozusagen auf mehrere Persönlichkeiten auf, um sie erträglich zu machen. Eine Persönlichkeit erträgt die Qualen, die andere glaubt, es sei nichts gewesen. Und wenn der Programmierer Glück hat, merken beide Persönlichkeiten nichts voneinander.«

»So wie Doktor Jekyll und Mr. Hyde?«

Clara sah, dass MacDeath sich ein Grinsen verkneifen musste. »In etwa. Der aufopfernde Arzt, Dr. Jekyll, nimmt eine Droge und verwandelt sich in den bösen Mr. Hyde, der offenbar schon immer im Verborgenen in ihm gelauert hat und auf seinen nächtlichen Touren durch London auch vor Mord nicht zurückschreckt. Mit einer zweiten Droge kann er sich schließlich in den friedlichen, bürgerlichen Dr. Jekyll zurückverwandeln.«

MacDeath erhob sich und ging vor seinem Schrank auf und ab, während er sich mit dem Bügel seiner Brille gegen die Schneidezähne tippte. »Wie gesagt, extrem traumatische Erlebnisse können eine solche Störung oder Aufspaltung der Persönlichkeit bewirken. Die Betroffenen leben dann mit mehreren Persönlichkeiten. Diese dissoziativen Identitätsstörungen findet man manchmal im organisierten Verbrechen, vor allem aber in Sekten und Kulten. Eine Persönlichkeit begeht ein Verbrechen. Die andere Persönlichkeit, im selben Menschen, weiß von nichts und kann sich auch nicht versehentlich verplappern.« Er setzte seine Brille wieder auf.

»Könnte es sein, dass wir es hier mit einer Gruppe zu tun haben, die ihre Mitglieder aus satanistischen Motiven auf diese Weise konditioniert?«, fragte Clara. »Ein Satanskult?«

MacDeath nickte. »Kann möglich sein und wäre auch nicht neu. Wir kennen das von der Aum-Sekte aus Tokio, die 1995 den Gasanschlag in der U-Bahn von Tokio verübt hat. Oder von David Koresh mit seinen Davidianern, die in Texas kollektiven Selbstmord begangen haben.«

»Und diese Konditionierung ist bei jedem Menschen möglich?«

»Soweit ich weiß, funktioniert eine Konditionierung, die mit einer Aufspaltung der Persönlichkeit einhergeht, nur bei Kindern bis zu etwa fünf Jahren, wobei sich die Experten über die Altersgrenze streiten. Ist ein Mensch zu alt, verliert er bei den Qualen, die für die Konditionierung erforderlich sind, den Verstand.«

»Was geschieht bei dieser Konditionierung?«, fragte Clara.

»Die Kinder müssen zum Beispiel bei einem Mord zusehen. Oder sie müssen selbst töten. Ein Tier. Oder sogar einen Menschen. Oft ist diese Erfahrung derart extrem, dass die Persönlichkeit des Kindes das nicht aushält.«

»Dann kommt es zur Abspaltung?«, fragte Clara.

MacDeath nickte. »Bis zum fünften Lebensjahr lernt das Gehirn, andere Bereiche zu ersetzen. Man kann sogar eine Gehirnhälfte entfernen, ohne dass es zu Schäden kommt, weil die Arbeit dann alleine von der anderen Hälfte übernommen wird.«

»Und was ist mit denen, die älter als fünf Jahre sind?«

»Zwischen drei und fünf Jahren ist die Ich-Persönlichkeit vollständig entwickelt. Ist das Kind älter als fünf Jahre, wird es wahnsinnig und endet in einer geschlossenen Anstalt.«

»Gibt es typische Konditionierungen, die immer wieder vorkommen?«

»Ja. Es gibt ein paar ... sagen wir, Klassiker. Ein Kind wird in eine Kiste gesperrt. Parallel dazu ertönt eine bestimmte Musik. Das Kind erstickt fast und leidet Todesangst. Kurz bevor es erstickt oder vor Angst stirbt, wird es aus der Kiste geholt und gezwungen, ein Tier zu töten.«

»Und dann?«

»Das Kind tötet das Tier aus Angst, sonst wieder in die Kiste gesperrt zu werden. Nachdem man das ein paar Mal wiederholt hat, reicht allein schon das Abspielen der Musik, damit das Kind tut, was man von ihm will. Zum Beispiel ein Tier töten. Die Strafe ist die Angst, wieder in die Kiste zu müssen. Die Belohnung ist die, nicht in die Kiste zu müssen. Das ist die einfache Konditionierung.«

»Das heißt, es gibt auch eine komplizierte Konditionierung?«, fragte Clara.

»Der Begriff lautet ›komplexe Konditionierung‹. Sie läuft so ab, dass das Kind parallel zu einer anderen Melodie in der Kiste gelassen wird, bis sich, aufgrund der traumatischen Erfahrung, eine Persönlichkeit abspaltet. Der abgespaltene Persönlichkeitsanteil erkennt den Täter nicht als den, der das Kind zuvor in die Kiste gesperrt hat, sondern sieht ihn als Retter an. So wird Loyalität erzeugt. Diese Persönlichkeit wird dann für Morde genutzt, für Folterungen, für Rituale oder andere Verbrechen.

Oder das Opfer muss auf Sexorgien dieser Sekten als Spielzeug dienen.«

»Kann Mandy eine solche Persönlichkeit sein?«

»Möglich. Nur scheint es leider extrem schwierig zu sein, etwas aus ihr herauszubekommen.«

»Eine Idee, wer uns helfen könnte?«

MacDeath lächelte. »Allerdings. Auch wenn ich befürchte, dass Sie mich für durchgeknallt halten, wenn ich es Ihnen sage.«

Clara erwiderte das Lächeln und zuckte die Schultern. »Sicher nicht mehr als ohnehin schon.« Sie schaute auf die Uhr. »Ich gehe kurz zu Hermann runter. Mal sehen, wie weit er mit Hendrik ist. Und Sie erzählen mir dann, wer der geheimnisvolle Experte ist.«

18

Hermann, einen Stapel Fotos vor sich auf dem Tisch, kaute auf seinen geliebten Gummibärchen. Er war eben erst aus Hendriks Wohnung zurückgekommen und hatte kurz das Büro gelüftet. Die nasse Kälte dieses regnerischen Tages war immer noch zu spüren.

Die Bilder auf dem Tisch zeigten eine völlig demolierte Wohnung. Schränke waren ausgeräumt, der Fernseher zerschmettert, Kommoden umgeworfen. Überall lagen Papier, Kleidung und Unrat auf dem Boden. Inmitten des Chaos war eine große weiße Schlange zu sehen.

»Eine weiße Boa Constrictor«, sagte Hermann, als er Claras verwunderten Blick bemerkte. »Die sind ziemlich selten. Ist aus dem völlig zerstörten Terrarium abgehauen.«

Clara setzte sich neben ihn.

»Sieht aus, als hätte jemand irgendwas gesucht.«

Hermann nickte. »Und ist dann ausgerastet, weil er es nicht gefunden hat.«

»Passiert ja häufiger. Was haben wir da?« Clara zeigte auf eine Tüte, die auf dem Tisch lag. Darin befanden sich das Akkukabel eines Apple-Rechners und Reste eines Monitors.

»Das war ein Laptop«, sagte Hermann. »Ein MacBook Air. Passend zu seinem iPhone. Auch das iPhone war nur noch Schrott, auch wenn es auf den ersten Blick noch heil aussah.« Beide Geräte waren schwarz gewesen.

»Wohl kaum noch zu gebrauchen, oder?«, fragte Clara.

»Die Geräte nicht«, sagte Hermann, »aber es gibt ja so etwas wie iCloud. Schon mal davon gehört?«

»Ist das nicht ein Server außerhalb des Computers?«

»Genau«, sagte Hermann. »Da kann man seine Mails abrufen, seinen Kalender anschauen und Dokumente lagern. Und man kann seine Einträge auf sämtlichen Geräten synchronisieren. Gibt es nicht nur von Apple.«

»Und?«

»Ich habe mal bei dem Telefon-Provider die Daten von Hendrik angefordert. Die SIM-Card steckte ja noch im Handy. Damit kannten wir das iCloud-Account und konnten uns in sein Konto hacken.«

Clara hob die Augenbrauen. »Interessant. Was habt ihr gefunden?«

Hermann zog einen Ausdruck hervor. Eine Mail, zwei Wochen alt. »Das erklärt einiges. Hier. Das ist die erste Mail. Das Account ist schon wieder gelöscht worden. Wahrscheinlich ist es von denen, die seine Wohnung durchsucht haben.«

Clara las:

Wir weilen in den Lagern fern von den Menschen, an den grauen Ufern der Zeit, jenseits vom Ende der Welt. Wir werden nicht dulden, wenn einer unserer Diener untreu wird. Unser Herr toleriert keine Schwäche, er toleriert keine Flucht.

Die Feigen, die Schwachen und die Untreuen werden hingerichtet. Langsam. Und grausam.

Überlege dir, zu welcher Gruppe du gehören willst.

DIE VOLLSTRECKER

»Und hier«, sagte Hermann, »ist die Antwort.«

Ich will nichts mehr mit euch zu tun haben. Lasst mich in Frieden. Ich habe den letzten Stick an einem sicheren Ort verwahrt.

Nur ich weiß, wo er ist. Wenn ihr mich nicht in Ruhe lasst, geht der Stick an die Polizei.
HENDRIK

»Ein Stick«, sagte Clara fassungslos. »Es ist tatsächlich von einem Stick die Rede. Als ob ich es nicht befürchtet hätte. Und er scheint sehr wichtig zu sein, für wen auch immer.«

»So wichtig, dass ein Mensch deshalb Selbstmord begeht? Weil er die Konsequenzen fürchtet, wenn er von den falschen Leuten gefasst wird?«

»Oder der auf irgendeine Weise dazu gebracht wird, Selbstmord zu begehen, damit er niemandem den Aufbewahrungsort des Sticks verraten kann.«

Hermann lehnte sich zurück. »Und der den Schlüssel dazu in seinem Magen aufbewahrt.«

Clara seufzte.

»Es bleibt dabei«, sagte sie. »Wir müssen dieses verdammte Schließfach finden. Die Lösung ist dort. Oder nirgends.«

19

Es regnete noch immer. Clara saß wieder in MacDeaths Büro und wartete, was für einen exotischen Typen er aus dem Hut zaubern würde.

»Der Mann, der uns vielleicht helfen könnte, lebt in Rom«, sagte MacDeath und blickte Clara erwartungsvoll an. »Ich kenne ihn nur indirekt und habe ihn auch nur einmal gesehen. Aber ein guter Kollege von mir hat uns damals einander vorgestellt.« Er schenkte sich Tee nach. »Es war Professor di Silva, ein Experte für Grenzgebiete der Geisteskrankheit und der rituellen Beeinflussung. Di Silva hat damals ein psychiatrisches Kolloquium zu Fragen der Psychopathologie und Parapsychologie an der Universität von Bologna gehalten und einen ziemlich exotischen Gastredner eingeladen. Dieser Mann berät die italienische Polizei in Rom, wenn es um satanistische Verbrechen geht. Er kennt sich mit Satans- und Hexenkulten nicht nur in Italien aus, sondern in ganz Europa. Er vertritt die Meinung, dass die Grenze zwischen natürlichen und übernatürlichen Phänomenen fließend ist, weil er es nach eigener Aussage oft genug erlebt hat.« MacDeath pustete in seinen Tee. Clara fragte sich, ob er endlich zur Sache kommen und ihr sagen würde, um wen es sich handelte.

»Und dieser di Silva dachte, das könnte Sie interessieren?«, fragte Clara.

»Richtig. Er sagte, dieser Mann und ich würden beide gegen böse Mächte kämpfen und wären deshalb so etwas wie Kollegen, wenn nicht sogar Verbündete.« Er schlug ein Bein über das andere. »Und dann hat er mir diesen alten, eleganten, aber irgendwie auch Furcht einflößenden Herrn vorgestellt, der sich in Fragen der Pathopsychologie bestens auskannte, obwohl er gar nicht danach aussah.«

»Wie sah er denn aus?« Clara beugte sich nach vorne.

»Er trug eine schwarze Soutane. Und um den Hals ein großes silbernes Kreuz.«

»Ein Priester?«

»Nicht nur.« MacDeath lächelte. »Ein Exorzist.«

20

Es war bereits Nacht.

Ein Exorzist, hatte MacDeath gesagt. Clara hatte gehört, dass bei religiösem Wahn oft nur eine religiös behaftete Heilung half. Also half nicht der Exorzist, sondern der Glaube daran, dass nur eine »gute« Religion die »böse« austreiben kann. Manche mochten den Exorzismus für überaltet halten, doch es gab ihn noch heute, und er hatte teils dramatische Folgen, etwa in dem Fall der Anneliese Michel in Bayern. Dort war es in den Siebzigerjahren zu seltsamen Begebenheiten gekommen. Angeblich war die Frau vom Teufel besessen gewesen und starb bei den Austreibungen.

Doch war dieses Motiv wirklich so unwahrscheinlich? Warum sollte der Fürst der Finsternis selbst nicht Vorbild für die grausamsten Mörder sein? Hatte nicht Richard Ramirez den Richter mit den Worten »Heil Satan« begrüßt? Und hatte Charles Manson, der Helter-Skelter-Mörder, sich nicht selbst als den leibhaftigen Satan bezeichnet?

Mandy hingegen war einfach nur verängstigt. Oder wahnsinnig. Oder beides. Aber Satan? Konnte der hier wirklich eine Rolle spielen?

Clara blickte in die Augen Mandys, auf die gepolsterte Zellenwand und die Zwangsjacke, mit der sie die junge Frau fixiert hatten. Sie war noch einmal in die Psychiatrie gefahren. Bonnys Ranch sah aus wie die klassische Irrenanstalt in einem Dr.-Mabuse-Film, aber dies hier war kein Film. Es war die Wirklichkeit. »Friedhof für Lebende« nannte man solche Anstalten, doch sie waren nötig, um andere vor Menschen wie Mandy zu schützen. Und um Menschen wie Mandy vor sich selbst zu schützen. Es sah aus wie in einem Film, aber es war real. Real, weil Mandy sonst wieder versuchen würde, sich umzubringen. Weil ihre Angst größer war als alle Vernunft.

Wieder blickte Clara in Mandys ausdruckslose Augen, die beinahe wie die Augen einer Toten wirkten. *Ob sie jemals mit mir sprechen wird?*, fragte sich Clara. Mandy war die Täterin, das wusste sie, aber etwas in ihr ahnte auch, dass Mandy es nicht allein gewesen war. Dass es womöglich einen unheimlichen Puppenspieler gab, der Mandy die schlimmsten Dinge angedroht hatte, wenn sie nicht tat, was er von ihr verlangte.

Wenn sie nicht sprechen will, hilft es vielleicht, wenn ich spreche. Empathie. Ja, vielleicht half es, wenn sie Mandy ihre Geschichte erzählte. Wenn sie, Clara, ihr zu verstehen gab, dass auch sie verletzt worden war. Dass auch sie ein Opfer war.

Also erzählte Clara vom Tod ihrer Schwester Claudia und von dem schicksalhaften Tag, an dem sie sich zum letzten Mal gesehen hatten. Von ihrem Versprechen, Claudia von der Musikschule abzuholen. Von der Aufregung ihrer Eltern, als Claudia um 20 Uhr noch immer nicht zu Hause war. Von dem Anruf bei der Polizei und der Auskunft des Beamten, man müsse mindestens 24 Stunden warten, bevor man jemanden als vermisst melden könne. Von den verzweifelten Anrufen bei Freunden und Verwandten, von denen aber niemand Claudia gesehen hatte. Und von der allmählichen, grauenhaften Erkenntnis, dass irgendetwas passiert sein musste – dass Claudia nicht nur verschwunden war und dass sie vielleicht nie mehr wiederkommen würde, sondern dass sie in die Hände einer Bestie gefallen war, in deren Hände niemals ein Mensch geraten sollte.

Dann am nächsten Tag die Suchaktion. Clara erzählte davon, wie ihr Vater immer wieder mit der Polizei telefoniert hatte, weil ihre Mutter es nicht aushielt, und wie die Polizisten ihren Vater immer wieder vertröstet hatten.

Und dann erzählte sie von dem Anruf, der ihr Leben zerstört hatte. Als die Polizei ihrem Vater mitteilte, man habe »etwas gefunden«. Clara hatte nicht alles davon verstanden, aber irgendein bösartiger Instinkt, der es liebte, die grausame Wahrheit mit der Schärfte eines Skalpells zu enthüllen, hatte sie erkennen lassen, dass das Schlimmste eingetreten war, als sie Worte wie »Waldlichtung«, »Plastiksack« und »Zahnstatus« hörte.

Clara überlegte, ob sie Mandy auch erzählen sollte, was danach geschehen war – was sie über den Mörder ihrer Schwester herausgefunden hatte, und was er noch alles mit der Leiche angestellt hatte –, als sie ein Wort hörte. Ein Wort, einen Satz. Aus einem Mund, den sie noch nie hatte sprechen hören.

»Haben Sie Angst vor ihm?«, fragte die Stimme. Es war Mandy, die Clara langsam den Kopf zuwandte. Sie sprach von Angst, und in ihren Augen wohnte die Angst, aber sie sprach.

»Angst vor dem Mörder?«, fragte Clara.

Mandy nickte.

»Nein«, sagte Clara. »Er ist tot.«

»Das ist schön«, sagte Mandy mit einem seltsamen Singsang in der Stimme. »Es ist schön, wenn die Bösen tot sind.« Sie schaute mit halb geschlossenen Augen zur Decke. »Unser Böser ist noch nicht tot. Noch nicht, noch lange nicht ... Wir haben Angst.«

»Haben Sie jetzt Angst?«

Sie nickte langsam. »Jetzt haben wir große Angst.«

Unser Böser, hatte Mandy gesagt, und *Wir haben Angst*.

Clara musste an die Worte von MacDeath denken. *Konditionierung. Spalten der Persönlichkeit. Ein Mensch allein kann das nicht aushalten.*

»Und damals? Bei den Morden?«

»Die Morde?«, wiederholte Mandy. »Nein. Damals hatten wir keine Angst.« Sie starrte Clara an. Mund und Augen waren das Einzige, das die wie ein Kokon verpackte Mandy noch bewegen konnte. »Wenn du keine Angst hast, bekommen die anderen Angst.«

»Aber vor dem Bösen haben Sie immer Angst?«

Mandy nickte langsam. »Vor ihm ja. Immer und überall.«

Clara versuchte, so ruhig wie möglich zu antworten, ohne Mandy in die Enge zu treiben. Jedes falsche Wort konnte dazu führen, dass die junge Frau sich wieder verschloss.

Der Böse. Wer war dieser Böse?

»Wer ist es, Mandy?«

»Er?« Mandy zog das *Er* sehr lang und starrte Clara unverwandt an. »Der Gott des Mordes. Der Bewohner des Feuers.«

»Bewohner des Feuers?«

»Wir alle sind Bewohner des Feuers. Wir töten für den Gott des Mordes. Wir töten für den Drachen.«

Der Drache.

Clara schaute Mandy aufmerksam an, ohne ihr zu nahe zu kommen oder irgendetwas zu tun, was ihr Angst einjagen könnte.

»Warum tötet ihr für den Drachen?«

»Warummmm?« Mandys Lippen summten eine Melodie, bevor sie weitersprach. »Weil wir nicht anders können. Er befiehlt nicht nur, er ist in uns. Er ist wie Klingen in unseren Eingeweiden, die uns von innen zerfetzen, wenn wir nicht mehr gehorchen.«

Wenn wir nicht mehr gehorchen.

»Was passiert, wenn ihr nicht mehr gehorcht?«

»Wenn wir nicht mehr gehorchen?« Mandy wippte vor und zurück und wiederholte den Satz. »Wenn wir nicht mehr gehorchen?« Sie fletschte die Zähne. »Dann müssen wir Dinge essen.«

»Was für Dinge?«

»Alle Dinge.«

»Alle Dinge?«

»Lebende und Tote.«

Clara hatte von Ritualen gehört, bei denen Menschen gezwungen wurden, Schmutz und Kot zu essen. Oder Leichenteile. Oder das Fleisch lebender Menschen.

»Was esst ihr genau?«

»Wiiiir?«, fragte Mandy wieder in einem unheimlichen Singsang. »Wir essen alles, was uns nicht isst.«

Immer das Wir, dachte Clara. Es mussten mehr sein als nur Mandy. Viel mehr vielleicht.

»Wer ist *wir?*«, fragte Clara. »Wie viele seid ihr?«

»Viele«, sagte Mandy tonlos und blickte starr an die Wand. »Wir sind viele.«

Der mit Blut geschriebene Satz an der Wand von Gayos Büro tauchte vor Claras innerem Auge auf. *Mein Name ist Legion. Tausende gibt es von mir.*

»Der Mann mit dem schwarzen Kapuzenpullover«, sagte Clara vorsichtig. Sie würde kaum etwas aus Mandy herausbekommen, das wusste sie, aber vielleicht bekam sie auf diese Weise einen anderen Hinweis. »Der Mann, der die Geste gemacht hat.«

Sie sah, wie Mandys Augen sich weiteten. Aber mehr geschah nicht.

»Ist *er* es?«

»Er?« Mandy schüttelte langsam den Kopf. »Er ist stark. Und grausam. Aber er ist nur einer von vielen. Er ist nicht der Drache.«

Mandy schaute eine Weile schweigend zur Decke, dann fuhr sie fort: »Der Drache. Er hat uns gesagt, was passieren wird, wenn wir nicht tun, was er will. Wenn wir mit den Opfern nicht machen, was er will. Wenn wir nicht ...« Plötzlich erstarrte sie, als hätte jemand einen Film angehalten. »Nein«, brach es dann schrill aus ihr hervor. »Nein! Wir können es nicht sagen!«

»Mandy, ich bin hier, um Ihnen zu helfen. Ich kann ...«

»Nein!«, stieß Mandy hervor, und ihr Gesicht zuckte auf Clara zu wie der Schnabel eines Raubvogels. »Sie können sich nur helfen, indem Sie ... indem Sie ...«

Clara ließ ein paar Sekunden verstreichen, damit die Frage nicht zu provozierend wirkte. »Indem ich was?«

»Indem Sie den Fall auf sich beruhen lassen.«

Claras Augenbrauen zogen sich zusammen. »Ich soll was?«

»Sie haben mich verstanden«, sagte Mandy. Mit einem Mal war ihre Stimme kalt und kontrolliert. »Sonst wird er, sonst wird der Drache ...« Mandys Blicke durchbohrten Clara. Ihre Augen, die zuvor so stumpf gewesen waren, erschienen jetzt hart und klar wie Diamanten. »Sonst wird er sich auch um *Sie* kümmern.«

»Um mich kümmern?« Clara merkte, wie sich ihre Hände verkrampften. »Ist das eine Drohung?«

»Nein«, sagte Mandy und rückte in ihrer Zwangsjacke wieder ein paar Zentimeter zurück. »Das ist keine Drohung. Es ist ein Versprechen.«

21

Der Mann mit der schwarzen Brille verbeugte sich vor den vier schwarz gekleideten Gestalten auf der Waldlichtung, die am Rand des blutverschmierten Steinkreises standen, in dessen Mitte das Feuer brannte. Über dem Feuer hing der Kessel mit der dunkelroten Flüssigkeit.

»Dunkler, der du reitest auf dem Wind des Abyss und die Nachtgestalten rufst zwischen den Lebenden und den Toten«, sprach eine der Gestalten, »schicke uns den Großen Alten aus der Welt des Schreckens, dessen Worte wir ehren bis ans Ende des unsterblichen Schlafes.«

»In schwefligen Höhlen mit faulenden Schwämmen und vor Monolithen von titanischem Ausmaß und erschreckender Erscheinung«, ergänzte ein Zweiter.

»Die große Öde der dunklen Wasser und heulenden Winde, wo wir lebten in vergangenen Zeiten«, hob ein Dritter mit tiefer Stimme an. »Hört die Unsterblichen und sprecht mit mir die Anrufung der Ewigen Schlange, die schläft, auf dass wir leben mögen.«

Der Mann mit der schwarzen Brille verbeugte sich noch einmal. Dann sprach er: »Ich herrsche über euch, sagt der Herr der Erde, in dessen Händen die Sonne ein funkelndes Schwert ist und der Mond ein alles durchdringendes Feuer.« Er tauchte die Kelle in den Kessel. »Wir sind Brüder. Wir sind Schwestern. Nicht durch verwandtes, aber durch vergossenes Blut.«

*

Das Klingeln ihres Handys weckte Clara aus einem bleiernen Schlaf. Durch das Whiskyglas hindurch, das auf ihrem Nachttisch stand und in dem noch ein halber Fingerbreit Alkohol war, sah sie die Uhr. 5.40 Uhr.

Mit einem Mal war der gestrige Abend wieder vor ihrem inneren Auge, wie eine grelle Bühne, die der Vorhang des Schlafes nur kurz verdeckt hatte, der jetzt mit brutaler Kraft zur Seite gerissen wurde.

Das ist keine Drohung, hatte Mandy gesagt. *Das ist ein Versprechen.*

Nach diesen Worten war Mandy wie zu Stein erstarrt, hatte sich nicht mehr bewegt, nichts mehr gesagt.

War Clara in Gefahr? In ihrem Job war sie immer gefährdet, aber die Drohung Mandys – auch wenn sie aus dem Mund einer schwerst traumatisierten und auf irgendeine Weise fremdgesteuerten Frau kam – hatte gereicht, dass sie drei Whisky hatte trinken müssen, um einschlafen zu können. Entsprechend fühlte sie sich jetzt nach nur vier Stunden Schlaf und dem Alkohol. Sie hoffte, dass ihre Stimme nicht allzu rau und versoffen klang, als sie den Anruf entgegennahm. Es war eine Berliner Nummer.

»Vidalis.«

»Marquard am Apparat. Tut mir leid, wenn ich Sie geweckt habe, aber es ist wichtig.«

Die Anstalt, dachte Clara. *Bonnys Ranch.*

»Was ist denn los?«, fragte sie alarmiert.

»Mandy ist tot.«

Die Worte Marquards ließen sie erstarren.

»Tot?« Sie wechselte das Handy an das andere Ohr und setzte sich aufs Bett. »Wie ist sie gestorben? War jemand in ihrer Zelle?«

»Suizid«, sagte Marquard tonlos.

»Selbstmord? Aber sie trug doch diese Zwangsjacke. Außerdem hatte sie keine spitzen Gegenstände, die Wände der Zelle waren gepolstert, und sie wurde fast ausschließlich mit Flüssignahrung versorgt. Sie konnte doch nicht …«

»Flüssig«, sagte Marquard. »Das ist der Punkt.«

»Wie meinen Sie das? Was ist passiert?«

Marquard antwortete nicht sofort, als müsse er zuvor seine Gedanken ordnen. Draußen war noch pechschwarze Nacht, und das penetrante Geräusch des Regens machte diesen frühen Morgen zusammen mit der filzigen Dunkelheit zu einem Gesamtkunstwerk der Monotonie.

»Mandy hat die letzten Tage über starke Kopfschmerzen geklagt«, sagte Marquard schließlich. »Wir haben ihr deshalb Medikamente auf Acetylsalycilsäure-Basis verabreicht. Sie wissen schon, der Wirkstoff, der auch in Aspirin enthalten ist. Er hat neben der schmerzstillenden auch eine blutverdünnende Wirkung.«

»Ja, und?«, fragte Clara verwirrt.

»Es ging leider nicht um die Kopfschmerzen«, antwortete Marquard. »Es ging um die blutverdünnende Wirkung. Sie hat die Tabletten gebunkert. Irgendwie ist es ihr gelungen, sie vor uns zu verbergen. Und dann hat sie die Tabletten alle auf einmal eingenommen.«

»Ist sie daran gestorben?«, fragte Clara betroffen.

Blutverdünner. Das Blut gerinnt langsamer und fließt schneller. Und es fließt mehr …

»Das war nicht die unmittelbare Ursache«, antwortete Marquard.

»Sondern?«

»Sie hat sich die Zunge abgebissen.«

Das Bild Mandys erschien vor Claras Augen, als Marquards Worte in ihrem Kopf widerhallten.

»Sie hat eine Nachricht hinterlassen«, fuhr der Psychologe fort.

»Eine Nachricht? Wie konnte sie schreiben, wenn sie gefesselt war?«

»Sie hat die Nachricht mit ihrem Blut geschrieben«, antwortete Marquard tonlos. »Bevor sie sich die Zunge ganz abgebissen hat.«

*

Eine Viertelstunde nach dem Telefonat traf Clara in der Anstalt ein. Der Pfleger, der Mandys Leiche als Erster gesehen hatte, befand sich in stationärer psychologischer Behandlung.

Mandy lag fixiert neben dem Bett, noch immer in der Zwangsjacke. Der Mund war nur noch ein schwarzes, blutiges Loch, und auf dem Boden neben ihr lag etwas, das wie ein kleines rohes Steak aussah.

Und um sie herum war Blut. Auf dem Boden. Auf dem Bett. Auf der Zwangsjacke. An der Wand.

Und dort stand, in Blut geschrieben, der Spruch, der mit seelenloser, eiskalter Logik die Konsequenz offenbarte, warum Mandy gar nicht anders gekonnt hatte, als Gayo genau das anzutun, was sie getan hatte. Das, was ihr »Meister«, der Drache, offenbar zu ihr gesagt hatte. Eine Logik, in der sich die Moral mit dem Selbsterhaltungstrieb einen bitteren Kampf lieferte, und in dem normalerweise der Selbsterhaltungstrieb siegte. Eine Logik, die so grausam war wie der Mann, der sie seinen Handlangern aufzwang.

Claras Blick bewegte sich von einem blutigen Buchstaben zum anderen, während Mandys leerer schwarzer Mund wieder und wieder vor ihrem inneren Auge erschien.

ENTWEDER DU MACHST ES MIT IHM.
ODER ICH MACHE ES MIT DIR.

22

Der Lärm landender und startender Maschinen, die den nebligen Regenhimmel durchstießen, vermischte sich mit dem Rauschen des Regens.

Clara und MacDeath eilten durch die engen Gänge des Flughafens Schönefeld, der Berlin, genau wie Tegel, noch lange Zeit erhalten blieb, da der geplante Großflughafen nicht fertig wurde und auch niemals fertig werden würde.

Die Situation, mit der Clara und die anderen Ermittler sich konfrontiert sahen, war verworren. War es ein Kult? Waren es mehrere Einzeltäter? Gab es eine Konditionierung, wie MacDeath sie geschildert hatte? Waren Drogen im Spiel? Oder noch etwas anderes, das man nicht erklären konnte?

Wenn man nicht mehr weiterwusste, musste man notfalls einen Umweg nehmen. Und dieser Umweg führte Clara und MacDeath in die Stadt, in die alle Wege führen. Nach Rom. Zu Don Alvaro de la Torrez. Denn so hieß der Exorzist, von dem MacDeath gesprochen und mit dem er – nach einem Telefonat mit Professor di Silva – kurzfristig ein Treffen vereinbart hatte.

Aufgrund der Geschehnisse in der psychiatrischen Anstalt der Charité und der in aller Eile vorgenommenen Buchung hatten Clara und MacDeath nur noch zwei Plätze in einer Easyjet-Maschine ergattert, die direkt vom alten DDR-Flughafen Berlin-Schönefeld nach Rom Ciampino flog. Ein Einsatzbeamter vom LKA hatte beide zum Flughafen gefahren, während die Spurensicherung Mandys Zelle unter die Lupe nahm.

MacDeath hatte sich das Handy ans Ohr geklemmt, telefonierte mit Prof. Marquard und machte dabei ein paar rasche Notizen in ein abgewetztes Büchlein, während Clara und er sich in der Schlange vor der Sicherheitskontrolle im Schneckentempo voranbewegten.

Plärrende Durchsagen quengelten in chaotischer Abfolge durch den verwinkelten Flughafen. Clara beobachtete mit müden Augen einen Mitarbeiter der Sicherheitskontrolle, der mit beinahe perverser Gier in der Kulturtasche einer jungen Dame wühlte wie ein nekrophiler Psychopath in einer aufgeschnittenen Leiche.

MacDeath beendete das Telefonat und wandte sich Clara zu. »Die Rechtsmedizin war eben vor Ort«, berichtete er. »Die Frau hat sich die Zunge tatsächlich selbst abgebissen, sagt von Weinstein.« Er steckte das Handy in die Tasche. »Es sind keine Druckspuren am Kiefer zu sehen, also keine externe Gewalteinwirkung, und neben den Worten, die sie mit ihrer blutigen Zunge an die Wand geschrieben hat, findet sich Speichel von ihr. Sie muss es also selbst gewesen sein. Alles andere hätte mich auch gewundert.«

MacDeath schaute ernst nach draußen auf die neblige Startbahn. »Wenn jemand sie zu diesen abartigen Morden gezwungen hat, muss dieser jemand«, er wandte den Blick wieder Clara zu, »wie soll ich sagen … in ihrem Kopf gewesen sein.«

*

Die Maschine aus Berlin-Schönefeld landete mit drei langen, flachen Hüpfern und blauem Rauch auf der Landebahn des Charterflughafens Roma Ciampino. Es war später Nachmittag.

Clara und MacDeath hatten sich einen Leihwagen bestellt, mit dem sie die Via Appia Nova entlang in die Innenstadt fuhren, vorbei an Pappeln und Pinienwäldern.

Während der Fahrt hörte Clara ihre Mailbox ab. Vier Nachrichten, drei davon unwichtig. Doch eine war von Hermann. Sie rief sofort zurück.

»Wir haben das Schließfach gefunden«, sagte Hermann.

»Was!« Clara verschlug es beinahe den Atem. »Und? Ein Stick?« Sie schaltete das Handy auf laut. MacDeath, der am Steuer saß, hörte aufmerksam zu.

»Allerdings. Ein Stick mit dem Aufdruck ›Venturas‹.«

»Venturas?«, fragte Clara. »Genauso wie vorher bei Gayo?«

»Möglich. Der Modus Operandi ist ähnlich. Und auch dieser Stick ist voller pdf-Dateien und anderen Daten. Wir versuchen zurzeit, das Chaos zu sichten.«

»Sagt uns Bescheid, sobald ihr was habt. Jederzeit. Und findet raus, wer Venturas ist.«

»Wir sind mit Hochdruck dabei«, sagte Hermann. »Denn wer immer es ist, er ist in höchster Gefahr.«

23

Es war so still in den Schweizer Bergen, dass man das Klirren von Eiswürfeln in einem Glas unten im Tal hören konnte. Die Berge und Täler gingen auf ihre ganz eigene, unberechenbare Art mit Geräuschen um. Ein Laut, der einen Kilometer weit entfernt zu hören war, konnte in ein paar Metern Entfernung kaum zu vernehmen sein. Und was anfangs leise war, konnte mit einem Mal sehr laut werden.

Zu dieser Stunde aber war es still.

Still, aber nicht friedlich.

Die schwarz gekleideten Gestalten hatten die Klinik umkreist. Sie hatten vorher einen Störsender aufgebaut, der Mobilfunksignale unterbinden konnte, und die Telefonleitung durchgekniffen. Dann waren sie in die Klinik vorgedrungen.

Lange Zeit war nichts zu hören gewesen.

Bis der Schrei erklang.

Er hielt mehr als zehn Sekunden an, um dann abrupt zu verstummen, sodass die plötzliche Stille fast so erschreckend war wie der Schrei selbst.

Zehn der schwarz Gekleideten hatten sich dem Pflegepersonal genähert, mit scharfen Messern bewaffnet, ähnlich wie die Entführer am 11. September. Die hatten Teppichmesser gehabt, die schwarz Gekleideten führten Jagdmesser bei sich. Es war eine im Grunde unzureichende Bewaffnung, aber manchmal half es schon, einfach nur entschlossen zu sein.

Allerdings durften sie die Arztkittel und die Kleidung der Schwestern nicht zu sehr mit Blut besudeln. Schließlich wurden die Sachen noch gebraucht.

»Der Meister wird sehr zufrieden mit uns sein«, sagte der Mann mit der schwarzen Brille und dem grausam zusammengekniffenen Mund.

Die schwarz gekleideten Männer und Frauen mit den bleichen Gesichtern und den funkelnden Messern verneigten sich ergeben.

Dann zog der Drache ein Prepaidhandy hervor, tippte eine Nachricht ein und schickte eine SMS ab:

Wir sind so weit.

*

Viele Kilometer entfernt sah der Fahrer der Limousine die SMS auf seinem privaten Handy. Unauffällig tippte er eine Antwort.

Wir sind unterwegs.

Er drehte sich zu seinem Fahrgast um.

»In zwei Stunden sind wir da«, sagte er.

Die Frau auf der Rückbank nickte.

Der Fahrer fügte hinzu: »Es wird Ihnen dort gefallen, Frau Venturas.«

24

Nach einer Stunde Fahrt hatten Clara und MacDeath die kleine Kapelle Santa Maria Immaculata im Herzen von Rom erreicht. Die Kirche stand auf einer Erhebung am Ufer des Tiber, gegenüber der Engelsburg, und bot einen Blick auf die mächtige Kuppel des Petersdoms.

Die Sonne ging unter. Ihr glühendes Licht tauchte den Platz, die Säulen und Türmchen in ein orangerotes Licht und verwandelte den Fluss in ein Meer aus Gold. Dieser sonnige Februarabend in Rom war sehr viel lieblicher als im grauen, trüben, noch winterlichen Berlin.

Alvaro de la Torrez wohnte in einem Gebäude neben der Kirche, von dessen Balkon aus, so hatte MacDeath einmal gehört, man einen der schönsten Ausblicke auf die Ewige Stadt genießen konnte.

Als sie den Hof betraten, kam ihnen ein groß gewachsener Mann Mitte vierzig entgegen. Seine Soutane war perfekt auf seine Figur zugeschnitten, sein Haar war dunkelgrau, und seine blauen Augen in dem schmalen, asketischen Gesicht musterten die Ankömmlinge mit scharfem Blick. Der Priester besaß den federnden Gang eines Menschen, der es gewohnt ist, Körper und Geist Höchstleistungen abzuverlangen. Vor Clara und MacDeath blieb er stehen und machte eine kurze Verbeugung.

»Sie suchen Don Alvaro, nehme ich an?«, fragte er und musterte die Gesichter der beiden. »Die Besucher aus Berlin?«

Clara und MacDeath nickten.

»Willkommen in Rom«, sagte der Mann und schüttelte ihnen

die Hand. »Ich bin Tomasso Tremonte, Privatsekretär von Don Alvaro.«

Er zeigte zu der Kapelle, die er soeben verlassen hatte. »Er liest gerade die Messe. Aber gehen Sie nur hinein, es kann Ihnen ja nicht schaden.« Er lächelte.

Sie betraten den Kirchenraum. Nur langsam gewöhnten ihre Augen sich an das schummrige, von Kerzen nur spärlich erhellte Innere. In der Kapelle waren ein Dutzend Gläubige versammelt, zum größten Teil Frauen, die in Erwartung der Eucharistie niedergekniet waren.

Clara und MacDeath stellten sich in den hinteren Teil der Kapelle und schauten zu, wie Don Alvaro die Messe zu Ende las. Als die Gläubigen die Santa Maria Immaculata verließen, führte Tomasso Tremonte sie nach vorn zum Altar, wo Alvaro behutsam den Kelch und das Gefäß für die Hostien reinigte. Tomasso beugte sich zu dem alten Priester vor und flüsterte ihm ein paar Worte ins Ohr, worauf Alvaro sich zu MacDeath und Clara umdrehte. Er musterte sie ein paar Sekunden lang und kam dann auf sie zu.

»Martin Friedrich«, stellte MacDeath sich dem alten Priester vor. »Wir hatten telefoniert. Professor di Silva von der Universität Bologna hat Sie mir empfohlen. Wir hatten damals bei dem Kolloquium zu Fragen der Parapsychologie an der Universität Bologna ein paar Worte gewechselt, vielleicht erinnern Sie sich.« Er blickte auf Clara. »Und das ist meine Kollegin, Hauptkommissarin Clara Vidalis.«

Don Alvaro gab beiden die Hand, während er Clara aus seinen blauen Augen, die in eigentümlichem Kontrast zu seinem dunklen, südländischen Gesicht und seinen weißen Haaren standen, aufmerksam musterte.

»Sind wir Landsleute?«, fragte er.

Clara lächelte. »Das könnte sein. Ein Teil meiner Familie kommt aus Alicante, der andere aus Italien.«

Alvaro lächelte. »Meine Familie stammt aus Sevilla. Haben Sie mal gesehen, wie man da Ostern feiert?«

Clara nickte. »Lebendiger als bei uns in Deutschland.«

»Weniger lebendig ginge es auch kaum. Und der andere Teil Ihrer Familie kommt aus Rom, sagten Sie?«

»Ja«, antwortete Clara. »Meine Urgroßeltern lebten in Trastevere, nicht weit von hier.«

»Trastevere«, sagte Alvaro versonnen. »›Jenseits des Tibers.‹ Früher war das abfällig gemeint, heute ist Trastevere eines der angesagten Viertel. Alle wollen dorthin.« Er lächelte. »*Tempora mutantur, nos et mutamur in illis.* Die Zeiten ändern sich, und wir ändern uns mit ihnen. Das, was einst ein Schimpfwort war, ist etwas Begehrenswertes geworden.«

»Wie lange leben Sie schon in Rom?«, fragte Clara. Don Alvaro war ihr auf Anhieb sympathisch.

»Vierzig Jahre. Dann kann man, wenn es um Rom geht, von *wir* sprechen und sich selbst als Römer sehen. Kommen Sie bitte mit.«

Clara und MacDeath folgten Alvaro zum Altar, wo er das weiße Tuch zusammenfaltete und behutsam über den Abendmahlskelch legte. Dann brachte er die Messe-Utensilien in einen Nebenraum. »Aber Sie sind sicher nicht gekommen, um über Rom zu sprechen«, wandte er sich dann wieder seinen Besuchern zu. »Ich denke, das Ganze ist unerfreulicher, nicht wahr?«

Clara nickte. »Wenn wir so intensiv an etwas dran sind, ist es in den seltensten Fällen erfreulich.«

Alvaro schloss die Tür zur Sakristei und nickte. »Das haben wir gemeinsam.«

»Sie meinen den Kampf gegen das Verbrechen, das Böse?«, fragte Clara, als sie – Don Tomasso Tremonte an der Spitze – den Hof überquerten, auf dem Statuen der Jungfrau Maria und des heiligen Hieronymus standen. Hier und da blühten vereinzelte Blumen, die ersten Vorboten des Frühlings.

»Ja. Und ich werde diesen Kampf führen, solange Gott es will«, antwortete Alvaro ernst und öffnete die Tür, die zum Nebenhaus nach oben führte.

»Und was ist mit dem Ruhestand?«

»Ruhestand? Vom Staat bezahltes Sterben?« Er kniff ein Auge zu, ehe sie durch einen dunklen Korridor eine Treppe hinaufstiegen. »Nichts ist mit Ruhestand. Ich bin auf Erden, um Gott und den Menschen zu dienen und nicht, um die Füße hochzulegen.« Er schaute Clara an. »Schließlich bekämpfen wir beide das Böse, und dieser Kampf wird niemals enden.«

»Und wir Ermittler wissen oft nicht einmal, wer der Täter war, noch wann die nächste Tat geschieht«, entgegnete Clara.

Alvaro nickte. »Es kann beängstigend sein, nicht alles zu wissen, nicht wahr? Umso beruhigender ist es, dass es jemanden gibt, der alles weiß.« Er schaute sie an. »Gott weiß, wann und wie Sie sterben. Er weiß es jetzt schon, hat es immer schon gewusst. Beunruhigt Sie dieser Gedanke, Frau Vidalis? Oder gibt er Ihnen Sicherheit, weil Sie wissen, dass Gott immer bei Ihnen ist, auch im Augenblick Ihres Todes?«

Clara kam nicht dazu, dem alten Priester zu antworten, denn er öffnete bereits die Tür.

»Kommen Sie mit«, sagte er. »Ich denke, wir haben viel zu besprechen.«

25

Als Erstes nahm Clara den Geruch von Weihrauch wahr. Dann sah sie eine große Holzstatue Marias an der Stirnseite des Raumes, die das Jesuskind auf dem Arm hielt und an deren Finger ein Rosenkranz hing. Bücher unterschiedlichen Alters, einige davon verbogene, wurmstichige Folianten, stapelten sich auf wuchtigen Eichenholzregalen bis zur Decke. Auf einer Anrichte stand eine brüchige schwarze Ledertasche. Daneben ein kleines Büchlein, ein weiterer Rosenkranz, ein Kreuz und eine silberne Schatulle, mit der man Weihwasser verspritzen konnte. Die Werkzeuge eines Exorzisten.

»Michela, meine Haushälterin, hat uns eine kleine Stärkung bereitet«, sagte Alvaro. »Ich denke, wir können alle eine Kleinigkeit gebrauchen.«

Auf einem Tisch standen Brot, Oliven, Antipasti und Käse. Außerdem zwei Karaffen mit Wasser und Rotwein. »Sie haben sicher nichts dagegen, wenn mein Sekretär dabei ist.« Alvaro zeigte auf Don Tomasso. »Er ist nicht nur mein Vertrauter, sondern auch Adlatus der Glaubenskongregation des Heiligen Stuhls und unterrichtet Dogmatik an einigen päpstlichen Universitäten. Mich hat er dort auch schon verpflichtet.« Er lächelte kurz. »Ich habe keine Geheimnisse vor ihm.«

»Wie Sie wünschen.« MacDeath legte Teile der Ermittlungsakte auf den Tisch. »Wir würden Ihnen gerne etwas von einem Fall erzählen, der uns in einigen Belangen ... sagen wir mal, ratlos macht«, begann er. »Es geht um Ritualmorde. Möglicherweise um Satanismus. Vielleicht auch um Besessenheit, falls es so etwas gibt.«

Alvaros Augen funkelten, als MacDeath weitersprach. Tomasso hörte schweigend zu.

»Das Problem ist, dass wir uns bei den Ermittlungen auf dünnem Eis bewegen. Denn sobald wir mit möglichen übersinnlichen Themen ankommen, verlieren wir unsere Glaubwürdigkeit bei den Vorgesetzten.«

Alvaro nickte. »Oh ja, das kenne auch ich. Alle zweifeln, und in der Zwischenzeit breitet das Böse sich ungehindert aus. Die Macht des Teufels ist dort am größten, wo man nicht mehr an ihn glaubt.«

Er schenkte Wein und Wasser ein.

»Und wenn der Glaube schwindet, nimmt der Aberglaube zu.« Er machte eine Pause. »Besonders in vermeintlich aufgeklärten Zeiten wie diesen, in denen die Wissenschaft glaubt, alles erklären zu können, obwohl sich bei jeder Antwort, die die Forscher finden, gleich wieder tausend neue Fragen stellen. Aber kommen wir zu Ihrem Fall.«

MacDeath reichte Don Alvaro einige der Fotos über den Tisch. Die Augen des alten Exorzisten weiteten sich, als er die Bilder sah.

»Das ist das erste Opfer des Mörders«, sagte MacDeath. »Er hat ihm ein Schwert durch den ganzen Körper gebohrt, sodass es aus dem Mund wieder herauskam.« Er zeigte mit dem Finger auf eine Stelle des Fotos. »Könnte es sein, dass das Schwert, das aus dem Mund kommt, eine Bedeutung hat? Irgendeine Symbolik, die uns den Mörder besser verstehen lässt? Haben Sie eine Idee?«

Don Alvaro schaute beide nacheinander an.

»Aber ja«, sagte er. »Es ist der Engel mit dem Schwert. Aus dem ersten Buch der Offenbarung.«

»Der Engel aus der Offenbarung?«, fragte Clara.

»Der Evangelist Johannes hatte im Alter von fast neunzig Jahren auf der griechischen Insel Patmos eine Vision von Jesus

Christus«, sagte Don Alvaro. »Eine Vision von der Zerstörung der Welt und dem Weltgericht. Jesus erscheint Johannes als Racheengel, der die Menschen richtet am Ende der Zeit.« Er gab Tomasso ein Zeichen. Der stand auf und holte eine großformatige Bibel aus einem der Regale. Alvaros Finger bewegten sich über den Text, als er den Abschnitt vorlas, aber Clara hatte den Eindruck, dass er jedes Wort auswendig kannte.

»Sein Haupt aber und sein Haar war weiß wie weiße Wolle, wie der Schnee, und seine Augen wie eine Feuerflamme. Und als ich ihn sah, fiel ich zu seinen Füßen wie tot. Er aber legte seine Hand auf mich und sprach: Fürchte dich nicht. Ich bin der Erste und der Letzte und der Lebendige. Ich war tot und siehe, ich bin lebendig von Ewigkeit zu Ewigkeit. Und ich habe die Schlüssel des Todes und der Hölle.« Er hielt kurz inne und fuhr dann fort: »Und er hatte sieben Sterne in seiner rechten Hand, und aus seinem Mund ging ein scharfes, zweischneidiges Schwert.«

»Er hat Gayo als Jesus Christus dargestellt?«, fragte Clara. »Und deshalb so getötet, wie er es getan hat?«

»Diese Erklärung liegt nahe. Und dadurch identifiziert der Täter sich selbst mit dem Widersacher«, sagte Don Alvaro. »Dem Satan. Was haben Sie noch?«

»Das ist Mandy Weiss«, sagte MacDeath. »Sie hat zwei Morde verübt. Einem Opfer hat sie mit einer Spitzhacke den Schädel eingeschlagen, das andere hat sie mit einer Nagelpistole erschossen, aus nächster Nähe. In beiden Fällen glich die Tat einer Hinrichtung. Wahrscheinlich hat Mandy Weiss auch den Mord an Gayo verübt, aber da liegen uns noch nicht alle Ergebnisse vor. Möglicherweise hat sie die Morde im Auftrag eines Mannes begangen, den sie den *Drachen* nennt.«

Tomassos Augenbrauen zuckten nach oben. Er warf Don Alvaro einen vielsagenden Blick zu.

»Der Drache«, sagte Alvaro und nickte. »Auch der Drache

kommt in der Offenbarung vor. Er greift Maria an, um ihr Kind zu fressen.«

Seine Finger glitten erneut über die Zeilen, als er wieder aus der Bibel vorlas: »Und es erschien ein Zeichen am Himmel: ein Weib, mit der Sonne bekleidet, und der Mond unter ihren Füßen und auf ihrem Haupt eine Krone von zwölf Sternen. Und sie war schwanger und schrie in Schmerzen des Gebärens. Und es erschien ein anderes Zeichen am Himmel, und siehe, ein großer, roter Drache, der hatte sieben Häupter und zehn Hörner und auf seinen Häuptern sieben Kronen; sein Schwanz fegte den dritten Teil der Sterne vom Himmel und warf sie auf die Erde. Und der Drache trat vor das Weib, die gebären sollte, um, wenn sie geboren hätte, ihr Kind zu fressen.«

Clara spürte, wie ihre Augen feucht wurden. *Das Kind, das gefressen wird.* Wann immer sie so etwas hörte, musste sie an ihre kleine Schwester Claudia denken.

Don Alvaro bemerkte ihren Blick, sagte aber nichts.

»Das wäre dann eine folgerichtige Interpretation«, sagte MacDeath. »Er nennt sich ›Der Drache‹ und identifiziert sich mit dem Drachen aus der Offenbarung, der das Kind Mariens fressen will. Und sein erstes Opfer ist symbolisch der Christus der Apokalypse, dem das Schwert aus dem Mund ragt.«

»Doch in der Offenbarung«, meldete Tomasso sich zu Wort, »beschützt der Erzengel Michael die Mutter und das Kind und wirft den Drachen, der der Teufel ist, in den Abgrund.«

»Das Ganze ist ein unendlicher Kampf«, sagte Don Alvaro. »Die Frau gegen den Drachen, Jesus gegen den Satan, Jerusalem gegen Babylon, der Teufel gegen das Lamm.«

MacDeath nahm die Phantomzeichnung aus der Akte, die Polizeipsychologen und Zeichner auf der Basis der Beschreibung des kleinen Lukas erstellt hatten. Sie zeigte den Mann, der Lukas den USB-Stick übergeben hatte – den Mann mit dem schwarzen Mantel, dem hageren Gesicht und der schwarzen Brille.

Alvaro betrachtete das Bild eine Zeit lang. »Meinen Sie, er ist es? Der wahre Mörder?«

Auch Tomasso beugte sich vor und betrachtete das Foto aufmerksam.

»Jedenfalls weiß er mehr über die dunklen Geheimnisse seiner Opfer als alle anderen«, antwortete MacDeath. »Aber wir wissen nicht, ob er es wirklich war. Ebenso wenig, wer dieser Mann ist. Auch Mandy Weiss konnte uns nicht viel sagen.«

»Was hat sie Ihnen erzählt?«

Clara übernahm. »Dass sie die Bewohner des Feuers sind, was immer das bedeuten soll. Und dass sie furchtbare Angst hat. Vor einem Mann, der offenbar in ihrem Kopf ist.«

»Bewohner des Feuers«, murmelte Don Alvaro. »Von denen habe ich schon einmal gehört. Eine Kultvereinigung. Ziemlich klein, aber überaus gefährlich.«

»Gibt es mehr Informationen über diesen Kult?«, fragte Clara.

Don Alvaro schüttelte resigniert den Kopf. »Nur das, was ich eben gesagt habe. Aber was ist mit dieser jungen Frau passiert?«

»Sie hat sich selbst die Zunge abgebissen und ist verblutet«, sagte MacDeath.

Don Alvaro bekreuzigte sich. »Allmächtiger«, flüsterte er.

Dann blickte er wieder auf das Phantombild. »Er trägt diese Brille, um seine Augen zu verbergen«, sagte er.

MacDeath nickte. »Das könnte eine symbolische Bedeutung haben. Vielleicht glaubt er, mit seinen Augen sei irgendetwas. Manche Schizophrenie-Patienten glauben, sie hätten Augen aus Feuer, die sie vor der Welt verbergen müssen.«

Don Alvaro nickte. »Es könnte sein, dass auch dieser Mann so etwas glaubt. Es könnte aber auch sein, dass er irgendetwas mit seinen Augen angestellt hat. Etwas, das die anderen nicht sehen dürfen.«

»Oder von dem er *glaubt*, dass es die anderen nicht sehen dürfen«, warf Clara ein.

»Ich habe solche Fälle schon gesehen«, sagte Don Alvaro. »Vielleicht glaubt er, dass er abgrundtief schwarze Augen hat. Oder Raubtieraugen. Dass er ein Dämon ist. Oder dass er ...«, seine blauen Augen ruhten auf Clara, »dass er sehen kann, was andere nicht sehen. Dass er in andere Welten und andere Sphären schauen kann. Dass er anders sieht als die anderen. Mit anderen Augen. Oder mit gar keinen Augen. Jedenfalls *glaubt* er das.«

»Dann könnte es sein, dass er sich in dem Moment offenbart, in dem er seine Opfer tötet?«, fragte MacDeath. »Dass er dann seine Brille abnimmt?«

Don Alvaro nickte.

»Dummerweise haben wir keine Bilder von ihm, die ihn ohne Brille zeigen«, sagte Clara. »Noch wissen wir von irgendjemandem, der diesen Mann vor seinem Tod ohne die Brille gesehen hat. Und die, die es wissen könnten, wie Gayo, können es uns nicht mehr sagen.«

Die drei schwiegen eine Weile, hingen ihren eigenen Gedanken nach.

»Diese Gehilfin«, sagte Don Alvaro schließlich. »Diese Mandy. Was waren ihre Symptome?«

»Mandy Weiss hat unterschiedlich schwere psychische Defekte aus dem schizophrenen Formenkreis«, sagte MacDeath. »Was uns überrascht hat, war die Abhängigkeit, in der sie zu ihrem Meister stand, wie sie ihn nannte. Es war eine Abhängigkeit, die nichts mit bewusstseinserweiternden Drogen oder drogeninduzierter Psychose zu tun hatte, sondern mentaler oder sagen wir, seelischer Natur war. Es muss etwas anderes dahinterstecken. Vor allem, wenn man sich anschaut, was noch geschehen ist.«

Alvaro blickte ihn an. »Was ist denn geschehen?«

MacDeath erzählte ihm, wie Mandy plötzlich erstarrt und zu Boden gestürzt war, als der rätselhafte Mann mit der schwarzen Kapuze ihr das Zeichen gemacht hatte. Und er erzählte von Hendrik, der sich vor einen Zug geworfen hatte, und dass es sich in seinem Fall vermutlich um Konditionierung und Programmierung gehandelt hatte.

»Das könnte in der Tat eine Konditionierung sein«, sagte Alvaro. »Das wäre ein sehr weltliches Phänomen, mit dem wir bei unserem Kampf gegen das Böse allerdings schon häufiger zu tun hatten. Mein Privatsekretär«, er wies auf Tomasso, »hat sich eingehend mit diesem Thema befasst und kann Ihnen sicher mehr darüber erzählen als ich. Dennoch ist es gut möglich, dass bei diesem Satanskult, falls es sich um einen solchen handelt, auch übernatürliche Praktiken eine Rolle spielen.« Er strich sich über den Bart. »Aber eines nach dem anderen. Wollen wir mit der weltlichen Dimension beginnen?«

26

»Fassen wir zusammen«, sagte Don Tomasso, der zuvor die meiste Zeit geschwiegen hatte, und wandte sich Clara zu. »Dieser Mann im schwarzen Kapuzenpullover hat eine Geste gemacht. Daraufhin ist diese Mandy zu Boden gestürzt. Und der junge Mann, Hendrik, hat sich vor den Zug geworfen. Jedes Mal war ein schwarz gekleideter Mann dabei, der die immer gleiche Geste gemacht hat, indem er den Finger parallel zur Nase hielt.« Er machte die Geste nach, als hätte er sie schon gesehen.

»Kennen Sie diese Geste?«, fragte Clara.

»Allerdings. Sie wird verwendet, um zu bewirken, dass Sektenmitglieder sich entweder abrupt bewegen oder erstarren. Es wurde also ein Signal ausgelöst, und das Opfer hat in entsprechender Weise reagiert. Das Geheimnis ist die völlige Kontrolle.«

»Und wie kann es passieren, dass eine Frau wie Mandy sich plötzlich nicht mehr bewegen kann?«

»Auch das hatten wir schon.« Don Tomasso seufzte. »Das Opfer wird zum Beispiel in eine Kiste gesperrt. So lange, bis es fast gelähmt ist. Dabei ertönt ein bestimmtes Signal. Das Opfer ist dann auf dieses Signal und die Beinahe-Lähmung aus der Erfahrung mit der Kiste konditioniert. Das bedeutet, dass das Opfer, wann immer es das Signal hört, genau so steif wird, als wäre es gerade aus der Kiste gekommen. Ein Mensch mit Fernbedienung, sozusagen.«

MacDeath schüttelte den Kopf. »Die können mit ihren Leuten ja machen, was sie wollen.«

»Ja«, erwiderte Tomasso. »Es gibt in den satanistischen Zirkeln, möglicherweise auch bei den Bewohnern des Feuers, den sogenannten Siebenerrat. Sie sind die Herrscher. Sie wissen vieles, aber nur alle zusammen wissen sie alles, was über den Kult zu sagen ist. Sie kontrollieren sich gegenseitig, sodass keiner von ihnen die alleinige Macht übernehmen kann.«

»Und wie kommen sie an ihre Gefolgsleute?«, fragte Clara.

»Die meisten werden hineingeboren.«

»Das müsste doch außerhalb des Kultes bemerkt werden«, sagte Clara verwundert.

»Nicht unbedingt. Beispielsweise werden in gewissen Kulten nur übergewichtige Frauen geschwängert, bei denen keiner merkt, dass sie schwanger sind. Manchmal werden die Frauen mit Hormonen behandeln, sodass sie Zwillinge bekommen. Von den beiden Zwillingen wird aber nur ein Kind behördlich angemeldet, damit alles geordnet aussieht. Das andere Kind wird als Sklave missbraucht und für Rituale benutzt.«

»Was für Rituale?«, fragte Clara.

»Zum Beispiel Menschenopfer.«

»Und diese Frauen bringen ihre Kinde zu Hause zur Welt?«

»Wenn es geheim bleiben soll, gibt es keine andere Möglichkeit. Und ›Frauen‹ trifft es nicht ganz. Die Hormone, die verabreicht werden, dienen dazu, dass schon Elf- oder Zwölfjährige gebären. Je eher, desto besser. Und je mehr, desto besser.«

Clara drehte nachdenklich ihr Weinglas in der Hand. Kaum zu glauben, dass von diesen Ungeheuerlichkeiten kaum jemals etwas nach außen drang. »Es muss aber doch mehr passieren als nur gegenseitige Kontrolle. Wie kommt es, dass das alles geheim bleibt? Was passiert zum Beispiel mit den Toten?«

Tomasso lächelte resigniert. »Das bleibt geheim, weil alle zusammenarbeiten. Ein Arzt, der zum Kult gehört, stellt einen Totenschein aus, und fertig.«

Clara seufzte resigniert. Das war in der Tat einfacher, als man denken sollte. Oft reichte ein Totenschein von einem Arzt, und der Leichnam verschwand unter der Erde. Eine Obduktion gab es in den meisten Fällen in Deutschland nicht, anders als in den USA, wo jede Leiche einem amtlichen Leichenbeschauer, einem Coroner, gezeigt werden musste.

»Und der Bestatter«, fuhr Don Tomasso fort, »bestattet einen leeren Sarg.«

Clara stutzte. »Warum ist er leer?«

»Man kann die Leichenteile noch für verschiedene nekromantische Rituale nutzen. Oder …«, Tomasso räusperte sich, »sie werden gegessen. Und dann gibt es noch die armen Seelen, die früher oder später wahnsinnig werden. Meistens werden sie für niedere Arbeiten genutzt. Für Morde, bei denen es nicht so wichtig ist, ob sie auffliegen oder nicht. Oder für Kinderpornographie und Prostitution. Manchmal auch für diese schrecklichen Filme, in denen ein tatsächlicher Mord zu sehen ist.«

»Sie meinen Snuff Movies«, sagte Clara.

Tomasso nickte. »Ja, so heißen sie wohl. Dafür werden bis zu zwanzigtausend Euro gezahlt.«

»Gibt es Mütter, die ihre Kinder in Sicherheit bringen?«

»Ja, aber die Strafen sind drakonisch. Diese Mütter müssen ihre eigenen Kinder quälen. Oder töten. Und wenn sie erneut gegen Gesetze des Ordens verstoßen haben, müssen sie manchmal die Leichen ihrer Kinder wieder ausgraben.« Er zögerte, ehe er hinzufügte: »Und immer wieder ein Stück der Leiche essen.«

»Mein Gott«, flüsterte Clara.

»Hat diese junge Frau, diese Mandy Weiss, an irgendwelchen spirituellen Sitzungen teilgenommen?«, fragte Tomasso.

MacDeath blätterte in den Unterlagen. »Ja, wir haben die Aussagen ihrer Mitbewohner aus der WG in Neukölln. Séancen, Gläserrücken, Pendelspiele. Außerdem wurde sie dazu überredet, ein Kaninchen zu schlachten. In den Innereien, behauptete einer ihrer Freunde, können sie den Weg in eine bessere Zukunft lesen.«

»Eine bessere Zukunft!«, stieß Tomasso verächtlich hervor. »Selbst da wurde diese arme Frau belogen. Möge Gott ihrer Seele gnädig sein.«

Auf Alvaros Stirn hatte sich eine steile Zornesfalte gebildet. »Wir in Italien haben mehr Wahrsager und Hexen als Priester«, murmelte er. »Seelsorge bedeutet heutzutage für viele Menschen, dass man sich die Karten legen lässt oder zum Gläserrücken geht. Und diese furchtbaren Kulte haben regen Zulauf.«

»Ja, das alles ist die Hölle«, sagte Tomasso. »Aber glauben Sie mir, die wirkliche Hölle ist noch schlimmer. Aber darüber kann Don Alvaro Ihnen mehr erzählen.«

27

Die Nacht war hereingebrochen. Tomasso hatte weitere Kerzen in den Zimmerecken angezündet, die den Raum in geisterhaft flackerndes Licht tauchten.

»Die Hölle«, begann Don Alvaro und blickte für einen Moment durchs Fenster auf einen Punkt weit weg am dunkeln Nachthimmel über Rom. Clara sah, wie Don Tomasso seinen Vorgesetzten aufmerksam musterte. »Die Eschatologie ist die Lehre von den vier letzten Dingen«, fuhr Don Alvaro schließlich fort, »Himmel und Hölle, Tod und Jüngstes Gericht. Im alten Testament ist es das Hinnom-Tal in Jerusalem, in dem die Kananiter dem Gott Moloch ihre erstgeborenen Kinder beim Brandopfer darbrachten. Das Tal des Hinnom, das Gey Hinnom, wurde schließlich zu Gehenna, dem arabischen Wort für Hölle. Jesus spricht vom ewigen Feuer und den ewigen Qualen der Hölle, wo der Wurm nicht stirbt und das Feuer nicht erlischt.«

Clara fröstelte plötzlich und schlang die Arme um den Körper. »Wer *ist* in der Hölle?«

»Das können wir nicht wissen«, sagte Alvaro. »Es gibt zwei Annahmen, die aber sicher falsch sind: Die eine geht dahin, dass die Hölle leer ist – und das trifft bestimmt nicht zu. Die zweite Annahme ist die, dass wir *wissen*, wer in der Hölle ist – und auch das ist nicht der Fall. Denn es kann sein, dass ein Mensch in der letzten Sekunde seines Lebens aus tiefstem Herzen bereut und deshalb Vergebung empfängt.«

»Und die Strafen der Hölle?«, fragte Clara. »Wie sehen Sie als hoher Geistlicher das?«

»Es gibt Bilder, und es gibt Visionen, wie die von Fatima vom Anfang des zwanzigsten Jahrhunderts.« Don Alvaro strich sich über den Bart. »Manche sagen, die Hölle sei ein riesiger Abgrund, andere haben in Visionen einen gigantischen Tunnel gesehen, mehrere Kilometer hoch, in dem die Seelen auf ein riesiges eisernes Tor zufliegen. Ein Tor, das sich nur einmal öffnet und dann wieder schließt. Für immer.« Er schaute nach draußen. »Es gibt Berichte von Forschern, die tief ins Erdinnere vorgedrungen sind, so wie der russische Ingenieur Azzacov. Er hat in Sibirien Bohrungen vorgenommen, fünfzehn Kilometer tief. Irgendwo in diesen Abgründen haben sie *Schreie* aufgenommen. ›Ich glaube als Kommunist nicht an Gott und das Paradies‹, hat Azzacov gesagt, ›aber seitdem ich die Schreie gehört habe, glaube ich an die Hölle.‹ Dem französischen Meeresforscher Jacques Cousteau ist im Bermudadreieck 1993 etwas Ähnliches passiert.« Er schaute seine beiden Besucher an. »Es gibt diese Aufnahmen tatsächlich. Und was man darauf hört, ist äußerst befremdlich. Es sind tatsächlich Schreie. Nicht von Hunderten, nicht von Tausenden, sondern von Millionen.«

Er schwieg einen Moment, ehe er nachdenklich fortfuhr: »Befindet die Hölle sich wirklich im Weltinneren? Das wohl nicht. Ist sie jenseits unserer Realität? Das schon eher. Es ist noch kein Lebender dort gewesen, bis auf Jesus Christus, der am zweiten Tag nach seinem Tod am Kreuz, am Karsamstag, zu den Toten herabstieg, wie wir es im Glaubensbekenntnis beten. *Descendit ad inferos.* Herabgestiegen in das Reich des Todes. Er ist der Einzige, der zurückkam. Alle anderen müssen für immer dort bleiben. Und es dringen auch keine Gebete aus der Hölle. Für alle, die dort sind, gibt es keine Hoffnung mehr.« Alvaro faltete die Hände und wandte sich an Clara. »Aber Sie haben nach den Strafen gefragt.«

Clara nickte.

»Nun, es gibt zwei Strafen. Die erste ist das Fern-Sein von

Gott. Diejenigen, die sich im Leben bewusst von Gott ferngehalten haben, erfahren diese Ferne auch im Leben nach dem Tod. Die zweite Strafe ist die ewige Höllenqual – das Höllenfeuer, das die Kinder von Fatima in ihrer Vision gesehen haben und in dem die Verdammten schwimmen ohne Schwere und Gleichgewicht, nur unterbrochen von Schmerzens- und Verzweiflungsschreien, von denen es niemals Erlösung gibt.«

»Bei Dante sind die Tiefen der Hölle aus Eis«, warf MacDeath ein. »Und Satan sitzt dort mit seinen drei Köpfen und kaut auf den Erzsündern der Menschheit herum, zum Beispiel auf Judas Ischariot.«

»Sehr richtig. Sie kennen Ihren Dante sehr gut.« Alvaro nickte anerkennend. »Dante war Italiener. Für einen Italiener ist die Vorstellung von Eis schlimmer als die von Feuer. Jedenfalls, solange es kein Speiseeis ist.« Ein Lächeln legte sich auf seine Lippen. »Anders war es bei den Eskimos. Als denen katholische Missionare von der Hölle erzählten, fragten sie: ›Wie kommen wir dorthin?‹«

Clara und MacDeath lächelten.

»Jedenfalls, Luzifer hat sich gegen Gott erhoben und wurde in den Abgrund gestürzt. Auch Adam hat sich für die Verheißungen des Teufels entschieden, vom Baum der Erkenntnis gegessen und den Menschen dadurch den Tod gebracht. Der zweite Adam, Jesus Christus, hat den Gehorsam gegenüber Gott gewählt, auch wenn die Treue zu diesem Gehorsam ihn zum Verzicht auf die irdischen Königreiche und zum Tod am Kreuz führte.«

Clara blickte angestrengt aus dem Fenster. »Dennoch«, sagte sie. »Die Vorstellung einer Hölle, ein Ort der Verzweiflung, ohne Hoffnung und Trost ... Wo ist da die ständig besungene Gnade Gottes?«

»Die Gnade des Herrn wird denen zuteil, die sie sich verdient haben«, erwiderte Alvaro streng. »Und was die Hölle angeht – die kann man sich in der Tat nicht vorstellen, ebenso wenig wie den Himmel. Aber da Sie von Barmherzigkeit sprechen: Stellen Sie sich vor, es gibt die Hölle nicht, und alle gehen ins Paradies ein. Dann wären Sie bis in alle Ewigkeit mit den Verbrechern zusammen, von denen Sie in diesem Leben gequält wurden und die Sie jagen. Keine schöne Vorstellung, nicht wahr?«

Clara antwortete nicht.

»Wer beherrscht Ihrer Meinung nach die Hölle?«, fragte MacDeath. »Gibt es eine Art Organigramm, wie man es in Werken aus dem Mittelalter sieht?«

»Es gibt die drei Herrscher der Hölle«, antwortete Don Alvaro. »Satan, Luzifer und Asmodeus. Man nennt sie das Triumvirat. Sie sind die ältesten, stärksten und gefährlichsten von allen und werden bereits in den frühesten Schriften des Alten Testaments erwähnt. Sie waren bei der Rebellion dabei. Der Rebellion gegen Gott.«

»Ich dachte immer, Satan und Luzifer sind identisch«, sagte Clara.

Alvaro schüttelte den Kopf. »Luzifer war der strahlendste aller Engel. Doch er begehrte gegen Gott auf und wurde in die Hölle gestoßen.«

»Und was ist mit Satan? Ist Satan nicht Luzifer?«

»Nein, ist er nicht, auch wenn es nicht der regulären Lehre entspricht. Aber Padre Amorth und ich haben es in Tausenden von Gesprächen mit Besessenen und Dämonen herausgefunden.«

»Gabriele Amorth war Ihr Vorgänger?«, fragte MacDeath verwundert. »Der frühere Chefexorzist des Vatikans?«

»Ja. Und er hat oft mit den Dämonen gesprochen. Genau wie ich.«

»Und da haben Sie erfahren, dass Satan nicht mit Luzifer identisch ist?«

»Luzifer«, sagte Don Alvaro statt einer Antwort, »rebellierte als größter aller Engel gegen Gott. Satan war ebenfalls ein höherer Engel, aber er war anders als Luzifer. Berechnender, grausamer. Und Luzifer wurde doppelt erniedrigt.«

»Inwiefern?«

»Er wurde nach dem Sturz in die Hölle nicht zu deren Herrscher. John Milton, der Autor von *Paradise Lost*, schrieb dazu, dass es besser sei, in der Hölle zu herrschen, als im Himmel zu dienen. Doch hier hatte er unrecht. Denn das ist nicht geschehen. Der wahre Herrscher der Hölle war nicht Luzifer, sondern ...«

Clara beendete den Satz. »Satan?«

»So ist es«, sagte Don Alvaro. »Gott machte die Erniedrigung Luzifers perfekt.«

»Und wer ist der Dritte in diesem Triumvirat?«

Don Alvaros Gesicht verfinsterte sich. »Manche nennen ihn Abaddon, den König des Abgrunds. Zum ersten Mal wird er im Buch Tobias erwähnt, eine apokryphe Schrift, die es nicht in alle Bibelversionen geschafft hat. Luther zum Beispiel hat sie aussortiert. Asmodeus hat angeblich die Städte Sodom und Gomorrha zu ihren Lastern und Sünden verleitet, was schließlich zu ihrer Zerstörung führte.« Er faltete die Hände. »Die Offenbarung des Johannes berichtet von einem Stern, der vom Himmel fiel, nachdem der Engel Gottes die fünfte Posaune geblasen hat. Der Stern enthielt den Schlüssel zur Unterwelt, aus der am Ende der Zeit die Wesen des Abgrunds hervorkriechen und über die Welt herfallen werden. Und der König dieser Wesen ist Asmodeus.«

Er machte eine Pause. »Auch Asmodeus ist überall«, fuhr er dann fort, halb zu sich selbst, halb zu Clara und MacDeath. »Wie oft ich ihm schon begegnet bin ...« Er sprach es aus, als hätte er es mit einem alten Feind zu tun.

»Und dieses ... Insiderwissen haben Sie von den Dämonen?« Clara konnte es nicht glauben. »Sprechen sie zu Ihnen?«

»Nein, aber die Menschen. Die besessenen Menschen.«

»Dann haben Sie es erfahren durch …?«

»Durch den Mund der Besessenen«, sagte Alvaro todernst.

»Und wie oft haben Sie diese Exorzismen schon durchgeführt?«

Don Alvaro wiegte den Kopf. »Ungefähr zwanzigtausend Mal.«

Claras Handy klingelte erneut.

Wieder Hermann.

Sie kam sich auch schon wie eine Besessene vor.

28

»Entschuldigen Sie mich bitte einen Moment«, sagte sie zu Alvaro und Tomasso. »Der Dienst lässt uns leider auch hier nicht in Ruhe.«

Sie nahm den Anruf entgegen.

»Was gibt's, Hermann?« Sie stand auf und drehte sich zum Fenster. MacDeath rückte näher an sie heran, und Clara stellte das Handy auf laut.

»Sehr schlechte Nachrichten«, sagte Hermann. »Der USB-Stick ist schon wieder voller Abscheulichkeiten. Das absolute Grauen.«

»Und wer ist Venturas?«

»Isabel Venturas, zweiundvierzig Jahre alt. Wie es aussieht, ist sie im Pharmageschäft tätig. Offiziell ist sie Chefin von International Cell Laboratories, einer Schweizer Firma, die sich auf Stammzellenimplantate spezialisiert hat. Die Firma macht Forschungen mit dem Ziel, dass Querschnittsgelähmte wieder laufen können und dergleichen. Ich habe dir eben ein Foto geschickt.«

Clara klickte während des Gesprächs in ihr Mailprogramm und schaute auf ein Foto der dunkelhaarigen, durchaus attraktiven Isabel Venturas.

»Offiziell geht es also um Stammzellenimplantate«, sagte Clara. »Und inoffiziell?«

Hermann machte eine Pause.

»Schon mal was von Robert White gehört?«, fragte er dann.

Clara schüttelte den Kopf.

»Nein.«

»Er hat Rhesusaffen die Köpfe abgetrennt und sie anderen Affen aufgepflanzt.« Er machte eine Pause. »Vermutlich mit dem Ziel, so etwas irgendwann auch mal beim Menschen zu machen. Moralische Bedenken hatte er jedenfalls keine, diese Kopftransplantationen vorzunehmen.«

Clara schüttelte sich.

»Soweit ich weiß, hat das aber nie richtig funktioniert.« Das war MacDeath, der ins Mikrofon des Handys sprach. »Die aufgesetzten Affenköpfe haben ein paar Tage überlebt. Dann schwollen die Gesichter und Zungen an, und kurz darauf waren sie tot.«

»Ja, stimmt. Das alles ist allerdings schon eine Weile her«, sagte Hermann. »Heutzutage ist die Medizin ein gutes Stück weiter.«

»Inwiefern?«

»Heute macht man diese Kopfverpflanzungen tatsächlich beim Menschen, wie es aussieht.«

Clara krallte die Hände zusammen.

Beim Menschen. Was für ein grauenerregender Gedanke. Ein Mensch erwacht aus der Narkose und erkennt, dass sein Kopf auf einen fremden Körper aufgesetzt wurde …

»Und wo ist Venturas?«

»Noch haben wir sie nicht«, sagte Hermann, »wir halten euch auf dem Laufenden.«

29

Don Alvaro hatte mit den Dämonen gesprochen. Und durch den Mund der Besessenen hatte er Geheimnisse von ihnen erfahren, über die Hölle und die Dämonen selbst.

Clara schien es ebenfalls mit einem Dämon zu tun zu haben, der ihr stets mehrere Schritte voraus war und Opfer suchte, die ein dunkles Geheimnis in sich trugen. Und genau das schien auch bei Isabel Venturas der Fall zu sein.

»Ich hatte mal ein Erlebnis in einem Flugzeug«, erzählte Don Alvaro, der trotz der späten Stunde noch frisch wirkte, was angesichts seines Alters erstaunlich war. Draußen war es pechschwarze Nacht. »Damals war ich noch Schüler von Gabriele Amorth und ein paar Jährchen jünger als jetzt. Ein Mädchen saß vor mir, mit ihrer Freundin. Ich betete den Rosenkranz, wie ich es täglich tue.« Clara schaute auf die Marienstatue auf der Anrichte und den Rosenkranz, den die Jungfrau in ihren Händen hielt. »Ich merkte, wie dieses Mädchen sich umdrehte und dass meine Gebete sie störten. Plötzlich spürte ich diese unheimliche Macht. Und da wusste ich: Dieses Mädchen war besessen.«

»Was ist dann geschehen?«, fragte Clara.

»Jeder Priester hat die Macht des Exorzismus. Er muss allerdings von seinem Bischof die Approbation erlangen, um als Exorzist tätig werden zu dürfen, ähnlich wie ein Arzt oder ein Anwalt eine Zulassung braucht. Es darf nicht jeder Exorzismen betreiben, wie und wann er will.« Sein Blick schweifte zu einer sorgfältig gerahmten Urkunde, die ihn als Chefexorzisten der Diözese Roms auswies. Unterschrieben vom Bischof von

Rom – in der Ewigen Stadt der Heilige Vater selbst. Das Siegel des Papstes prangte unten auf der Urkunde.

Don Alvaro fuhr fort: »Jedenfalls saß ich in dem Flugzeug, und dieses Mädchen starrte mich an. Und dann sprach ich die Worte, die den Dämon zwingen, sich zu zeigen – in seiner ganzen Wut, seinem Schrecken und seiner Hässlichkeit.«

»Welche Worte?«

»In nomine Iesu principe, manifesta.«

»Und was heißt das?«

»Im Namen Christi, zeige dich.«

»Und was geschah dann?«

»Es war der Zustand, den man auf Italienisch *trance di possessione* nennt. Der Augenblick, in dem sich der Dämon oder der unreine Geist offenbart. Gewöhnlich ertönt dann das Grollen.«

»Das Grollen?«

»Ja. Die Amerikaner nennen es *satanic growl.* Auch das Mädchen gab dieses tiefe Grollen von sich.« Er schaute Clara und MacDeath an. »Kennen Sie den Film *Der Exorzist?* Das Geräusch, das die kleine Regan macht?«

Clara schüttelte den Kopf, MacDeath jedoch nickte. Tomasso ebenfalls.

Don Alvaro gab ein Geräusch von sich, das aus den Tiefen seines Kehlkopfs kam, tiefer als ein bodenloser Abgrund, ein Geräusch voller Verzweiflung und Leere. Vielleicht konnte er dieses Geräusch imitieren, weil er es schon so oft von Besessenen gehört hatte. Oder er konnte Worte formen, die so klangen, als kämen sie nicht von einem Menschen. Beruhigend fand Clara beides nicht.

Als hätte Don Alvaro ihre Gedanken erraten, sah er sie an. »Dieses Geräusch ist immer gleich. Und wann immer man es hört, weiß man, dass die Person besessen ist. Bei diesem Geräusch verschieben sich die Pupillen nach oben oder nach unten, sodass nur das Weiße vom Auge zu sehen ist. Es ist ein Zeichen dafür, dass ein böser Geist den Körper des Betreffenden besetzt hat.«

»Und das Mädchen in dem Flugzeug gab dieses Grollen von sich?«

»Mit einer Stimme, die ihm nicht gehören konnte.« Don Alvaro nickte. »Sie löste ihren Sicherheitsgurt, sprang auf, obwohl das Flugzeug gerade startete, drehte sich um und schlug mir auf den Kopf. Das war meine erste Begegnung mit dem Dämon.« Er lächelte ein wenig verzerrt. »Aber es war nicht die letzte.«

»Sie erwähnten die Pupillen«, sagte Clara. »Macht es einen Unterschied, in welche Richtung sie sich verschieben?« Sie dachte an die Gerichtsmedizin, an die sogenannten Prädilektionsstellen an den Augenlidern, an denen man erkennen konnte, ob eine Person erwürgt worden war. Punktblutungen galten als Zeichen von Gewaltanwendung am Hals. Erwürgen beispielsweise, Erdrosseln und Erhängen.

Don Alvaro nickte.

»Wir legen zwei Finger leicht auf die Augen und heben die Lider an bestimmten Stellen der Austreibungsgebete an«, erklärt er. »Fast immer sind die Augen weiß. Dann nehmen wir die andere Hand, um zu sehen, ob sich die Pupillen nach oben oder nach unten geschoben haben.«

»Und welchen Unterschied macht das?«

»Verschieben sich die Pupillen nach oben, sind es Geister aus dem Formenkreis der Skorpione, deren Herr Luzifer ist. Verschieben sie sich nach unten, sind es Geister aus dem Kreis der Schlangen. Ihr Herr ist Satan.«

»Das klingt nach Forensik und Rechtsmedizin«, sagte Clara. »Wenn auch ein wenig exotischer.«

»Tja, ob es Ihnen gefällt oder nicht«, Don Alvaro lächelte, »die ersten Rituale des Exorzismus kommen aus dem achten

Jahrhundert. Wir sind sozusagen die Gründerväter der Forensik.«

»Was die Besessenheit angeht, trifft es häufiger Frauen oder Männer?«

»Frauen. Sie wollen den Dingen auf den Grund gehen, und dabei treffen sie häufig ...«, Alvaro suchte nach Worten, »sagen wir, auf falsche Freunde. Denn der Dämon gibt sich normalerweise als Freund aus.«

»Ist das der einzige Grund, dass Frauen häufiger betroffen sind?«, fragte Clara.

»Nein«, antwortete Alvaro. »Wenn der Satan die Frauen verführt, verführt er die Männer gleich mit. So hat er es schon bei Adam und Eva gemacht. Frauen haben halt mehr Einfluss auf Männer als umgekehrt. Auch wenn wir gerne glauben, es sei andersherum.« Er schaute MacDeath an und kniff ein Auge zu. »Eva hat sich wenigstens von Satan selbst verführen lassen, also einem Engel. Adam aber nur von Eva, einer Frau. Die Frage ist, wer dümmer war.«

Claras Handy klingelte schon wieder. »Entschuldigung ...« Sie stand auf und entfernte sich ein paar Schritte. »Ja, Hermann. Was ist los? Wo ist diese Venturas?«

»Wir erreichen sie nicht. Irgendetwas ist mit ihrem Handy. Und all die Orte, die uns als mögliche Aufenthaltsorte Venturas' genannt wurden, sind falsch. Wir haben Interpol eingeschaltet. Mehr können wir im Moment nicht tun. Sie ist irgendwo in der Schweiz. Mehr wissen wir nicht.«

Clara schaute nachdenklich aus dem Fenster in die Nacht auf die Kuppel von St. Peter.

Auch Isabel Venturas schien irgendwelche grauenvollen Dinge getan zu haben, von denen niemand wissen durfte. Hermann hatte gesagt, sie wolle menschliche Köpfe verpflanzen – ein abscheulicher, zutiefst amoralischer, ja blasphemischer Gedanke.

Doch jemand wusste davon. Und zwar der, der es auf keinen Fall wissen durfte. Und er würde Venturas dafür töten, auf unvorstellbar grausame Weise.

»Also ist die Frau nicht da, wo sie sein sollte«, sagte Clara. »Als ob ...«

Hermann beendete den Satz: »Als ob jemand nicht will, dass man sie findet.« Er senkte die Stimme. »Bevor er mit ihr fertig ist.«

30

Der Fahrer öffnete Isabel Venturas die Tür der Limousine. Die Klinik mit ihren adretten weißen Mauern erhob sich majestätisch in den Schweizer Winterhimmel.

»Ich habe mit der Oberschwester gesprochen«, sagte der Fahrer. »Ihr Zimmer ist fertig. Ihr Gepäck bringen wir Ihnen umgehend nach oben. Sie können noch eine Erfrischung zu sich nehmen.«

Eine Krankenschwester mit schwarzen Haaren und rot geschminkten Lippen begrüßte sie.

»Wir freuen uns, Sie bei uns zu haben, Frau Venturas. Wenn wir Ihnen zu Diensten sein können, sagen Sie es bitte.«

Sie gingen durch die langen, eleganten Flure der Privatklinik. Es war nur ein kleines, aber sehr spezialisiertes Haus; dennoch wunderte sich Isabel, wie wenig Patienten sie zu Gesicht bekam.

Als hätte die Schwester ihre Gedanken erraten, sagte sie lächelnd: »Wir haben eine Philosophie. Immer nur wenige Patienten gleichzeitig. Aber diesen Wenigen gehört unsere volle Aufmerksamkeit.«

Sie öffnete die Tür zu einem prächtigen Zimmer.

»Der Chefarzt wird Sie gleich in Empfang nehmen. Je nachdem, wann die Wehen einsetzen, werden wir innerhalb der nächsten Woche mit der Entbindung beginnen. Sollten Sie einen früheren Entbindungszeitpunkt wünschen, zum Beispiel durch Kaiserschnitt, ist das auch möglich.«

Wieder das kirschrote Lächeln.

»Danke«, sagte Isabel und betrat das geräumige Zimmer mit dem großen Bett.

Sie lächelte.
Sie fühlte sich auf Anhieb wie zu Hause.

31

»Mann und Frau«, sagte MacDeath. »Ein Thema unendlicher Verwirrung. Das sagte schon Freud.«

»Unendliche Verwirrung? Eher noch heilloses Chaos«, sagte Don Alvaro. »Das Gelübde der Keuschheit und der Ehelosigkeit der Priester mag hart sein, aber es erspart einem einen Gutteil an Komplexität.« Er lehnte sich zurück. »Jedenfalls, Satan war eifersüchtig. Das ist er immer und wird es immer sein. Zuerst auf Gott, dann auf die Erzengel, dann auf Christus, weil er der Sohn Gottes war, und schließlich auf die Menschen, weil sie als Gottes Ebenbild geschaffen wurden. Er bekämpfte sie alle, führte sie alle in Versuchung. Beim Mann geschah dies durch die Frau.«

»Was geschieht mit den Besessenen?«, fragte Clara. Sie wusste nicht, ob sie das alles überhaupt glauben sollte, aber da sie einem hohen Kirchenmann und anerkannten Experten gegenübersaß, wollte sie die Gelegenheit nutzen, ihren Horizont zu erweitern, auch wenn manche Aussagen der beiden Priester ihr absurd erschienen – vorsichtig ausgedrückt. »Sind Sie ständig besessen oder nur zeitweise?«

»Man muss sich das mit dem Dämonen und den Besessenen vorstellen wie mit einem reichen Mann, der viele Autos besitzt. Der reiche Mann ist der Dämon.«

»Und seine Autos die Besessenen?«

Alvaro nickte. »Der Reiche kann nicht gleichzeitig mit allen Autos fahren. Er fährt heute mit diesem Wagen, morgen mit jenem. Sobald er fährt, zeigt der Betreffende die Symptome eines Besessenen. Die anderen sind aber *auch* besessen, da sie sozusagen zu seinem Fuhrpark gehören. Anders ist es bei den Dämonen des Triumvirats, Satan, Luzifer und Asmodeus. Sie sind in der Lage, mehrere Körper gleichzeitig zu besetzen.«

»Wie viele?«

»Tausende.«

»Und was sind die Symptome der Besessenheit?«, fragte Clara.

»Deutliche Symptome sind das Reden in fremden Sprachen, die der Besessene niemals gelernt hat.«

»Welche Sprachen sind das?«

»Viele. Und die Satanssprache, Latein rückwärts.«

»Manche sagen, die fremden Sprachen bei Besessenheit kämen nur dadurch zustande, dass eine andere Persönlichkeit der konditionierten Opfer sozusagen nach vorne kommt«, sagte MacDeath und setzte einen interessierten, dennoch kritischen Blick auf.

»Schön möglich«, erwiderte Don Alvaro. »Aber egal wie viele Persönlichkeiten man hat, man kann damit nicht erklären, warum ein Besessener plötzlich fliegen kann – das, was man Levitation nennt.«

»Was genau geschieht bei der Levitation?«, fragte Clara fasziniert. »Schweben die Menschen wirklich frei im Raum?«

»Ja. Bis zur zwanzig Meter hohen Decke einer Kirche. Ich habe es selbst gesehen. Ebenso einen Menschen, der in schlangenartigen Bewegungen durch den Raum schwebte. Es war das Bizarrste, was mir je unter die Augen gekommen ist.«

MacDeath verzog das Gesicht.

Don Alvaro schaute kurz aus dem Fenster. »Dann gibt es die Aversion gegen alles Heilige, gegen Kreuze, Gebete, Weihwasser, Kirchen. Aber das Unheimlichste sind die Dinge, die sie ausspucken.«

»Welche Dinge?«

»Nägel, kleine Figuren, Rasierklingen ...«

»Woher kommen diese Gegenstände?«

»Sie materialisieren sich im Mund der Besessenen. Kurz bevor sie die Gegenstände ausspucken.«

»Wie bitte?«

»Würde man diese Menschen vorher röntgen, würde man die Gegenstände nicht sehen. Aber sie spucken sie aus. Sie kommen ...« Er suchte nach Worten. »Wahrscheinlich kommen sie geradewegs aus der Hölle.«

Don Alvaro ging zum Schreibtisch und zog aus einem Stapel ein Foto hervor. Es zeigte einen rostigen Nagel, der eher wie ein Reißnagel von einer Pinnwand aussah. Nur dass er viel größer, dunkler und rostiger war.

»Das«, sagte Alvaro, »nennt man einen satanischen Nagel. Ein achtzehnjähriges Mädchen aus Mailand hat ihn ausgespuckt. Sie manifestieren sich während eines Exorzismus. Manchmal werden sie von den Besessenen ausgespuckt, manchmal liegen sie einfach auf dem Tisch, kommen aus dem Nirgendwo.«

»Was macht man mit diesen Nägeln?«

»Man darf sie nicht anfassen. Man muss sie wegwerfen oder ins Feuer legen. Die Nägel sind gefährlich. Sie werden von Satanisten gesammelt. Es gibt einen Schwarzmarkt für diese Nägel. Genauso wie für geweihte Hostien, die in den schwarzen Messen entweiht werden.«

»Ich habe einmal gehört«, sagte Clara. »dass die bösen Geister, wenn es sie denn gibt, in die Zukunft schauen können.«

Don Alvaro schüttelte den Kopf. »Nein, das können sie nicht, auch wenn sie es gerne behaupten. Sie wissen nichts über die absolute Zukunft. Dann nämlich müssten sie in der Ewigkeit existieren, der vollkommenen Abwesenheit von Zeit, wo die Zeit zum Raum wird. Doch in der Ewigkeit existiert allein Gott. Die Geister können aber etwas über die unmittelbare Zukunft sagen.« Er schaute Clara an. »Gesetzt der Fall, Sie, junge Frau, wollen in zwei Wochen in Urlaub fahren. Dann könnte ein Dämon in einer Séance offenbaren, wohin Sie in zwei Wochen reisen.«

»Und woher weiß er das?«

»Von anderen, die er belauscht hat. Dämonen können sich innerhalb von Sekundenbruchteilen von einem Ort der Welt zum anderen bewegen. Sie sprechen alle Sprachen, können als körperlose Geister jeden Ort aufsuchen und sämtliche Menschen belauschen. Und einer hat vielleicht belauscht, was sie mit einer Freundin über Ihren Urlaub besprochen hatten. Und schon sieht es so aus, als könne der Geist die Zukunft vorhersagen.«

»Mit wenig Wissen viel Eindruck machen«, sagte MacDeath. »Erinnert mich irgendwie an Politiker.«

»Es liegt in der Natur des Dämons, sich als größer darzustellen, als er ist.«

»Wenn das so ist«, sagte MacDeath, »und man kann diese Phänomene dokumentieren, beweist der Teufel die Existenz des Bösen.« MacDeath schien es zu gefallen, im Chaos all der Theorien von Krankheiten, Psychiatrie und Relativismus endlich einen Schuldigen festmachen zu können, und wenn es eine mittelalterlich anmutende Satansgestalt war. »Gleichzeitig treten Abertausende aus der Kirche aus, weil sie meinen, die kirchlichen Lehren seien irrelevant geworden. Aber wenn das Böse tatsächlich so präsent ist, muss es auch das Gute geben.«

Don Alvaro nickte. »Wie schon Papst Johannes Paul II. sagte: Wer nicht an den Teufel glaubt, glaubt nicht an das Evangelium.«

»Warum kann man dann nicht das Böse zeigen, um das Gute zu beweisen?«, bohrte MacDeath weiter. »Warum kann man nicht Besessene zeigen, die diese Nägel ausspucken, um die Existenz Gottes zu beweisen?«

Clara beobachtete MacDeath. Wie viele hochgebildete Menschen wäre er auch für jeden Hinweis dankbar, der die Existenz des Übersinnlichen zumindest in den Bereich des Möglichen rückte und seine rationale wissenschaftliche Welt infrage stellen könnte. Sie hatten noch nie darüber gesprochen, aber wahrscheinlich gehörte auch MacDeath zu den Menschen, die gerne an etwas glauben würden, es aber nicht konnten, und die für jeden Rettungsanker dankbar waren, selbst wenn es ein Wink des Bösen wäre.

Doch Don Alvaro schüttelte den Kopf. »Der laute und aggressive Weg ist der des Teufels, nicht aber der Weg des Herrn. Es wäre schön, wenn Wunder jederzeit die Existenz Gottes beweisen könnten, aber wäre das dann noch Glaube? Denn was sagt Paulus? ›Es ist aber der Glaube eine gewisse Zuversicht dessen, was man hofft, und ein Nicht-Zweifel an dem, was man nicht sieht.‹ Hoffen und Nicht-Sehen.« Er schaute seine beiden Besucher an. »Wissen ist nicht glauben.« Er nahm eine Olive vom Teller. »Es ist ja nicht so, dass diese Idee nicht auch schon anderen gekommen wäre. Zum Beispiel dem Satan selbst. Jesus verbringt vierzig Tage fastend in der Wüste. Satan fordert ihn auf, die Steine in Brot zu verwandeln, doch Jesus widersteht und hungert lieber. Satan fordert ihn auf, von der Klippe zu springen. Als Gottes Sohn würde der Herr ihn retten, und das Wunder wäre vollbracht. Aber so handelt Gott nun mal nicht.«

»Gott bevorzugt den leisen Weg?«, fragte Clara.

»Ja. Gott ist wie die Organe des Körpers, die alle unbemerkt ihren Dienst tun, bis eines versagt und damit auffällt. Satan jedoch ist keines dieser Organe, die stets einwandfrei und lautlos funktionieren. Satan ist der Zahn, der vereitert ist, grauenvolle Schmerzen verursacht und alle Aufmerksamkeit auf sich zieht, auch wenn alles andere perfekt funktioniert.«

»Nur Stille ist göttlich?«, fragte Clara, die sich oft nach Stille sehnte und der es schwerfiel, Menschen zu ertragen, die ständig in den höchsten Tönen von sich redeten und prahlten.

»Ein Baum, der fällt«, sagte Don Alvaro, »macht mehr Lärm als ein ganzer Wald, der wächst.«

»Und der Dämon besetzt den Körper eines Menschen, um ihn zu seinem Werkzeug zu machen?«

»Richtig.« Don Alvaro nickte.

»Ähnlich wie bei uns«, sagte MacDeath. »Wir haben einen Mörder, der junge Frauen für seine Taten als Killer instrumentalisiert. Der sich der Drache nennt und sich mit den Worten ›Mein Name ist Legion‹ vorstellt.« Er blätterte durch die Akten. »Wir vermuten, dass er sich als gottgleich betrachtet.«

»Er wird denken, dass es der Wille einer höheren Macht ist, was er tut.« Don Alvaro schaute beide an. »Kennen Sie die Geschichte mit Abraham und Isaak?« Er sprach nach einer kurzen Pause weiter. »Gott befiehlt Abraham, seinen einzigen Sohn Isaak auf dem Berg Moriah zu opfern. Als Abraham seinen Sohn auf den Opferstein gefesselt und schon das Messer erhoben hatte, griff der Engel Gottes ein und hält den Arm Abrahams fest. Abraham hatte den Treuetest Gottes bestanden. Er wäre bereit gewesen, seinen eigenen Sohn zu opfern. Nur das Eingreifen Gottes hielt ihn davon ab.«

Clara musste an das Beispiel von MacDeath denken, an Albert Fish, der glaubte, die Morde, die er beging, seien im Sinne Gottes, da Gott ihn anderenfalls aufgehalten hätte. Fish, der sich in Gewitternächten nackt auf einen Hügel gestellt und gerufen hatte: »Ich bin Christus.«

»Dann wartet unser Killer auch ...?«

»Er wartet vielleicht ebenfalls auf den Moment, in dem Gott eingreift, um sein Messer festzuhalten. Oder er wartet auf Satan, damit der ihn in sein Reich holt. Solange das nicht geschieht, glaubt er, alles was er tut, wäre im Sinne Gottes. Oder des Satans. Solange ihn niemand aufhält, ist sein Wille Gesetz. Und sein Tun ist legitimiert. Von ganz oben, sozusagen.« Ein flüchtiges Lächeln huschte über seine Lippen. »Oder von ganz unten.«

»Und vorher wird er nicht aufhören?«, fragte Clara.

»Ich kenne den Mörder nicht«, sagte Don Alvaro. »Aber was meine Erfahrung angeht ... nein.«

Don Tomasso nickte beipflichtend.

»Der Mörder«, sagte MacDeath, »scheint Opfer zu bevorzugen, die nach außen hin eine weiße Weste haben, aber ein dunkles Geheimnis in sich tragen.«

»Dann tötet er die, die noch böser als böse sind«, sagte Don Alvaro. Don Tomasso hörte aufmerksam zu. »Die, die nach außen gut erscheinen. Und das ist genau der Weg, wie auch der Satan in der Welt handelt. Er ist das Böse, das sich als Gutes verkleidet.«

»Ein Teil von jener Kraft, die stets das Böse will und stets das Gute schafft«, sagte MacDeath.

»Sehr gut«, sagte Don Alvaro, »Ihren Faust kennen Sie also auch. Sollten Sie auch. Aber der Satan will nicht nur das Böse, er schafft es auch. Und er stellt es so dar, dass es *gut* aussieht. Dass es dem Mainstream entspricht, wie man es heutzutage so gerne ausdrückt. Politisch korrekt.«

»Der Killer tötet böse Menschen«, sagte Clara. »Aber was ist sein Motiv?«

Don Alvaro strich sich über seinen Bart. »Vielleicht ist es der Tod selbst.«

»Der Tod?«

»Ja. Denn der Tod«, sagte Don Alvaro, »und hier spreche ich einmal wie ein Wissenschaftler, stellt den Sinn aller menschlichen Anstrengungen am radikalsten infrage. Alles, was man sich auf Erden aufgebaut hat, ist am Tag des Todes unwiederbringlich vorbei und verloren. Was dazu führt, dass gerade Religionen als sinnstiftende Deutungssysteme den Tod thematisieren. Es *muss* doch irgendetwas nach dem Tod kommen. Es *kann* doch nicht alles vorbei sein.«

»Für die, die in den Himmel kommen, geht es doch auch

erfreulich weiter«, sagte Clara und lehnte sich zurück, während MacDeath andächtig auf einer Olive kaute und mit einem Schluck Rotwein nachspülte.

»Richtig«, sagte Don Alvaro. »Sie sterben nicht wirklich, weil Christus stellvertretend für sie gestorben ist und die sündige Menschheit erlöst hat. Doch es gibt noch die anderen. Die Verdammten. Für die gibt es in der Offenbarung zwei Tode. Den ersten und den zweiten Tod.«

Clara sah wieder all die Toten vor ihren Augen, die nachts in ihren Träumen auftauchten. Es reichte ihr eigentlich, dass sie einmal gestorben waren.

»Der zweite Tod«, sagte Don Alvaro. »Zum ersten Mal erscheint dieser Begriff im Totenbuch der Ägypter. Die Menschen, die ein schlechtes Leben geführt haben und von Osiris verdammt wurden, werden nach dem Tod von einer riesigen Schlange gefressen. Diesen Tod nach dem Tod nennt das Ägyptische Totenbuch ›Den Zweiten Tod‹. Auch die Offenbarung spricht davon. Am Ende werden der Satan und seine Vasallen, zusammen mit den Verdammten, in das ewige Feuer geworfen.« Er glitt mit dem Finger über die Seiten der Bibel, aus der er vorhin schon zitiert hatte. »Und die Verdammten wurden geworfen in den feurigen Pfuhl, der von Schwefel brannte. Dies ist der Zweite Tod.«

»Der Killer«, sagte Clara. »Was hat er davon? Will er, dass seine Opfer in die Hölle kommen?«

»Es gibt Lehren, die besagen, dass es in der Hölle zwar keine Gesetze gibt, dass aber die bösesten und schrecklichsten Menschen in der Hierarchie der Hölle aufsteigen können. In der Hölle quält jeder den anderen, jeder wird getötet, stirbt und lebt am nächsten Tag wieder, um erneut gequält und getötet zu werden. Ein immerwährender Kreislauf des Grauens. Je mehr Menschen man im Leben getötet hat, desto höher steigt man auf. Früher ging man davon aus, dass auch Selbstmörder als

Mörder in die Hölle kommen. Mittlerweile ist die Kirche nicht mehr dieser Meinung, aber wenn es so wäre, dann wären die, die sich selbst das Leben nahmen, in der Hierarchie ganz unten angesiedelt. Sie waren schließlich ›nur‹ in der Lage, sich selbst zu töten und nicht einmal stark genug, das Leben eines anderen zu nehmen. Diejenigen aber, die viele Menschen ermordet haben, stehen weit oben in der Rangfolge.« Tomasso blickte Alvaro an und runzelte die Stirn.

»Und indem unser Täter diejenigen tötet, die selbst schrecklich sind, macht er sich *noch* schrecklicher als sie?«, fragte Clara.

»Das wäre zwar kein alltägliches, aber durchaus bekanntes Phänomen, was die Allmachtsfantasien von Serienmördern angeht«, sagte MacDeath. »John Berkowitz behauptete, er wäre besessen vom Hund seines Nachbarn. Und er träumte davon, dass seine Opfer ihm nach seinem Tod in einer Art Nachwelt zu Willen sein würden.«

Don Alvaro wiegte den Kopf. »Vom Geist eines Tieres, sofern es überhaupt einen Geist besitzt, kann man nicht besessen sein. Aber den Traum, in der Hölle über Sklaven zu herrschen, haben bereits die abtrünnigen Erzengel geträumt.«

MacDeath nickte. »Auch Dennis Rader, der sich BTK-Killer nannte, träumte von einer bizarren S&M-Hölle, in der seine Opfer für immer seine perversen Fantasien befriedigen mussten.«

»BTK?«, fragte Don Alvaro.

»BTK steht für Bind, Torture, Kill. Rader war ein hochgradig perverser Sexualtäter, der seine Opfer gefesselt, gefoltert, missbraucht und getötet hat. Nebenbei war er ein ganz normaler Familienvater. Das FBI hat Jahrzehnte gebraucht, bis es ihn endlich hatte.«

Don Alvaro schüttelte den Kopf. »Ich sehe, mein Freund, wir sind beide in ähnlich unerfreulichen Welten unterwegs.«

»Und das hofft unser Killer auch?«, nahm Clara den Faden

wieder auf. »Dass seine Opfer in die Hölle kommen und er nach seinem Tod über sie herrscht?« Sie schaute Don Alvaro an.

»Ja. Das könnte ein Motiv sein. Und damit sichert er sich einen Platz ganz oben in der Hierarchie der Hölle. Er hofft vielleicht, dass er auf diese Weise sogar zu einem Erzdämon aufsteigt.« Tomasso, der die ganze Zeit geschwiegen hatte, räusperte sich leise.

»Ist das möglich?«, fragte Clara. »Für einen Menschen?«

»Es ist noch keiner dort gewesen«, erwiderte Alvaro und wies mit dem Kopf in die Ferne. »Aber am Jüngsten Tag werden die Heiligen und die Seligen im Himmel die Plätze *der* Erzengel einnehmen, die nach der Rebellion Satans in den Abgrund geworfen wurden und deren Plätze nun frei sind. Gott hat den Menschen auch geschaffen, um ihn zum Nachfolger *der* Engel zu machen, die ihn enttäuscht haben.«

»Und das kann auch in der Hölle geschehen?«

»Es gibt Legenden, die besagen, dass Erzdämonen, die nicht mehr böse genug sind, von Menschen ersetzt werden können. Das könnte ein Motiv des Drachen sein.«

Tomasso räusperte sich erneut, dieses Mal lauter.

Clara schaute kurz nach draußen in die tiefschwarze Nacht und richtete den Blick dann auf Don Tomasso. Wahrscheinlich würde er seinen Lehrmeister niemals kritisieren, aber hier schien er anderer Meinung zu sein. Und auch sie musste zugeben, dass eine Planung jenseits des Todes ein äußerst exotisches Motiv war. Don Alvaro jedenfalls schien daran zu glauben, aber der alte Exorzist schien Clara in seinem Denken in manchen Belangen noch im Mittelalter verhaftet zu sein.

»Ein Motiv, das über den Tod hinausgeht?«, fragte sie.

MacDeath nickte. »Der Bursche sollte mal Seminare über das langfristige Denken halten.«

Clara schaute ihn strafend an. In diesem Augenblick klingelte wieder ihr Handy.

32

Es war früh am Morgen.

Isabel Venturas erwachte.

Am Ende des großen Raumes sah sie einen festlich gedeckten Tisch mit weißer Tischdecke, dazu silbernes Besteck, einen großen Teller, eine dekorativ gefaltete Stoffserviette, ein funkelndes Weinglas und eine Karaffe mit Rotwein.

Daneben ein Scheinwerfer, eine Kamera und eine Leinwand auf einem Stativ.

Was soll das? Eine Überraschung?

Aber die Ärzte wussten doch, dass sie in der Schwangerschaft keinen Alkohol trinken durfte.

Dann öffnete sich die Tür.

Der Mann, den sie sah, trug einen weißen Arztkittel und schob einen silbernen Servierwagen vor sich ins Zimmer, der mit einer weißen Decke abgedeckt war, als würde sich darunter etwas befinden, das Isabel Venturas nicht sehen sollte.

Noch nicht.

Seltsamerweise trug der Mann eine schwarze Brille, sodass Isabel nichts von seinen Augen sehen konnte. Ein kurzer grauer Bart umrahmte seinen grausam zusammengekniffenen Mund, als er die Tür mit einem lauten Knall von innen ins Schloss fallen ließ.

»Wer sind Sie?«, fragte Isabel. »Der Arzt?«

Ein Lächeln huschte über das Gesicht des Fremden.

»Nicht ganz.«

33

Clara sah die vertraute Nummer.

Hermann.

»Wir sind an Venturas dran«, sagte er. »Nicht mehr lange, und wir kennen ihren Aufenthaltsort. Es muss irgendwo in der Nähe von St. Moritz sein. Wir haben das GPS ihres Firmenwagens verfolgen können, sind jetzt aber ewig nicht durchgekommen. Offenbar hat jemand verhindert, dass wir ihr Handy lokalisieren. Und in der Firma lag eine falsche Adresse vor. Da ist sie nicht. Bleibt erreichbar, okay? Wir melden uns, sobald wir was wissen.«

»Auf jeden Fall ist die Frau in Gefahr«, sagte Clara mit drängendem Unterton. Die Bilder des bestialisch ermordeten Franco Gayo erschienen wieder vor ihrem inneren Auge. »In höchster Gefahr. Hörst du, Hermann? Dieser Wahnsinnige, dieser Drache, scheint sie als nächstes Opfer auf seiner Liste zu haben.«

»Wir organisieren über Interpol einen Flug in die Schweiz für dich und MacDeath. Gib mir noch mal eure Koordinaten durch. Ein Helikopter wird euch abholen. Und wir machen den Schweizer Kollegen die Hölle heiß. In Ordnung?«

»In Ordnung«, sagte Clara. »Hoffentlich ist es noch nicht zu spät.«

Sie stellte das Handy ab und drehte sich zu den drei Männern um.

»Er hat wieder zugeschlagen«, sagte sie. »Wir müssen sofort los.«

Alvaro und Tomasso schauten sie mit großen Augen an.

»Können Sie das mit dem Transport schnell klären?« Clara reichte MacDeath das Handy. Der eilte mit dem Gerät die Treppe hinunter, da auf dem Hof der Empfang besser war. Don Tomasso folgte ihm. Clara blieb noch. Sie verspürte das Bedürfnis, noch zwei, drei Minuten mit Alvaro zu sprechen. Es gab da irgendetwas, was sie ihm noch sagen oder von ihm hören wollte.

Don Alvaro stand eine Zeit lang am Fenster und wandte sich dann zu Clara um.

»Es ist selten«, sagte er, »dass man in diesem Metier eine Frau trifft. Ich habe oft mit der römischen Questura zu tun, wenn es um satanische Ritualmorde geht. Aber die meisten Kommissare dort sind Männer.«

»Und?«, fragte Clara. »Würden Sie sagen, das ist ein Vorteil oder ein Nachteil?«

»Es kann ein Vorteil sein. Auch wenn ich in einem Beruf arbeite, in dem nur Männer tätig sein dürfen.« Er lächelte kurz. »Ich denke, Frauen können die erfolgreicheren Ermittler sein. Sie haben den Vorteil, dass sie besser zuhören können und nicht vorschnell urteilen.«

»Das stimmt«, erwiderte Clara. »Je schneller man urteilt, desto eher kann man auf eine falsche Fährte kommen. Was der Täter natürlich ausnutzt.«

»Täter und Opfer«, sagte Don Alvaro. »Den Opfern, die zu mir kommen, steht die Angst ins Gesicht geschrieben – die Angst, dass das Böse wiederkommt, dass sie sich hinterher an nichts mehr erinnern, dass sie in der Gewalt einer fremden Macht sind.«

»Ich frage mich immer, warum es den einen erwischt, während der andere verschont bleibt«, sagte Clara, halb zu sich selbst, halb zu Don Alvaro. »Obwohl ich noch nie dort war, denke ich dabei immer an die Savanne in Afrika, genauer gesagt an eine Wasserstelle mitten in der Savanne. Antilopen gehen dorthin, um zu trinken. Dann nähert sich ein Löwe. Er hat Hunger, großen Hunger. Und er wittert. Er beobachtet. Er weiß, dass die Antilopen dort sind. Und er weiß, welcher er sich nähern muss, bei welcher seine Chancen am höchsten sind. Er spürt die Schwäche, die Unsicherheit, die instinktive Angst. Und das Tier, bei dem er es am deutlichsten spürt, sucht er sich aus. Er verfolgt es, fängt es, tötet es und frisst es auf.«

»Und Sie beobachten sozusagen die Wasserstellen in der Großstadt?«

»Leider nicht alle. Ich wünschte, ich hätte die Zeit dazu.« Clara seufzte. »Die heutigen Wasserstellen sind die Shopping Malls, die Geschäftsstraßen, die Parks ... all die Orte, an denen man viele Menschen antreffen kann. Und all die Orte, wo man aufgrund der schieren Masse und Anonymität nicht gesehen wird. Denn das ist es, was jeder Jäger will: sehen, aber nicht gesehen werden. Zuschlagen aus dem Dunkel der Nacht, in die er sich dann mit seinem Opfer zurückzieht, als würde es vom Erdboden verschluckt.«

»Manch einer nennt mich einen Dämonenjäger«, sagte Don Alvaro. »Vielleicht sind Sie etwas Ähnliches.«

»Wir könnten uns Seelenjäger nennen«, sagte Clara. »Wir versetzen uns in die Gedankenwelt der Monster. Ich versuche immer, so zu denken wie der Täter. Ich gehe an die Orte, an denen die schrecklichen Dinge geschehen sind, und versuche mir vorzustellen, wer es sein könnte, und wie er sein könnte. Wenn ich der Täter wäre, der Löwe – wen würde ich mir aussuchen? Und manchmal bin ich mir ziemlich sicher, dass ich eines der möglichen Opfer sehe, Menschen, von denen ich glaube, dass sie ein Opfer werden könnten. Manchmal gelingt es mir dann, sie rechtzeitig in Sicherheit zu bringen, meistens aber nicht. Denn welchen Beweis hätte ich, abgesehen davon, dass ich überzeugt bin, dass das potentielle Opfer in höchster Gefahr ist? Weil es langsamer ist als die anderen Antilopen, um bei meinem Vergleich zu bleiben? Weil die Löwen es reißen werden? Vielleicht, weil es so geschehen wird, weil es so geschehen *soll?*«

»Dann könnten Sie es erst recht nicht verhindern«, sagte Don Alvaro. »Genauso wenig wie ich. Wir können eine Schlacht gewinnen, nicht aber den Krieg. Nicht wir allein.«

Clara nickte. »Die Löwen kommen immer wieder. Sie jagen, sie töten, sie fressen. Würde man eine galvanische Hautreaktion an den Tätern und den Löwen durchführen, würde man sicherlich genau dieselben Impulse messen. Und nicht nur der Hunger treibt sie an, auch die Lust nach Beute und die Gier nach Fleisch.« Sie zögerte, bevor sie weitersprach. »Nur dass unsere Löwen sich manchmal tarnen. Die richtigen Löwen kennen keine Gnade, aber sie handeln wie alle Löwen, ihrer Natur entsprechend. Unsere Löwen tun das nicht.«

Alvaro sah sie aufmerksam an.

»Wir hatten da mal einen Fall«, fuhr Clara fort. »Im Mittelpunkt stand ein ehemaliger Notarztfahrer. Der Mann hatte einen nachgebauten Rettungswagen, eine Uniform, einen Arztkittel, alles. Er war ein Kindermörder. Eines Tages ging er in eine Einkaufsmeile in Berlin-Neukölln. Mit einer schwarzen Maske vor dem Gesicht. Er näherte sich einem kleinen Mädchen und schlug es von hinten bewusstlos. Und dann verschwand er. Die Maske hatte er in einer Tüte verschwinden lassen.«

»Was geschah dann?«, fragte Don Alvaro.

»Die Eltern riefen den Notarzt, und der kam auch sofort und hat das Mädchen mitgenommen. Nur dass der Notarzt kein Notarzt war, sondern …«

Don Alvaro verstand sofort. »Der Mörder?«

»Ja. Der Mann, der das Mädchen vorher bewusstlos geschlagen hatte, damit die Eltern den Notarzt überhaupt erst riefen. Ihn. Er war an Ort und Stelle, bevor der richtige Notarzt kam.

Weil er gar nicht angerufen werden musste. Weil er sowieso da war. Deshalb war er schneller als alle anderen. Die Eltern haben dem Killer ins Gesicht geschaut, und er hat ihr Kind mitgenommen … vor ihren Augen. Sie hatten keine Ahnung, und das *wusste* er, und er hat es genossen. Das Mädchen kam nie zurück.«

Clara schaute nach draußen in die Nacht über der Ewigen Stadt. »Wie ich schon sagte, meine Löwen tarnen sich. Das ist der eine Unterschied. Der andere aber ist viel schlimmer.«

»Sie tun es nicht, weil sie es tun müssen, sondern weil sie es wollen?«, fragte Don Alvaro.

»Ganz genau«, sagte Clara, »echte Löwen töten aus Hunger. Aber Menschen töten aus Lust.«

Sie gingen gemeinsam nach draußen auf den Hof, auf den zaghaft die ersten blassen Strahlen der Morgensonne fielen.

»Sie fangen also die Täter, indem Sie versuchen, sich in sie hineinzuversetzen«, sagte Don Alvaro.

»Auf diese Weise versuche ich, auf den Täter zu kommen«, verbesserte Clara ihn. »Aber eigentlich ist die Perspektive des Opfers wichtiger. Du musst die Szene in deinem Kopf neu erwecken, du musst wissen, wie sich das Opfer gefühlt hat, die Angst, die Reaktion, die Schreie.« Sie merkte gar nicht, dass Sie zum »Du« übergegangen war. »Wie war es, als der Angreifer mit einem Messer oder einer Pistole kam? Wann hat er es getan? Zu welcher Tageszeit? Und wo? Du musst den Schmerz fühlen, wie das Messer eindringt, wie er dem Opfer das Höschen wegreißt, wie er ihm die Beine auseinanderdrückt. Was hat das Opfer in diesem Moment gesehen? Hat es auf irgendeinen Punkt an der Decke gestarrt? Hat es vielleicht etwas hinterlassen, von dem es will, dass es gefunden wird?« Sie verstummte kurz. »Wie mag es überhaupt sein, voller Angst und Schmerz zu schreien, so laut du nur kannst? Du musst es nachempfinden, so intensiv es nur geht, als würdest du es selbst erleben.

Wir müssen versuchen, uns das Leiden des Opfers vorzustellen.« Sie zögerte einen Moment. »Denn um den Täter zu fangen, muss man selbst Opfer werden.«

»Andere retten, indem man selbst leidet, vielleicht sogar stirbt«, sagte Alvaro nachdenklich. Sein Gesicht schimmerte im Licht der ersten Sonnenstrahlen. »Manchmal müssen wir schwächer sein, als wir sind, um etwas zu bewirken, nicht wahr?«

Clara nickte.

Sie blickten sich eine Zeit lang an, während die Sonne im Osten zwischen den Wolken hervorkam und die antiken Säulen und Türme im ersten Licht des neuen Tages lange Schatten warfen.

»Ich kenne Ihre Geschichte nicht«, sagte Don Alvaro schließlich, »aber Sie selbst möchten Opfer werden, um ein anderes Opfer wiedergutzumachen. Da ist etwas in Ihrer Vergangenheit, nicht wahr? Es ist wie ein schwarzer Schatten, der Ihre Sicht verdunkelt.«

Clara nickte.

Alvaro streckte die Hand aus und strich ihr sanft über die Wange. Sie merkte, wie sich eine Träne aus ihrem Augenwinkel löste und über ihre Wange rann.

»Aber gegen manche Dämonen«, fuhr Don Alvaro fort und nahm Claras Hand, »hilft kein Exorzismus. Manche Dämonen kann man nur selbst bekämpfen. Manchmal kann es helfen, schwach zu sein, um stärker zu werden. Manchmal kann es helfen, einfach Gott die Arbeit machen zu lassen.«

MacDeath kam die Treppe zu ihnen herauf, das Mobiltelefon in der Hand. Tomasso stand hinter ihm, das Gesicht wie versteinert.

»Das LKA Berlin«, sagte MacDeath. »Sie haben den Aufenthaltsort von Isabel Venturas.«

»Wo ist sie?«, fragte Clara.

»In der Privatklinik St. Clemens in der Schweiz. In Sankt Moritz, um genau zu sein. Die Questura stellt uns einen Helikopter zur Verfügung.«

»Wann ist er da?«

MacDeath blickte auf die Uhr. »Wenn wir Glück haben, in fünf Minuten.«

34

»Sind Sie der Arzt?« Die Angst in Venturas' Stimme ließ sich nicht mehr verbergen.

»Nicht ganz«, sagte der Mann mit dem weißen Kittel und dem silbernen Wagen, auf dem sich die weiße Decke befand.

»Wer sind Sie, verdammt?« Isabel versuchte, an das Kopfende ihres Bettes zu rücken, als der Mann sich ihr näherte.

»Was sehen Sie denn?«, fragte er. »Was sehen Sie?«

»Was ich sehe?« Sie zitterte, krampfte die Hände zusammen und versuchte aufzustehen.

»Sie wissen es nicht?«, fragte der Mann. »Dann werde ich Ihnen sagen, was *ich* sehe.«

Er näherte sich ihr langsam, wobei er den silberglänzenden Wagen vor sich her schob und mit jedem Schritt einen Satz sprach. Und jeder Satz bewies Isabel Venturas, dass dieser Mann irre war. Irre und mörderisch.

»Ich sehe«, sagte er und setzte einen Fuß vor den anderen, »ich sehe verlorene Seelen, die im Mahlstrom Satanas' um Erlösung heulen. Ich sehe«, er machte einen weiteren Schritt, »Leichen fressende Ghuls, die in pestverseuchten Kirchtürmen eiserne Glocken läuten. Ich sehe ...« Er hielt einen Moment inne, während Isabel Venturas der Angstschweiß brennend in die Augen lief.

»Ich sehe ein Zimmer«, fuhr der Mann fort. »Darin zwei Menschen.« Er ging einen weiteren Schritt auf sie zu. »Der eine liegt, der andere nicht.«

Die Hände des Mannes schossen vor. Er packte Isabels Arme und fesselte sie mit schnellen, geschickten Bewegungen.

Panik erfasste Isabel. Ihre Angst war alles umschlingend wie eine Grube voll Teer, in die sie geworfen wurde.

»Der eine schweigt«, sagte der Mann, »der andere spricht.«

Er hob die weiße Decke von dem silbernen Wagen. Auf seinem Gesicht erschien ein Ausdruck sadistischer Vorfreude.

»Der eine stirbt, der andere nicht.«

Isabel Venturas sah über die Wölbung ihres schwangeren Leibes hinweg die Oberfläche des silbernen Tisches.

Und auf dem Tisch die *Instrumente.*

Ehe Isabel bewusstlos wurde, hörte sie noch einmal die Worte:

»Der eine stirbt, der andere nicht.«

35

Der Helikopter landete mit brausenden Rotoren im Gegenlicht der aufgehenden Sonne auf der Piazza vor der großen Mauer. Ein Schwarm Vögel stieg auf und flog in Richtung der rot leuchtenden Kuppel des Petersdoms.

MacDeath ging mit Don Tomasso voraus, der dem Piloten auf Italienisch ein paar Worte zurief, worauf der Pilot nickte und in sein knackendes Funkgerät sprach.

Clara schaute auf die schwirrenden Rotorblätter des Helikopters, blinzelte in die aufgehende Sonne und drehte sich zu Don Alvaro um, der vor ihr stand, die Sonnenstrahlen im Gesicht. Seine übernächtigten Augen blickten zum Himmel und richteten sich dann auf Clara. Noch einmal nahm er ihre Hände in seine.

Auch Clara spürte nun die Müdigkeit nach der durchwachten Nacht, während Tränen ihre Augen füllten. Sie hielt die Hände des alten Priesters fest umklammert.

»Auch der Apostel Paulus«, sagte Don Alvaro, »wurde von einem Dämonen gepeinigt. Er bat Gott um Linderung.«

»Und was für eine Antwort bekam er?«

Alvaro schwieg einen Moment, ehe er antwortete. »Gott sagte: Lass dir an meiner Gnade genügen. Wenn du schwach bist, dann wird die Kraft Christi in dir wohnen.«

Clara dachte an ihre Schwäche, an das Trauma ihrer Kindheit, an den Verlust ihrer Schwester Claudia. Es war eine Schwäche, die sie in Stärke umzuwandeln versuchte, indem sie Scheusale jagte, die so schreckliche, unaussprechliche Dinge taten wie der Mörder Claudias. Sie dachte an den Drachen, von dem Don Alvaro erzählt hatte. Der Drache, der das Kind Marias gefressen hatte. Der Drache, der ihr auch Claudia genommen hatte. Einen solchen Drachen jagte sie auch jetzt wieder.

Sie schaute zum Helikopter und sah, wie MacDeath hineinstieg und ihr winkte, ihm zu folgen. Don Tomasso stand unter den wirbelnden Rotorblättern und blinzelte in die Morgensonne.

Clara wandte sich noch einmal Don Alvaro zu.

»Manchmal ist es besser«, sagte er, »die Schwäche zuzulassen. Stärke, die du nach außen trägst, kann sich gegen dich wenden.«

Clara schaute in das Gesicht des Exorzisten, gebadet im Feuer der aufgehenden Sonne, und ließ den Blick dann über den Hügel schweifen, der in sanftes, goldenes Licht getaucht war. Ein letztes Mal drückte Alvaro de la Torrez ihre Hände. Clara konnte seine Stimme im Lärm der Rotorblätter kaum hören, als er sagte: »Gottes Kraft ist in der Schwachheit stark.«

Clara lächelte ihn an, löste sich von ihm und stieg schweigend in den Hubschrauber, der sich gen Himmel erhob, bis sich ihr der unvergleichliche Blick auf die Kirchen und Kuppeln Roms in der flammenden Pracht der Morgensonne eröffnete.

Tief unter ihr sah sie das Tal und die Steinbalustrade, in deren Mitte die schwarze Silhouette Don Alvaros stand, der ihnen nachwinkte. Ein einsamer schwarzer Punkt im Gewirr aus Türmen und Zinnen, der immer kleiner wurde und irgendwann verschwand.

Und sie hörte noch einmal die Worte: »Gottes Kraft ist in der Schwachheit stark.«

*

Der Helikopter flog nach Norden, durch dunkle Wolken und Schneegestöber, bis er über den unwirtlichen Schweizer Bergen kreiste, die sich wie unbewegliche Kolosse unter der Flugbahn des Helikopters erstreckten. Die Gipfel blitzten teilweise aus den Wolken hervor und erhoben sich über die eisige Wüste aus Schnee und Nebel, als würde sie das Grauen, das sich tief unten abspielte, nichts angehen.

Clara aber merkte mit jedem Kilometer, den sie zurücklegten, deutlicher, dass das Grauen dort war, dass es sich aufbaute, dass es größer wurde und nur darauf wartete, sie mit Haut und Haaren zu verschlingen.

36

Die Privatklinik St. Clemens erhob sich majestätisch auf einem Hügel inmitten der hoch aufragenden Berge. Doch der beschauliche Anblick täuschte.

Sie waren zu spät gekommen. Hinter den Mauern der Klinik hatte sich bereits das Grauen eingenistet.

Im Keller hatten Clara und die anderen den ersten Schrecken vorgefunden. Man hatte das Personal gefesselt und ihnen die Kehlen durchgeschnitten. Der Boden des Kellers war rutschig von noch handwarmem Blut gewesen. Dem leitenden Oberarzt war die Klinge eines Mörders so tief in den Hals gedrungen, dass sie ihm beinahe den Kopf abgetrennt hatte.

Doch für diese Opfer hatten sie jetzt keine Zeit. Die Schweizer Polizei würde sich darum kümmern. Clara und die anderen mussten erst einmal wissen, was mit Isabel Venturas war. Vielleicht lebte sie ja noch. Oder die Täter waren gerade bei ihr.

Oder sie war bereits tot, auf ähnlich grausame Art und Weise gestorben wie Franco Gayo.

Gemeinsam mit den Schweizer Polizisten stürmten sie in die Klinik, über getäfelte Korridore und an großen, hellen Zimmerfluchten vorüber, an Sitzecken, Behandlungszimmern und Terrassen. Weiter, immer weiter und tiefer ins Innere des Bauwerks, das sich wie ein Rachen öffnete, der irgendwann zuschnappen würde, wenn sie tief genug in seine Eingeweide vorgedrungen waren.

Denn da war etwas. Clara konnte es spüren. Irgendetwas, das auf sie wartete.

»Hier ist es«, sagte einer der Polizisten. »Laut Plan ist dies hier das Zimmer von Frau Venturas.«

Die Tür war verschlossen, der Schlüssel im Schloss abgebrochen.

»Wir sind vor der Tür«, sprach Clara in das Funkgerät. »Wir gehen jetzt rein. Over.«

»Viel Glück. Over«, sagte die Stimme am anderen Ende.

Clara hakte das Gerät an ihren Gürtel.

Die Schweizer Polizisten brachen mit einem Rammbock die Zimmertür auf, die krachend aus den Angeln flog.

Manchmal ist eine Tür wie ein Eingang zu einer anderen Welt. In diesem Fall war es die Tür zu einer Welt, die es nicht geben durfte, nicht geben sollte. Mit Dingen, die man nicht sehen durfte, nicht sehen sollte. Bei denen man hoffte, dass man schreiend aufwachte und alles nur ein Albtraum war – um schließlich festzustellen, dass man zwar geschrien hat, aber der Traum noch lange nicht zu Ende ist. Weil es kein böser Traum war. Denn die Wirklichkeit kann brutaler sein als jeder Albtraum.

Clara sah alles in einem einzigen, kurzen Augenblick. Ein winziger Moment, in dem Bilder des Grauens aufblitzten, die aus den Schatten hervorhuschten und dann wieder darin verschwanden.

Es waren Bilder einer Nacht, die keinen Morgen kannte.

Ein Tisch. Ein Bett. Eine Leinwand.

Und das Geräusch. Ein entsetzliches Geräusch.

Clara sah zuerst den Tisch mit der weißen Tischdecke. Darauf ein festliches Gedeck. Messer und Gabel, eine Flasche Rotwein, eine Karaffe mit Wasser. Dann huschte ihr Blick zur Leinwand. Auf dieser Leinwand lief ein Schwarz-Weiß-Film. Clara sah, wie jemand etwas aufspießte und zum Mund führte, sah die mahlenden Bewegungen des Kiefers, sah die schlechten Zähne, schief und krumm wie verwitterte Grabsteine. Und durch die Lautsprecher hörte sie das schmatzende Geräusch der Lippen, das Knirschen der Zähne und das glucksende Schlucken, als der verzerrte Mund das noch warme Fleisch verschlang.

Ihr Blick huschte wieder zum Tisch, als würde ihr Bewusstsein ihr den größten Schrecken bis zum Ende aufsparen. Auf dem Tisch ein großer Teller. Darauf Reste von irgendetwas *Kleinem*. Sie sah abgenagte Knochen und etwas, das sie an Rippen erinnerte.

»Clara?«, drang die Stimme aus dem Funkgerät. »Alles in Ordnung? Over.«

Sie reagierte nicht.

Ihr Blick huschte zum Bett.

Und dort lag sie.

Die Frau, die sie verhaften wollten. Die Füße waren an das Bett gekettet, das Gesicht zu einer Fratze diabolischen Grinsens verzerrt, denn jemand hatte ihr die Lippen abgeschnitten. Die Handgelenke waren mit Kabelbinder zusammengebunden, die Hände mit zwei großen Nägeln in einer blasphemischen Geste des Betens aufeinandergenagelt.

Die Beine gespreizt, lag Isabel Venturas auf dem von braunrotem Blut getränkten Bettzeug.

Sie musste es sein. Denn Clara erkannte die Frau auf dem Foto, trotz der weggeschnittenen Lippen. Ihr Unterleib war eine einzige schwarzrote Wunde. Der Kopf war verdreht und gegen die Wand gelehnt, die Augen in einem Ausdruck unsäglichen Entsetzens aufgerissen.

Neben dem Bett ein kleiner, silberner Tisch. Darauf Skalpelle. Und eine lange Zange.

»Clara, was ist los?«, erklang prasselnd und knisternd die Stimme aus dem Funkgerät. »Melden Sie sich. Over.«

Sie versuchte zu sprechen. Dann aber zuckte ihr Blick noch einmal zum Tisch, noch einmal auf den Teller. Dem Teller, auf dem die blutigen Reste von etwas lagen, was sie nicht sein konnten, nicht sein durften.

Und dann sah sie das Gesicht in dem Kopf, der neben dem Teller lag. Das, was einmal ein Gesicht werden sollte und Clara nun aus geschlossenen Augen anstarrte.

»Clara, was ist los? Hören Sie mich? Over.«

Sie konnte nicht sprechen. Sie konnte gar nichts tun.

Die Toten. Die viel zu vielen Toten, dachte sie, während sich der Ausdruck des kleinen, unfertigen Gesichts wie mit einem Brenneisen der Hölle unauslöschlich in ihre Seele fraß und sie in einen schwarzen Abgrund des Grauens riss.

Sie umklammerte das Funkgerät, als sie die letzten Worte formte, bevor sie den Ekel und das Grauen nicht mehr zurückhalten konnte und der Schrecken über das Gesehene sich in einem Schwall von Erbrochenem auf den Boden ergoss und die Kraft in ihrer Stimme nachließ, die Kraft, die sie noch brauchte, um zu sprechen.

»Der ... Drache«, sagte sie schließlich, und ihre Stimme wurde mit jedem Wort leiser, als die Bilder dieses Höllenszenarios wie Atomexplosionen vor ihrem inneren Auge aufleuchteten, immer und immer wieder. *Der Tisch, die Frau, die Leinwand ... der Kopf.* Mit letzter Kraft formte sie die Worte, bevor ihr die Stimme versagte. »Der Drache ... Er hat ... ihr Kind ... gefressen.«

Drittes Buch

Das ewige Feuer

Und die Verdammten wurden geworfen in den feurigen Pfuhl, der von Schwefel brannte. Und sie werden gequält werden von Ewigkeit zu Ewigkeit. Dies ist der zweite Tod.

– Offenbarung, 20, 10

1

Winterfeld stand in seinem Büro an die Heizung gelehnt, von der er sich immer wieder ein Stück entfernte, wenn es ihm zu warm wurde, um sich kurz darauf wieder dagegenzulehnen. Hermann saß an Winterfelds Schreibtisch vor einem großen Stapel Unterlagen und seinem Laptop, auf den er den Inhalt des mysteriösen Sticks geladen hatte. MacDeath saß Hermann gegenüber, während Clara nervös auf und ab ging. Sie war gleich nach ihrer Rückkehr von Bellmann und Freese abgefangen worden; jetzt war es höchste Zeit, dass auch Winterfeld alles erfuhr.

»Dieser Killer macht also weiter?«, fragte Winterfeld. »Er tötet Menschen, die irgendein dunkles Geheimnis haben?«

»Nicht ganz«, antwortete Clara. »Er tötet Menschen, die nach außen hin eine vorbildliche gesellschaftliche Funktion ausüben, in Wirklichkeit aber etwas abgrundtief Böses tun. So wie Gayo und Venturas.«

»Und davon erhofft er sich …?«

»Dass er nach dem Tod in der Hölle über diese Bösen herrscht. Und dass er von Satan dadurch zu einer Art Erzdämon befördert wird.«

»Ganz schön abgefahren. Von wem wisst ihr das?«

»Von Alvaro de la Torrez.«

Winterfeld pfiff durch die Zähne. »Man unterstellt ja den meisten Menschen, sie wüssten nicht, was sie wollen, aber dieser Psycho betreibt ja mal 'ne richtig langfristige Karriereplanung.« Wieder wippte er an der Heizung vor und zurück. »Falls dieser Exorzist recht hat.«

Clara zuckte die Schultern. »Allzu viele Informationsquellen hatten wir ja nicht mehr. Da mussten wir schon auf Exotisches zurückgreifen.«

»Und so etwas hat de la Torrez schon öfter erlebt?«, fragte Winterfeld. »In Rom oder sonst wo?«

»Das behauptet er jedenfalls.«

»Und Venturas ist ins Visier dieses Drachen geraten, weil sie böse, schreckliche Dinge tut?« Winterfeld blickte zu Hermann.

»Ja. Sie versucht ein Geschäft aufzubauen, indem sie ...«

»Da kommen wir später zu. In jedem Fall ist sie aber deswegen Opfer geworden?« Er blickte Hermann und Clara an.

»Sieht so aus«, sagte Clara.

»Verrückt. Das Böse in Menschengestalt kämpft auf der Seite des Guten, indem es Mittel einsetzt, wie sie böser gar nicht sein können. Das passt vorne und hinten nicht zusammen, oder? Jedenfalls ist das ein sehr interessanter Aspekt, der mir so noch nicht untergekommen ist.« Winterfeld blätterte zu einer anderen Stelle in der Akte. »Aber first things first. Zur Todesursache: Wir wissen noch nicht, woran Venturas gestorben ist?«

»Der Zürcher Rechtsmediziner hatte nach der Leichenschau eine erste Vermutung«, sagte Clara. »Der Drache hatte nach seinem stümperhaft durchgeführten Kaiserschnitt die Plazenta nicht aus der Gebärmutter entfernt. Dadurch ist Venturas verblutet.«

»Ich dachte immer, die Plazenta löst sich von selbst, wenn das Kind draußen ist?«, fragte Winterfeld. »Oder ist das einer meiner männlich-laienhaften Irrtümer, was die Funktionsweise des weiblichen Körpers angeht?«

Clara antwortete: »Kann sein. Jedenfalls habe auch ich den Kollegen diese Frage gestellt. Anscheinend ist das aber nur bei normalen Geburten der Fall, bei Kaiserschnitten muss die Plazenta häufig mit der Hand gelöst und gleichzeitig die Gebärmutter massiert werden, damit sie sich zusammenzieht und die Blutungen aufhören.« Sie hielt einen Moment inne. »Bleibt die Frage offen, ob der Drache das gewusst hat. Vielleicht wollte dieser Irre sie einfach nur quälen, in dem er ...« Sie stockte, denn es fiel ihr schwer, die nächsten Worte auszusprechen: »Indem er ihr Kind vor ihren Augen verspeist hat. Das ist ihr Gott sei Dank erspart geblieben.«

Clara sah die Szene wieder in ihrem Kopf. Der Killer hatte alles gefilmt. Was er mit Isabel Venturas gemacht hatte. Und mit ihrem Kind. Beinahe hätte Clara sich noch einmal übergeben müssen, als sie Bellmann vorhin kurz den Tathergang geschildert hatte.

Jetzt mussten die Schweizer Behörden mit dem Grauen fertigwerden. Vielleicht war auch das eine Taktik des Drachen: in verschiedenen Ländern Europas zuzuschlagen – in Deutschland, der Schweiz, vielleicht bald Italien, um möglichst viele Ermittler zu beschäftigen und die ganze Situation dadurch immer unübersichtlicher zu machen.

Drei Ärzte und fünf Schwestern hatten in der St.-Clemens-Klinik den Tod gefunden. Sie waren regelrecht abgeschlachtet worden, genau wie Isabel Venturas und ihr Kind. Der Kollateralschaden war dem Killer wieder einmal völlig egal gewesen.

D.O.A. sagte man dazu beim FBI. *Dead on Arrival. Tod bei Ankunft.*

Der Schweizer Polizei war es gelungen, zwei der Satanisten des Drachen, den Bewohnern des Feuers, zu fassen und in Gewahrsam zu nehmen. Auf Anfragen deutscher Polizeibehörden erklärten die Schweizer, für die beiden Satanisten sei es offenbar eine Qual, dass sie, die immer Schwarz trugen, in der Untersuchungshaft weiße Anstaltskleidung tragen mussten. Zu der Tat äußerten die beiden sich nicht; sie lächelten die ganze Zeit nur vor sich hin. Vielleicht waren sie wirklich nur Marionetten, die der Drache instrumentalisiert hatte mit dem Auftrag, so grausam wie möglich vorzugehen, um den Ermittlern einen umso schlimmeren Schock zu versetzen.

Mehrere Satanisten hatten sich nach dem Sturm auf die Klinik selbst getötet. Wie schwarze Puppen hatten sie im blutigen Schnee gelegen.

»Womit genau hat diese Isabel Venturas denn nun ihr Geld verdient?«, fragte Winterfeld. »Weiß du schon Näheres, Hermann?«

Der schaute in seinen Rechner. »Auf ihrer Website und in ihrem Unternehmensleitbild behauptet Venturas, sie wolle mit der Stammzellenforschung eine bessere Welt schaffen. Sie will dafür sorgen, dass Querschnittsgelähmte sich wieder bewegen, Rollstuhlfahrer wieder gehen können und so weiter.« Er blickte in die Runde. »Die Welt wieder zum Laufen bringen, hat sie als Mission auf die deutsche Version ihrer Website geschrieben.«

Winterfeld schüttelte den Kopf und blätterte weiter durch die Papiere. »Hier ist von einem Robert White die Rede«, sagte er. »Wer ist das?«

»Von dem hattest du doch am Telefon in Rom erzählt, Hermann, nicht wahr?«, fragte Clara.

»Ja. Und hier ist der Knackpunkt. Hier zeigt sich, dass Venturas nicht die Idealistin war, als die sie sich dargestellt hat, von wegen bessere Welt und so, sondern eine eiskalte Geschäftsfrau.«

»Wieso?«, fragt Winterfeld.

»Besagter Robert White war Neurochirurg. Er hat an der Case Western University in Cleveland versucht, Affen die Köpfe von Artgenossen zu transplantieren, sozusagen als Vorstufe solcher Eingriffe beim Menschen. Er hat den Kopf des Affen A auf den Körper des Affen B verpflanzt.«

»Das ist ja abscheulich! Und ging das gut?«, fragte Winterfeld.

»Er hat erst einmal etwas … nun ja, primitiver angefangen, steht hier. Das war in den Siebzigern in einem Seitentrakt der Medical School in Cleveland.«

»Und was hat dieser Frankenstein da getrieben?«, wollte Winterfeld wissen.

»Zunächst hat er die Gehirne von Rhesusaffen freigelegt und sie dann an den Kreislauf eines noch lebenden Rhesusaffen angeschlossen.«

»Aber hat er den Kopf noch drangelassen?«

»Ja.«

»Hat's funktioniert?«, fragte MacDeath.

»Ja, offenbar hat es tatsächlich funktioniert. Dann hat er angefangen, die Köpfe zu verpflanzen.«

»Und das ging wahrscheinlich erst einmal schief?«, fragte Winterfeld und umfasste kurz die Heizung, zog die Finger aber schnell wieder zurück.

»Allerdings. Die Affen mit den neuen Köpfen überlebten nur wenige Tage. Ihre Zunge wurde dick, das Gesicht schwoll an, und die armen Viecher starben. Hier steht, das Immunsystem des Wirts habe den fremden Kopf abgestoßen.« Hermann blätterte weiter. »Aber dann machte White eine interessante Entdeckung am Gehirn der Tiere.«

»Das Hirn wurde nicht abgestoßen?«, vermutete MacDeath.

»Richtig. Und das war der bahnbrechende Erfolg. Steht hier jedenfalls. Seitdem hat es in der Medizin, gerade in der Neuroprothetik und Neurobionik, eine Menge Fortschritte gegeben. Der Abstoßungsprozess lässt sich durch Medikamente aufhalten. Gleichzeitig lässt sich die Operationszeit, während der die Organe ausgetauscht werden, deutlich verringern.«

»Und da kommen vermutlich die Stammzellen ins Spiel, mit denen Venturas' Unternehmen sich beschäftigt hat.« Winterfeld schaute alle der Reihe nach an. »Und wie hängt das mit der Kopfverpflanzung zusammen?«

»Ich bin zwar kein Experte, aber Köpfe zu verpflanzen dürfte nur funktionieren, wenn man die Möglichkeit hat, das Rückenmark zu verbinden. Und dazu braucht man Stammzellen«, sagte MacDeath. »Mit Ratten hat das schon funktioniert, da es weniger komplex ist. Im Labor geht es sowieso. Und bei Menschen hat es bisher noch keine dahingehenden Versuche gegeben. Ich hoffe es jedenfalls nicht. Für mich ist das eine Horrorvorstellung. Oder wurde so was schon gemacht?« Er schaute Hermann an.

Der nickte. »Es ist zwar nicht zu fassen, aber es sieht ganz so aus. Hier ist neben der Stammzellenproblematik auch von der Reperfusionszeit die Rede. Das ist die kritische Zeitspanne, in der die unterschiedlichen Organe ohne Sauerstoff auskommen können. Idealerweise kühlt man den Körper auf ungefähr 32 Grad herunter oder die einzelnen Organe auf etwa zwanzig Grad. Nieren können dabei 36 Stunden ohne Sauerstoff auskommen, Herz und Lunge vier bis sechs Stunden.« Er schaute MacDeath an. »Stimmt das?«

»Stimmt.«

»Und das Gehirn?«, fragte Winterfeld.

»Fünf Minuten ohne Sauerstoff, dann ist Schluss. Und da liegt der Hase im Pfeffer.« Hermann blätterte und klickte weiter. »Um dieses Problem zu lösen, haben sie offenbar sehr viel Zeit und Geld investiert. Außerdem gibt es da offenbar eine neue Technik aus Japan. Das Gehirn hat fünf Minuten, ehe es zu irreversiblen Schäden wegen des Sauerstoffmangels kommt. Das Problem ist, dass es derzeit aber noch viel länger als fünf Minuten dauert, die Hirnarterien zusammenzunähen.« Er überflog den Text. »Und kein Milliardär, und sei er noch so reich, zahlt zehn Millionen, damit er einen zwar trainierten Körper bekommt, aber als lobotomisierter Sabberlappen aufwacht.«

»Welcher Milliardär?«, fragte Winterfeld.

»Der Krösus, der den neuen Körper kriegt«, sagte Hermann.

»Das heißt, Venturas hat tatsächlich Köpfe verpflanzt?«, fragte Winterfeld fassungslos. »Oder Körper?«

»Wie man's nimmt.« Hermann zuckte die Schultern. »Eigentlich geht es um die Körper, die einen neuen Besitzer bekommen. Die Kunden, die den jungen Körper wollen, behalten ihren Kopf.«

»Du meine Güte, das ist ja widerlich.« Winterfeld schien gar nichts mehr zu verstehen. »Und warum?«

»Warum nicht?«, fragte Hermann zurück. »Stell dir vor, du bist ein reicher alter Knacker mit 'ner Menge Kohle, der geistig noch fit ist, aber dein Körper ist fett und träge und voller Alkohol und Gifte. Und Krebs, Rheuma und Arthritis lassen auch nicht mehr lange auf sich warten.«

Clara dachte nach. Hatte sie nicht viele Leute darüber reden hören, sie hätten gerne einen neuen oder jüngeren Körper? Und wie es aussah, waren manche Menschen bereit, sich über alle moralischen Bedenken hinwegzusetzen und außerdem das Risiko eines Fehlschlags einzugehen, Hauptsache, ihr Leben wurde verlängert. Schließlich gab es Menschen, die ihren Körper oder ihre Köpfe hatten einfrieren lassen in der Hoffnung, dass die Medizin eines Tages imstande wäre, sämtliche Krankheiten zu heilen und gewissermaßen das ewige Leben zu garantieren.

»Als alter Sack kann man sich einen Porsche kaufen, um sich jünger zu fühlen, oder sich eine junge Frau angeln«, sagte Hermann, »und man kann mit Schönheitsoperationen und dergleichen schon einiges bewerkstelligen, aber …«

Clara beendete den Satz. »Aber nicht alles.«

»Genau. Die ewige Suche nach dem Jungbrunnen. Dabei gehen manche Leute buchstäblich über Leichen.«

»Und wo kommen die Körper her?«, fragte Winterfeld, der sich wieder ein Stück von der Heizung entfernt hatte.

»Zum größten Teil aus dem Mittleren Osten«, sagte Hermann. »Sie haben dort Camps, wo sie junge Männer angeblich für Olympia ausbilden. Sie trainieren täglich, sehen gut aus und sind kerngesund.«

»Und da sie Muslime sind, ist wohl auch die Leber in Ordnung«, warf Winterfeld säuerlich ein. »Da wird ja normalerweise kein Alkohol getrunken.«

Hermann blickte ihn verwirrt an, ehe er fortfuhr: »Jedenfalls, denen schneiden sie die Köpfe ab, damit so ein reicher alter Knacker die Körper bekommt und sich damit fast wie neu fühlt.«

»Wieso läuft diese Nummer im Mittleren Osten?«, fragte Winterfeld. »Ich könnte mir vorstellen, dass da Dinge, bei denen man Gott oder Allah ins Handwerk pfuscht, wegen des Islam und der Scharia nicht sonderlich angesagt sind.«

Beim Drachen offenbar auch nicht, dachte Clara. *Oder gerade doch.*

»Das ist in keiner Religion der Fall«, sagte MacDeath mit einer Leidenschaft, die er nur selten zeigte. »Es gilt als amoralisch und als ein Verbrechen an der Schöpfung. Ich denke, zu Recht.«

»Deshalb macht man das ja im Verborgenen und erzählt den Behörden irgendetwas von karitativen Olympiacamps«, entgegnete Hermann. »Die Eltern bekommen eine Stange Geld, wenn sie ihre Jungen und Mädchen dorthin schicken.«

»Aber Asien wäre doch viel einfacher. Könnte doch sein, dass Islamisten Wind von der Sache bekommen und diese Olympiacamps hochjagen.«

»Das könnte passieren, nehme ich an. Darüber hat Venturas wohl auch nachgedacht. Sie kam aber zu dem Schluss, dass man es vernachlässigen könne. Außerdem gibt es auch in Asien Islamisten, zum Beispiel in Malaysia und Indonesien.« Er klickte weiter durch die Unterlagen. »Außerdem ist Leben, Menschenleben, in Pakistan und anderen Ländern noch recht billig. Das gilt ja auch beim Organhandel. Und die Körper aus dem Mittleren Osten sind universell verkäuflich. Nicht jeder will plötzlich ein Schwarzer sein. Und hier steht noch ...«, Hermann blickte angestrengt auf den Bildschirm, »dass die Asiaten zu klein sind und ...«, er blinzelte auf den Bildschirm, »ich zitiere: ›Ihre Schwänze zu kurz sind.‹« Er schaute alle der Reihe nach an. »Sonst müssten sie den Körpern längere Penisse annähen. Und das ist, so steht hier, zu riskant, zumal die Potenz nicht garantiert werden kann. Jedenfalls ... mittlerweile ist Venturas auf die Idee gekommen, dass es keine Rolle spielt, wo diese Camps sind, solange die richtigen Leute dort ihre Körper zur Verfügung stellen.«

»Das klassische Tauschgeschäft zwischen den Reichen und Armen«, sagte Clara verbittert. »Die einen haben alles, nur keinen schönen Körper mehr, und die anderen haben nichts außer ihrem Körper.«

»Dann muss aber doch dieser alte Sack seinen neuen Körper ständig trainieren, sonst sieht er irgendwann wieder so aus wie der alte«, warf MacDeath ein.

»Oder er muss sich wieder einen neuen Körper kaufen. Das kostet bei Venturas zehn Millionen Dollar. Und zehn Millionen sind Peanuts für einen Milliardär.«

»Eben«, sagte Hermann. »Und so viel sollte einem ein schöner neuer Körper schon wert sein. Und Venturas kassiert jedes Mal.«

»Sie *hätte* kassiert«, sagte Clara und rieb sich die Augen. Sie konnte sich vor Erschöpfung kaum noch auf den Beinen halten.

»Ich glaube«, sagte Winterfeld, »Sie haben erst mal genug hinter sich. Sie sollten sich ausruhen. Ich will Ihnen nicht zu nahe treten, aber schauen Sie sich mal im Spiegel an. Wann haben Sie zuletzt geschlafen? Sie sehen so aus, wie ich mich fühle.«

»Ich klapp wirklich gleich zusammen«, sagte Clara. Mehrere

Nächte nur drei bis fünf Stunden Schlaf, dann die durchwachte Nacht bei Don Alvaro und Tomasso, und schließlich der Anblick einer toten Frau, der jemand das Kind aus dem Leib geschnitten hat, um es anschließend zu verspeisen. Das alles machte einen nicht gerade zu einem entspannten, ausgeschlafenen Menschen.

»Sie packen jetzt Ihre Sachen, Señora«, sagte Winterfeld, »fahren nach Hause und schlafen sich erst mal aus. So lange muss der Drache warten.«

Clara seufzte. »Ihr Wort in Gottes Ohr.«

2

Clara verließ ihr Büro, die Aktentasche in der einen, die Handtasche in der anderen Hand, als sie einen Bekannten auf dem Gang sah.

»Sie müssen ja eine heftige Zeit hinter sich haben«, sagte Freese und nestelte verlegen an seiner Brille. Er war schon die ganze Zeit ein wenig kleinlaut gewesen, sicher auch deswegen, weil sein Stasi-Geheimtipp kein brauchbares Ergebnis erbracht hatte.

»Kann man so sagen«, antwortete Clara. Einerseits war ihr nicht nach langen Gesprächen zumute. Andererseits tat es ihr gut, mit jemandem zu reden, der eine Armlänge von dem Grauen entfernt war, in dem sie sich noch immer bewegte.

»Das scheint ja ein ... nun ja, beinahe international agierender Killer zu sein«, versuchte Freese ein wenig ungeschickt die Unterhaltung am Laufen zu halten.

Clara lächelte müde. »So international muss es gar nicht werden. Es mangelt uns auch in Berlin nicht an Morden, an Kommissaren allerdings schon.«

»Übrigens, ich habe Ihnen die Geschichte mitgebracht, von der ich Ihnen in der Cafeteria erzählt hatte«, sagte Freese und reichte ihr einen Umschlag. »Es passt zu dem, was Sie mir erzählt haben. Von den Toten. Wenn Sie mal ein bisschen Ruhe haben, lesen Sie's. Es zeigt ...«, er suchte nach den richtigen Worten, »es zeigt, dass es auch im Tod Hoffnung gibt. Und es ist sehr gut geschrieben.«

»Danke«, sagte Clara und steckte das Papier in die Tasche.

Sie wollte die Geschichte tatsächlich erst lesen, wenn sie ein wenig Ruhe hatte, war aber neugierig, was es wohl sein würde. »Die hoffnungsvolle Komponente im Tod fehlt mir allerdings noch«, sagte sie. »Die Leute, mit denen ich im Zuge meiner Ermittlungen zu tun habe, sind entweder geisteskranke Täter oder tote Opfer. Und meistens sterben die Falschen.«

»Wenn der ganze Stress vorbei ist«, Freese nestelte an seiner Brille, »können wir ja mal ein Glas Wein oder ein Bierchen trinken. Natürlich nur, wenn Sie möchten.«

»Warum nicht«, sagte Clara. Ihr fiel tatsächlich kein Grund ein, Nein zu sagen. »Wenn Sie das möglichst bald haben wollen, sollten Sie mir helfen, dass ich Rückendeckung von Bellmann bekomme. Und sorgen Sie dafür, dass nichts über den Fall in der Presse steht. Schlagzeilen wie ›besessener Ritualmörder zieht blutige Schneise durch Europa‹ und ähnlich reißerischen Kram können wir jetzt am wenigsten gebrauchen.« Sie lächelte und schulterte ihre Aktentasche. »Jetzt muss ich aber erst mal schlafen, sonst bin ich bald genauso tot wie die Leute, die ich immer zu retten versuche.«

*

Die Woche war die Hölle gewesen.

Umso mehr freute Clara sich auf ihr Bett und eine halbwegs ruhige Nacht mit erholsamem Schlaf, den sie dringend brauchte, obwohl sie angesichts der Erlebnisse in den letzten Tagen ihre Zweifel hatte, was die Aussicht auf erholsamen Schlaf anging. Eher war damit zu rechnen, dass die Schrecken sie bis in ihre Träume hinein verfolgten.

Mit schnellen Schritten stieg sie die Treppe zu ihrer Wohnung hinauf.

Eine ruhige Nacht. Das war alles, was sie sich gewünscht hatte.

Doch als sie sah, dass die Tür zu ihrer Wohnung nur angelehnt war, wusste sie, dass es nicht dazu kommen würde.

3

Langsam näherte sie sich der Tür. Aus der Wohnung schlug ihr ein fürchterlicher Gestank entgegen. Ein Gestank, den sie kannte und der ihr den Magen umdrehte. Doch es war nicht der Gestank, der ihr Angst machte, denn der war nichts Neues für sie. Es war die Tatsache, dass dieser Gestank nach Verwesung aus ihrer eigenen Wohnung kam.

Gleichzeitig hörte sie das Summen von Fliegenschwärmen.

Mit zitternder Hand nahm sie ihr Handy und tippte eine SMS an Winterfeld mit der Bitte, sofort ein paar Männer vorbeizuschicken. Dann zog sie ihre Waffe. Zögerte. Überlegte.

Jemand war in ihrer Wohnung gewesen und hatte dort irgendetwas getan. Nur was? Außer ihr wohnte dort niemand. Ihr Beziehungsleben war in letzter Zeit ein Flickenteppich aus kurzzeitigen Affären und Einsamkeit gewesen, sicher kein Zustand, der für die Ewigkeit anhalten sollte. Aber wenn man niemanden hatte, konnte einem auch keiner weggenommen werden. Nicht-Besitz konnte auch eine Form von Reichtum sein, die einen unabhängig machte und damit weniger angreifbar.

Bevor sie dich töten, nehmen sie dir, was du liebst. Was das anging, hatte Clara kaum etwas zu befürchten.

Wenigstens konnte der penetrant süßliche Gestank nicht von einem Menschen stammen, der mit ihr in der Wohnung lebte und der jetzt tot war.

Aber was war es dann?

Clara überlegte weiter. Sollte sie auf Winterfeld und die Kripo warten? Denn es konnte eigentlich nur eine Erklärung geben. Genau genommen hatte Mandy sie sogar vorgewarnt.

Irgendein Bastard, irgendeiner von den perversen Vasallen des Drachen war in ihre Wohnung eingedrungen, hatte ihr Allerheiligstes betreten und es entweiht, indem er einen Tierkadaver abgelegt hatte, vermutlich mitsamt einer obskuren Warnung.

Oder war der Bursche noch da?

Clara hob die Waffe. Na, diese Geisteskranken sollten sie kennenlernen. Sie würde der nächsten bleichen Fratze, die vor ihr auftauchte, eine Kugel zwischen die Augen jagen.

Langsam schob sie sich in ihre Wohnung.

Schlich durch den Flur.

Niemand da. Die Türen zu Schlafzimmer und Küche standen offen.

Und der Gestank wurde immer schlimmer. Er kam aus dem Wohnzimmer.

Clara knipste das Licht ein. Falls dort jemand im Dunkeln lauerte, würde das Licht ihn einen Moment lang blenden. Und dann würde sie ihm notfalls ohne Zögern eine neue Schnellstraße durchs Hirn ziehen.

Aber da war niemand.

Dafür sah sie etwas anderes.

Die Schränke waren umgeworfen, die Bücher aus den Regalen gerissen, die Wände mit braunroter Farbe beschmiert. Oder war es Blut? Wahrscheinlich.

Wir kriegen dich, stand da. *Wenn du leben willst, hör auf.*

Und in der Mitte des Wohnzimmers sah sie das grässliche Etwas, das den Gestank verursachte und um das die Fliegenschwärme kreisten, die hektisch summend zur Deckenlampe stoben, kaum dass das Licht aufflammte.

Es waren die vier abgeschnittenen Beine einer Kuh, die auf den Parkettboden des Wohnzimmers gelegt worden waren und vier der fünf Seiten eines Pentagramms bildeten. Die fünfte Seite war mit inzwischen eingetrocknetem, braunem Blut gezogen.

Ein umgedrehtes Pentagramm. Und über diesem Pentagramm, in Richtung Balkontür, lag der Kopf der Kuh, aus deren glasigen Augen Maden krochen. Der Kopf war halb verwest, mit lang herausgestreckter, grünlich verfärbter Zunge. Das Fleisch unter dem Fell glänzte vor Fäulnis, während die Fliegen wie schwarzer Nebel über dem Kadaver wogten.

*

Clara wich taumelnd aus dem Zimmer zurück, in dem sie viele schöne Stunden verlebt hatte und das jetzt durch diese Installation des Grauens entweiht worden war. Sie stolperte in die Küche und atmete erst einmal durch. Hier schien alles unverändert.

Ihr Handy piepte. Eine SMS von Winterfeld. Sie waren unterwegs. Würden gleich da sein.

Wenigstens das, dachte Clara.

Sie setzte sich an den Küchentisch. Es interessierte sie nicht, ob sie dabei irgendwelche Spuren verwischte. Wenn sie sich nicht sofort setzte, würde sie an Ort und Stelle umkippen. Winterfeld hatte recht gehabt. Sie sah so aus, wie er sich fühlte.

Sehnsüchtig schaute sie auf die Whiskyflasche. Was würde sie jetzt für einen kräftigen Schluck geben ... Aber vielleicht war der Inhalt vergiftet. Nein, das konnte sie nicht riskieren.

Sie saß eine Zeit lang wie benommen am Küchentisch und starrte auf das Handy, auf dem vorhin die SMS von Winterfeld aufgetaucht war. Dann blickte sie zum Fenster ...

... und sah das Gesicht.

Ein bleiches Gesicht, das sie inmitten schwarzer Kleidung vor dem Hintergrund der düsteren Nacht mit einem grässlichen Grinsen anbleckte.

O Gott!, durchzuckte es sie. *Wie kommt dieser ...*

Sie öffnete die Augen und fuhr heftig zusammen. Es war dieser Moment, wo sich im leichten Schlaf die Muskeln entspannen, sodass man kurz zusammenzuckt und dadurch aufwacht. Sie saß noch immer in der Küche. Nichts hatte sich verändert. Es war nur ein böser Traum gewesen, wie so oft. Mit einem Anflug von Erleichterung blickte sie auf die Uhr. Es waren vier Minuten vergangen. Sie war kurz eingenickt.

Sie blickte zum Fenster.

Kein Gesicht.

Erleichterung überkam sie. *Du hast bloß geträumt, dass da jemand war.* Obwohl ... möglich wäre es gewesen, sie wohnte im ersten Stock.

Noch ein Blick zum Fenster.

Wieder kein Gesicht.

Clara atmete tief durch und horchte auf das Geräusch von Motoren, die das Kommen Winterfelds ankündigen würden.

Nichts.

Noch ein letzter Blick zum Fenster.

Ihr stockte das Herz.

Das Gesicht war wieder da.

Und diesmal war es real.

Der Mann streckte ihr lüstern die Zunge heraus. Dann machte er mit einer Hand eine unmissverständliche Geste, indem er mit dem Handrücken über seine Kehle fuhr. Dann zeigte er mit einem dürren Finger auf Clara.

Clara zog die Waffe.

Stürzte zum Fenster.

Der Mann ließ los.

Sie hörte, wie er unten auf dem Boden aufprallte. Sah seinen Schatten, wie er sich durch die Büsche des Hinterhofs schlug. An einer Straßenlaterne blieb er stehen und beobachtete sie.

Sollte sie schießen?

Nein, sie konnte nicht wild durch die Nacht ballern und auf einen Mann feuern, der ihr erst einmal gar nichts getan hatte.

Dann sah sie, wie der Mann etwas aus der Tasche holte, darauf tippte und den Gegenstand ans Ohr legte. Ein Handy.

Clara beobachtete ihn mit angehaltenem Atem. Sie hörte nur das laute Pochen ihres Herzens und das Summen der Fliegen im Wohnzimmer.

Und zuckte heftig zusammen, als ihr Handy klingelte.

Es war nicht Winterfeld. Es war eine unbekannte Nummer.

»Ja?«

»Frau Vidalis«, sagte die Stimme. »Ist Ihnen der Selbsterhaltungstrieb abhandengekommen? Wollen Sie dem Wort ›dumm‹ eine völlig neue Definition verleihen? Haben Sie denn nicht gesehen, was wir mit unseren Feinden machen?« Und dann: »Wir sind Legion. Tausende gibt es von uns.«

O Gott, dachte Clara voller Entsetzen. *Es ist dieser Irre!*

Wo blieb Winterfeld?

Sie konnte jetzt nicht aus dem Haus. Vielleicht war es ein Hinterhalt. Vielleicht lauerten diese Verrückten ihr auf. Sie spürte, wie ihr der Schweiß ausbrach, während ihr das Herz bis zum Hals schlug.

Die Stimme sprach weiter. »Wenn wir mit Ihnen fertig sind, können sich die Ärzte aus der Brand-Intensiv aus Marzahn um Sie kümmern. Die sind spezialisiert darauf, große Teile fehlender Hautpartien zu ersetzen. Und falls Sie immer noch nicht verstanden haben, was wir mit Ihnen anstellen werden …« Clara beobachtete, wie er zu ihr hinaufwinkte. »Schauen Sie ins Internet, was mit Marsyas gemacht wurde.«

Marsyas? Clara gab den Begriff in den Webbrowser auf ihrem Smartphone ein.

Marsyas erwies sich als eine Gestalt aus der griechischen Mythologie. Er hatte sich mit dem Gott Apollo angelegt und verloren.

Zur Strafe wurde er gehäutet.

Bei Google sah Clara ein Gemälde von Tizian, das diese Szenen zeigte. Sie hatten Marsyas über Kopf gehängt, damit sein Gehirn während des Häutens mit ausreichend Sauerstoff versorgt wurde, sodass er trotz der Qualen nicht bewusstlos wurde.

Clara schauderte. Sie war sicher, dass die Bewohner des Feuers genau das auch mit ihr vorhatten.

Ihr wurde übel. Sie spürte den Drang, sich zu übergeben. Gleichzeitig sagte ihr der rationale Teil ihres Gehirns, sie solle am Telefon bleiben, den Mann in ein Gespräch verwickeln und alles tun, damit er möglichst lange unter der Laterne stehen blieb, damit Winterfeld und seine Leute ihn sich schnappen konnten.

Aber dazu kam es nicht.

Die Verbindung wurde beendet.

Der Mann unter der Laterne steckte das Handy in die Tasche und förderte einen anderen Gegenstand zutage.

Eine Pistole.

Clara wollte schon in Deckung gehen, als sie sah, dass der Mann die Pistole nicht auf sie richtete. Stattdessen machte er noch einmal die Geste, als würde er ihr die Kehle durchschneiden.

Dann hob er die Pistole.

Steckte sie sich in den Mund.

Und drückte ab.

Clara hörte den gedämpften Knall, sah das Blut und die Hirnmasse, die im Gegenlicht der Laterne durch die Regenluft flogen. Der Mann kippte nach hinten und prallte auf seinen aufgesprengten Hinterkopf. Clara konnte das grässliche Geräusch bis hinauf zu ihrem Fenster hören.

In diesem Moment bog Winterfelds schwarzer Mercedes um die Ecke, gefolgt von drei Streifenwagen.

4

Clara saß im Einsatzwagen, einem VW-Transporter, der sogar einen kleinen Kaffeespender hatte.

»Möchten Sie einen?«, fragte der Beamte auf dem Beifahrersitz, der sich gerade einen Becher gefüllt hatte, von dem er behutsam nippte. Vier Beamte waren in Claras Wohnung und berichteten über das Funkgerät, das auf dem Armaturenbrett des Transporters lag.

Clara schüttelte den Kopf. »Nein, danke. Meinem Magen geht es nicht besonders. Und hellwach bin ich inzwischen auch so.«

»Das ist eine üble Sache«, sagte Winterfeld, der ihr gegenübersaß. Sie hatten sich den Toten angeschaut. Er hatte sich den halben Kopf weggeschossen, hatte aber außer der Pistole und dem Prepaidhandy nichts dabei. Die Waffe kam aus Osteuropa, das Handy war vor ein paar Tagen in Spandau gekauft worden.

»Könnte es sein, dass der Mann ebenfalls konditioniert war? MacDeath hat mir da so etwas erzählt.« Winterfeld schaute sie kurz an; dann richtete er den Blick nach draußen.

Clara nickte. »Gut möglich. Man nennt es Suizidprogramm.« Sie folgte Winterfelds Blick. »Ich hätte nur nicht gedacht, dass ich es so schnell live sehen würde.«

Winterfeld nickte und knetete seine großen Hände. Man sah ihm an, dass er sich am liebsten einen Zigarillo angesteckt hätte. »Wie auch immer, hier können Sie auf keinen Fall bleiben, solange wir diesen Satanistensumpf nicht trockengelegt haben.«

Clara nickte resigniert.

»Diese Verrückten haben die Tür aufgeschlossen«, sagte sie. »Nicht aufgebrochen, sondern aufgeschlossen. Also müssen sie von irgendwoher einen Schlüssel bekommen haben.«

»Wir tauschen sämtliche Schlösser aus«, versprach Winterfeld. »Sie brauchen sich um nichts zu kümmern. MacDeath und ich machen so lange mit dem Fall weiter.«

»Aber ...«

»Kein Aber. Wir bringen Sie in Sicherheit«, unterbrach Winterfeld sie. »Ich werde mich persönlich darum kümmern.«

»Aber ich kann doch nicht einfach von der Bildfläche verschwinden.«

»Und ob Sie das können. Und genau das werden Sie auch. Manchmal muss man seinen Stolz hinter den Überlebenswillen zurückstellen.«

»Soll das heißen, ich bin aus dem Fall raus?«, fragte Clara.

»Señora«, sagte Winterfeld, »jetzt muss ich doch mal deutlich werden. Es geht hier nicht darum, dass man Ihnen einen Fall wegnehmen will, weil Sie eines der Opfer kannten. Oder weil Ihr Gesicht der Presse, Bellmann, dem Senat, der Polizei, dem BKA oder wem auch immer nicht passt, sodass wir jetzt jemand anders nehmen müssen.« Er schaute sie durchdringend an, ohne den Blick zu senken. »Hier geht es darum, dass Sie in Lebensgefahr sind.« Er nahm ihre Hand. »Diese Verrückten waren in Ihrer Wohnung., ohne dass es jemand gemerkt hat. Die hatten Ihren Schlüssel. Und sie haben Handlanger, die Nachrichten überbringen und sich danach erschießen, sodass man nichts aus ihnen herausbekommen kann.« Er schnaufte. »Würden Sie sagen, dass sind Leute, mit denen gut Kirschen essen ist?«

Die Antwort fiel Clara schwer, auch wenn sie ganz einfach war. »Nein«, sagte sie.

Winterfeld nickte. »Na also. Seien Sie vernünftig und ziehen Sie sich selbst eine Zeit lang aus dem Verkehr. Okay?«

Clara nickte resigniert und schaute aus dem Fenster. Sie sah den Transporter der Rechtsmedizin, aus dem zwei Männer stiegen, die die Leiche des schwarz gekleideten Mannes auf eine Bahre legten.

»Man darf das Grauen nicht ins Private lassen«, hatte sie zu Freese gesagt.

Aber genau das war geschehen.

Ihr fielen die Worte Mandys wieder ein: »Lassen Sie den Fall auf sich beruhen, sonst wird man sich um Sie kümmern.«

Ist das eine Drohung?, hatte Clara gefragt.

Das ist keine Drohung, hatte Mandy geantwortet. *Das ist ein Versprechen.*

5

Clara saß auf dem Beifahrersitz des schwarzen Mercedes, während Winterfeld, der den Wagen lenkte, am Senderknopf des Radios drehte, das dünne, winselnde Popmusik von sich gab.

Er überholte rasant ein Wohnmobil, das bockig den Verkehrsfluss behinderte.

»Das Versteck ist geheim, also sind Sie sicher«, sagte er. »Sie werden von vier Beamten bewacht. Ihre Sachen bringen wir Ihnen hinterher. Dann werden wir alles aufbieten, um diesen Drachen einzukassieren, sodass Sie und auch die Angehörigen seiner Opfer wieder in Frieden schlafen können. Ich hoffe nur, wir erwischen dieses Schwein und seine Meute lebend.« Winterfeld blickte missmutig auf die Straße. »Irgendwann wird diese Stadt an dem Verbrechen, an diesem ganzen Scheiß ersticken. Und wissen Sie, wie die Regierung das sieht?«

Er blickte Clara an. Sie konnte sich denken, worauf er hinauswollte.

»Die Regierung findet das prima.« Winterfeld überholte wieder drei Autos in einem riskanten Manöver. »Sie glaubt, wenn sie dem Abschaum alles erlaubt, wird sie von diesem Abschaum wiedergewählt. Was diese Idioten in Senat und Bundestag aber nicht wissen, ist, dass dieses Dreckspack, wenn es etwas ändern will, ganz anders wählt. Nicht so ...« Er malte mit den Fingern ein Kreuz in die Luft, wie auf einem Wahlzettel, »sondern so.« Er legte Zeige- und Mittelfinger an die Schläfe und betätigte einen unsichtbaren Abzug.

Sie hatten die Vororte Berlins erreicht. Asbestverseuchte Plattenbauten erhoben sich in den tristen dunklen Himmel, zwischen denen hier und da, wie verloren, ein von Schmutz starrendes graues Relikt aus dem neunzehnten Jahrhundert stand. Dazwischen drängten sich Tankstellen, Baumärkte und Fast-Food-Restaurants, die metastasengleich in die Peripherie des trostlosen Umlands wucherten. Wenn es einen Ort gab, an dem man erwartete, einen grausamen Ritualmord oder eine zerstückelte Leiche zu finden, dann in einer solch trostlosen Betonwüste.

Winterfeld hielt vor einem grauen, festungsartigen Gebäude, das von vier Beamten bewacht wurde.

»Wir sind da«, sagte er.

Die beiden stiegen aus.

Einer der Beamten wechselte auf seinem Handy ein paar Worte mit einem Anrufer.

Doch was er sagte, konnte Clara nicht hören.

Und vielleicht war das gut so.

6

Der Morgen graute. Clara hatte tatsächlich ein paar Stunden geschlafen, wenn auch längst nicht so tief und erholsam, wie sie nach den anstrengenden Tagen in ihrem Bett in der eigenen Wohnung geschlafen hätte.

Sie sah sich um. Auch das Innere des Gebäudes erinnerte an eine Festung. Dicke Steinmauern, die Hälfte des Gebäudes unterirdisch, kaum Fenster und vier bis fünf Beamte, die sie bewachten.

Clara hatte gestern Abend noch mit MacDeath telefoniert, der jetzt die Leitung der Fahndung nach dem Drachen übernommen hatte. Gemeinsam mit Interpol hatte sie mehrere Mitarbeiter von Isabel Venturas verhört, außerdem Personen aus dem privaten Umfeld der Ermordeten. Doch großartige Erkenntnisse hatte es bisher nicht erbracht.

MacDeath hatte auch noch mit Don Alvaro in Rom telefoniert und ihn gefragt, was er davon hielte, Clara in dem sicheren Haus in dem Berliner Vorort unterzubringen; schließlich kannte Alvaro de la Torrez die Verhaltensmuster solcher Leute besser als jeder andere. Alvaro hatte sich allerdings ziemlich kryptisch dazu geäußert und erklärt, man müsse die Dinge nehmen, wie Gott sie füge.

Außerdem hatten sie über Isabel Venturas gesprochen. »Es war der Drache«, hatte der alte Priester gesagt, »der das Kind gefressen hat.« Er habe den Eindruck, hatte Alvaro hinzugefügt, dass der Drache die Offenbarung nachspiele, die Geschichte vom Untergang der Welt.

Doch was sollte als Nächstes kommen? Die Vernichtung

Babylons? Würde der Abgrund sich öffnen, in dem die Kreaturen der Tiefe lauerten? Stand die Ankunft der vier Reiter der Apokalypse bevor?

Don Alvaro wusste es nicht. MacDeath auch nicht. Und Clara erst recht nicht.

Doch was Clara anging, musste sie auch gar nichts wissen, sondern hier in einer Art Zelle ausharren, bis der Drache hinter Schloss und Riegel war.

Oder in der Hölle, fügte sie in Gedanken hinzu.

In diesem Moment hörte sie vom Eingang her einen gellenden Schrei, der abrupt abriss.

Einen Todesschrei.

*

Sie schlich nach oben zum Eingang.

Und sah die Leiche auf dem Boden liegen. Sah das blutige Messer in der Hand eines Polizisten – nur dass er offensichtlich keiner war. Sie sah den abgetrennten Kopf des Mannes, den der Uniformierte sich über den Mund hielt, wobei er das tropfende Blut mit der Zunge auffing.

Grelles Entsetzen packte Clara. *Sie sind überall, selbst bei der Polizei. Mein Name ist Legion …*

Sie wusste nicht, ob der falsche Polizist sie gesehen hatte. Jedenfalls stand er vor der Tür und verhinderte nicht nur, dass jemand hereinkam, was eigentlich seine Aufgabe gewesen wäre, sondern auch, dass Clara herauskam.

Aber hier konnte sie nicht bleiben. Vielleicht konnte sie einen oder zwei der Männer erschießen, aber mit allen auf einmal wurde sie nicht fertig. Außerdem hatte sie ihre Waffe nicht dabei. Ihr blieb nur der Rückzug, sonst würden sie auch ihr womöglich die Kehle durchschneiden und den Kopf abtrennen.

Mit zitternden Knien stieg sie die Treppe hinunter, so leise sie konnte.

Die Bilder schwirrten noch durch ihren Kopf. Die Männer. Die Waffe. Das Messer. Das Blut, das der Mann getrunken hatte. Die Polizisten, von denen sie nicht wusste, wie viele von ihnen nicht waren, was sie zu sein schienen.

Und dann war da noch die schwarze Gestalt, die sie aus den Augenwinkeln ganz in der Nähe gesehen hatte.

Was war mit den anderen Polizisten geschehen? Waren sie tot? Wer sorgte jetzt für ihren Schutz? War sie in der Gewalt eines weiteren Wahnsinnigen vom Kaliber des schwarz gekleideten Mannes, der sich gestern Abend vor ihrer Wohnung erschossen hatte?

Sie musste wieder daran denken, wie der Mann in der Polizeiuniform das Blut ihres Kollegen getrunken hatte, und schauderte.

Er gehört dazu. Er ist einer von denen.

Clara saß in der Falle. Es gab keine Fluchtmöglichkeit.

Benommen stieg sie weiter die Treppe hinunter. Die einzige Chance, die ihr blieb, war der Weg zurück tief in die Eingeweide des Gebäudes, um dort auf *ihn* zu warten. Auf die schwarze Gestalt mit der schwarzen Brille, von der sie ahnte, wer es war.

Der Drache.

Clara atmete tief durch. Sie durfte jetzt nicht in Panik verfallen.

Was konnte sie tun? Gegen eine Übermacht? Sie hatte nur eine Chance: Sie musste den Drachen überlisten.

Aber wie?

Sie blieb stehen, lauschte angestrengt, ob auf der Treppe Schritte zu hören waren.

Nichts.

Dafür hörte sie Worte.

Worte in ihrem Kopf.

Worte, die sie zuletzt in Rom gehört hatte.

Und mit einem Mal kam ihr die Idee. Hastig öffnete sie die Tasche und holte die Heckler & Koch Fabarm FP6 hervor, ein kurzläufiges Gewehr, das in den USA hergestellt wurde und über irgendeinen Umweg beim LKA Berlin gelandet war. Clara hatte öfters mit dieser Waffe geschossen und wusste, dass ein Schuss verheerende Auswirkungen hatte.

Sie legte die Patronen ein, während ihr die ganze Zeit der Spruch durch den Kopf ging, den sie in Rom gehört hatte.

Sie hatte einen Plan. Doch wenn er nicht aufging, waren die nächsten fünf Minuten die letzten ihres Lebens.

Sie atmete tief durch und wartete.

Und dann hörte sie die Schritte.

Es ist so weit, dachte sie.

7

Als Erstes sah Clara den Kopf, der die Treppe hinunterrollte. Es war der Kopf des Polizisten, dessen Blut der Wahnsinnige getrunken hatte. Der echte Polizist, der sie beschützen sollte und dafür mit dem Leben bezahlt hatte.

Dann hörte sie die zischende Stimme.

»Ich bringe ein paar Freunde mit«, sagte die Stimme. »Einer ist gerade die Treppe heruntergekommen, wenn auch nicht an einem Stück.«

Der Mann stand vor ihr. Der Mann, den sie auf dem Phantombild gesehen hatte. Der Mann mit der schwarzen Brille, dem grausamen Mund und den grauen Bartstoppeln, die wie Eisendraht aus seinem Kinn ragten.

Endlich stand sie dem Drachen gegenüber.

Er zeigte seine fauligen, schadhaften Zähne, als er verzerrt lächelte, wobei er Clara keine Sekunde aus den Augen ließ.

»Sie wollten sich ja nicht heraushalten, Frau Vidalis.« Er verzog das Gesicht zu einer höhnischen Fratze und schaute sie aus den schwarzen Tiefen seiner Brille an, fixierte sie wie eine Schlange das Kaninchen.

Dann schlug er ohne Vorwarnung zu.

Der Schlag riss Claras Kopf zur Seite und holte sie beinahe von den Füßen. Benommen blickte sie in das grausame Gesicht und hörte wie aus der Ferne die Stimme des Verrückten.

»Wissen Sie, wie Gott die Welt erschaffen hat? Und wie er sich darum kümmert, dass alles so läuft, wie er es will? Die zehn Gebote und der ganze Blödsinn?«, sagte er. »Er erschafft die Welt, wie das Meer die Kontinente erschafft. Indem er sich zurückzieht.« Er kam noch näher, schlug noch einmal zu. Diesmal konnte sie seinen Hieb abwehren, doch sie war erstaunt, was für eine gewaltige Kraft dieser Mann hatte. »Gott schweigt, Clara. Alles, was hier passiert, interessiert ihn nicht mehr. Und wenn doch«, er verstummte, leckte sich über die Lippen, »dann nur deshalb, weil er sich daran aufgeilt, statt es zu bekämpfen.«

Clara sah die Speichelfäden, die aus dem Mund des Mannes liefen wie bei einem tollwütigen Hund.

»Für Gott ist die Welt ein riesiger Hardcoreporno, den er sich sabbernd anschaut. Ein riesiger Snuff Movie mit einer Million Kanälen.«

Jetzt kam der dritte Schlag. Er traf Clara in den Magen, sodass sie sich keuchend nach vorn krümmte. Ihr Blick war verschleiert, als der Mann noch näher an sie herantrat. Sie wich zurück, hielt die Waffe fest umklammert. Sie sah, wie er auf die Heckler & Koch starrte, als würde er die Waffe gerne in den eigenen Händen halten.

Ich muss Zeit gewinnen, dachte Clara und wich noch einen Schritt zurück. Der Drache folgte ihr langsam. Er schien es zu genießen, die Sekunden vor ihrem Sterben auskosten zu können und ihre Angst, ihr Leiden in die Länge zu ziehen.

Nur sah die Wirklichkeit ganz anders aus.

Alles läuft nach Plan, dachte Clara. *Mach nur so weiter, du Drecksack, und es wird genau so, wie ich es haben will.*

»Gott hat die Welt nur erschaffen, um Kreaturen ins Leben zu werfen und sich dann an ihren Qualen zu weiden.«

Red du nur, du armer Irrer.

Er kam noch näher.

»Der Sinn des Lebens?«, zischte er, und wieder zeigte er seine schiefen, grabsteinartigen Zähne. »Er besteht darin, zu leiden. Gequält zu werden. Zu sterben. Mehr ist da nicht.« Er bleckte die Zähne und fuhr sich mit der Zunge über die Lippen.

»Mit unserem Leid sind wir nichts weiter als die Wichsvorlage eines gewaltgeilen Gottes.« Er blieb einen Moment stehen. »Zeit zu sterben, Frau Vidalis.«

Er sprang nach vorn, packte die Heckler & Koch und riss sie Clara aus den Händen. Grinsend richtete er die Waffe auf sie. Sein Gesicht war dem ihren ganz nahe. Dann spürte sie die Mündung am Bauch. Und seine Hand am Abzug.

»Du bist wertvoll für mich«, sagte er. Clara spürte seinen Atem, der nach Blut roch.

»Ich esse das Böse, ich trinke das Böse«, fuhr er fort. »Und du bist wertvoll, weil du viele Mörder getötet hast. Dein Wert sind all die Toten und ihre Toten, die du auf dem Gewissen hast. Ich werde deine Mörder in mich aufnehmen, das Böse in dir trinken wie blutigen Wein. Ich werde deine Seele fressen, und du wirst ein Teil von mir sein, wenn ich in der Hölle herrsche.«

Dann krachte der Schuss.

Beide erzitterten, als wären sie eins. Jäger und Beute.

Der Drache wurde durch den Rückstoß ein paar Zentimeter nach hinten geworfen. Gierig wartete er auf das Blut, das aus der Wunde fließen würde.

Clara spürte nichts. Sie fixierte den Drachen, während er die Waffe wegzog. Dann sank sie langsam zu Boden.

»Ich werde deine Seele fressen«, sagte der Verrückte. »Und mit deinem Körper werde ich interessante Dinge anstellen. Ich werde dir zuerst den Kopf abschneiden, ganz langsam, mit stumpfer Klinge, und ihn an die Wand hängen. Und dann …«

Weiter kam er nicht.

Er hatte nicht gemerkt, dass Clara, während sie zu Boden sank, das Messer aus ihrem Stiefel gezogen hatte. Das Messer, das sie nun, als sie aufsprang, in einem silbernen Halbkreis des Todes durch die Luft schwirren ließ, bis es mit einem hässlichen, knirschenden Geräusch in den Hals des Drachen drang. Sie hatte mit solcher Kraft zugeschlagen, dass die Messerklinge bis zum Heft im Hals des Mannes versank und die Spitze auf der anderen Seite wieder heraustrat.

Der Drache riss den Mund auf. Trotz seiner schwarzen Brille glaubte Clara, eine Mischung aus Fassungslosigkeit, Schmerz und Panik in seinen Augen zu sehen. Sie hörte das hohle Krächzen, das tief aus seinem Rachen drang, während sein Mund sich mit Blut füllte, das sich über sein Kinn auf die Brust ergoss, während aus den Halswunden Fontänen von hellerem arteriellem Blut nach rechts und links spritzen.

Wie ein Springbrunnen des Grauens stand er vor ihr, taumelnd, die Waffe noch in beiden Händen. Dann öffnete er noch einmal den Mund, gab ein feuchtes gurgelndes Geräusch von sich und schlug lang zu Boden.

Er war in der Hölle angekommen.

Die Hölle, die er so sehr ersehnt hatte.

*

Der Drache war tot, weil er den Fehler machen musste, den das Böse zwangsläufig macht, weil es böse ist.

Claras Plan war aufgegangen.

Der Drache hatte geglaubt, er hätte sie mit ihrer eigenen Waffe töten können, weil er sicher gewesen war, dass Clara ihn mit dieser Waffe töten wollte. Denn in seiner Vorstellungswelt gab es keine Gnade, kein Erbarmen, keine Erlösung.

Nur, Clara hatte ihn nicht töten wollen, nicht mit dieser Waffe jedenfalls. Aber das hätte der Drache in seiner Hybris ohnehin nicht glauben können.

Und das hatte Clara sich zunutze gemacht. Deshalb hatte der Drache sterben müssen, nicht sie.

Der Körper des Drachen zuckte ein letztes Mal. Das Messer in seinem Hals sah wie ein groteskes Schmuckstück aus.

Clara dachte an die Worte Don Alvaros, die er ihr zum

Abschied in Rom gesagt hatte und die wie Stimmen in ihrem Inneren gewesen waren, als sie den Plan, der sich auf diese Worte stützte, in die Tat umgesetzt hatte.

Stärke, die du nach außen trägst, kann sich gegen dich wenden. Gottes Kraft ist in der Schwachheit stark.

Clara zog dem Drachen die Waffe aus den Händen.

Die Waffe, die sie vorher mit Schreckschusspatronen geladen hatte.

8

Die Leiche des Drachen lag in einer Blutlache auf dem Boden. Clara schloss ihm nicht die Lider. Ihr Gesicht wäre das letzte Bild, das auf seinen wahnsinnigen Augen gespeichert sein würde.

Die Polizei, die vorher so schmerzlich gefehlt hatte, war jetzt in Scharen vor Ort. Auch Winterfeld und von Weinstein waren gekommen. Drei Kriminaltechniker wuselten um den Toten herum, während Winterfeld und von Weinstein interessiert den Hals der Leiche betrachteten und das Messer, das darin steckte.

Einer der Polizisten hatte irgendwie mit dem Kult des Drachen in Verbindung gestanden, so viel stand fest. Er war in dem Scharmützel erschossen worden, doch die Ermittlungen liefen auf Hochtouren. Genützt hatte es Clara nichts. Die Drecksarbeit hatte sie mal wieder allein machen müssen. Die Leute, die große Reden geschwungen hatten, Clara solle sich aus Selbstschutz von dem Fall fernhalten, hatten am wenigsten dazu beigetragen, dass der Drachen tot war.

»Betrachten Sie mich als zurück in dem Fall«, sagte Clara und packte ihre Sachen in eine große Tasche. »Und wenn Bellmann irgendwas dazu bemerken sollte, dann sagen Sie ihm, dass ich mich genauso von dem Fall fernhalte, wie das LKA mir Personenschutz gewährt hat.«

Winterfeld schien zu verstehen, dass hier alle Argumente zwecklos waren.

»Beschützen konntet ihr mich nicht«, sagte Clara und wandte sich zum Gehen. »Und den, der mich umbringen wollte, musste ich selbst töten.«

Sie ging an Winterfeld und von Weinstein vorbei, die neben der Leiche des Drachen knieten, dem noch immer das Messer im Hals steckte und dem die Brille selbst beim Sturz nicht heruntergefallen war.

»Und mein Messer hätte ich nachher auch gerne wieder«, sagte Clara zum Abschied, stieg in einen der Einsatzwagen und rief MacDeath an.

*

Clara blickte aus dem Wagenfenster, das Mobiltelefon in der Hand, während das sichere Haus, das sich beinahe als tödliche Falle erwiesen hätte, hinter ihr am Horizont verschwand – mitsamt dem geköpften Polizisten und dem toten Drachen. Sie berichtete MacDeath mit knappen Worten, was geschehen war. Auch wenn der in seinem Leben schon so manche bizarre Geschichte gehört hatte, war Clara die Anspannung in seiner Stimme nicht entgangen, als sie vom Angriff des Drachen erzählte.

»Nein, ich bin nicht verletzt. Bloß ein paar Kratzer«, sagte sie. Ihr Gesicht war leicht angeschwollen, und ihr Magen schmerzte, wo die Faust des Verrückten sie getroffen hatte, aber dafür hatte sie jetzt keine Zeit.

»Und der Drache ist tot?«

»So tot, wie man nur sein kann.«

»Hatte Mandy Sie nicht davor gewarnt, weiter an dem Fall zu arbeiten?«

»Ja. Sie hatte gesagt, wenn ich nicht aufhöre, würde man sich um mich kümmern. Das sei keine Drohung, das sei ein Versprechen.«

Sie hielt kurz inne.

»Woher wussten der Drache und die anderen, dass ich an ihm dran bin?«

»Gute Frage«, erwiderte MacDeath. »Vielleicht hat er uns beobachtet, als wir Mandy in die Klinik gebracht haben.«

Clara schaute nachdenklich auf die Plattenbauten der Landsberger Allee, die draußen am Fenster vorbeizogen. Da war noch etwas. Ein umrisshafter, nicht greifbarer Gedanke, wie ein Traum, den man nur flüstern durfte, weil man sonst aufwacht und der Traum zu Ende ist. Sie musste noch eine Weile darüber nachdenken, vielleicht kam es dann von selbst wieder.

»Ich bin in zwanzig Minuten im Büro«, sagte sie. »Ich habe so eine Ahnung. Wollen wir gleich sprechen?«

»Mit dem größten Vergnügen«, sagte MacDeath.

9

Sie saßen in MacDeaths Büro. Clara genoss den Earl Grey mit Zitrone, der vor ihr auf dem Tisch stand.

Sie hatte ein paar Gedanken auf ein Blatt Papier gekritzelt und wiederholte den Spruch des heiligen Paulus, den Don Alvaro zitiert hatte und der ihr vorhin das Leben gerettet hatte:

Kraft, die du nach außen trägst, kann sich gegen dich wenden. Gottes Kraft ist in der Schwachheit stark.

»Der Drache«, sagte sie, »war vielleicht doch nicht der Marionettenspieler, als den wir ihn gesehen haben. Er hat Menschen wie Mandy und Hendrik benutzt, aber er ist auch selbst in Erscheinung getreten. Auch er hat die Drecksarbeit erledigt. Deshalb ist er selbst zu mir gekommen. Er wollte mich eigenhändig töten. Bei Isabel Venturas war er ebenfalls dabei. Ich habe die Mundpartie, die ich auf dem Video in Venturas' Zimmer gesehen habe, wiedererkannt. Das war er. Er selbst hat ihr das Kind aus dem Leib geschnitten ... und alles andere. Wahrscheinlich war er auch bei Gayos Ermordung dabei.«

»Und das heißt?«, fragte MacDeath.

»Gegenfrage«, sagte Clara. »Was war das Motiv des Drachen?«

»Er wollte die Bösen umbringen, um dann als Erzdämon in der Hölle über sie zu herrschen.« MacDeath lächelte matt. »Die langfristige Karriereplanung, von der Winterfeld gesprochen hat.« Er zog sein Notizbuch hervor, das er in Rom dabeigehabt hatte.

»Es gibt Legenden«, las er vor, »die besagen, dass Erzdämonen, die nicht mehr böse genug sind, von Menschen ersetzt werden. Das könnte ein Motiv des Drachen sein.« Er schaute Clara an. »Das hat Don Alvaro gesagt.«

»Stimmt. Und sein Sekretär, dieser Tomasso, hat kritisch dreingeschaut.«

»Wahrscheinlich war ihm dic Vorstellung zu exotisch«, sagte MacDeath. »Was sie ja auch ist.«

»Der Drache hat allerdings etwas Ähnliches gesagt, bevor er mich töten wollte.« Clara dachte an die Szene zurück. »Er sagte sinngemäß, ich sei wertvoll für ihn, weil ich viele Mörder getötet hätte. Dieses Böse würde er in sich aufnehmen.«

MacDeath hob die Augenbrauen. »Dann ist es tatsächlich sein Motiv.«

»Und woher wusste Alvaro das?«

MacDeath zuckte die Schultern. »Von seinen Exorzismen, nehme ich an, von den Satanskulten, gegen die er kämpft, vielleicht auch von der Polizei ...«

Clara merkte, wie der flüchtige Gedanke von vorhin zurückkam. »Don Alvaro war der Einzige, der wusste, wo Winterfeld mich versteckt hat. Sonst wussten nur ein paar Eingeweihte innerhalb der Polizeibehörde davon. Sie haben mit ihm telefoniert und sich bei ihm erkundigt, was er von dem Plan hielte, mich in dem sicheren Haus in der Nähe der Landsberger Allee unterzubringen, nicht wahr?«

»Ja.«

»Und was hat Alvaro geantwortet?«

»Dass er es nicht einschätzen könne. Ohnehin müsse man die Dinge nehmen, wie Gott sie fügt.«

»Der Drache wusste, wo ich war. Wie kann er davon erfahren haben?« Clara schwieg einen Moment. »Könnte es nicht sein, dass hinter dem Drachen jemand steht, der intelligenter und vor allem sehr viel mächtiger ist? Jemand, dem solche Kulte vertraut sind und der sehr viel darüber weiß?«

MacDeath spann den Gedanken weiter. »Weil er gegen den

Satan kämpft und sich mit den Geheimnissen der satanischen Kulte auskennt wie kaum ein Zweiter. Der das Motiv des Drachen deshalb so genau erklären kann, weil er es ihm selbst erklärt hat. Weil er es ihm sozusagen in den Kopf gepflanzt hat.«

»Wenn also jemand weiß, welche Macht tatsächlich hinter dem Drachen steht …«, begann Clara.

»… muss es jemand sein, der die Mission des Drachen gutheißt, wahrscheinlich sogar fördert. Schließlich hat der Drache Menschen getötet, die nur nach außen hin etwas Vorbildliches und Bewundernswertes getan haben, in Wahrheit aber etwas abgrundtief Böses. Am Ende bewundert er nicht das Böse und tötet es, um es zu übertrumpfen und in der Hölle darüber zu herrschen. Am Ende …«

Clara beendete den Satz: »Tötet er das Böse, weil es böse *ist*.«

»Mein Gott«, flüsterte MacDeath. »Dann ist es der Mann, den wir erst vor Kurzem besucht haben.«

Clara nickte. »Und der als Einziger außerhalb der Polizeibehörde wusste, wo man mich versteckt hat, weil Sie es ihm ungewollt verraten haben. Und er hat es dann seinem getreuen Diener, dem Drachen, gesteckt, sodass der mich aufstöbern konnte.«

»Verdammt, ja! Es passt alles zusammen. Wir müssen noch einmal nach Rom, so schnell wie möglich«, stieß MacDeath hervor. »Wir müssen schnellstens mit Winterfeld sprechen.« Er schüttelte fassungslos den Kopf. »Ausgerechnet Don Alvaro de la Torrez …«

10

»Ihr wollt schon wieder nach Rom?«, knurrte Winterfeld. Er saß an seinem großen Schreibtisch, der über und über mit Papieren bedeckt war, und fummelte an einer leeren Zigarilloschachtel herum, deren Inhalt er jetzt wohl ganz besonders vermisste. Er zupfte an seiner Krawatte. »Ihr wart doch erst vorgestern dort. Seid ihr auf einmal gläubige Pilger geworden?«

»Wir vermuten, dass einer unserer dortigen Informanten der wahre Täter ist«, sagte Clara.

»Und wer?«

»Don Alvaro de la Torrez.«

»Der Exorzist?« Winterfeld riss die Augen auf. »Ihr seid ja wahnsinnig.«

»Hören Sie, wir haben mit dem Mann gesprochen«, sagte Clara drängend. »Wir haben jetzt nicht die Zeit, Ihnen das alles lang und breit zu erklären, aber Sie können uns glauben, es passt alles zusammen. Wollen Sie das Risiko eingehen, dass wir recht haben und weitere Menschen auf grausame Weise sterben? Sind Sie bereit, das auf ihr Gewissen zu nehmen?«

Winterfeld fuhr mit den Fingern durch den Bericht, den er gestern von Clara erhalten hatte. Dann blickte er auf. »Dass wir dabei aber ein kleines Problem haben, wissen Sie, Señora?«

Clara zuckte die Schultern. »Wäre schön, wenn wir nur eins hätten.«

»Italien ist nicht unser Zuständigkeitsbereich«, sagte Winterfeld. »Wir müssen der Questura in den Arsch treten, damit die Alvaro auf der Stelle festnehmen, falls Ihr Verdacht begründet sein sollte. Und dafür müssen wir genug Beweismaterial haben.« Er blickte Clara durchdringend an. »Haben wir das?«

»Alvaro wusste als Einziger, wo ich versteckt war. Und er hat uns das Motiv des Killers genannt«, sagte sie. »Das kann kein Zufall sein.«

Winterfeld starrte nachdenklich vor sich hin.

»Und wer ist jetzt, Bellmann zufolge, für die internationale Kooperation zuständig?«, fuhr Clara fort. »Da ist doch ein Anruf bei der Questura ein Klacks für den großen Kriminaldirektor Winterfeld.« Es war einer der Sätze, die nur Clara sich leisten konnte.

Winterfeld schnaufte. »Also gut. Fliegt nach Rom und schaut, was ihr machen könnt. Aber bucht den Flug erst mal privat. Ich sehe zu, dass ihr das Geld zurückbekommt.«

Er knüllte die Schachtel zusammen.

»Und hängt es ja nicht an die große Glocke.«

11

Rom. Santa Maria Immaculata. Das Anwesen von Don Alvaro de la Torrez.

Das Erste, was sie sahen, war dichter schwarzer Rauch. In der Ferne erklang das Heulen von Sirenen.

MacDeath hatte mit Don Tomasso telefoniert, und sie hatten für den Tag darauf einen Termin bei Alvaro bekommen, obwohl MacDeath gedrängt hatte, noch am selben Tag nach Rom zu fliegen unter dem Vorwand, es hätten sich wichtige neue Erkenntnisse ergeben. Um die Formalitäten hatte Winterfeld persönlich sich gekümmert.

Doch was war hier los? Was war in der Zwischenzeit geschehen?

Einsatzwagen der Carabinieri und Rettungsfahrzeuge standen vor dem Anwesen Don Alvaros. Notärzte und Rettungssanitäter eilten ins Haus, und überall waren Schutt und Löschschaum zu sehen. Ein Feuerwehrmann sprach in ein Funkgerät, und ein Kommissar der römischen Questura wechselte ein paar Worte mit Alvaros Haushälterin Michela, die mit tränenüberströmtem Gesicht vor ihm stand.

Dann kamen zwei Männer mit einer Bahre, auf der ein schwarzer Plastiksack lag, die Treppe herunter.

»Wer ist das?«, fragte MacDeath auf Italienisch.

»C'e Signor de la Torrez«, sagte einer der Sanitäter.

»Ist er tot?« Die Frage war im Grunde überflüssig, denn der schwarze Sack war mit einem Reißverschluss verschlossen.

»Penso che si«, sagte der Sanitäter und nickte. »Ich glaube ja.«

Dann war alles im Innern des Wagens verschwunden.

MacDeath schaute Clara mit großen Augen an.

»Don Alvaro ist …«

»Ja«, sagte eine Stimme, in der Schmerz und Verzweiflung mitschwangen. »Er ist tot.«

Don Tomasso kam die Treppe herunter, in Tränen aufgelöst, ein Taschentuch in der einen Hand, in der anderen ein paar Aktenmappen.

»Er ist …« Tomasso stockte, als suche er nach Worten, und rang sichtlich um Fassung. »Er ist verbrannt. Es war vor einer Stunde. Ich war in der Messe in St. Peter und wollte anschließend zu ihm, da sah ich den Rauch. Michela …«, er zeigte auf die Haushälterin, »sie war gerade beim Einkaufen, als es geschehen sein muss. Wir haben sofort die Feuerwehr und den Rettungswagen gerufen. Aber es war zu spät … zu spät.« Er drückte sich das Taschentuch vors Gesicht und schluchzte haltlos.

»Wer hat das getan?«, fragte Clara und schaute MacDeath an. »Einer der Gefolgsleute des Drachen?«

Don Tomasso schüttelte den Kopf.

»Er selbst.«

»Er selbst?«

Tomasso nickte und schnäuzte sich ins Taschentuch. »Das hier habe ich im Briefkasten gefunden.« Er holte einen Brief in einem Umschlag aus Büttenpapier hervor. »Er hat ihn wahrscheinlich in den Briefkasten gelegt, weil der weit genug vom Haus weg ist. Ich habe ihn bereits gelesen. Offenbar hat Don Alvaro ihn auch an andere hohe Würdenträger in Rom und im Vatikan geschickt. Es ist … es ist unglaublich.«

Tomasso reichte Clara den Brief. Er war mit einem Computer geschrieben und trug, mit Füllfederhalter, die geschwungene Unterschrift von Alvaro de la Torrez.

Mit zitternden Fingern öffnete Clara den Brief und las:

Verehrter Heiliger Vater, Kardinäle und Eminenzen!

Ich war bereits auf Erden in der Hölle.

Vielleicht bin ich jetzt wahrhaftig dort.

Wenn Sie diese Zeilen lesen, lebe ich nicht mehr. Dann habe ich versagt, und man hat herausgefunden, mit welchen Mitteln ich für meine heilige Mission kämpfe. Vermutlich haben meine Helfer, die Bewohner des Feuers, die meine Mission zwar nicht verstanden haben, aber stets meine willigen Handlanger gewesen sind, mich verraten oder wurden ausgelöscht.

Aber das bekümmert mich nicht. Denn Gnade ist nur für die, die sie verdient haben. Die Kettenhunde Satans waren meine willfährigen Diener. Ich habe jedes Mal frohlockt, wenn sie im Namen ihres gefallenen Engels jene Menschen getötet haben, die dem Bösen dienten und das getan haben, was der Teufel, ihr Herr und Meister, sich immer und überall wünscht, seit Anbeginn der Schöpfung. Am Ende aber waren sie nur Späne, die vom Tisch fallen und die man ins Feuer wirft. Im Dienst Gottes sollte man auch mit schlechten Werkzeugen arbeiten können.

Das Leben ist schrecklich, das Böse herrscht, das Gute ist eine kleine Flamme im Sturm. Wenn wir wissen, was wir wissen sollten, können wir uns erheben und das Böse vernichten. Können wir das nicht, haben wir nur noch die Möglichkeit, das zu tun, was ich nun tun werde. Ich werde mich den reinigenden Flammen übergeben, indem ich meine Kleidung mit Heizöl übergieße und mich anzünde.

Es gibt nur eine Teufelsdarstellung in St. Peter, einen Engel mit Fledermausflügeln, versteckt auf einem kleinen Altar hinter dem großen Baldachin, unter dem der Papstaltar steht. Dieser Engel aber sieht viel zu harmlos aus, als dass er als Sinnbild für den Leibhaftigen gelten könnte. Denn ist es nicht der größte Sieg des Satans, für nicht existent gehalten zu werden? Ist es nicht immer das Ziel des Bösen, kleiner und ungefährlicher zu scheinen, als es in Wahrheit ist, damit es umso wirkungsvoller sein Vernichtungswerk fortführen kann?

Es ist ein Fehler, die andere Wange hinzuhalten und sich den Mächten der Finsternis kampflos zu ergeben. Es ist ein Fehler, von einer besseren Welt im Jenseits zu fabulieren, ohne das Schicksal in die eigene Hand zu nehmen.

Darum musste ich tun, was Jesus gepredigt hat. Ich musste dafür sorgen, dass manche Sünder nun am Grund des Meeres liegen, mit einem Mühlstein um den Hals.

Ich war Exorzist. Ich habe Tausende böser Geister ausgetrieben. Doch es reicht nicht, den Dämon nur bei einzelnen Menschen auszutreiben. Man musste den Exorzismus ganzheitlich sehen. Den Exorzismus am Körper des gesamten Menschengeschlechts. Den Exorzismus am Körper der Welt. Man muss das Böse mit brennender Klinge aus dem Fleisch der Erde schneiden, immer wieder, bis es ausgerottet ist.

»Weichet von mir, ihr Verfluchten«, hat Jesus gesprochen, »in das ewige Feuer, das für den Satan und seine Vasallen bestimmt ist.« Denn wer ohne Beichte im Stand der Todsünde stirbt, ist für immer verloren – und nichts anderes hat er verdient.

Das gilt nun auch für mich. Deshalb werde ich in den Flammen der Hölle brennen, nachdem meine irdische Hülle verbrannt ist.

Ich habe sie alle töten lassen. Gayo und Venturas waren nur die Letzten in einer langen Reihe. Ohne die Möglichkeit der Erlösung, der Beichte und der Lossprechung, im Stand der Todsünde.

Denn es reicht nicht, dass sie nur auf dieser Welt Schmerz erleiden für das, was sie getan haben. Es reicht nicht, dass sie sterben. Ihre Schuld wiegt so schwer, dass die Strafe für immer andauern muss. Für immer und ewig.

Sie mussten sterben. Den ersten und den zweiten Tod.

Sie mussten büßen, sie mussten leiden, sie mussten brennen. Für immer. Und immer.

Nun wurde meine Mission entdeckt. Einer der tüchtigsten Vasallen, die mir gedient haben, ohne es zu wissen, der Drache, ist tot. Es wird nicht mehr lange dauern, bis die Polizei an meine Tür klopft. Deshalb werde ich gehen, bevor ich mir die Schmach und Schande antue, mit den weltlichen Gesetzen und irdischen Ordnungshütern über meine heilige Mission zu streiten, mit ihnen, die nur den Schutz der Täter und des Bösen im Sinn haben.

Ich habe versagt. Meine Mission ist beendet. Und ich habe es verdient, in der Hölle zu brennen, nachdem meine leibliche Hülle hier auf Erden vom Feuer verzehrt wurde. Doch vertraue ich der Gnade Gottes, dass er mich den reinigenden Flammen des Purgatoriums übergibt, damit meine Seele, nach Jahrhunderten, geläutert die himmlische Herrlichkeit schauen kann.

Mein Herr und Hirte, der Heilige Vater und Bischof von Rom, meine Herren Kollegen, Eminenzen, Priester und Diakone. Ich stelle euch allen frei, in Zweifel zu ziehen, was ich getan habe. Es sogar zu verurteilen. Ich bitte euch nur um das bisschen Aufmerksamkeit für meine hehren Ziele und meine reinen Gedanken, ohne die kein Verstehen möglich ist.

Jetzt, bevor ich die Flammen entzünde, sind meine Gedanken und Gebete bei euch. Und ich hoffe, dass wir uns wiedersehen.

Dort, im anderen Leben.

Gott segne euch.

Don Alvaro de la Torrez
Priester und oberster Exorzist der Diözese Rom

Clara blinzelte mit halb zusammengekniffenen Augen in die Sonne. Der Inhalt des Briefes hatte sie getroffen wie ein Hammerschlag. Sie dachte an den Augenblick, an dem sie genau hier mit Don Alvaro gestanden hatte, bevor sie in den Helikopter gestiegen war, der sie zu dem höllischen Tatort gebracht hatte, an dem Isabel Venturas auf so grausame Weise gestorben war.

Don Alvaro de la Torrez, Priester und oberster Exorzist der Diözese Rom, war der wahre Drache gewesen. Als Clara und MacDeath sich erneut bei ihm angekündigt hatten, hatte er gewusst, dass er aufgeflogen war. Möglicherweise hatte er zuvor auch schon vom Tod des Drachen erfahren. In diesem Moment war ihm klar geworden, dass seine Mission gescheitert war. Und welche bitteren, in seinem fanatischen Hass auf das Böse jedoch folgerichtigen Konsequenzen er daraus gezogen hatte, ging nur allzu deutlich aus seinem Abschiedsbrief hervor.

In einer kurzen Vision sah Clara den alten Priester vor sich, der so freundlich und gütig, aber auch herrisch und unerbittlich hatte sein können. Sie sah sein Gesicht vor dem Bild des vom Schwert durchbohrten Körpers von Franco Gayo, vor dem Bild seiner Sekretärin, die mit der Axt erschlagen worden war; sie sah Tom, Gayos Manager, den man mit einer Nagelpistole hingerichtet hatte; sie sah Mandy, die sich die Zunge abgebissen hatte und daran verblutet war; sie sah Hendrik, der vom Zug zermalmt worden war, und sie sah den seltsamen, schwarz gekleideten Mann, der sie angerufen und sich vor ihrer Wohnung in den Mund geschossen hatte. Sie sah ihn noch immer im Schein der Straßenlaterne auf dem Rücken liegen, die Waffe umklammert, den Lauf am Mund, hinter seinem Kopf ein Kranz aus Blut und Knochensplittern.

Und schließlich sah sie den Drachen selbst, dem sie das Messer bis zum Anschlag in die Halsschlagader gebohrt hatte. Sie sah noch einmal seinen Mund, in Schock und Erstaunen und

Schock aufgerissen, nach Luft schnappend wie ein Fisch, den man bei lebendigem Leibe durchschneidet.

Zuletzt sah sie noch einmal Don Alvaro, tot in einem schwarzen Plastiksack. Er hatte den Drachen für seine Zwecke eingespannt, hatte es irgendwie geschafft, ihn für seine Mission zu gewinnen. All die Informationen, die sich auf den Sticks befanden, all das verbotene Wissen über schreckliche Dinge, die bestimmte Menschen getan hatten und noch taten. Dinge, von denen niemand wissen durfte.

Aber wie wahrscheinlich war es, dass ein satanischer Kult all diese Informationen besaß?

Nein, das war völlig ausgeschlossen.

Der Vatikan hatte diplomatische Beziehungen zu mehr Staaten als Deutschland.

Es war viel wahrscheinlicher, dass ein Mann wie Alvaro, hoher Würdenträger des Heiligen Stuhls, an diese Details herankommen konnte.

Clara dachte an den schwarzen Plastiksack, den sie eben noch gesehen hatte. Wieder sah sie das alte, gutmütige Gesicht Don Alvaros vor sich, hinter dessen Fassade sich eine teuflische Intelligenz und ein grandios böser Plan verborgen hatten.

Clara dachte daran, dass Alvaros Spruch ihr das Leben gerettet hatte. *Gottes Kraft ist in der Schwachheit stark.* Damit hatte sie den Drachen besiegt. Doch der Drache war von Don Alvaro geschickt worden. So hatte er sie vor einer Gefahr bewahrt, die er selbst geschaffen hatte. Doch genau durch diese Gefahr war er aufgeflogen. Und jetzt war er tot. Verbrannt.

»Signora Vidalis ...« Es war Don Tomasso, der noch immer neben ihnen stand, während MacDeath nachdenklich zum Nachmittagshimmel und auf die Rauchwolken blickte. »Wenn ich Ihnen in irgendeiner Weise zu Diensten sein kann, lassen Sie es mich bitte wissen.« Er reichte ihr eine Karte. »Aber mein Schmerz und meine Trauer«, wieder liefen ihm Tränen über die

Wangen, »sind unermesslich. Was er getan hat … Ich kann es nicht glauben. Don Alvaro war mehr als mein Lehrmeister, müssen Sie wissen. Er war der Vater, den ich nie gehabt habe. Ich kann nicht fassen, was geschehen ist …« Er schniefte wieder in sein Taschentuch. »Ich werde im Gespräch mit Gott Trost suchen. Wenn Sie mich brauchen, wissen Sie ja, wo Sie mich erreichen.«

Clara nickte und nahm die Karte entgegen. Sie schüttelten sich die Hand. »Ich danke Ihnen«, sagte Clara. »Und ich wünsche Ihnen Kraft. Ich weiß, wie es ist, einen lieben Menschen zu verlieren.« Wobei sie nicht sicher war, ob *lieb* hier das richtige Wort war.

Hier war Italien. Und damit nicht ihr Zuständigkeitsbereich. Die Kollegen von der Questura würden die Verhöre führen. Wenn sie Glück hatte, bekam sie die Protokolle. Aber was würde das ändern? Der Fall war gelöst, doch glücklicher machte sie das nicht.

Sie sah Don Tomasso nach, wie er mit unsicheren Schritten über die große Brücke in Richtung Petersdom davonging – eine einsame, verlorene Gestalt.

12

Clara schaute aus dem Fenster der Trattoria und sah die Silhouette von MacDeath, der das Handy am Ohr hatte. Er stand dort im Gewühl der Menschen, die sich rechts und links an ihm vorbeidrängten wie am Obelisken auf dem Petersplatz. Doch hier drinnen konnte man nicht telefonieren, dafür war das Stimmengewirr viel zu laut.

Schließlich kam MacDeath zu Clara zurück und setzte sich zu ihr an den Tisch. »Nichts«, sagte er. »Es wurden keine weiteren USB-Sticks gefunden. Aber ich habe denen gesagt, sie sollen weitersuchen, weil es nicht unwahrscheinlich ist, dass es irgendwo noch welche gibt. Und der Himmel weiß, wie viele.«

Er klappte das Handy zusammen.

»Wissen Sie noch, was ich zu Marquard in der Anstalt gesagt habe? Das Hamlet-Zitat?«

Clara lächelte, obwohl ihr gar nicht danach zumute war. »Auch wenn es Wahnsinn ist, so hat es doch Methode.«

MacDeath steckte das Handy in die Sakkotasche. »Genau. Wenn dieser Spruch auf einen Menschen passt, dann auf Alvaro de la Torrez.«

Clara hatte in einer Plastikfolie den Brief vor sich liegen, den Don Tomasso ihnen überlassen hatte. Sie würden ihn in Berlin untersuchen lassen, abfotografieren und ihn Tomasso per Kurier zurückschicken. Dann mussten sie gemeinsam mit den italienischen Kollegen herausfinden, wer diesen Brief noch alles erhalten hatte.

»Alvaro de la Torrez ist der wahre Drache«, sagte Clara. »Wie klingt das in Ihren Ohren?«

MacDeath zuckte die Schultern. »Es passt jedenfalls«, erwiderte er. »Offenbar ist ihm das Böse, das er so lange und oft bekämpft hat, irgendwann zu viel geworden, und er hat beschlossen, das Heft des Handelns selbst in die Hand zu nehmen. Dabei hat er das Böse benutzt, um Böses zu töten, und es auf diese Weise noch mehr erniedrigt.« Er winkte dem Kellner. »Wahrscheinlich ging es ihm wie manchem Polizisten, nachdem er zum hundertsten Mal denselben Dealer festgenommen hat und ihn auf richterlichen Beschluss wieder laufen lassen muss.«

Der Kellner kam, und sie bestellten zwei Glas Rotwein.

»Und was die Sticks angeht …«, fuhr MacDeath fort und ließ den Blick durch die urige Trattoria schweifen, an deren Wänden Wappen der Medici-Herrscherhäuser prangten. »Es ist doch sehr viel wahrscheinlicher, dass ein hochrangiger Vertreter des Vatikans Zugriff auf diese dunklen Geheimnisse hat als ein seltsamer Kult-Anführer, der obendrein völlig wahnsinnig ist.«

»Ob es wirklich noch mehr USB-Sticks gibt?«, sagte Clara nachdenklich. »Und falls ja, wo könnten sie sein?« Sie dachte an die zwei Sticks, die sie gesehen hatte und die das dunkle Geheimnis von Menschen trugen, die unter der Oberfläche der Normalität Dinge getan hatten, von denen niemand wissen durfte. Dies hatte sie zu den schlimmsten aller Täter gemacht – und am Ende zu den Opfern, denen das schlimmste Schicksal drohte, den Opfern des Drachen. Oder besser, zu Opfern Don Alvaros. »Für mich sieht es eher so aus«, fuhr Clara fort, »als wäre diese Tötungsmission auf ein ganzes Leben angelegt. Und dazu müssen doch mehr als zwei Opfer gehören.«

»Das stimmt«, pflichtete MacDeath ihr bei. »Aber die Carabinieri haben Alvaros Büro durchsucht und keine Sticks gefunden. Ich habe vorhin mit der Questura telefoniert.«

Der Wein wurde gebracht, und sie stießen an.

»Um meinen geliebten Sigmund Freud zu zitieren«, sagte

MacDeath anstelle eines Trinkspruchs: »›Dass der Mensch glücklich sei, ist im Plan der Schöpfung nicht enthalten.‹« Er hob sein Glas. »Der Drache und sein Strippenzieher existieren nicht mehr, nur das zählt. Wir können den Fall zu den Akten legen.«

Clara hob ebenfalls das Glas und trank einen Schluck. Erst jetzt spürte sie, wie unendlich müde sie war.

Die Toten, die in ihren Träumen erschienen – würde auf ihren Gesichtern weiterhin ein stummer Vorwurf liegen? Oder Dankbarkeit? Erlösung? Clara wusste es nicht. Gut und Böse, Licht und Dunkel, Leben und Tod. Zwischen diesen Extremen bewegte auch sie sich ständig.

Sie hatte gekämpft, und sie hatte gesiegt. Vielleicht tat sie gut daran, sich einfach nur zu freuen, dass alles überstanden war.

Grausam und unerfreulich würde es früh genug wieder werden.

13

Das Flugzeug, eine Propellermaschine, gewann langsam an Höhe. Clara blickte aus dem Fenster, den Kopf voller Gedanken. Es würde noch lange dauern, bis sie Ordnung in dieses Durcheinander gebracht hatte.

Gottes Kraft ist in der Schwachheit stark, hatte Don Alvaro zu ihr gesagt. Und das hatte ihr das Leben gerettet. Sonst hätte der Drache sie umgebracht. So aber hatte sie den Spieß umgedreht, war durch ihre Schwäche stärker geworden, und der Drache war gestorben. Aber hatte Don Alvaro sie wirklich vor dem Drachen bewahrt? Denn Alvaro war der wahre Drache gewesen.

Sie konnte es noch immer nicht glauben.

Aber nun war er tot. Gestorben von eigener Hand.

Der Fall war gelöst.

Es gab vieles, was sie ihn noch hätte fragen wollen. Doch jetzt, wo er nur noch Asche in dem schwarzen Plastiksack war, ähnlich wie sein verbranntes Anwesen, wo sie erst vor kurzer Zeit mit MacDeath und Don Tomasso gesessen hatte, konnte sie ihn nichts mehr fragen.

Wieder schaute Clara aus dem Fenster. In Rom hatte die Sonne geschienen, und die Vorboten des Frühlings hatten verheißungsvoll durch die Eiswand des Winters geblitzt. Doch jetzt, als sie die Schweiz überflogen, schlugen Schneeflocken gegen die Fenster des Flugzeugs, wie verlorene Seelen, die in der Ewigkeit des Alls umherirrten, suchend nach Erlösung oder einem Zeitpunkt des Endgültigen, den es nicht gab. Dort drüben, in der Welt der Toten.

Die Welt der Toten.

Clara fiel der Umschlag von Freese ein. Sie zog ihn hervor, öffnete ihn. Erst hatte sie das Schreiben nur aus Höflichkeit entgegengenommen, nun aber stellte sie fest, dass es Worte waren, die sie vor langer Zeit schon einmal gelesen hatte und beinahe auswendig kannte, denn sie waren schön und traurig zugleich. Sie hatten mit Menschen zu tun, die in Claras Leben leider viel zu oft vorkamen, die sie nicht schlafen ließen und mit blutigen Augen durch ihre Träume geisterten.

Ad plures ire – zu den vielen gehen. Und die vielen, das waren die Toten.

Woher hatte Freese das gewusst? Sie würde ihn fragen müssen.

Denn »Die Toten« war auch der Titel der Geschichte von James Joyce, von der Freese ihr gestern einen Ausschnitt gegeben hatte, den sie jetzt in der Hand hielt. Es war der letzte Teil der Geschichte, wo sich Gabriel, die Hauptfigur, neben seiner Frau ins Bett legt und ahnt, dass es noch eine andere Welt gibt.

Eine Welt der schweigenden, grauen, riesigen Heere.

Eine Welt der Toten.

Seine Seele hatte jene Region erreicht, wo die riesigen Heere der Toten waren. Noch war er bei Bewusstsein, jenseits der Mauer des Schlafes, doch schon sah er die schemenhaften Schatten jener, die einmal so gewesen waren wie er. Dann verblasste seine Sicht, und er betrat eine graue, nicht fühlbare Welt. Und die wirkliche Welt, die Welt aus Materie und Fleisch und Blut, in der diese Toten einst gelebt hatten, löste sich immer mehr auf.

In dieser Geschichte hatte Gabriel von seiner Frau Gretta gehört, sie habe vor vielen Jahren einen Jungen geliebt, von dem sie ihm nie erzählt hatte. Und dass dieser Junge nicht mehr lebte. Weil er nachts im strömenden, eiskalten Regen vor ihrem Fenster gewartet hatte, und dann an einer Lungenentzündung gestorben war. *Besser in flammender Leidenschaft aus dieser Welt treten, als allmählich dahinzuwelken,* hatte der Junge – er hieß Michael Furey – zu Gretta gesagt.

Vielleicht hatte er recht, dachte Clara. Bei all dem Schrecken und der Trauer, die die Welt bereithielt, war es vielleicht das Beste, früher abzutreten, in einem Zustand der Schönheit, Freude und Vollkommenheit, als allmählich zu verfallen und schon als Lebender zu dem Staub zu werden, zu dem erst die Toten zerfielen.

Draußen stoben die Schneeflocken durch den eisgrauen Winterhimmel, während der Wind an den Fenstern vorüberfauchte, begleitet vom an- und abschwellenden Brummen der Propellermotoren. Und als Clara an all die Toten dachte, die durch die Sphären irrten wie die wirbelnden Schneeflocken draußen vor den Fenstern, fühlte sie sich wie Gabriel in Joyce's Geschichte, als sie mit letzter Aufmerksamkeit und Tränen in den Augen die restlichen Zeilen las, während sie in einen sanften Schlaf sank, der sie das Grauen, den Schrecken und die dunkle Seite des Todes allmählich vergessen ließ.

Sein Blick ging zum Fenster, stand dort. *Es hatte wieder zu schneien angefangen. Er schaute schläfrig auf die Schneeflocken, silbern und dunkel, die langsam am Lampenlicht vorüberschwebten. Für ihn war die Zeit gekommen, nach Westen zu gehen. Ja, die Zeitungen hatten recht. Es fiel Schnee über ganz Irland. Schnee fiel auf jeden Teil der dunklen Ebene, auf die baumlosen Hügel und, noch weiter westlich, auf die tosenden Wellen der See. Er fiel auch auf jeden Teil des einsamen Friedhofs, auf dem Michael Furey begraben lag. Der Schnee lag in dicken Schichten auf den steinernen Kreuzen und Grabsteinen, auf den*

Pfosten des kleinen Tores und auf den Dornenbüschen. Langsam schwand seine Seele, während er den Schnee still durch das All fallen hörte. Und still fiel er, der Herabkunft ihrer letzten Stunde gleich, auf alle Lebenden und Toten.

Die Toten, war Claras letzter, schläfriger Gedanke. *Sie kommen nicht nur mit blutgefüllten Augen und wollen von mir wissen, warum ich sie nicht gerettet habe. Sie wachen auch über uns, beschützen uns. All jene, die vor uns waren und jeden unserer Schritte beobachten …*

Und dann war Clara eingeschlafen, ihr Geist frei von allen Schrecken, allem Grauen. Das kleine Flugzeug, schaukelnd im Wind, wurde zu einer Wiege, während das monotone Motorengeräusch sich in ein Schlaflied verwandelte, das sie mit tröstenden Worten in die Welt der guten Träume begleitete. Es war, als würde sie noch einmal in den Armen ihrer Mutter schlummern wie ein Kind, inmitten wirbelnder Schneeflocken, die wie gute Geister auf sie achtgaben, während ihr Atem ruhiger und gleichmäßiger wurde und sie, frei und doch beschützt, immer mehr in die andere Welt eintrat.

Die Welt jenseits der Mauer des Schlafes.

Die Welt der Träume.

Die Welt der Toten.

Epilog

Don Tomasso Tremonte genoss die Stille, die an diesem Morgen über der Via Conciliazione in Rom lag, bevor die Touristen und Pilger die Straßen stürmen würden. Bedächtig blies er in seinen Espresso, der dampfend vor ihm auf dem Tisch stand. Auf seinen Knien ruhte ein Koffer aus hellem Ziegenleder, dessen Messingscharniere sich mit leisem Schnappen öffneten.

Sein Blick schweifte über die Stadt und die aufgehende Sonne, um die herum Wolken schwebten wie mit Gold bemalte Watte; ein Anblick wie auf einem Gemälde von Tiepolo. Über der Engelsburg wehte die Fahne des Heiligen Stuhls, und in einiger Entfernung erhob sich die Kuppel des Petersdoms, umrahmt von den Säulen Berninis und den Tausenden von Türmchen und Zinnen der Ewigen Stadt.

Tomasso dachte an Alvaro de la Torrez, dessen verbrannte Leiche jetzt in der Rechtsmedizin lag. Don Alvaro hatte ihm alles beigebracht, was er über die Pläne des Bösen wissen musste. Ihm hatte er bei Hunderten von Exorzismen geholfen, mit ihm hatte er die Questura der italienischen Polizei beraten, wenn es um Ritualmorde und rituelle Opferungen ging.

Doch am Ende hatte er festgestellt, dass Don Alvaro nicht die letzte Konsequenz gezogen hatte. Dass er seine Mission nicht zu Ende gedacht, nicht zu Ende *gebracht* hatte.

Und wären die Ermittler auf ihn, Tomasso, aufmerksam geworden, hätten sie erkannt, dass Alvaro unschuldig war. Denn sie waren mit Fotos gekommen. Von denen, die eigentlich im Hintergrund bleiben sollten. Sie waren ganz nahe an der Wahrheit gewesen. Zu nahe.

Deshalb war Alvaro ihm im Weg gewesen. Und deshalb hatte Tomasso seinen Lehrmeister töten müssen. Um *seine* heilige Mission zu retten. Und sich selbst.

Er, Tomasso, hatte auch den vermeintlichen Abschiedsbrief geschrieben, weil er als Privatsekretär die Unterschrift des alten Exorzisten so gut fälschen konnte wie niemand sonst. Deshalb hatte er Alvaros Anwesen niederbrennen müssen, damit man nicht feststellen konnte, dass es gar kein Suizid des alten Mannes gewesen war, sondern dass er, Don Tomasso Tremonte, seinen Meister getötet hatte. Dass er ihn töten musste, um weiterzuführen, wozu Don Alvaro nicht in der Lage gewesen war. Weil Alvaro zu gnädig war. Weil er zu sehr an das Gute glaubte. Weil er am Ende zu naiv war.

Den Abschiedsbrief Alvaros hatte Tomasso selbst geschrieben. Genau so, wie Alvaro einen solchen Brief formuliert hätte. Denn im Grunde hatte der alte Mann alles gewusst. Er hatte sogar das Motiv des Drachen durchschaut, das Tomasso dem Drachen diktiert hatte. *Das Böse zu töten, um in der Hölle darüber zu herrschen.*

Doch Alvaro hatte es nicht zu Ende geführt. Er war zu milde gewesen, zu gnädig, vielleicht sogar zu schwach, was ihn dazu verleitet hatte, die Kraft und Gefahr des Bösen zu unterschätzen.

Das, was Tomasso aus tiefster Seele hasste. Was er fürchtete. Was er tötete.

Nicht nur Don Alvaro, auch Tomassos Gefolgsleute, die seine Mission ausführen sollten, waren tot. Der Drache hatte versagt. Er hatte diese deutsche Polizistin, Clara Vidalis, nicht töten können, wie es vereinbart gewesen war. Dabei hatte er ihren Aufenthaltsort gekannt. Denn Don Alvaro hatte mit dem deutschen Polizisten, den sie MacDeath nannten, telefoniert und erfahren, wo genau Clara Vidalis in Sicherheit gebracht werden sollte. Alvaro wiederum hatte es Tomasso anvertraut und die besorgte Frage angefügt: »Ob sie dort wirklich sicher ist?«

Nun, von diesem Augenblick an war sie es nicht mehr gewesen, denn er, Tomasso, hatte umgehend den Drachen verständigt und auf Clara Vidalis angesetzt. Der Drache hatte alle Möglichkeiten gehabt, diese Frau zu beseitigen, doch er hatte kläglich versagt und die verdiente Strafe erhalten. Sollte er in der Hölle brennen.

Und all die willenlosen Gehilfen des Drachen, die verschwunden und verdorrt waren wie die Glieder eines Leibes, dessen Kopf man abgeschlagen hatte, all die anderen verdammten Seelen, die nur noch den einen Sinn hatten, ihm bei der Austreibung des Bösen zu helfen, lebten ebenfalls nicht mehr.

Aber er würde neue finden. Neue Handlanger. Und keinen Gedanken an die verschwenden, die auf seinem heiligen Kreuzzug tot am Wegesrand liegen geblieben waren. Denn Opfer gab es immer. War Christus nicht selbst gestorben? *Lasst die Toten ihre Toten begraben*, hatte er gesagt.

Das würde auch er tun, Don Tomasso Tremonte. Die Toten waren tot. Und die Bösen, die noch lebten, würde er töten.

Es war noch nicht zu Ende. Noch lange nicht. Noch immer hörte er die Stimme, die ihn verhöhnte und ihn sein Leben lang angetrieben hatte. Die Stimme, die ihn stets daran erinnerte, dass seine Berufung die Vernichtung des Bösen war. Die Stimme, die ihn gemahnte, dass das Böse erst mit dem Jüngsten Gericht endgültig zermalmt sein würde. Die ihn stets daran erinnerte, dass es seine Mission war, den Kreuzzug weiterzuführen. Den Kreuzzug gegen das Böse, gegen den Satan, gegen das höllische Triumvirat.

Don Tomasso klappte den Koffer auf. Sah all die Namen. Die Namen jener, die er bereits hatte töten lassen und die Namen derer, die noch sterben würden. Für immer verdammt. Für immer verloren. Denn nichts anderes hatten sie verdient.

Racine und Althauer, Gayo und Venturas und als Nächstes Merton und Philippo und all die anderen, die kamen und noch kommen würden.

Die Morgensonne strahlte im goldenen Licht auf die mehr als fünfzig USB-Sticks, die an der Innenwand des Koffers befestigt und allesamt mit verbotenem Wissen gefüllt waren, mit den dunkelsten Geheimnissen und den finstersten Abgründen. Das Morgenlicht funkelte auf den Namen derer, die das Leben nicht verdient hatten, weder das irdische noch das ewige Leben. Den Menschen, die er richten und für immer in die Flammen der Hölle schleudern würde.

Die Arbeit war noch nicht getan. Noch lange nicht.

Sie hatte gerade erst begonnen.

Don Tomasso Tremonte, Adlatus der Glaubenskongregation und ehemals Privatsekretär von Don Alvaro de la Torrez, klappte den Koffer zu und machte sich mit schnellen Schritten auf den Weg. Die Morgensonne warf seinen Schatten als schwarze Silhouette auf das Kopfsteinpflaster der Via Conciliazione, während er in seinem Innern die Stimme seines Widersachers hörte, die zu ihm sprach und ihn antrieb, das Böse zu suchen, zu finden und zu töten.

Immer und immer wieder.

Die Stimme aus den Tiefen des Alls.

Aus der Endlosigkeit der Zeit.

Älter als das Leben.

Und dunkler als der Tod.

Danksagungen

Es ist jedes Mal ein seltsames Gefühl, ein fertiges Manuskript an den Verlag zu schicken. Einerseits ist man als Autor erleichtert, es erst einmal hinter sich zu haben. Andererseits denkt man: Das war jetzt alles? Und man spürt eine seltsame Leere.

Diesen Roman würde es in der vorliegenden Form nicht geben, hätten nicht einige außergewöhnliche Menschen bei seinem Entstehen geholfen.

Ein besonderer Dank geht zunächst an meine Partnerin und Verlobte Dr. Saskia Guddat, die mir nicht nur mit rechtsmedizinischer Expertise zur Seite stand (sie arbeitet als Fachärztin am rechtsmedizinischen Institut der Charité), sondern auch hinsichtlich Plot und Handlung einiges geraderückte. Und zudem meine ständige (gedankliche) Abwesenheit während des Schreibens tapfer ertrug. An dieser Stelle geht auch ein großer Dank an meinen Freund Prof. Michael Tsokos, den Leiter des rechtsmedizinischen Instituts der Charité, der mir nicht nur mit seinem immensen Fachwissen zur Seite stand, sondern ohne den ich Saskia nicht kennengelernt hätte.

Ebenso herzlich danken möchte ich meinem Lektor Marco Schneiders, Verlagsleiter Belletristik bei Bastei Lübbe, für unvergessliche gemeinsame Stunden über dem Manuskript. Es gibt wohl niemanden, mit dem man derart schräge Handlungen entwickeln und zeitgleich über Kants *Kritik der Urteilskraft* und das *Texas Chainsaw Massacre* diskutieren kann. Ein ebenso großer Dank geht an Wolfgang Neuhaus, der den Text nicht nur lektorierte, sondern auch ausgezeichnete Ideen zum Plot und zur Handlung beisteuerte, die man als betriebsblinder

Autor gerne übersieht. Die Arbeit als »Triumvirat« Etzold, Schneiders, Neuhaus hat, wie schon bei *Final Cut*, sehr viel Spaß gemacht, und ich freue mich auf die nächsten Bücher mit euch! Ebenso danke ich dem gesamten Team von Bastei Lübbe, besonders Stefan Lübbe und Marc Schneider (nicht zu verwechseln mit Marco Schneiders) für den herzlichen Empfang bei *Final Cut* und viele feuchtfröhliche Abende. Des Weiteren geht mein Dank an Klaus Kluge, Matthias Siebel, Christian Stüwe, Barbara Fischer, den Vertrieb von Bastei Lübbe und an alle, die ich vergessen habe, für die tolle Arbeit. Vielen Dank auch an Petra Hermanns von Scripts for Sale für die tolle Betreuung von Agenturseite während der letzten zwei Bücher mit Clara Vidalis und an Valesca Schober, damals noch bei Scripts for Sales, die das erste Exposé von *Seelenangst* lektorierte, bevor es an den Verlag ging.

Großen Dank schulde ich dem Mann, ohne den ich ein Buch zu dieser Thematik nicht hätte schreiben können: Padre Caesar Truqui von den Legionären Christi, der als Priester und als Exorzist arbeitet und tatsächlich die rechte Hand des berühmten Gabriele Amorth war, dem wahren Chefexorzisten des Vatikans. Was Padre Truqui mir während unseres dreistündigen Gesprächs in den Schweizer Bergen über Besessenheit, Exorzismus und die Dämonen der Hölle erzählt hat, gehört zum Interessantesten, aber auch Unheimlichsten, was mir bis dahin zu Ohren kam. Viele Abschnitte in *Seelenangst* sind von diesem Gespräch inspiriert.

Zu unvergesslichen Gesprächen zum Thema Himmel und Hölle, der christlich-katholischen Heilslehre und den »letzten Dingen«, der »Eschatologie«, der Lehre von den vier letzten Dingen, danke ich ebenfalls den Priestern Dr. Wolfgang Weber und Dr. Josef Arquer, dem Diakon und Professor für Kirchenrecht Stefan Mückl in Rom, sowie Horst Hennert, alle von der katholischen Personalprälatur Opus Dei. Ebenso danke ich

Simon Biallowons in Rom, der den Kontakt zu Caesare Truqui hergestellt hat.

Unschätzbare Hilfe beim Verständnis von satanischen Kulten und der Technik der Konditionierung und Programmierung gab mir Diplompsychologin Claudia Fliß, die auf die Behandlung dissoziativer Persönlichkeitsstörungen bei Kultopfern spezialisiert ist und mit der ich in Bremen mehrere Stunden besonders zum Thema Konditionierung gesprochen habe. Ihr gemeinsam mit Claudia Igney herausgegebenes *Handbuch Rituelle Gewalt*, erschienen bei Pabst Science Publishers, ist allen zu empfehlen, die mehr über den Themenkreis »satanische Kulte« wissen möchten oder glauben, dies wäre nur ein Hirngespinst von Thrillerautoren, das mit der Realität nichts zu tun hat. Ebenso danke ich Thorsten Becker, der mir als Experte für Satanskulte mit Rat und Tat zur Seite stand.

Niemals vergessen werde ich das Gespräch mit den zwei Aussteigerinnen aus einem Satanskult. Beide leiden an der in *Seelenangst* geschilderten dissoziativen Persönlichkeitsstörung; bis zu 300 Persönlichkeiten teilen sich abwechselnd den Körper. Genauso viele Namen haben diese beiden Mädchen. Was ich von diesen beiden jungen Damen über den Alltag, die Rekrutierung und die Machenschaften der satanischen Kulte gelernt habe, gehört zum Extremsten und Schrecklichsten, was ich dahin gehört habe. Wer mehr dazu wissen möchte, dem sei die Webseite www.seelen-splitter.de empfohlen.

Danken möchte ich auch meinen Eltern Barbara und Hans Etzold. Auch wenn meine Mutter vor einigen Jahren verstorben ist, bin ich sicher, dass ihr gefallen würde, was ich jetzt mache, auch wenn es nicht unbedingt ihr Genre ist.

Ein letzter und größter Dank geht aber an alle Leserinnen und Leser von *Final Cut*, *Seelenangst* und allem, was es in anderen Genres von mir gibt und was noch so von mir auf die Ladentische kommt. Ohne euch gäbe es uns Autoren nicht.

Ich freue mich auf ein Wiedersehen auf einer Lesung, einer Buchvorstellung oder irgendwo an einer Bar.

Bis dahin grüße ich euch herzlich und wünsche eine spannende Lektüre.

Euer
Veit Etzold

Berlin, im Februar 2013

Ein Killer, der wie ein Computervirus agiert: unsichtbar und allgegenwärtig

Veit Etzold
FINAL CUT
Thriller
448 Seiten
ISBN 978-3-404-16687-9

Er nennt sich *der Namenlose,* und seine Taten versetzen ganz Berlin in Angst und Schrecken. Hauptkommissarin Clara Vidalis und ihr Team sind in der Abteilung für Pathopsychologie ohnehin schon für die schweren Fälle zuständig, aber die Vorgehensweise dieses Verbrechers raubt selbst ihnen den Atem. Perfide und genial, lenkt er die Ermittler stets auf die falsche Fährte. Und erst allmählich begreift die Kommissarin, dass *der Namenlose* sein grausames Spiel nicht mit der Polizei spielen will, sondern nur mit einem Menschen: mit ihr, Clara Vidalis.

Bastei Lübbe Taschenbuch